LE LYCÉEN

Né le 26 août 1951, dans la brousse (Séguéla, en Côte-d'Ivoire), parce qu'il était le fils d'un père diplomate, Bayon a passé son enfance à Lomé (Togo). Ensuite, au début de l'adolescence, la France. Durant cinq années : de 1964 à 1969. Puis à nouveau l'Afrique, à Libreville, où il fréquente la faculté des lettres qui vient d'ouvrir : ils se retrouveront à quatre étudiants, toutes sections confondues, dont deux iront en prison. Enfin, retour en France, cette fois définitif. Après deux échecs à l'agrégation, Bayon exerce de petits métiers et publie ses premiers articles dans le quotidien *Libération*, où il assure désormais les fonctions de chroniqueur musical. Parallèlement à cette activité de journaliste, en 1983, il publie aux éditions Christian Bourgois un entretien-hommage avec Hubert Selby Jr., et entreprend la réhabilitation de l'auteur de romans noirs, André Héléna, dont il réédite seize volumes (les uns à l'enseigne de *La Poisse*, en 10/18, les autres chez Fanval Noir). Paru en 1988, *Le Lycéen* est son pemier roman.

BAYON

Le Lycéen

QUAI VOLTAIRE

Toutes les dépêches en début de chapitre sont extraites du journal Le Monde, *période 1965-1969.*

« *Delenda Carthago*, il faut détruire Carthage. Paroles par lesquelles Caton l'Ancien terminait tous ses discours, sur quelque sujet que ce fût. S'emploient pour rendre une idée fixe que l'on a dans l'esprit, dont on poursuit avec acharnement la réalisation, et à laquelle on revient toujours. »

Petit Larousse illustré

JE me réveille en pleine nuit, à cause des cris. C'est la guerre. Deux heures, attroupement, bagnole de police et gyrophare, palabres devant la porte de l'immeuble sous l'enseigne de l'église « év*e*ngélique ». C'est le 19, rue Germain-Pilon. Dialogue entre un officier de police et une mémère à douillette au milieu des traves et des badauds. Apparemment, on est en train d'expliquer à la brave dame qu'elle a eu tort d'appeler Police-Secours pour si peu de chose et qu'il ne faut pas exagérer... Au premier, le gros nègre ivrogne et sa connexion de cousins « jaguars » penchés à la fenêtre commentent le coup. Dans l'ascenseur, la grande pute du Brésil qui dit : « Ah, qu'est-ce qu'il se passe encore ? » Les deux karatékas noirs fainéants de la milice privée des co-proprios en colère sont évidemment absents et la minuterie clignote.

Du septième sur les toits de Paris, à travers la charpente et les empilements de couloirs, on perçoit la rumeur. Qui finit par s'éteindre... Une pause. Puis un raffut venant du dessous, par l'escalier des passes en carambouille, des capotes, graffiti fécaux et cuillères à fix. Les vociférations habituelles du colonel : « Va te faire enculer ! Ta gueule ! » Avant, il disait : « Saloperie ! Fais attention ! » à sa femme qui le traitait de collabo et de mac, elle est morte. Objet du débat de cette nuit exposé par un plaideur inconnu à la voix consternée, un peu chiffe molle plaintive, vaincu d'avance : « Il nous insulte toutes les nuits. C'est pas croyable, quand même, ah c'est pas croyable...

— Ta gueule, va te faire enculer, fumier ! » rétorque l'autre sans se biler. Il est en pyjama à ficelle de déporté, raide et exalté, on lui voit la quique dans les plis froissés : « Fumier ! » Aussi sur le palier, une plaideuse-témoin, qui dit : « Je n'ai rien contre monsieur Schwartz... mais il a des problèmes. Quand je suis ici le week-end, je l'entends crier. Il faudrait qu'il voie avec une assistante sociale... »

Le premier, mollusque : « Ah... il nous insulte toujours, c'est pas croyable.

— Ta gueule, enculé ! »

Un troisième intervenant, catégorique : « Depuis sept ans que je suis là, aucun problème avec monsieur Schwartz. Il se conduit...

— Mais enfin, c'est pas croyable, il nous insulte toutes les nuits, toutes les nuits, quand même ! » insiste pâteusement le limaçon, sidéré par l'aplomb du faux témoin, sa mauvaise foi insoutenable : « Est-ce qu'il crie, la nuit, ou pas ? C'est pas croyable...

— Bon, vous êtes en opposition : ça veut dire que vous avez tort ! » tranche le vieux cinglé avec arrogance. Et quand l'autre, piteux, sur le paillasson, persiste, il rouvre subitement la porte et menace de « lui tirer dans la tronche une balle de revolver » pour clore la discussion : « S'il veut se plaindre, il n'a qu'à aller au commissariat "faire un rapport" ! Ta gueule va te faire enculer ! », etc. Sur quoi il referme la porte.

Blabla dans le couloir. Le mot malheureux « d'assistante sociale » est prononcé une nouvelle fois par la voix féminine. Réponse sans ménagement de l'homme qui a vécu ici « sept ans » sans s'émouvoir, paraît-il, des meuglements du vieux connard : « Ah, l'assistante sociale ? !... Vous posez trois zéros, vous ajoutez un zéro en dessous, et vous avez une assistante sociale. Voilà ce que c'est. Bonsoir. »

Déroute du camp des pondérés. La bonne femme du week-end pleure et le mollasson, avec sa miteuse bonne foi raisonnable bafouée, répète comme un pauvre type paumé : « Ah, c'est pas croyable, c'est pas croyable, il nous insulte quand même... Toutes les nuits... Il crie, il nous insulte... C'est pas croyable, ah... » L'incident est clos. Routine. Rentrez chez vous.

De l'autre côté de la cloison, le gasoline arabe costaud si poli continue sa nuit. Un coup en silence, verrou, claquement de l'ascenseur juste devant chez l'hôtesse convoyeuse, temps mort, déclic de l'ascenseur, serrure, nouveau coup dans le corps, etc. Bagarre vers quatre heures du matin : « Mais il faut payeeeeeeeer ! Il faut payer ! » Hurlements et bruits de crâne cogné contre le mur, silence. Plus tard, un micheton parle, apparemment en se rhabillant, « d'un lycée entier incendié par trois élèves, en deux jours : la première fois, ils ont marqué sur un tableau à la bombe : "Zorro est passé", la deuxième fois : "Zorro est revenu". On les a arrêtés. P'tits pédés, ça... » On lui dit : « Dehors. » Et voilà.

Ça me revient. Encore et toujours. Au moindre prétexte : les retenues, le granito, l'herpès et la neige, les batailles de sacs de cinq heures, les chromes de la 99 sur les graviers, les examens. Mes cheveux cassent, le masque glisse, ça ne fait rien : un mot et c'est réveillé. Obsessions-mausolée, cauchemars rassurants : je suis assis dans le noir sur mon lit, les yeux qui luisent vingt ans après, prêt à recommencer, les mêmes cavalcades, les mêmes affres.

Chut. Le calme est revenu sur les Jardins de Montmartre saccagés. Je suis seul là-haut, personne pour me parler sur l'oreiller, me déranger : je vais m'assoupir.

Demain, une autre nuit, ça recommencera, sans arrêt : les bras en avant, descendre l'échelle de coupée, somnambule à perpétuité dans les purées de pardessus, les bouillies de réminiscences turbulentes. A me retrouver à tout propos, coup de radar, au lycée. Hors circuit. Quand il faisait si froid et noir derrière le Panthéon funèbre. C'était l'hiver. Comme il n'y a d'hiver que profond sous la terre, ou dans le tombeau grand ouvert de mon crâne, rempli de guimauve et de coups de couteau... Je ruisselle, je me reprends, je ferme les yeux, je fais semblant de m'endormir. Semblant de grandir, semblant d'oublier.

HENRI-IV

JE ne me souviens de rien. Et lui, je le revois, un après-midi, au fond de la cour. Tout près de notre classe principale, la salle de Charlotte l'enculé : la 16. A cinq mètres des chiottes et vingt de l'entrée sur la place, par le porche dit « au buste ». L'air de décembre mordait les pierres, pinçait les oreilles et les nez jusqu'au sang, je le vois, ce jour-là, furax. Lui, si blond, lisse et beau, défiguré par une colère ! Terrible. Il avait le rouge aux yeux, au front, les lèvres grises. J'avais dû l'insulter comme pas permis, pour qu'il soit sorti de lui-même à ce point. Il était là, face à moi, hors de lui, et je ricanais, quelque chose de soigné, je me foutais vraiment de sa gueule, de con. D'un coup, j'ai vu qu'il était menaçant. Il ne jouait plus. Et moi, je ne savais pas ce qui se passait quand on avait fini de rire, quand on ne jouait plus. Ou du moins, je savais d'habitude prendre le virage avant. Mais là, zut, la démesure était telle que je n'avais pas songé un instant à ça. Que ça pourrait... Il avait bien un demi-mètre et quinze kilos à me rendre : ça avait l'air de quoi ? Ce n'était pas équitable. Il a dû me demander, sérieux comme un pape, « si je me foutais pas de sa figure, par hasard ? » avec ses plis d'aristo, ses fières ondulations dans les tifs, il a dû me défier, superbe. Et moi : « Yes. Je t'emmerde. Comme ça ! », les doigts, etc. Sec. Mais sans méchanceté. Je l'aimais bien, Gaby.

Lui, le fou, complètement « parano », comme il disait, naze, très bête et méprisable, il se rue sur moi, poids-mouche, à côté et raoom, il m'en fout une en travers de la gueule. Ding-dong dans la tempe : je me suis retenu une seconde à la ronde — cloches tous azimuts —, j'ai titubé, nagé un peu dans les cordes, et tapis. Out. Gaby était vraiment plus costaud. La preuve : moi à quatre pattes dans les coques de marrons. Et quand je me suis relevé pour faire le digne, quelle piqûre dans l'oreille. Aïe. Ça me cognait — sang, coup, froid : le tympan, tous les osselets... Il m'avait mis une tèque à me tuer, ce con ! Pauvre andouille : il s'était cru insulté à un titre particulier, ou quoi ? Vaniteux. C'était nul, de frapper comme il l'a fait, claquer un plus petit. Moi, c'est simple : j'aurais eu honte. J'ai eu honte, d'ailleurs, par la suite, quand il m'est arrivé de gifler un minus — comme le jour où, à Clamart, j'ai bloqué dans une cave le voleur de moby qui m'avait chourré la mienne. Là, il m'avait mis double dose, en plus, Gaby, bien appuyé, salopard.

Les copains étaient étonnés qu'il ait osé — cochon —, vraiment émus, tous autant qu'ils étaient. Et lui, ne comprenant pas : « Voilà, il a dit. Comme ça, ça t'apprendra à me respecter. A respecter les gens. » Conneau, c'est là que je n'ai plus pu, le respecter. Alors qu'il était bien sympa avant, à mon avis, dans le style prêtre-ouvrier existentialiste. Je voyais tout flou. Une espèce de marée de désespoir m'est montée à la tête, mal et honte mêlés, m'a submergé. Je devais être disponible, vulnérable comme on dit, tout en défense et semblants, affecté, déprimé. Si fragile en dedans... Oh, quel chagrin. Ô peine, épuisante, remontée d'enfance... Ces marques sur la gueule, mon oreille qui me lançait, ce n'étaient que les dehors. En vrai, ça venait cristalliser tout ce que je portais en moi de refus cachés, déceptions, sentiments de terreur devant la vie, affolement informulé : d'« angoisse », disons le mot. Ce coup, c'était le destin : je voulais absolument — si, si — le voir et le ressentir comme ça. C'était mon arrêt de peine, ma *fatalitas*, ma douleur.

Ordinairement, j'aurais ri encore plus fort, en ayant mal, rien que pour faire chier le monde entier ! J'aurais pu prendre mon cartable, mes godasses, des caillasses, et les lancer à la tête de ce sale pécore. Pour le rendre fou furieux, encore, et me faire cogner à sang en ricanant, histoire d'avoir vraiment des raisons de pleurer comme un perdu après. Là, non : il y a eu trauma, je ne pouvais pas digérer... Gaby faisait partie des gens qui étaient gentils avec moi, d'habitude, qui m'aimaient bien, m'entouraient, me donnaient confiance, me protégeaient d'une certaine façon. J'imaginais ça dans mon petit intérieur coton. Et voilà que d'un coup, sans raison valable, sans justification, il m'alignait ? C'en était trop. Tout a craqué.

Je suis parti, rabougri, retombé en tas tout en bas, dans ma peau fripée de petit qui ne voulait pas grandir, manman ! Je suis allé me rencogner dans une cachette, la plus sombre possible, au fond de la nuit dans le froid, pour ne plus supporter les regards des grands. Et j'ai ouvert les écluses.

Ça me brûlait. Ça m'inondait. J'ai pleuré, pleuré, avec des sanglots, qui me secouaient au maximum, qui me faisaient une vacherie de bien, inavouable, et que je laissais venir, que j'appelais, que j'exagérais : « Huuu... Hinnn... Hiii... » C'était toute ma douleur que j'expulsais. Ça me fatiguait de partout, ça me faisait mal à la tête, c'était bon : « Tout le monde est contre moi, je me disais. Je suis pas pareil. Je suis tout seul. J'ai pas de pot. J'ai pas envie de vivre. Je veux plus rien voir. J'en ai assez. » Je n'avais pas le moral : « J'en ai marre », je sanglotais. Je fondais, c'était un vrai délice. Après la tension qui avait précédé. Je pouvais m'abandonner, toute honte bue. Plus personne ne me demandait de rouler, de faire le dur. Je devenais ce que j'étais. Un petit bonhomme : moche, médiocre, mal fringué, malheureux. Je pleurais.

Ça a duré je ne sais combien de temps, cette séance — un quart d'heure, une demi-heure —, j'étais là, planqué, à baver contre le ciment froid des chiottes, à geindre sans fin, et je n'arrivais plus à m'arrêter : « Je veux mourir, j'en ai marre... »

Bellegarde s'est pointé.

Bellegarde, c'était le voyou attitré de la classe. Cancre, coureur de filles disait-on, insolent, grandi trop vite, et facho bien sûr, ou en passe de le devenir. Frappe. La gouape aux cheveux noirs luisants, un peu séduisante et attardée, qu'on montre dans ces vieux films naturalistes sur les collèges : *Les Disparus de Saint-Agil...* Bellegarde, son nom ; beau nom. Le genre de mec con à brimer « pour le principe » à la cantine du cloître. Quand il était à une table, la trouille régnait : ce n'était pas un peu plus que sa part qu'il prenait, c'était n'importe quoi. C'était tout, si ça lui chantait : quatre ou cinq morceaux de poulet, le plat de légumes devant lui, dix rations, qu'il gâchait exprès. Voilà le genre. Par principe. Et ça faisait mauvais genre de se plaindre. On risquait une cognée sérieuse. Enfin, il était assez baraqué, et, comme Gaby, respectable et respecté, dans son genre. Physiquement, une des brutes de la classe et un des plus impressionnants parmi les grands, avec son air émancipé, ses méchouilles d'apache, son accent parigot et ses nippes zazou.

« Qu'est-ce que t'as ? » il demande, quand il me voit là, dans mon coin, à faire honte, replié comme un paquet mal ficelé sous mon gros caban laid, à hoqueter, écroulé. Il a joué les protecteurs. Sans faire de sensiblerie. Tout ce qui l'intéressait, c'était la question des prérogatives et du prestige. La frime, l'ordre et la gloire. Une sorte de racket strict aux sentiments, presque de « loi du milieu ». Peut-être aussi qu'il s'est senti dans cette circonstance la fibre spontanément et réellement justicière, équitable. Peut-être, après tout, que dans la citrouille creuse de cette nullité vivante, il y avait une petite place pour le sens de l'équité, des justes mesures, des libertés ? Peut-être qu'il a réagi sans calcul devant ce qui lui semblait une énormité : le grand dadais Gaby s'en prenant à la jeune pousse pas encore plantée, adolescente, que j'étais. Il n'avait pas froid aux yeux. C'était un dur, Bellegarde — ou bien n'était-il même pas apte à ressentir une sensation aussi complexe que celle du froid ? Il a vaguement écouté ce que je lui disais en sanglotant comme un paumé. Il a à peu près compris. Il m'a dit de laisser courir, qu'il prenait l'affaire en main. Et il est parti, après avoir pissé quand même. J'ai passé la tête, curieux, des fois que... Et j'ai vu : il y avait procès public.

Bellegarde le fiérot faisait la leçon à Gaby le superbe. Il l'a raisonné, humilié un peu « par principe », sans se forcer. Grand contre grand, pouvoir contre autorité. Il en avait, de l'autorité, ça — vlaam ! —, il faut dire, et l'habitude de se battre, pour le plaisir, l'instinct de — bamm ! — domination. Il lui a expliqué en détail, gentiment, à Gaby, avec mandale sèche à l'appui de chaque mot — paaff ! — pour lui faire mieux comprendre : qu'il n'avait pas le droit de taper les petits comme ça — rrham ! — et que dorénavant il faudrait qu'il fasse gaffe, autrement il en prendrait dix pour une — raouff, houmpf ! —, des claques : « Pigé ? » Il en a rajouté une — baaffe ! — pour vernir le tout, conclure la démonstration — *à la fin de l'envoi, je touche !* — et il s'est barré. Calmement. Il n'avait pas que ça à foutre. Bellegarde. Bande de nains. Il s'est tiré sans un regard pour Gaby. Ni pour moi, d'ailleurs. Pour personne. Il méprisait tout. On se ressemblait juste pour ça, au-delà des années-lumière de différence : le haussement d'épaules, le « pfff » par principe.

Moi, je me suis poilé, un moment. Ça me faisait rentrer mes larmes, cette dégelée de torgnoles bien allongées qu'il s'était morflée sur le museau, l'autre merdeux de « rouge » : qu'il en avait la face comme une tomate trop mûre dans le froid de février — hou-là ! —, le Gaby, pourriture. Et puis, dans le fond, j'ai senti que je n'avais pas le si beau rôle que ça — tu parles d'un beau minable — et qu'il y avait un temps pour tout. Pour rire de sa gueule qui fumait des beignes, avec les oreilles pivoine — chacun son tour —, et pour aller lui tendre la main. Allez, va. Moitié faux derche, moitié sincère. Il n'avait pas vraiment le choix, lui. Il devait rester sur sa fameuse branlée... On s'est serré dix doigts comme des hommes et on s'est expliqués : « C'était pour rire, bla-bla. Sans rancune, etc. » Hé-hé.

« Un des derniers bombardements de B-52, à trente-cinq kilomètres au sud du 27ᵉ parallèle, a permis aux troupes gouvernementales de pénétrer dans la vallée de Ba-Long, zone où le Viêt-cong avait installé un système de fortifications et de dépôts souterrains, dont quelques-uns en béton. »

QUAND le prof donnait le ton — « La-la-la. Chantez avec moi », ça commençait comme ça —, c'était le signal. Bling-Bling-Bling ! Les sous s'envolaient. Métaphore. En lui balançant des pièces de un centime, s'il faut faire un dessin, on assimilait ce triste sire — pauvre con, corbeau : il s'appelait Corbiack — à un mendigot. On le mettait plus bas que le trottoir. On l'humiliait comme seuls les sales morpions savent humilier : à mort. C'étaient les « Concertos pour jaunets, couacs et topinambours ». Le cours de musique.

« La-la-la ! » — Ding-dongue-ding... Il entrait dans des furies sans nom. A empoigner des chaises par le dossier, à les brandir au-dessus de son crâne échevelé, pour les faire exploser sur les lattes du plancher dans un vacarme épouvantable. Il fallait faire dèche. A cause des projections. Sans blague, il pétait un siège comme ça, d'une main. D'une telle force... Un vrai buffle. Il fallait le voir. Quand la furie lui gonflait les veines on aurait dit qu'il allait éclater. D'apoplexie, visage rouge, visage bleu. Il en passait par toutes les couleurs. De ces colères.

Quand il était comme ça, ça devenait bon. Ça voulait dire qu'il était en condition. On passait à la deuxième phase : le tintouin à fond dès qu'il tournait le dos. Et ça avertissait les mauvais bougres conjurés, compromis dans nos histoires, qu'ils devaient se tenir prêts. On leur faisait parvenir, par la voie des airs, Vuarney et moi, toute une jardinière fantastique : trois kilos de « fruits et légumes », pommes de terre, poires, poivrons, céleris, bananes, etc. Tout un petit pique-nique de saison apporté par nos soins... qui s'est mis à planer ce jour-là dans l'atmosphère feutrée, silencieuse, de cette salle de musique. Zzzz-zzzz. Silencieuse, façon de parler. Ça bourdonnait plutôt sec dans les rangs. Chacun s'est finalement trouvé armé, qui d'une golden, qui d'une mastoc courgette, qui d'une volée de radis bien roses. Frénésie retenue.

Et soudain, notre oiseau de mauvais augure de prof a annoncé : « On va faire une dictée. » Malheureux... Il n'avait pas aligné deux noires sur son pianola vétuste, que c'était déjà fini pour lui. Avant d'avoir compris, il était inondé de légumes : débris mâchés, épluchures, bouquets. Dans le tas, il y en avait un impayable, Arnaud, qui s'était trompé et qui avait commencé à les manger, tout crus, les primeurs, comme un hors-d'œuvre de midi... Pour dire, en face du bovin au tableau, la bêtise insondable des gars de la classe. Et donc, ça pleuvait sur Corbiack. C'était un vrai dépotoir — raisins, choux —, la décharge publique. Il s'est trouvé un peu énervé. Alors d'un coup, dans le brouhaha, sa célèbre fureur l'a empoigné : il a pris le coup de sang. Terrifiant. Au point de tout faire décoller, de tout briser... Il flanquait des coups de pied partout. Il ne se connaissait plus. Cannant les tableaux à coups de poing. Trépignant. Descellant les tables fichées au sol du premier rang. Il empoignait des cartables au pif et les vidait à toute volée à travers la classe : fsssch ! Vlan et vlan : il jetait les plumiers contre un mur, la porte, le plafond. Avant de retomber, prostré. Le moment pour nous d'attaquer la troisième phase.

« Pling-plic-plang-pluc... » On a à peine entendu les petits bruits de verre cassé de rien du tout dans le calme relatif revenu. Mais on a senti... Et la colère du prof est montée à la vitesse supérieure : « Ça commence à bien faire... Y'en a certains qui se laissent aller ! » Voilà ce qu'il a braillé à travers les voûtes, bouffé de teigne, fou furieux, bouillant. Il n'était plus du tout rouge. Une nouvelle attaque, entre-temps, l'avait rendu vert de rage. Ça tournait mal. Violet. Noir : « Ça commence à suffire, nom de nom ! » il mugissait. Un bison. Et vllac. Il frappait. N'importe où. L'emportement lui tordait la gorge par sursauts. Hop : violet, vert. Et vlan. Il a pulvérisé une vitre dans un putain de barouf de verre éclaté. Il a catapulté une chaise en fer contre les murs, au-dessus de nos têtes : baoum. Contre les carreaux : zack. Merde de merde. Impressionnant. Il ne pouvait plus se modérer. Vert, anthracite, orange : « Y'en a qui se croient tout permis, nom de dieu ! Hooo ! » il barrissait, ahuri et montagneux. De fait ça commençait à schlinguer. A bloc. Les boules puantes qu'on avait balarguées, avec Vuarney, envoyaient : une de ces odeurs d'œuf pourri au nuoc-mâm merdeux... Abominable.

« Y'en a qui pourraient se retenir jusqu'à la fin du cours ! » vomissait l'autre yack. Il avait raison : dans ce tas de ploucs abrutis, il devait bien y en avoir quelques-uns à avoir profité de la confusion pour se vidanger : « Sales sournois ! » Corbiack, ça, il ne voulait pas l'accepter. Il invectivait le plafond, le Panthéon sur la place, le ciel, les astres, musico délirant, il détestait tout à cause de nous. On le survoltait. A la fin. On l'assommait, avec ces conneries, toutes les semaines. Ma parole ! Il bousillait le matériel, pour nous apprendre. Là. Et il commençait à nous épouvanter. On se disait qu'il allait prendre un élève pour un meuble, qu'il allait réellement en casser un en deux. Le déchirer. Le tasser contre un mur... Il lançait ses jambes dans tous les sens. Ses bras pareil. Et ses cris, perçants, partout. Il suffoquait, riait, crachait en l'air. Il allait éclater, on l'avait cherché. Il disait bien nettement qu'il allait tous nous « tuer ». Et on les mouillait. A mort... D'un coup, crac, c'est arrivé. Comme la foudre. Il a trouvé la soupape : une victime expiatoire, l'impie en personne...

Il était engagé dans une allée, écumant, les jambes écartées, il venait d'empoigner un sac de classe, dont il faisait gicler des trésors — noix, cahiers, légumes, criquets —, comme d'un haut-de-forme de magicien-cabot, et crac, comme ça donc, il est tombé sur le supposé propriétaire de ce potager ambulant : le plus proche élève. Badaboum. Un certain... Zingaro. Aïe-ouille.

En trente secondes départ arrêté, c'était trop tard, il l'avait à moitié démantelé des pieds à la figure : par les fringues, les oreilles, le tarin, les coudes, n'importe comment. Épaules moulues, dargif défoncé à coups de grolles, cheveux embarqués par poignées, crac-crac, avec ses pognes de mastar, entre deux coups de tête directement dans le burlingue auquel se cramponnait « l'Élu du Destin » accablé : « Et... tiens ! Salaud ! » Dans la cohue, il lui faisait morfler pour tout le monde : « Ça commence à suffire ! » Les mâchoires serrées, cognant comme un sourd, sur cette enclume de fortune : « Tiens et tiens ! Ça commence à bien faire, putain. »

Le misérable, au-dessous, transformé en gros dos — et boum et plan et pan ! —, protestait comme il pouvait entre deux beignes : « C'est injustifiable. Mais ! Lâ-chez-moi ! » Pour des prunes... Au milieu des patates, des pêches et des marrons, la figure tordue sous la ratatouille de torgnoles, les pinçons frénétiques du prof, ses étranglements violents, il tentait vaguement de cacher sa tête de coupable frappé par la justice immanente dans ses bras repliés, mais c'était bien inutile. Corbiack, lancé, emporté lui castagnait les côtes, lui ébranlait le crâne, la nuque, tout ce qui dépassait, de véritables coups de boutoir, impulsifs : boum-boum, contre la table, l'encrier renversé. Lui faisant sauter le cœur dans la poitrine d'un direct en plein thorax — houmpff ! —, avant de se remettre d'un bloc après ses oreilles cramoisies, comme pour les décoller des tempes d'une pièce, ainsi, gnn-gnn-gnn : « Hôôôô, ça commence à bien faire, bon dieu ! » Et l'autre otage, rétamé, perdant ses esprits, remué de fond en comble par les secousses, pauvre hochet décroché, hurlant au secours, panique, déparlait maintenant, sorti de son banc par ce professeur hors de lui, répétant une sorte de lambeau de phrase spasmodique bizarre : « Ta gueule, aïe ! Ouille, ta gueule ! C'est injustifiable ! Ouyayouille, ta gueule ! Aïe ! »... Ça allait très mal.

« Voyons, monsieur... » est soudain intervenu Vuarney. Hypocrite. Il avait sa main sur le bras du tueur. Il osait. Le braver en son courroux. Grave, calme, la voix posée comme se doit de l'être un rappel à l'ordre pondéré. Là : « Je vous prie d'arrêter, monsieur. Vous n'avez pas à faire ça, c'est interdit. »

Éberlué, échevelé, les pommettes touchées, le rescapé du massacre profitant de l'accalmie subite, lâché par l'ogre mélomane, est tombé comme une chiffe molle sur son siège en soufflant. Le prof regardait Vuarney, décontenancé, avec un reliquat de terrible exaltation en passe de s'effacer de ses yeux. Et sans répondre, il a brutalement changé ses projets. Assez de coups. Il a tourné le dos à la classe, repartant vers l'estrade... Doung ! c'est juste là qu'un navet lui est arrivé directement sur l'occiput. Expéditeur : Vuarney. Ricanement général. Ah, ça non. C'était la fin de tout. Au-delà de toutes les bornes permises, à force.

Corbiack s'est remis à grommeler, mufle au sol, asphyxiant de nouveau dans son col défait en vrac, suffoqué. Là, non. « Ça commence à grrr... » Non ! La classe, pétrifiée, attendait le verdict du prof taquiné... Une sorte de sanglot terrifiant lui est venu, du fond de la poitrine, un grondement volcanique, expulsé en déflagration : « Dehoooooors ! » Et sans avertissement, le pianola précieux, arraché d'un revers, est allé manger le fond de la classe par-dessus les têtes baissées... Frrraccc.

Chahut, chaos, levée en masse et cohue. « Dehors ! tempêtait Corbiack. Dehors petits cons ! » C'était prévu. « De ! Hors ! » On a obstrué la porte. Toute la classe nouée, en bloc serré, fermant le passage sans bien comprendre, coincée dans le boyau d'entrée (par les soins de Vuarney conjugués aux miens). Corbiack a tourné en rond deux minutes, bouillonnant, grinçant derechef des mandibules. Il ne comprenait plus. Voilà qu'il était jaune : que faire devant une telle masse inerte de bêtise ? Réponse : devenir gris. On a bien vu, Vuarney et moi, qu'il allait foncer dans le tas. De toutes ses forces. Faire le bélier pour crever le bouchon. On s'est repliés, en douce, subito surtout : que les autres ramassent, eux seuls. Trop tard... On était encore dans le passage, au premier rang, juste devant lui. Ses sourcils affreux.

Et sa viande nous a bombarbés. Le pack. Un choc de plein fouet, à ondes de retour. Et reprenant son élan, il nous a renfoncés aussi sec. Cages thoraciques, vertèbres, souffle. Ouff. Au troisième assaut, on n'était plus là. Débandade à coups de lattes — pousse-toi de là que je m'y mette, fumier : c'est le deuxième rang, un peu gaga des deux premiers estocs, qui a tout effacé dans les gencives et le nombril. Bien fait. Enfin, pour limiter les dégâts considérables, on a sonné la retraite totale : sauve-qui-peut, chacun pour soi, taïaut, après moi s'il en reste, etc.

Le cours s'achevait vingt minutes avant la fin. Dans un désordre sans nom. Les hurlements, l'hystérie dégueulasse de cette classe survoltée, se transportant en colonne égarée dans le couloir, vers le palier, puis dévalant les marches vers le hall d'entrée au buste bête. Corbiack n'a pas fait gaffe à l'embuscade mobilière dans la cage d'escalier. La longue table en équilibre contre le père Ampère à nez rouge. Au passage, il suffisait de l'effleurer dans le bordel. Gagné.

Tout a branlé. Le chantier entier a frémi. Quatre petits bureaux superposés par magie, et cette immense table de réunion dressée au ciel, ont semblé vouloir s'envoler, au ralenti, flotter. Et tout a éclaté, croulé, tout s'est pété la gueule en beauté, tandis que la troupe déboulait derrière en piaillant : tout ramassé en morcifs sur les dalles deux mètres plus bas. Avec tant de raffut que toutes les classes alertées, une à une, sont sorties aux nouvelles. D'abord le nez sous le préau, puis dans la cour en galerie. Tohu-bohu, claque des connaisseurs et bahut en délire.

Tout Henri-IV confondu a assisté au spectacle : Corbiack qui courait comme un malade en lançant ses éternelles imprécations vers les nues. « Ça commence à suffire. » Vers le proviseur. « Ça commence à bien faire ! » Vers le diable, le censeur, tous les saints musiciens, l'enfer, n'importe quoi. Le gros

Corbiack chibré caracolant entre les bancs tel le satyre poilu au pied saboté, vociférant aux quatre coins du lycée H.-IV en plein milieu de la cour, la veste mal boutonnée et le col relevé à la Presley, le cheveu en bataille à la Beethoven, la figure congestionnée, les yeux blancs et la braguette — horreur — béante... Et personne n'a applaudi.

Corbiack a été « noté » pour cette affaire. D'avoir esquinté un élève : rigoureusement proscrit. Et tant pis pour son grade si le petit vicelard dégommé était co-responsable jusqu'à l'os du désordre occasionné. Corbiack a dû faire ses excuses à la mère du frappé, suite à un coup de fil glaireux de celle-ci au surgé, et on a tout oublié.

Une grande réussite tactique. Vuarney aux yeux globuleux et à la peau de mérou rose, sous ses airs un peu niais, savait y faire : il n'avait pas bâclé le boulot, et il ne s'était pas dégonflé en route sur ce coup-là. 14 sur 20.

Quel mec tordu, Vuarney. Très ambivalent moralement. Gueule un peu angélique, genre soigné délicat : blondeur transparente, yeux clairs de minet innocent, bien fringué (mocs américains, pantalons de flanelle, veston noir croisé, imper strict, oxfords roses), une petite raie de gaucher à droite dans ses cheveux, travaillant fort proprement avec ça, et quand même voyou. Le fils de bonne famille cynique en herbe ; un doigt de snobisme Weston à peine mal élevé, une indolence pâle de hussard douteux hémophile. De temps en temps, il venait me chercher pour que je le fasse céder élégamment à la tentation délinquante. C'était comme ça : à mon contact, par crises, il devenait un brigand confirmé. Avant de rentrer dans l'ordre et de serrer le rang — plus par désenchantement que par couardise et servilité, comme le reste de la troupe...

A part Vuarney, gentil amateur donc, à part Gaby le beigneur, à part Bellegarde le mousquetaire, la troisième A² devait compter, péniblement, une demi-douzaine de vagues rebuts sociaux plus classiques, et deux-trois autres « cas » intéressants. A des degrés et des colorations variables.

Côté diable, l'efféminé Chenoul, aux hanches de bouteille Perrier, au gros popotin celluliteux et aux fréquentations louches de cabinet. Ou encore le dégoûtant Truchon, qui se branlait dans sa poche trouée en cours : « Bon, j'y vais », prévenait-il en pleine explication de texte, et peu après il ressortait sa main engluée. Rachitique et sale, Truchon — mais quelle concentration. « Et voilà », il disait ; ça le faisait sourire, derrière ses triples foyers. Côté ange, le lilliputien Piéron, cœur sur la main, chef de classe en or, et les inévitables Samaritains de service : Mathieu, Lamarque... passons.

Plus mitigé, le patapouf Jabert, ce tartignolle avec qui je séchais les heures de gym pour aller voir des films interdits aux moins de seize ans en fraude et des « comiques » (tu parles) sur le Boul'. Jabert de Corrèze, aux bonnes joues épanouies, qui devenait fou furieux quand on le traitait de « grrrros plein-d'soupppp » (sans répit), qui m'expliquait les enjeux politiques de la campagne présidentielle 1965 alors en pleine effervescence, et qui se prenait la tête à deux mains lorsque, histoire de me distinguer, je me mettais à parler (en bien) de Tixier-Vignancourt — que j'affirmais même, par pure jobardise : « socialiste ».

Le cul entre deux chaises aussi, un demi-con appelé Jauffret : rêvant de s'encanailler, faux sympa piteux inapte à voyouter correctement, il habitait le quartier, vers la Seine, et il aurait bien voulu de temps en temps jouer aux types libres, mais à d'autres. Très grand, écharpe bleue, c'était juste un dégingandé minable qui se prenait plein de tartes de ses vieux dans sa face de ramenard tous les jours garanti et qui faisait coûte que coûte comme si « pas du tout ». Sans intérêt : le style « Pas avec les affaires ».

Dans un autre genre, au-dessous de tout, là, le remarquable sinistré social Janson. Rebut d'avant-guerre, ce miséreux affligeant se trimbalait en « nu-pieds » dans la neige, les orteils presque à même le sol, gelé, par des moins quatre-moins cinq de plein hiver, parce que c'était « sa seule paire » : nécessiteux écœurant. Ça et ces shorts tyroliens effrayants sur ses genoux rouges, crevassés, en janvier, glagla.

Au rayon « accessoires exotiques », en dehors de l'ICM gênant qui se secouait à longueur de cours sur son plumier et qui connaissait *Phèdre* par cœur : l'Américain. Un con « top » niveau né et grandi là-bas qui, par mimétisme, avait réussi à choper des joues et une coiffure de beach-boy avec l'accent yankee. On l'appelait Buck Danny, Steve Warson ou « Okay » et il était content : quelle andouille. Un de ses trucs : les nœuds de cravate à baleines, escamotables. Zip, zap. Vulgaire, « yeah, O.K. ».

Tout ça sans histoire, insipide, passable. Bonnes influences, gens ouverts, positifs et fréquentables pour la plupart : pondérés, studieux, spécimens sociaux standards. Classe moyenne, bof-bof-bof.

En face, tout de même, légèrement en relief, dans le style Vuarney, un autre lointain suppôt de Démon, moitié de crapule accomplie : Eischmann.

Le nom déjà, saisissant à l'époque, à vous filer des secousses... Plutôt séduisant à part ça : cheveu lisse, peau nette, rue de la Pompe. Eischmann sentait bon le fric : il portait une moumoute en mouton retourné qui devait cogner dans ses cinquante sacs, et des sapes à l'avenant. On était voisins, en latin-français, chez Charlotte, ça nous permettait de bricoler.

Eischmann était potentiellement un gredin. Mais gâté par des restes de dispositions au sérieux, reliquats de raison. Il manquait d'entêtement, chochotte. Se contentant la plupart du temps de facéties sans conséquences. Communiquer en compo. Ou bien échanger des messages secrets rédigés en grec. Pas n'importe quel grec, minute. De l'hellénique maison : prendre l'alphabet tricolore, inverser, décaler de deux lettres, plaquer lettre à lettre avec ce double écart à la clef, c'était ça notre grec. Distrayant, gentillet. Nul.

Une fois, une seule, Eischmann s'est laissé aller... On était partis pour le théâtre. Comédie-Française, Maison de Molière : « Grand chic, meûdeûmeûh », persiflait Eischmann sous les arcades frigorifiques du Palais-Royal. Une sortie scolaire : toute la classe de la fête et le maréchal Charlotte, l'emplumé du fias, en tête. Je ne me rappelle plus quel fatras interprétaient les besogneux tragiques essoufflés sur la scène. C'était un festival de naphtaline et d'alexandrins, de vieux clous en suaires et vieilles rombières en sueur : poussière, perruques poudrées, marquis vermillon à talonnettes, loloches de « suivantes » écrasées — « pour faire arquer les vieux croûtons, beerk », commentait encore Eischmann. D'où sa solution finale mise en œuvre ce jour-là.

J'avais chauffé l'ambiance d'avance, mollo, déjà dans le métro. Provises de boules puantes et stock de mauvaises intentions en réserve. La température montait doucettement. Des cris, des chaleurs aux joues de sales gosses bien coincés qui se dérouillent les pulsions, des tas d'inconvenances collectives. J'en voyais qui commençaient à s'énerver à vide : chahutant comme des gringalets, juste ce qu'il fallait. Une chouette atmosphère. Petits couinements encore désordonnés, yeux brillants, cheveux un peu embrouillés sur ces fronts de gamins à plaques d'acné d'avant soixante-huit. On est arrivés au théâtre, ça a commencé à aller très bien dans le noir qui libère les instincts. J'étais aux étages, dans les loges. Avec un groupe compact de mauvais bougres surchauffés, à ma main, humides et miasmeux, les oreilles trop dégagées, cramoisies et décollées, prêts à exploser... Comme moi — mais plus intégrés. Et Eischmann.

On faisait applaudir cette bande d'hypocrites à tort et à travers. A tout rompre. Toutes les trente secondes, clap-clap-clap. Ça a brisé « la magie », comme on dit, du spectacle. J'étais heureux comme un pou, de toute cette bonne surexcitation sans objet qui bouillonnait. A la fin, ils n'avaient même plus besoin de nous pour crépiter de bravos frénétiques au beau milieu des stances de Rodrigue, le brave garçon à son pépère qui n'en finit pas de se demander s'il doit dégainer sa rapière ou bourrer Chimène, ou au moment le plus pathétique du drame de conscience de Polyeucte la punaise. Ou pire : Suréna.

« Bravo ! Remârquâble ! *Bis !* » : c'était un délire, dans le coin qu'on occupait. Et des mécontentements graves, protestations véhémentes qui montient, s'enflant d'aigreur, tout autour, dans l'assemblée. Surtout des rangs de devant. Des « Chhttt », des « Enfin », des « Silence »...

Bon. On a bien branché la deuxième piste : les gaz asphyxiants. Un « classique ». Et vas-y petit. Ah, quel spasme, ah pâmoison suprême... Quand nos bras rien moins que fatals se sont levés dans la nuit de cette salle respectable, si théâtrale, et détendus dans l'espace pour retomber, terribles, et tomber encore, six fois, dix fois, vingt fois, impitoyablement, armés des boules puantes meurtrières. Quelle joie sans mélange quand nos mains terroristes ont projeté ces bombes de sales mômes à travers la salle glacée, en direction des acteurs grotesquement affublés qui s'agitaient là-bas sur l'écrin du classicisme. Vengeance. A mort. Tue, tue.

A la première décharge, rien n'était perceptible. La machine résistait. A la dixième attaque, sur la scène dorée, c'était l'hallali. Tous, comédiens, masques, grimaces, grimaçaient pour de vrai dans le velours. Se parlant d'amour avec des moues de dégoût, et de gloire ou de devoir avec des mimiques d'insupportable nausée sur le visage : professionnels du chichi perdant la face et fronçant le nez comme des cabotins de porno.

On a enclenché la troisième piste. Stéréo. A l'impro, chacun y est allé de son paquet — billes, stylos, monnaie, chocos-BN — sur les premiers rangs. Ramdam et murmures, houle, rigolades et récidives, le spectacle était partout : « Mais ? ! » — « Enfin... » — « C'est une honte ! » — « Que quelqu'un intervienne ! », etc. On s'est bien marrés.

Toute la classe a été punie pour la peine. Dès le lendemain. Ce qui ne gâtait rien. Charlotte avait « honte, messieurs, pour nous » : le Théâtre-Français s'était plaint « officiellement » auprès du proviseur. Sortie sabotée, spectacle gâché : Eischmann, dans cette circonstance, m'avait bien épaté. Il y avait mis du sien. Un authentique faux jeton avec quelques qualités mufles rares finalement taré par les bonnes influences.

C'était à peu près ça, mes potos de l'époque : des blancs, bons, bêtas, et des obscurs — ou presque. La plupart entre. Et loin au-dessus, sur tout ça médiocre, hésitant, aplati, l'ombre d'un génie : la lumière noire satanique, excessive, du Diable incarné. Zingaro. Et tout autour, puissants, glaciaires, macabres, les murs de la forteresse : H.-IV.

*« Pour avoir frappé d'un coup de pelle un chien qui avait déchiqueté quinze poules dans son poulailler et l'avoir ensuite laissé agoniser pendant vingt-quatre heures, M.** a été condamné à Marseille à dix jours de prison. »*

LE lycée de garçons Henri-IV (ex-lycée Napoléon) n'était pas une ancienne abbaye (Ve s.) pour des nèfles. Sous la surveillance croisée de saint Étienne (pour la foi) et sainte Geneviève (pour la mortification), de Clovis roi des Francs (pour la glace de l'histoire) et du Panthéon Louis XV revu et corrigé Constituante (pour le culte des morts), la vie de lycéen, morose et oppressée, y était, sinon un calvaire, une fastidieuse pénitence. Longue et lugubre et inlassable : procession de mois, de saisons, de semaines éteintes, comme un cortège de flagellants. Ponctuée à peine par les chapelets de rituels immuables...

Et c'était le sonnerie rouillée des « heures ». C'étaient les enfilades de couloirs, pétrifiés dans leurs légendes (Pompidou avait professé ici, la grammaire ; David Copperfield y fréquentait en chair et en os en la personne de Didier Haudepin, héros TV, dans la classe à côté ; et Sganarelle Belmondo, ayant eu le bon goût d'écraser un plat de ratatouille dans la figure d'un maître-surveillant quelconque de réfectoire, avait eu ce privilège peu avant, au terme d'un passage en flèche, d'en être renvoyé). C'étaient les traversées de préaux mornes au sol grésillant de sable verglacé, et ces rassemblements jacassiers frileux d'interclasses au guichet-négoce des sous-maxés de la conciergerie, au fin fond de la cour du surgé, contre une porte verte à grille : empoignade absurde pour les barofruits-carambars-nounours-roudoudous dègues. C'étaient les stations embouteillées et ricanantes, fronts grumeleux de comédons baissés, aux urinoirs verdâtres juste en face, sous les passerelles : chiottards ammoniacaux calcairisés par des générations de vessies en rétention. C'étaient les rencontres déambulatoires masque à masque, au fil des semaines d'hiver éternel, des spécimens de la faune locale, enfin : tribus de gougnafiers français en blouse mâchefer, boutons aux pommettes, épaules voûtées, engelures rouges aux poches, pieds de plomb traînés ; pions, préoccupés par quelque thèse miteuse en cours et d'autant plus impitoyablement impatients et irascibles, matamores ou tatillons ; autorités, sourcilleuses et lointaines, services de Renseignements en solde...

Toute une vie à goût de poussière d'automne, mini-société fondue par mimétisme dans la couleur des murailles du lieu : illustrement crasseuse. Et le corps professoral, bien sûr, Olympe de cette médiocrité de purgatoire : les « profs ». Seigneur. La fine équipe ; quelle horreur. Brutes, pédales, ploucs, nazis. Quel panorama...

Le prof de gymnastique, rayon abrutis, une véritable baleine en survête : Potron. Épais, violent, vulgaire ! La légende voulait qu'il fût un jour monté, jeune et fringant, tout en haut du donjon Clovis, pour y exécuter un pharamineux pêcher sur les mains, accroché à la flèche périlleuse de la plus haute tour : des craques, évidemment. Ce tas de lard rasibus avait déjà du mal à tenir sur ses guibolles suiffeuses par terre, alors sur les mains, en l'air...

Quand ce n'était pas ce gros con de flic à bedaine, foutant les colles à la pelle pour se donner une importance, c'était l'orang-outang du nid d'aigle déjà évoqué : Wagner-Corbiack. Le musclé fou reclus du deuxième étage sans ascenseur. Enfermé dans sa cage grillagée à la hauteur des guirlandes du Panthéon, animal dangereux exaspéré par la haine de ses salles musicophobes, la mesquinerie effroyable des considérations pratiques, touffu anthropopithèque : Corbiack, gagné par la paranoïa rabique des artistes illuminés incompris. Voilà pour les costauds.

Rayon avortons, Charlotte. Nom de femmelette. Un sous-Louis de Funès dans le quartier de Louis le Pieux : contracté de partout, petit, déplumé, susurrant et grippé, empêtré dans ses latinités asthmatogènes, lanternant à mourir... Et qu'il fallait se farcir par-dessus le marché, sorti de Sénèque et Tite-Live, en français. Malherbe, Marot, Montaigne... Nullité. Il arrivait à précipiter les classes les plus survoltées dans des catalepsies brutales : au bout d'une demi-heure, une heure de leçon ; des hypnoses d'ennui, à le regarder, rabougri-gris, arrondir ses sentences en cul de poule barbituriques et faire crisser sur le plancher grinçant le cuir crispé de ses petites chaussures briquées. Frr-flac, ron-piche... Et c'était ça, prétendument, notre professeur principal ? Momie.

Autre dangereux miteux, mais tout en longueur, cadavéreuse et noire comme de l'encre : le professeur d'espagnol de la salle 7 ou 8. Encore une réussite. Avec accent, d'un autre siècle, remonté comme un refoulé de tuyau bouché du temps où l'on frottait les « rrr » dans le Bassin parisien. Ce qui donnait aux leçons, par ailleurs tuantes, de cette haridelle calamistrée, des airs paradoxaux d'opérettes de la Belle Époque. D'autant que le costume, lustré, la maniaquerie, le col amidonné, les froncements de tarbouif sous les binocles, la moustache en brosse à dents émoussée sur les crocs de lapin, et le sempiternel feutre de croque-mort dont ce chevalier à la triste figure couvrait sa calvitie taveleuse, complétaient jusqu'à l'hallucination le personnage du vieux con. Cauchemardeux mais burlesque.

C'est bien simple, quand cet espingouin interrogeait un élève (« Comment trrrraduit-on "une pèlerrrine", meûssieûr ? »), automatiquement, obligé de le regarder en face, l'élève désigné commençait par éclater de rire. Ce qui n'était pourtant pas drôle — puisque les heures de colle suivaient immédiatement. Mais rien à faire, c'était plus fort que tout, il fallait lui rire au nez, comme un con. Bellegarde, pourtant peu porté à la gaudriole, tellement crâneur et raide lui-même, si arrogamment distant, était abonné à la chose : Ah-ah-ah-euh ! A chaque fois, le professeur restait sur l'expectative, interloqué, hoquetant à moitié des amorces de « M-m-mais ! Mmm-mais-z'enfin ! » et finissait par plonger sur son calepin de retenue pour sévir, narines à pinceaux de poils pincées et moustache relevée : « Vous me fe-r-rez quat-r-rr-e heu-r-res de colle, meûssieûr Bellegar-r-rde ! »

Autres membres du club des idiots diplômés : le répétiteur d'anglais amerloque do-it-iste des salles vacantes 1 ou 2, un classique du genre « copains entre nous » (« OK, Jeon-Françoois ! Tell us what's on your mind ! »), systématiquement séché ; et le cureton pêcheur d'hommes, parfumé à la vieille pisse de bénitier, du catéchisme, unanimement méprisé.

Tous ces gens-là déjà, en dehors de Corbiack égaré et du prêtre béatifié, passablement amers et méchants — surtout Don Quichiotte —, nuisibles dans la mesure du possible, mais avec un petit quelque chose d'accessible encore, exceptionnellement, ou du moins de secondaire.

Plus cyniquement néfastes, voire abjects, presque sans distinction de saloperie si ce n'est de pouvoir, le bloc des autres. Les smarts d'abord. Un prof de dessin, totalement déclassé du fait de sa spécialité si dépréciée, capable d'une acrimonie sournoise difficilement imaginable : Mollard... Cauteleux, bien mis de sa personne, promenant inlassablement ses paumes douillettes sur une blouse à tout prix immaculée, suant la hargne et le sadisme sous ses semi-risettes continuelles de Raminagrobis mince : odieux.

Assez proche, au physique et au mental, du professeur de dessin, autre fameuse ignominie : Bessis, les maths. Lui aussi ronronnant derrière ses cravates fines et cols impeccables de nylon fonctionnaire, tout sourire en quelque occasion que ce fût, dodelinant éternellement du chef de façon débonnaire sous ses cheveux crépus soignés, frottant ses mains pleines de craie, tel le gymnaste avant l'effort qui s'enduit de magnésie, et distribuant consignes et zéros sur vingt comme s'il en pleuvait avec la même inaltérable affabilité suffisante. En réponse, on l'appelait civilement « le bougnoule », et pas autrement.

Troisième mince (en moins ascétique et SS), mais fringué comme une cloche (futals trop courts) : le professeur d'histoire et géo. Un ton en dessous quand même, question haine, et se distinguant surtout par une gestuelle biscornue à base de courbettes, assortie d'un défaut d'élocution accusé qui faisait mourir de rire ses élèves — ce qui devait un jour me coûter cher...

Et enfin un moyen gras, boudiné dans ses pantalons, lui aussi à tendances soignées non avenues : le professeur d'anglais : Sénéchal. Super gros cul, appelé à devenir longtemps après inspecteur d'académie et pour l'instant juste mortellement ennuyeux comme tous ses collègues, plutôt moins teignouss que Bessis et Mollard, mais certainement plus laid. Rubicond, vesté à carreaux brunâtres, le cheveu surabondant et naturellement cranté, gourmé comme une tantouze graisseuse bourrée de religieuses et d'andouillettes. Et si dangereux lui aussi... comme je devais — là encore — le vérifier à mes dépens sous peu.

Sciences naturelles ? Bibliothèque ? Perdues corps et biens. Autres bâtiments, autres cours, mers de préaux et de prénoms... Noyés dans le brouilllard, oubliés dans le tas, magisters et éléments.

Pour l'essentiel, le drame se tenait dans la première cour. On y accédait en traversant l'entrée en patio de la rue Clovis ou, plus directement, par le hall-porcherie de l'entrée sur Panthéon. A.M. Ampère, assez dandy, col Empire, faisait le portier de bordel, annexe louche au Panthéon Bonaparte... Un autre Ampère (cousin ? père ? frère ? fils ?), en buste, moustachu et moins décontracté, régnait sur la cour qui suivait. Trois portiques gréco-romains en face de lui ; une sorte de verrière en balconnet mystérieuse à sa gauche, soit au fond à droite au-dessus de la porte d'accès au Petit Lycée ; des vitraux religieux sous fenêtres romanes ramassées ; et partout, à la ronde, bloquant les issues, des petites gueules hargneuses de lions sculptées : que personne ne sorte... Voilà le paysage.

Avec les blouses d'appariteurs englouties dans la machine à tambour spatio-temporelle, les visages brûlés, les compagnons enterrés, les listes d'appel emmêlées — Provost, Durin, Klajman, Sylvestre,

Leroy-Deval, Chedin, Hervé, Alvarez, Castets-Joubert, Thibout, Joinet, Bredier, Tournier, Van Brabant, Noël, Thefaine, Weiss — et les trous de mémoire, avec le nombre de paires d'oreilles décollées ou de lunettes de traviole convenable égaré, avec tous les numéros déficients (tordus, grandes perches, polios patasses, cafteurs, rigolos, courtauds crampons, menteurs, cancres, forts en thème, minus-habens) et armoires à glace de service mélangés, sans oublier les deux ou trois bonniches à serpillières obligatoires perdues au milieu de cette ménagerie de fayots, ça fait un décor humain.

Entre le boiteux concierge et un Louis XI local : le surpatt' bossu évadé de sa cage, une véritable petite Cour des miracles.

Il ne manquait plus que Ravaillac.

« Des centaines de jeunes gens ont manifesté lundi à Santiago pour protester contre le relèvement des tarifs d'autobus. Ils ont barricadé les rues et lapidé des autobus. »

Je me rappelle bien. Moi, je marchais vers un cours de français. Récré. Je ne pensais à rien. Très sage, posé, vide. Pas de fripouilleries en tête. Je déambulais avec les copains. On sortait d'un cours de dessin calmos, plutôt satisfaits d'en être quittes avec cette tête d'andouille de Mollard, l'artiste-peintre vicieux de la cour de la Tour, on allait à petits pas. Tranquille. Il faisait tiède. C'était juste au pied de l'escalier du hall central. A la rencontre des quatre cours principales (Clovis, Méridien, Cloître des cantines et cour Ampère habituelle). On papotait, sous l'œil bienveillant des quatre Moïse culturistes au Sinaï, on flânait. Rêvant, traînant, bavassant.

Il déboule ! Fou, dingue. La survitesse. Il passe en trombe. Tout près de moi. Comme la foudre. Prend un virage-catastrophe, putain de champion, un tournant équilibre ric-rac à se déjanter les godasses. Et ça y est. Il est parti en valdingue furieux, en l'air comme ça : « zzzoum ! », quitté le sol des deux panards. Et puis « vlaaanh ! » ; un retour à se fêler la colonne. Il a pris une gadasse fracassante, secousse à vie. Il s'est ramassé à toute vitesse et de tout son poids d'os sur la pierraille. Ce n'était pas un souple, Zingaro. Ça a claqué comme une gifle. Terrible. « Qu'est-ce qui te prend ? Malade ? Tu tiens plus sur tes quilles ?...

— Ta gueule ! Ta gueule ! » il me dit, en se relevant. Il grimaçait les dernières douleurs. Il souffrait, c'était visible. Mais on ne pouvait pas savoir de quoi il souffrait le plus : de la crêpe qu'il s'était collée, cette ratatouille sur le marbre, ou bien de la trouille ? Ça lui dressait les tifs et ça agitait sa vilaine tête de rat dissimulé de plein de tics au coin des dents et au bout des yeux. Il riait, avec les lèvres tirées à plat, en même temps. Les nerfs qui craquaient. Et puis l'instinct du jeu dans les circonstances les plus graves. Quel con.

« Ta gueule ! Ta gueule ! » il faisait, précipité, en tremblotant sur ses cannes débiles, alors que je le retenais par son mauvais caban cochonné pour l'empêcher de retomber sur place, « Ta gueule ». Et vite vite, en bavant un peu, de ses lèvres bleues frissonnantes, en trois souffles, haletant, il m'a expliqué le moche tracas qu'il avait. Voilà : quand je l'avais vu dégringoler l'escalier, il venait d'être surpris, tout juste, en train de maquiller la Vierge et l'enfant Jésus du palier, purs monuments Beaux-Arts, à l'encre de Chine. Tu parles ! Il avait travaillé à fabriquer des lunettes à la Vierge et des moustaches au Jésus. Satané traquenard : ça allait lui coûter chaud pour sa gueule. Il avait à peine fini de m'expliquer le topo, en se frottant les omoplates — qu'il avait dû se martyriser à mort en encaissant son valdingue sur la caillasse —, il n'avait pas terminé d'articuloter son récit dératé, qu'il s'évanouissait : fffsst. « Disparu, tu m'as pas vu. J'existe pas !... »

« Ni vu ni connu », c'était du Zingaro tout craché, ce passage hors normes. Ce transit fabuleux. Ce type était insaisissable. Nationalité ? Age ? Profession ? Projets ? Nom ? Signalement ? Signes particuliers ? Un seul mot en réponse à tout ça pour le définir : F.L.O.U. *Flou*. Le bonhomme n'avait pas d'identité. Il était en fuite, permanente. Il fuyait de tous les côtés. C'était un courant d'air, une esquisse. Il faut expliquer : le type qui est toujours en train de bouger sur les photos de famille, les clichés de classe, sur les cartes d'identité, photomatons, souvenirs de vacances, celui qui est toujours grimacier, mal cadré et bougé, c'était lui, Zingaro. Pas net. Le pire, il agissait sciemment, en grand calculateur. Construisant son avenir. De biais.

Il avait de vastes projets bandits à long terme. Et il pensait que, dans son intérêt, il devait absolument brouiller toutes les pistes possibles. Ne jamais laisser derrière lui la moindre trace lisible. Alors ffffuitt. Il faisait bouger son pouce et son index, latéralement, imperceptiblement, au moment de les imprimer sur le cadre des empreintes digitales et ça embrouillait la carte d'identité. Alors brrrr ! Il repérait bien le moment du déclic quand on posait pour une photo de classe et plop, à l'instant précis où il allait être pris, fixé, il baissait un tout petit peu sa tête de faune, ou il la levait, ou il se passait une main dans les cheveux, en faisant bien gaffe que son poignet le masque, ou il tournait la tête : cliché foutu... Zingaro sauvé.

Brouiller les pistes, semer des hordes de poursuivants : il y passait sa vie. Méthodique, visionnaire, paranoïaque. A son avis, si on réussissait à le mettre en carte si jeune, il était fichu. Il ne pourrait jamais s'en sortir. C'était clair. Il fallait y échapper. A n'importe quel prix. D'où sa grande philosophie : « Ni vu ni connu » il disait, ou bien : « Pas de témoin, pas de papier (Va te laver les pieds). » C'était son idée fixe, sa hantise. « Pas vu, pas pris. » Et il s'y accrochait ferme. Il n'y avait que comme ça qu'il se sentait en sécurité. Quand il avait assuré ses arrières. Complètement fait disparaître ses traces. Identité floue...

Et ce jour-là, le jour du fantastique dérapage dans le hall, il était en train, comme d'habitude, d'effacer une piste brûlante, de tailler. En cavale. Comme tous les jours, toutes les heures, à chaque seconde. Il s'était créé un danger affreux, bloqué dans une impasse inouïe. Et ça le faisait bicher à bloc, à en trembler de toute sa carcasse maladive, à en vibrer de tous ses nerfs cassés. Il riait comme un dément évadé quand il avait disparu en hurlant « Ta gueule ! Ta gueule ! », quand il s'était enfui, coyote, pour échapper à ses chasseurs.

Les représailles sont venues. Cinq minutes après cette chute mémorable de Zingaro, on réglait les comptes en classe. A la bonne franquette, à la loyale : bien dramatique. Méthode H.-IV brevetée SGDG. Charlotte le crétin faisait une déclaration hypocrite à toute la classe attentive sur le ton tragique qu'on savait adopter à l'époque, pour aggraver au pire les situations les plus banales... Les choses n'ont pas changé, d'ailleurs : « On est intelligent, ou bien on est enseignant », disait une fois par jour Lasserre l'abruti, comme il disait : « On est honnête ou épicier. » Il avait raison. Charlotte pérorait : « Gnagnagna, un acte de... vandalisme insensé gnagna d'être commis, messieurs. Mais le coupable a quelque chance de bénéficier de notre indulgence s'il fait amende honorable dans les plus brefs gnagnagna... S'il se dénonce spontanément et rapidement, gnagna... Je lui fais confiance. Heu-Humm. Sinon... la classe entière sera sévèrement gnagnagna... Pour commencer... »

(Silence...) Je regarde Zingaro. Fourbe et flou. Rien de présentable. Il tremble. Il ne rit plus. Il a sa gueule des grands jours de trouille. Il n'ose pas regarder Charlotte en face, dans les yeux. « Messieurs, je ne félicite pas le gnagnagna. Par son attitude, à tous égards gnagna, il aggrave son gnagnagna... Un professeur l'a surpris, l'a vu, et le reconnaîtra sans aucun gnagnagna... Je lui donne encore une chance, une toute dernière chance ! Je règle ma montre à 16 heures 15. Si à 16 heures 17 minutes, dans deux minutes très gnagnagna..., il s'est fait connaître, je ferai mon possible pour gnagna. Deux minutes, monsieur le vandale, pour faire votre examen de gnagnagna... Et pour décider si oui, ou non, vous gnagnagna que vos camarades soient tous gnagna par votre faute... »

(Silence...) Le temps devait peser à Zingaro — glagla —, puisque j'en souffrais déjà, moi, sans être coupable. Et en même temps, je jouissais intensément de la situation. Je n'étais pas habitué. Il fallait que je m'enfonce bien dans le crâne, toutes les trente secondes, que je n'avais rien fait, que je n'avais rien à me reprocher, pour me sentir épargné, délicieusement non concerné : c'était extraordinaire, ça, de ne pas être le coupable. Je matais Zingaro. Alors lui, par exemple, putain, cette fouette qu'il se serrait. Il en avait perdu le sang. Il était gris. Il se momifiait sur place. Lui, si squelettique déjà au naturel. Il faisait plein de ces petits trucs nerveux, incontrôlés, tic-tic, avec ses doigts partout : tripotant ses cheveux, ses yeux, ses affaires, son front, sa braguette, ses narines, ses lèvres. Il était tout pincé. Jusqu'à l'os. Il souffrait la mort, ça se voyait. Il ne savait pas où se foutre. Et pour corser le tout, il marchait dans le jeu infect de ce vieux trou du cul de Charlotte. Il avait envie — pour moi c'était patent — de s'étendre, de manger le morceau, envie de se déballonner comme un sale foireux — tant pis. Il voulait cracher sa valda. C'était un miracle qu'il ne se soit pas encore allongé. Et en face, le vieux jeton qui regardait sa montre, gnagnagna ; les sourcils bien froncés pour faire mine de... Fin salaud. La vache. Petite peste. Aussi retors et dégueulasse que les autres professeurs dont il faisait semblant — c'était sa spécialité — de se démarquer. Faux cul.

A un moment, Zingaro rencontre mes yeux. Discrets — l'habitude —, mes sourcils lui disent : « Non. N'écoute rien. Ne dis rien. C'est du flan, les menaces contre les autres, rien à tamponner. Non. Tu n'as rien fait. Rien vu. Personne ne te reconnaîtra. Ils veulent te feinter. Ils n'ont rien contre toi. Écrase et attends, nie. »

« Bien : j'ai gnagna tout mon possible... a réattaqué l'enfoiré du bureau. A présent tant pis pour celui qui a gnagnagna la chance — que je lui offrais — de se réhabiliter. » Non mais, il fallait l'entendre. Le voir, avec son masque d'opéra, pendant qu'il discourait : quelles singeries. Comédien. Professeur, c'était ça : branche ratée du métier déjà si minable d'acteur. Grands airs, pertuisanes, fraises, ergots, petits figurants et souffleurs. Les hallebardiers-doublures, les petites recettes, toc.

Sur quoi, les traits tendus au maximum, le fanon bien tiré, la lunette sévère, le pif grave, le maintien plein de rigueur et de fatalité, Charlotte du bois dont on fait la bascule a repris son cours mort de langue morte — de bois, mort comme lui.

Le cours terminé, on s'est retrouvés. On a pu parler un peu à la sortie du lycée, près des autobus 84 (Champerret), juste derrière le Panthéon. Zingaro faisait de l'huile. Il fouettait. Il était glacé, perdu, foutu. Il ne savait pas quoi faire et ça commençait à sentir le roussi pour lui : des mecs se mettaient à l'accuser directement, à le mettre en cause, lui nommément. Il était suspect numéro un, voilà. Pour le coup, son système des traces bien effacées foirait complètement. Ça allait transpirer, se savoir. Il ne comprenait plus où il en était. Il allait être dénoncé, il se mettait à vouloir secouer les grilles — quelle bizarrerie ? —, il avait des pressentiments qu'on allait le balancer, que tous ces pourris lèche-cul allaient le donner.

« Qu'est-ce que je fais ? Hé-hé. Ta gueule !... » il demandait, en tirant sur mon manteau, de tous ses ongles, nerveux à se casser et s'énervant parce que je rigolais à le voir faire : « Ta gueule ! Ta gueule ! » il insistait mais, au plus profond de sa trouille, les fesses souillées, il ne pouvait pas s'empêcher de ricaner encore, par instants, en pensant au mal qu'il avait réussi à faire. Ça lui revenait.

Il évoquait les statues saccagées, beaux-arts déguisés, blasphèmes accomplis : ah pardon. Et il rigolait. Sans cette menace qui pesait sur lui, merde, qu'est-ce qu'il serait content. Vraiment joice, indécrottable. C'était un sacré beau coup de vandale, non ? La statue — il le précisait — « était irrécupérable »... Il y avait foutu la dose de Chine, ça je pouvais lui faire confiance : il y avait collé ce qu'il fallait pour imprégner le minéral « à jamais ». La pierre, imbibée comme elle l'était, on ne pourrait plus la lessiver — ah ! ah ! La statue était foutue, garanti. Tu parles : elle avait tout pompé comme une éponge.

Il triomphait deux secondes. Et d'un coup, vlamm, la terreur le reprenait : « Merde ! Ta gueule ! Qu'est-ce qu'il fallait qu'il fasse ? Hé-hé ! Hi-hi ! Ta gueule ! » Il était agité, corps et âme, profondément troublé par l'affaire. Je lui disais qu'il avait bien fait de se contrôler tout à l'heure, de boucler un peu sa sale boîte à camembert. Mais ça lui faisait une belle jambe : tout le monde le traquait. Ses copains, ces foutues ordures de chouchous et compagnie, allaient le dénoncer. C'était sûr.

Et d'abord, il y en avait qui l'avaient bien vu. Ah. Et ceux-là, pour ne pas être collés, pour lécher et tout, ils le donneraient gratos. C'était joué. Qu'est-ce qu'il fallait qu'il fasse ? Merde ! Qu'est-ce qu'il devait dire ? Ta gueule ! Hé-hé ! Il en revenait tout le temps aux mêmes salades. Il finissait par être lourdingue, et collant. Avec ses secousses qui l'agitaient de bas en haut toutes les trois secondes et ses « Ta gueule ! Ta gueule ! » Il riait en secouant mon revers dans ses griffes. Il avait les ongles longs. Et fort sales. Il ricanait. Il me cassait les oreilles.

Un mainate, une espèce absurde et menacée d'oiseau malade, on aurait dit, mazouté ou quelque chose de ce tonneau : avec un véritable bréchet sordide par-devant — polichinelle — et un début de gibbosité par-derrière — pingouin bordélique. Il tenait ma manche bien agrafée, cricc : « Qu'est-ce qu'il fallait qu'il fasse ? Alors, à la fin ? Merde ! Hi-hi-hi ! Ta gueule ! ! » Ça repartait : il en avait marre. Et il tournait en rond.

Sans compter qu'il devait menacer toutes les deux minutes de branlée des mecs de la classe qui n'hésitaient pas à dire « qu'ils allaient le dénoncer, clair et net, et que c'était dégueulasse ce qu'il faisait, ce foignard : de laisser retomber sur les copains les conséquences de ses conneries. Et que quand on est pas un dégonflard, on a qu'à prendre ses responsabilités... Pédé ! » Ça foutait les foies à Zingaro, ces promesses. Et pour être tranquille, il se mettait à promettre à chaque connard qui ramenait sa fraise de lui fracasser les dents et de lui « défoncer l'oignon au coin des chiottes » — tiens, s'il l'était tant que ça, « pédé » !... Ça entretenait la tension. Zingaro n'en pouvait plus. Moi non plus. A force.

Il a fini par s'enfuir chez lui, rampant, en rasant les murs, le malaise à la peau. Et le lendemain, il m'a expliqué un truc abracadabrant — comme tout ce qui le touchait —, un coup fourré incroyable : il avait fait téléphoner sa mère. Bon. Et à sa mère, il lui avait fait dire au surgé comme quoi, lui, Zingaro Olivier, de la classe de troisième A², il n'était pas le « vrai » coupable. Nuance. Il n'était coupable qu'accessoirement. Il n'avait fait qu'étaler un peu. Il insistait là-dessus, c'était sa grande trouvaille, ça : « Un peu. » Il avait juste étalé *un tout petit peu* l'encre de Chine en deuxième main sur la fiole sacrée du petit Jésus et de sa vioque. Ça ne devait pas tenir dix secondes, ces sornettes, c'était évident. Devant un esprit un peu critique, avisé, un tant soi peu sensé...

Eh bien, contre toute vraisemblance, toute attente, ça a suffi. Zingaro, une nouvelle fois, s'est dépêtré, de cette façon si sottement vaseuse, du mauvais pas chinois où il s'était fourré. Il a réussi à faire admettre sa version fumeuse des faits. Trouvé le moyen de s'en tirer. De fuir. Piste brouillée. C'était ça, Zingaro : le flou. On se ressemblait au moins pour ça. Turbulents et sournois. On savait s'y prendre de manière à ne jamais se faire poisser.

C'est pour ça que ça m'a étonné, le jour où je me suis fait virer.

« Le jeune professeur de vingt-sept ans qui, le 24 juillet dernier, fit exploser une bombe meurtrière dans la gare de Johannesburg, a été exécuté jeudi matin à la prison centrale de Pretoria. »

EST-CE que je sais, moi, pourquoi ils m'avaient renvoyé ? Reviens plus. Trublion. Élément. Sapajou. Non, dans le fond, vraiment pas. Et je ne l'ai jamais su. Vagabond. Mauvais. File à ta maison. Mais le fait est que j'étais « officiellement » exclu. De la cantine, à titre gracieux. Ça commençait.

Mon frangin avec moi, alors là, c'était l'injustice pure. Une bavure. Parce que mon frère, en ces temps troublés, dans ses plus graves débordements, il gardait toujours un peu les pieds sur terre. Dans ses pires déconnantes, encore un orteil. Il était méditatif, « posé », pensif et sensé, zut, lui. Pas du tout dans les mêmes dispositions d'esprit que moi, oh-là-là. Il ne méritait pas d'être classé comme ça : « Malpropre de la demi-pension. Égal à : désordre. » C'étaient des vrais porcs, voilà comment ils opéraient leurs nettoyages, à H.-IV : en gros.

De toute façon, cette affaire foireuse, pas besoin de chercher d'où ça suintait. C'était signé : surgé. Ce vieux pet sur pied. Tout rond du dos. Carabos. Venin. Chameau. Il avait vidé mon frère pour rien,

dérapage, au bas d'un escalier, essoufflés fin de sprint, Zingaro et moi, et lui. Pas le temps.

On était toujours pressés, surexcités, fugitifs : je le voyais à peine. Il était inquiet — paternel, je dirais — dans ces cas-là. Mes manières de faire, si asociales, éperdues, mes façons d'agir aussi systématiquement en dépit du bon sens, désorientées, anormales, le troublaient. Je lui donnais du souci. Il fronçait un peu les yeux, et il me regardait passer résigné. Il savait dans quel cas désespéré j'étais, dans quelle impasse aberrante je m'enfonçais. Et lui, par suite, un peu. Il comprenait vaguement que je me ruais au désastre. Il voyait venir Pompéi à Saint-Michel, l'effondrement babylonien de nos dernières chances de salut, d'intégration. Fffttt... Ni vu ni connu. On n'avait pas le temps de se raconter tout ça, en général. Ce n'était pas nécessaire : on se verrait le soir, dans la chambre commune, à la maison.

L'appartement du 7, rue Marie-Debos. Montrouge. Brrr. Capitale des compteurs à gaz. L'obscurité, la saleté, la banlieue tellement maudite à crever, la déprime. Un paradis pour Soviétiques. Le carrefour Brossolette, enfumé et pétaradant, croisant les directions embouties de Boulogne-Vanves et Clamart-Versailles. Parcours obligé des défilés syndicaux.

Pour ce qui nous concernait, pratiquement, en débouchant de la rue du malheur sur main droite, c'était : tout droit porte de Châtillon et périph, encore à droite mairie de Montrouge et centre-ville. Quelle pitié : la laverie-pressing du croisement. Quelle horreur : la librairie-papeterie de la rue Pierre-Brossolette — où j'avais le culot de faire voler *Lui* en devanture à ma sœur de quatre ans. Quelle honte : l'électroménager, à la vitrine duquel nous allions suivre, en famille, comme des immigrés merdiques, les finales de football télévisées. Quelle tristesse : cette cuisine sans jour de petit F4 60 m² — troisième étage, ce salon étouffé, cette salle de bains-sabot, cette chambre commune en préfabriqué, ces secrétaires pauvrets (dont le battant-piège de bois jaune vous retombait sur l'occiput à chaque tiroir tiré), cet espace vital tronqué, ce linoléum calamiteux, ces six baies vitrées opaques, cette vie-là sans valeur, sans lumière, sans nécessité.

Entre Malakoff, la Vache Noire, et Vanves hors d'atteinte, la rue Marie-Debos était une sorte d'impasse provinciale médiocre coupée du temps, à l'atmosphère aussi engageante que son nom deux fois difforme. Devant : le cimetière de Bagneux, derrière : le cimetière de Montrouge. Un non-lieu passable plié entre l'asphyxie automobile de la rampe Brossolette et les exhalaisons chimiques douceâtres de la rue Maurice-Arnoux. Avec son horizon bas exemplaire. Cent mètres de long sans importance, une droguerie de voleurs grincheux, une pâtisserie farineuse à devanture bourge rénovée en plastique pailleté à un bout, une palissade de bois blanc à l'autre bout, étrange, le tout sous le signe fatal du Lion Noir. Le cirage régnait sur le quartier.

En fuyant la ruelle, on tombait sur les bourrasques de la rue Maurice-Arnoux. Sans soleil, elle menait, contre le vent, rasant les murs aveugles d'une usine de constructions électriques et ceux d'entrepôts vis-à-vis, jusqu'à la misérable place Jean-Jaurès. Re-disquaire électroménager pour l'éternité, café-bar, ex-collabo charcutier, pâtissier du dimanche, fleuriste parfumé au cimetière, laideur gris-muraille.

En battant en retraite presto-subito vers le Lion Noir, on passait ces sortes de hangars d'alpages en bois d'autrefois, à colombages rabotés, avant de tomber sur la perspective de cauchemar Gabriel-

Péri. Vers l'imprésentable parvis de l'église Saint-Jacques — à laquelle, dieu soit loué, mon frère et moi, enfants, avions volé tant « d'argent pour la messe » confié par nos parents, pour le recycler dans l'achat de timbres de collection ou de confiseries cancérigènes telles que : « Mistral rafraîchissant ». Le long d'une avenue sans identité ni espoir, on gagnait in extremis le dégagement humain de la place de l'Hôtel-de-Ville, ou « de la Libération », n'importe. Avec son kiosque à musique éternellement inemployé, ses feuilles mortes en toute saison et cette construction de brique officiellement alignée sur la rue de la République, qui faisait office alors de Maison de la Culture : pour la distribution des prix, les spectacles de marionnettes ou les concerts.

Au-delà, passé la coquette école « de garçons » rouge Jules-Ferry (où nous avions sévi passagèrement enfants, un trimestre 60 exactement : retenues, dents cassées, et tous les prix raflés — d'où « pétition de parents »), au-delà du centre-ville, c'était : soit l'issue de secours de la porte d'Orléans sur la gauche, à travers le boucan répugnant du périphérique, tremplin vers Montparnasse-Bienvenue, soit la perdition corps et biens sur la droite, le plongeon rue de Bagneux vers la Vache Noire... Plus rien à espérer, rien à voir, rien à garder. La pouillerie provinciale de petite banlieue, la poussière cimentée, la crasse pingre, la famille tellement maudite à crever : Montrouge.

« Guadalajara. Une panique s'est emparée du public à la sortie des arènes d'El Progreso, dimanche. Vingt-cinq personnes ont trouvé la mort et des centaines d'autres ont été blessées. »

« NOTES ? », nous dirait notre père, déjà toqué, voûté sur la table de la salle à manger confinée, avec des yeux de décavé et une gauloise sans filtre éternelle aux doigts. Pulmonaire et ragassier. Rhha-rah-rheum. Entre Bogart cancéreux et Montand descente de bicyclette. Et on lui dirait, forcés, presque obligés par la façon méticuleusement tordue, gênante, dont il formulait ses questions sans intérêt, on lui répondrait des trucs bêtes cent fois répétés, confus et réticents, du genre : « Oaaah. C'est toujours pareil. Pffff. Laisse-nous tranquilles... On est assez grands pour se débrouiller... On peut pas parler d'autre chose ?... » Dans le silence crispé du repas d'enterrement quotidien.

« Hoooo ! Bon ! Boon... », il gémirait, en faisant son outragé, en ouvrant ses carreaux de tubard brillants sur des immensités de résignation et de caprice, « je disais ça pour parler... Mais si maintenant, on n'a plus le droit de s'intéresser à ses propres enfants... » Là-dessus, il se taisait un coup, accablé ou vexé, tandis que ma mère soupirait :

« Par pitié, vous n'allez pas recommencer... » Et puis, il fallait qu'il pète, bordel : « Et vous allez parler sur un autre ton à vos parents ! A la fin... Ça devient invivable ! Ça ! Écoutez !... Vous ne savez que maugréer. Et dire des méchancetés quand on s'intéresse à vous ! Il faut tout de même que vous appreniez à vivre en société !... » Et voilà. Ça c'était une autre possibilité. Le coup de sang pour des raisons purement personnelles. Parce que ça ne tournait pas rond dans sa tête, que ça n'allait pas bien. Parce que mémère tirait sa gueule des mauvaises règles. Il lui prenait des colères de faible. Comme ça. Sursauts de vieillard précoce presque à la ruine. Des derniers soubresauts avant l'extinction des feux. Crevure.

Isabelle, dans ces cas-là, en général, elle était priée de « filer dans sa chambre ». Ils ne voulaient pas qu'elle assiste à nos pénibles règlements de compte en famille. Mais c'était plutôt étroit, l'apparte miteux à Malakoff la Jolie, horreur des banlieues mortes avec chats crevés, couloirs de vent et rues vides : un vrai nid de cafards. Isabelle, il lui suffisait de laisser la porte ouverte en se barrant, la pauvre, ou de coller son oreille à la cloison de sa chambre qui fermait le salon, pour tout entendre. C'était le soir que se tenaient les représentations. Ça se passait au moment le plus effroyable des journées : le dîner.

Silence. Si on ne parlait pas, les parents la fermaient. Ils étaient verrouillés. Et nous, pareil. Motus. On se faisait un devoir de ne pas l'ouvrir. Inévitablement mon père, le plus taré, mettait sur le tapis ses angoisses personnelles. Son anxiété effrénée. Il en débordait, d'anxiété. Il ne pouvait pas supporter les silences : il craquait.

« Notes ?.... » demandait donc cet homme dépassé. Ou bien des conneries du genre : « Qu'est-ce que vous avez fait aujourd'hui ? » Pffff... Qu'est-ce ça pouvait lui foutre ? En fait, on peut dire qu'il s'en tapait, de ce qu'on avait fait. Radicalement. Tout ce qui l'intéressait, c'était de régler ses comptes quotidiens avec ses angoisses. Vieux tas, de café, de bronches, de palu et de nicotine. Tas. Il était seul. Creux. Et nul. Il se sentait tout ça. Alors, il parait au plus pressé : sa pomme. Il cherchait, en abusant de son autorité plus ou moins établie, en occupant l'espace, à emplir son vide épouvantable, à pomper nos santés, nos tranquillités problématiques, nos affections supposées, pour combler ses manques immondes. Il dérangeait nos quiétudes pour colmater ses brèches de fêlé. Cherchant de vagues contacts, le sale merdeux. Mais si paresseux et biais, si peu spontanés, que c'en était à chier. A avoir pitié. Ou à en être exaspéré.

Et ça lui permettait, ces capricieux essais de dialogue, de faire son malin de toute façon. Soit ça lui donnait l'occasion de trouver un court et bien reposant refuge dans la conversation, quand on était extrêmement bien lunés, qu'on avait eu de bonnes notes et qu'on avait le souci de bien faire. Une petite esquive, bien égoïste, à son malaise : toujours ça de pris. Soit ça lui fournissait juste le prétexte qu'il fallait pour se faire un sang d'encre, pour distiller une mauvaise bile, bien fielleuse, d'hypocondriaque chronique, quand il avait reçu une bonne réponse insolente ou quand il se heurtait à notre silence buté. Soit encore ça lui offrait, dans ses mois de bonne santé — si l'on peut dire —, quand il avait de l'énergie inemployée à caser, des motifs rêvés à faire sa petite colère.

Vlaff ! Il s'outrait. Il avait les yeux dostoïevskiens. Tragiques. Immédiatement. Qui lui sortaient par le front. Le défiguraient dans sa barbe bleue. « Oooh ! » il s'affolait. Il dramatisait à la folie — comme les profs à la merde du lycée. Il disait qu'il « en avait assez ! Assez et plus qu'assez ! Qu'on était tous contre lui ! (Là, le « tous » visait même la mémère.) Qu'on ne faisait aucun effort ! » Bref, il s'employait à contaminer tout le monde et à transmettre ses névroses acides à toute la famille, tous ces garde-fous qu'on représentait et qu'il s'était créés, tout autour de lui, par calcul sordide — comme tout progéniteur — à ce seul effet : se faire plaisir, se compenser et se protéger.

C'était le soir, que ça arrivait. Et en général, ça se passait assez vite. On avait pigé le manège. Mais quand même, ça nous minait, ce rituel absurde. Si on mangeait avant, c'était des folies. Des questions terribles : « Tu es malade ? Ooooh tu sais ! Tu saiiiih ! », avec les GROS yeux. C'était un nouveau prétexte. Il fallait manger avec lui. Pour satisfaire totalement son caprice tyrannique de vieux con. Qu'on serve à quelque chose.

Et ma mère entretenait ses plus sombres vices — vices ou maladies ? —, elle le chauffait au maximum. Raclure. Utilisait ses rognes de minable, au névropathe exorbité, inhibée et malade comme lui, pour se défouler du même coup. Et comme elle n'osait pas tant que ça attaquer toute seule, quand elle sentait sa chance, son époux vaguement remonté, un peu en forme, elle se sucrait d'avance : elle lançait au pif — vlamm —, une, deux, trois beignes. Au jugé dans la face, pour nous apprendre. Teigne. Elle avait ses crises de nerfs froides. Ses break-down de duchesse Pètesec évadée du purin des très Hautes-Pyrénées, ses bouffées. Elle avait des vertiges, des soucis profonds, des torticolis et des chichis plein la tête. Toujours un tracas.

Elle ratait ses putains de menstrues et ça lui encombrait le tractus, alors elle nous beugnait — vlammm. Et elle y allait du plus sec qu'elle pouvait. Morue. Et immanquablement après nous avoir fait mal, il fallait toujours, toujours — un vice insolite —, qu'elle essaie de nous charger des remords qu'elle se traînait. Elle chialait. Elle se réfugiait dans les cuisines pour y cacher deux larmes de crocodile. Courageuse, fière. Sacrifiée. La mémère à son *Jean-Christophe*, ça. Salope. Le tourment, mon dieu, que ça lui donnait, d'avoir été obligée de fournir l'effort de nous frapper pour notre bien. Elle faisait mine d'être extrêmement meurtrie par nous tous, mon père y compris (la réponse à ses « tous contre moi ! »). Petit mouchoir, pleurs contenus et pudeur immense. Et même qu'elle s'était fait péter au moins deux ou trois veines aux mains, de nous avoir effleuré la figure. Ça, c'était sa névrose à elle : les veines.

De tout temps. Je l'ai toujours connue avec des veines explosées, par bouquets tout bleus, aux poignets ou dans la main, chaque fois qu'elle nous avait claqués. Roulure. Aussi vibrée que sa foutue mère à elle : Mamie. Maudite vioque puant le croûton aillé qui nous emmerdait, entre deux histoires de francs-maçons à la con, avec ses saletés de ritournelles de veines éclatées aux poignets. Race emmerdassière : « J'ai plus de forces, tu sais bien. Depuis mon quatrième accouchement... », elle nous disait. Et de nous narrer bon gré mal gré, avec une abondance de détails étonnamment écœurants et complaisants, sa énième fausse couche noyée dans les ragnagnas, les eaux... Et elle n'avait pas fini qu'elle repartait dans d'autres menteries de vieille folle encore plus effrayantes, rouges et dégoulinantes, d'autres dégueulis de matrice : « Dans le lit, à Abidjan ! Comment elle s'était réveillée dans son lit plein de sang ! » et comment elle avait perdu « toute la force de ses poignets » dans cette sanglante affaire. Et puis, elle réattaquait, sitôt cette baliverne-là bouclée, sur une autre histoire de jésuites, de youpins, de *Point de vue-Images du monde* (sa bible), de régime sans sel (mais avec échalotes et saucisse) et de cimetière (son époux), etc. Saloperie.

Et sa fille, notre mémère, c'était le *Matin des magiciens* en moins — parce qu'elle avait un peu d'éducation —, mais les histoires aux poignets pareil. Ces conneries de sang explosé. Après qu'elle nous avait giflés à tour de bras, cette pute, radical, ça repartait. Tout le tintouin : ses pauvres artères pétées, ses douleurs aux mains et ses mines fatales. Du coup, mon père, quand elle s'en allait l'échine un peu courbée, accablée, là, relevant, martyre courageuse et muette, quelques malheureuses mèches blanches de souci sur ses tempes fatiguées, avec ses tristes mains, ses pauvres petites mains bleues meurtries par les coups que nous avions eu l'audace de recevoir, mon père se réveillait. Eurêka ! Il ne se sentait plus. Éperdu. Il démarrait à fond, dans tous ses états, anxieux à plein et heureux, on aurait dit, de laisser sa vie glisser enfin dans la mélancolie la plus noire et pathogène, ravi de constater que sa maladie coulait partout autour, que sa gale mentale gagnait.

Il disait : « Chouchou ! Oooh non ! », avec ses sourcils froncés à l'extrême, en verticale entortillée, entre ses yeux expulsés des orbites. « Chouchou ! Non ! Ne prenez pas les choses si à cœur !... Écoutez, Chouchou... ! Ils vont venir s'excuser. » Ben voyons. Voilà comment ils arrangeaient les choses à leur manière, dans leur petit théâtre à la noix, ces deux timbrés : on allait venir demander pardon. « La chiasse, tiens ! Dégueulis. Touche-toi. Vieille vérole ! Va caguer pourriture, tu peux t'accrocher pour les excuses ! En plus, avec les beignes, merde, ça nous ferait un peu mal », on grognait, presque de façon audible — surtout mon frère —, comme font toujours les gens transformés en bave dans les chienneries de famille. Et tintin pour les excuses.

Sur quoi, parfois, quand il y était vraiment contraint

par notre attitude insupportable, provocante à son goût, le pépère nous mettait à son tour des tartes au coin du bec — boum. Haletant, affreusement embarrassé dans ses gestes absurdes. Pan. Le plus souvent, c'était pour faire plaisir à maman, histoire de nous apprendre la politesse et le respect d'elle — Chouchou chérie ! Il n'aimait pas ça. Ah non. L'effort de lever les bras... Alors ça donnait un caractère un peu gravissime à ses prises en main des punitions corporelles. Il devait quand même y trouver son plaisir, d'une façon ou d'une autre, aux coups sur nous, l'homme aux « notes », mais il mettait assez rarement la main à la pâte : ça, c'est à noter. Minable.

Il frémissait, nerveux, détruit de la tête — le goudron de « goldos » qui lui remontait à la cervelle —, il bougeait ses grandes pattes poilues, maladroit, cherchant la faille entre nos coudes repliés, nos bras indignement levés, par où il pourrait nous en virer une, deux, trois ou quatre, en travers du portrait. Plaf ! Plaaf ! Boum ! Paf... Il n'appréciait pas ça du tout ces pancraces de gifles dînatoires (pas par moralité, par feignasserie, égoïsme : ça le surmenait, pauvre vieux...), mais mémère, si. Elle se plaisait à gifler. C'était patent.

Et même, à certaines époques, surtout en période de grande démence, quand ils ne savaient vraiment plus par où prendre mes insanités personnelles, elle ramenait volontiers sur le tapis la question de « la ceinture ». Algérienne pourrie. Ça l'aurait comblée d'aise, je crois, de recourir à ce moyen spécifiquement sadique et sous-développé. Je suis formel : elle aurait aimé me fouetter. Ça, souvent, bien souvent, elle y revenait, à sa ceinture... Un fantasme à elle : « Henri, écoutez ! Je crois qu'il n'y a plus que ça. » C'était la tentation, la grosse tentation, cette ceinture. Menace très sérieuse. Et plusieurs fois, ça frôlait la limite. Jamais avec Jean-Marien.

Avec moi. Elle aurait voulu me voir une fois marbré d'estafilades, la mal-baisée. Elle devait se convaincre qu'un bon choc, un beau traumatisme dans le dos ou dans le cul, ça ne pourrait pas me faire de mal si ça ne me faisait pas de bien. Jamais, ça ne s'est produit. Ils ont toujours dû sentir que c'était une barrière à ne pas dépasser. Et que s'ils avaient touché à ces moyens-là, c'était l'asthme, l'hystérie, les convulsions sur-le-champ, l'épilepsie cataleptique ou la paralysie assurés aussi sec. Ou alors la vengeance terrible ; je les aurais tués.

Sœurette, pendant ce temps-là, Isabelle qu'on avait envoyée se faire voir dans sa chambre pour qu'elle n'entende pas récriminer, geindre, elle n'en perdait pas une, par la fente de la porte entrebâillée. Elle était au spectacle. A bonne école. On ne pouvait pas trouver mieux, pour l'édifier sur le bonheur ; ni pour la choquer, la marquer profond, que cet interdit posé à ce qu'elle assiste. Plus elle n'avait pas le droit de voir ces scènes répugnantes relativement banales — il ne faut rien exagérer —, plus elle les observait en cachette, plus ça la remuait. Elle m'a souvent raconté.

C'est comme ça que ça se passait, le soir. Ou les dimanches, les beaux dimanches de Montrouge-Malakoff l'abjecte, rue Marie « maintenant-et-à-l'heure-de-notre-mort » Debos, quand, dans l'ennui mortuaire, écrasant, fatal, des après-midi sans télé, immondes à en dégobiller vingt-cinq ans après, on s'expliquait de nos études en famille. Qu'on proclamait qu'on se contrefoutait bien que tel de leurs « amis » se soit fait zigouiller au Tchad et qu'en tant que militaire de carrière, il avait « choisi » de toute façon, non ? (sourire sarcastique). Qu'on annonçait qu'on se foutait radicalement de ce film de merde qu'on nous proposait d'aller voir « tous ensemble ».

Beurk. Ou qu'on refusait de retourner (encore ?!) se faire chier chez ces cons de punaises de bénitier de Moyen ou de Pichon, Viatte ou Charcot, familles de curés à filer des boutons. Ou qu'on n'en avait rien à cogner de l'expo au Grand Palais sur l'empire toltèque que notre mère voulait nous emmener visiter — merde ! Ou encore qu'on ne répondait pas à une question. Ou bien qu'on annonçait — ah, le pire ! — qu'on avait eu : 1) deux heures de colle du prof de maths pour jeudi, 2) un zéro en espagnol, 3) quatre heures de colle, pour jeudi aussi, du prof d'espagnol justement, 4) deux zéros : un en latin, un en maths, 5) quatre heures de colle du prof d'histoire, 6) quatre heures de colle du prof de gym, dimanche prochain aussi, 7) et dans la foulée, deux heures de consigne nouvelles d'hier après-midi, du prof de maths, pour le jeudi en quinze, d'avance...

« D'avance ? ! » Alors ça... ça dépassait tout. C'était à en tomber raide, sur le dos. A désespérer absolument de nous. « Mais, qu'est-ce qu'on avait dans la cervelle, à la fin ? Qu'est-ce qu'ils avaient fait au bon dieu pour... ? ! Est-ce qu'on était mâlâdes ? Ou quoi ? ! Et toi, Jean-Marien ? Tu ne vas pas nous annoncer, toi aussi, que tu as une consigne ?...

— Non, j'en ai quatre, c'est pas de ma faute. J'ai : 1) deux heures du prof de physique-chimie, mais ça, je peux vous expliquer, c'est injustice et compagnie, 2) quatre heures du prof de latin... pour "avoir copié", mais c'est faux et je vais vous dire pourquoi je suis innocent, 3) quatre heures encore, dimanche matin, mais reportées à dimanche en quinze, du professeur d'allemand, pour avoir parlé, c'est tout ; c'est trop injuste ! pas du tout normal, 4) quatre heures incompréhensibles du prof de français... pour "insolence", mais je peux parfaitement expliquer et...

— Non mais ! C'est tout ! ? C'est inimaginable ! » ils sursautaient, usés, harassés par nous, les chenus :

« Mais, enfin ! Qu'est-ce que vous avez dans la tête ? ! Vous êtes malaaaades ! Ou quoi ! ? Ça ne va pas bientôt finir !... » Eh non, ce n'était pas fini, hélas ! Il y avait toujours, en rab, cinq cents petites lignes de rien du tout d'un minable con de pion aigri « à faire signer ». Là non, c'en était trop. C'était là que la coupe débordait, là que tout explosait. Que ma mère nous cassait ses veines sur la figure et envisageait de prendre la ceinture. C'était là que notre père sortait de sa torpeur mélancolique de grand ennuyé, pour gémir ses grandiloquents : « Ooooh ! Écoutez ! J'en ai assez ! Assez ! Je n'en peux plus, moi ! Qu'est-ce qu'on peut faire pour vous ? Mais, qu'est-ce que vous voulez ? ! Quand vous aurez été renvoyés, vous serez contents ? Ça fait des mois et des mois que je crie casse-cou !... Et vous ne voulez pas comprendre ! Quand il sera trop tard vous comprendrez peut-être !... On dirait que vous faites exprès de nous faire du mal... »

Faire du mal ? Ah... Ce n'était sans doute pas le propos de Jean-Marien, il était relativement équilibré : les colles, les sales notes avaient la plupart du temps des raisons objectives chez lui. Mais dans mon cas, sciemment ou non, c'était le projet central.

« Tokyo. Une cinquantaine de mineurs ont été ensevelis lundi dans une mine au centre de l'île d'Hokkaïdo, à la suite d'un violent coup de grisou. »

MON frangin, c'était une autre paire de manches. Pas du tout le même style de fourbi déconnant que moi. Si je l'entrevoyais de temps à autre, en bas d'un quelconque escalier qu'on dévalait en sueur, toujours pressés, haletants, Zingaro et moi, tout rouges, poursuivis par un ennemi, un danger panique, si je le rencontrais au lycée H.-IV, c'était vraiment en coup de vent. Lui, froid, coiffé, calme, je suppose qu'il m'aurait volontiers dit : « Fais gaffe. Déconne, mais scientifiquement. Il y a des limites. » Non. Il n'y en avait pas pour ma pomme. Je ne pouvais pas davantage raisonner sur le vandalisme que sur le reste. Au contraire. Ce qui me plaisait, dans mes entreprises voyoutes, c'était que je n'y avais de comptes à rendre à personne et surtout pas à ma raison. Elle me fatiguait, tiens, ma raison. On n'arrêtait pas de m'empoisonner la vie avec... « Sois raisonnable. » Résultat, pour oublier la vie, il fallait que je perde soigneusement la raison : ffftt. Aux chiottes !

Jean-Marien, il m'aurait volontiers arrêté entre

deux cavalcades. Pour m'expliquer la technique adulte du déconnage raisonné. Mais on passait trop vite, trop fous, trop ricanants hystériques, avec Zingaro. Il ne pouvait pas nous choper au passage comme il l'aurait fallu, posément, sur une marche d'escalier ou à la sortie du lycée, derrière une porte ou au coin d'un préau. Nulle part, on n'était. Pour personne... On lui faisait « salut » à toute vitesse, mais sans s'attarder à écouter ses théories raisonnables à la con. Pourtant, il aurait eu bien des choses à nous apprendre. Dans notre propre domaine. Justement... On devinait trop bien le risque. Il était complice, il comprenait tout, et il avait le prestige de l'âge : d'un mot, il aurait pu nous briser tout ce bon élan mauvais qui nous emportait. Il était trop fort, pour tricher.

C'était sa spécialité, ça : la pompe. Pas la petite. La vaste. Il ne crachait sur aucune méthode, il n'en oubliait aucune. Tout y passait. Les documents, roulés, microscopiques dans les stylos panorama. Les sèches, soit recopiées, soit découpées dans le bouquin carrément. Les copies préparées à l'avance. Les communications, les soufflettes en cours de compo. Les bouquins ouverts pendant les épreuves. Les dicos Lilliput. Les mises en scène bluff (« M'sieu ! Je peux aller aux waters ? Ça presse ! »). Tout.

Je le revois, dans ces sombres années, occupé à constituer de véritables dossiers d'antisèches fabuleuses, les veilles de compositions, dans notre infâme chambre de Montrouge, préparant son matériel de faussaire, le matin des devoirs mensuels de latin. Bourrant à craquer son gros cartable de trados d'auteurs rituels — Sénèque, Tite-Live, Cicéron, César —, petits classiques Hatier et autres. C'était parmi ses plus pharamineuses trouvailles, ces triches à faire rêver en latin.

Il débarquait avec sa valise de petits classiques donc, répertoriés par époques, genres, dates, cycles. Compo de version. Le prof donnait le texte et vite, vite, J.-M. devait lire le passage pour repérer en un clin d'œil : le style, l'auteur, le recueil, l'époque et enfin la page précise à quoi correspondait le texte dans ses trados. Une folie. Toute la littérature latine en traduction programmée dans un cartable. Et un ordinateur dans la tête. J.-M. n'avait là, pour mener à bien ses recherches, que le laps de temps que le prof mettait à inscrire au tableau les deux ou trois mots de vocabulaire qu'on donne en général dans ces épreuves. En dépit du caractère insensé de ces malversations, Jean-Marien les menait à bien justement parce que sa malhonnêteté était servie, en l'occurrence, par un sang-froid, une maîtrise de nerfs et un bon sens hors du commun. Il trichait de la même façon en physique-chimie, histoire, géo, maths, allemand et toujours avec cette qualité de prestation sans précédent. Un Arsène de la pompe.

De tout temps, Jean-Marien avait été distingué... Au Togo déjà il restait en retrait, par rapport à Jean-Georges et moi — je ne compte même pas les autres zozos de ce temps-là : soit trop voyous, carrément blousons noirs, comme ce demeuré du palais de Justice qui faisait des ballons avec les capotes anglaises de son père hérédo-éthylique ; soit trop raisonnables, comme Philippe Hugot la dégonfle. Jean-Marien n'appréciait qu'à demi nos débordements. Aller décaniller de nuit à la fronde les carreaux de l'école de la Marina. Ou, une à une, toutes les ampoules de lampadaires des belles avenues loméennes : de la Victoire, des Alliés, des Eucalyptus, du Général de Gaulle... Jean-Georges aux guidons, moi debout à l'arrière : blang, blang, blang. Très réservé, là-dessus, Jean-Marien. Pfff ! Les conneries en bande, en plus, tout ça... Très peu pour lui.

Quitte à voler, par exemple, il préférait y aller seul. Méthodiquement. Un peu vieux con, peut-être, mais imparable. Presque monastique. Il avait son prestige aussi : orgueilleux. Il aimait se démarquer. Répugnant à se mêler à la cohue, au boxon, ou s'y trouvant mal. Comme quand on faisait exploser des « bombes » (essence plus bonbonnes de laque Elnett ou de Fly-Tox grand modèle), devant une banque ou un consulat pour créer un petit affolement, quand on organisait des combats de rue bidon — quelle lubie — à la nuit tombée, entre factions amies, plus vrais et violents que nature, sous les lampadaires de l'ambassade de France... Ou comme ce fameux jour d'imprudence rare où un petit commando d'entre nous à Solex, indisposé par les coups de klaxon impatients d'une limousine noire à fanion rouge, jaune et vert, s'était déchaîné sur elle boulevard du Gouverneur (rue Albert-Sarraut en fait) : coups de pied dans la carrosserie, insultes choisies (« Sale nègre »), etc., avant de disparaître dans la nature à la faveur d'un sentier à travers la broussaille plongeant vers le tennis : l'affaire avait fait quelque bruit, la voiture s'étant trouvé transporter « officiellement » je ne sais plus quel ministre, qui avait assez peu apprécié, évidemment, les « sale négro », les mimiques (nez aplati avec un doigt, bras d'honneur, etc.), et les coups de semelles dans les portières nationales...

Cette déplorable manie d'insulter les chauffards de « nègre » ou de « boule de neige » et de leur shooter dans la tôle avant de s'échapper, contractée à la fréquentation de Dominique Franceschini-Boitelle, loustic de copain corse à moi, avait dû être rapidement abandonnée du reste. En raison des risques disproportionnés encourus (incidents diplomatiques) et des difficultés croissantes à semer les taxis ou autres particuliers natifs de l'endroit dans les ruelles de la petite ville — même en moby.

Mon frère donc, n'aimait pas tout ça : l'improvisation... Même si, à l'occasion, il savait en mettre un coup et s'amuser « sainement » avec nous.

Ainsi ce soir d'orage où, sortant du cinéma Le Bénin *(Week-End à Zuydcoote)*, nous avions trouvé tous nos Solex (et mon vélo) sous la pluie battante, expulsés de l'abri où nous les avions intelligemment parqués à l'entrée, par une bicyclette noire type anglais — de flic. Ni une ni deux, le ciré et la casquette de fonction, coquettement rangés là sur la selle, s'étaient retrouvés directement foutus par terre, correctement piétinés dans la bouillasse — gnagnagna et gnah —, tout comme le vélo : rayons pliés et pédalier défoncé, hiébah ! C'était là circonstance exceptionnelle : Jean-Marien, pour l'ordinaire, était tout le contraire de l'échauffement collectif. Le style samouraï, plutôt.

Une seule fois, je revois mon frangin s'aventurant sur mon terrain de chasse. Résolument. Catastrophiquement...

C'est le bon temps de Montrouge, en plein trafalgar H.-IV. Boulevard Gabriel-Péri, une veille de Nouvel An quelconque. Pour revenir de Bellevue, où habitait Jean-Georges, jusqu'à la maison, il fallait se taper ça : le train Versailles-Chantiers Montparnasse, descendre à Vanves-Malakoff, et remonter cette rue honteuse. Habituellement, ça se faisait en bus. Le 126 : Saint Cloud-Porte d'Orléans, arrêt à Pierre Brossolette-Gabriel Péri. Là, des clous. Il devait être passé minuit. Plus de bus. Donc marche à pied... Zone typique : le pont de pierre et l'enfilade banlieue blafarde en perspective minable. Cette rue moche interminable était la charnière symbolique de deux époques, deux univers. Devant, en horizon bas, notre réalité haïe d'alors, Montrouge-Malakoff, enfer de souci qui serait un jour du passé, amer, à ressasser ; derrière, l'Éden des jardins du Château ou de Saint-Cloud ou de Meudon-la-Forêt ; au milieu, purgatoire boisé futur, le parc de Michelet à Vanves.

Cette nuit-là donc, à l'approche des fêtes, tout le quartier, de la poste d'Ernest Laval jusqu'à perpète, le boulevard entier mobilisé, s'était mis en quatre pour égayer ses devantures fétides d'épicemards planqués. Un sapin sur chaque pas de porte. Toutes boules rouges et vertes allumées, tous lumignons clignotants dehors. Chaque vitrine, paillasson. Que c'était joli... Bamm : l'un de nous, Jean-Marien, moi, peu importe lequel, a commencé à y mettre bon ordre ; c'est-à-dire à foutre tout ça en l'air — façon de parler...

Il suffisait d'attraper négligemment le bout d'une de ces guirlandes qui traînaient et de partir avec. Tout suivait. En douceur. Blimm. Les petites ampoules adorables claquées, le sapin par terre. Suivant. Un troisième. Quatrième. Vingtième. Blam, bing : par terre. On a ratissé ainsi toute l'avenue dans la neige, déserte, en couchant les arbres de Noël les uns après les autres. On refaisait l'ange exterminateur en variation mineure. Et Jean-Marien était forcené. Comme il l'est parfois. Lunatique et buté. Un foyer de rage allumé en lui. Comme quand il décidait d'un coup, pubère, de traverser un pont à quinze mètres au-dessus des voies rapides en équilibre sur le parapet — deux cents mètres de sueur ; ou qu'il se mettait, au tournant d'une soirée, à la faveur d'une discussion glissante, à « casser » quelqu'un, de préférence une fille, à l'humilier à mort devant tout le monde, sur le mode glacé, par pure haine de soi d'un coup réveillée. Mauvais.

Là, il était dans cet état. A moins que je ne mélange tout ? Peut-être qu'il s'amusait comme un fou ?... Je ne crois pas. En tout cas, il y mettait de la détermination. Boum, bang, boum. Gabriel-Péri une deuxième fois fusillé, la tête sciée, nous obstinés.

Une porte s'ouvre, pile sur lui, il était en plein effort, un sapin renversé : « Qu'est-ce que vous foutez là ? Hein ? » Jean-Marien ne dit rien. On aurait dû se carapater, mais l'effet de surprise n'est-ce pas... Il reste sur place, piqué dans notre gabardine anglaise bleue d'époque, à martingale relâchée. C'est un Arabe qui en a après nous, avec l'accent appuyé, et c'est un bar. Il s'adresse à Jean-Marien, il voit d'un coup d'œil de quoi il retourne : sans autre avertissement, il fait un pas, il gifle. Ouh la vache. D'une façon. Implacable, dur.

Jean-Marien se morfle ça en pleine figure, vlan, ses lunettes sautent de ses oreilles, lui dégringolent en travers du nez. Il les rajuste, impassible, sans se tirer ; incroyable. Il doit être paralysé. Comme moi. C'est à moi que ça aurait pu arriver, c'est lui qui prend. Et je ne songe pas une seconde à le défendre, à sauter sur le bicot. Cinq ans de judo. Karaté. Pour rien... A deux, tout costaud qu'il est, on pourrait le sécher sur place, lui casser les temporaux contre le trottoir, sidi crevé. Non. La confusion, le précipité de nullité sur le fait, de culpabilité flagrante, méchanceté médiocre surprise, étaient trop forts. On ne bougeait pas. Tétanisés. Le chtard, donc. Une marque du diable sur le bas de la joue : Jean-Marien n'a pas moufté.

Je l'avais déjà vu arrangé comme ça une fois : de pierre... Sur les Champs-Elysées, par une bande de véritables tueurs ivres, qui venaient de disloquer à coups de pied dans le crâne (avec élan, SVP) un pauvre type croisé devant la patinoire malfamée de Molitor. Claqué de face, devant le Pub Renault, froidement, Jean-Marien : les types l'avaient choisi lui pour le bousculer en raison de son gabarit, n'attendant qu'un geste pour le démolir. Et lui, devant des filles, les copains et tout, intouchable : les regardant... Jusqu'à ce que ces petites cognes salopardes, du coup refroidies, laissent tomber.

Là, boulevard Gabriel-Péri à une heure du matin, on n'était que tous les deux mais mon regard de cadet cinoque, portion congrue de naissance, devait peser sur ses épaules quand même. Quelle scène, quelle honte. On était à mort en tort, il l'était pour deux, plus bas que terre, lui si fort. L'Arabe a répété, méchant comme tout : « Qu'est-ce que vous foutez, hein, petits salauds ! ? Qu'est-ce que c'est que ça, nadin'là ! ? » et flac, autre son de cloche : un mollard. Un glaviot, putain... De nouveau en pleine gueule. A la bougnoule. Flaf. Ho-là-là... Séquence extrêmement cruelle, éprouvante. La morve de l'Arabe, à moitié bloquée par un gros verre de lunettes, dégoulinant sur la paupière, puis sur la joue, l'aile du nez, la bouche de mon frère. Infamie mortelle, enfin. Toujours de marbre lui, moi toujours dans les vapes. Foudroyés.

C'était fini, le type nous a chassés avec une baffe dans la nuque et un coup de pied dans le cul de Jean-Marien en rallonge — c'était son jour —, qui l'ont forcé à détaler un peu indignement. Quelle humiliation, nom de dieu. Cette passivité ? Quelles limaces...

Jean-Marien, résultat, avait raison de se gaffer de mes embrouilles, de ne pas s'occuper de ce qui faisait le sel corrosif de mes ternes jours — et qu'il n'avait pas plus qu'un autre le pouvoir de maîtriser, finalement : le bousillage. Mais il en était assez proche néanmoins, par expérience personnelle, comme le prouve l'exemple de cette incursion spontanée en terrain miné — mon domaine —, pour comprendre sans avoir besoin de dessin ce que pouvaient être mes intérêts premiers, discutables et mauvais.

Pour l'essentiel, ça le rendait, je l'ai dit, attentivement paterne, de me voir enragé comme ça sur cette question du déconnage : tellement acharné à chercher le clash. Gravement protecteur, amicalement sévère, mon frère. Et à peine étranger quand même. Il était, par exemple, fasciné par mon aberrant complice Zingaro. Ce phénomène de nuisance scolaire critique. A distance respectueuse, mais un peu positivement éberlué. Enfin, ça restait des univers parallèles : le sien, le mien.

« Une canonnière anticastriste a bombardé dans la nuit de mercredi à jeudi des réservoirs de pétrole situés près de la ville de Trinidad, dans la province de Las Villas. Le navire agresseur était armé de canons de 57 mm. »

AUTREMENT, mis à part cet exemple rare d'entorse à ses habitudes de réserve de l'Arabe aux sapins, quand il ne montait pas des arnaques de compal pompéiennes, ce qui le bottait en matière d'illégalité, mon frangin isolationniste, c'était le vol. Et attention, pas question ici de farfouilles, je dis bien : le vol. En grand. Comme les vrais cas sociaux ; celui qui conduit en justice : le rapt d'engins motorisés.

Ça le travaillait terrible, ce truc-là. Il n'en avait que pour les moteurs. Que pour les machines à compteur. Il a fait une fixation tardive là-dessus : les parents n'avaient pas voulu lui payer son premier Solex à treize-quatorze ans — il n'a jamais digéré. Tous ses copains en avaient, il a dû se payer le sien tout seul : du coup, il a commencé à piquer, il a attaqué. Un Solex en Afrique, histoire de se faire la main. C'était un bien neuf, rutilant, impeccable. Il avait repéré l'objet, les lieux, minuté l'opération, travaillé les arrières, préparé la fuite, la cachette, tout. Il ne s'agissait pas seulement de le dérober, le cyclo. Il fallait pouvoir s'en servir ensuite. Tout était donc médité : la psychologie du proprio (une connasse de fille de pasteur « évangélique »), l'enlèvement, le parcours tracé d'avance, l'éclaireur (Jean-Georges) en avant pour ouvrir la voie et après ça, la planque. L'appareil devait finir dans une cachette maligne, sous le palais de Justice, un souterrain à l'aplomb du bureau même du pater de Jean-Georges, haut magistrat. C'était de la trouvaille. Le Solex s'y est retrouvé : tout avait marché comme sur des roulettes. Et puis, il y a eu coup fourré : le Solex a disparu. Doublé, merde. La rage de mon voleur ! Le Solex enchanté n'a jamais reparu. Électrochoc. Ça l'a perturbé, mon frère, cette histoire ridicule, et ça lui est resté sur la patate. Ça a aggravé le traumatisme mécanique initial. Deuxième arête en travers de la gorge, double fixation. A la première occase, la preuve, il a remis ça.

On était à Paris, déjà. Il a commencé, en silence, sans complice cette fois, méticuleux. Un Solex. Et deux Solex. Et puis trois. Quatre Solex à l'ombre. Cinq... Dix. Et il était exigeant sur la marchandise : du premier choix. Il lui fallait l'extra-fin. Une fois tirés et entreposés, il les repeignait. Il en avait une, de machine, vert métallisé et damiers : bijou sur roues. Avec les pièces de l'un, il corrigeait les défauts de l'autre. Il bricolait. Il maquillait soit directement sur le trottoir, à deux rues de chez nous, soit dans les caves de l'immeuble, entresol Debos : « Pas de témoin, pas de papiers... » Et tranquille comme tout. Pas le genre à se nouer pour des broutilles.

Il allait tous les jours au lycée en Solex volé. Passait en sifflant devant les poulets. Engueulait les automobilistes : « Patate ! Fumier ! », agressif : « Va compter tes choux, cul-terreux ! » Grognait après les chauffards, les taximen qui l'emmerdaient. Mettait des coups de tatane aux caisses qui le gênaient. Des fois, il s'en prenait même aux cons de cognes qui faisaient mal les carrefours. Rien ne l'inquiétait. A l'aise dans la furie des embouteillages comme dans ses trafics d'antisèches. Depuis la porte d'Orléans jusqu'au Luxembourg ; Mouton-Duvernet, la Closerie, rue d'Assas, pin-pon, pin-pon... il n'arrêtait pas de provoquer tout le monde. Un pied sur une bagnole, un talon sur une autre. Vas-y que je te racle une carrosserie. Que je t'en bugne une autre. Raaang. Et ça passe.

Jusqu'au jour où il lui est arrivé des pépins... Il descendait à fond la caisse le boul'Mich'. Une vitesse dingue. Invectivant tout le monde, rasant les trottoirs, dérapant, frôlant les bagnoles dans le bordel fumant, blindant, comme un connard. Il chie un feu rouge, comme souvent. Tant pis : rien à droite, que dalle à gauche, il fonce et là, coup de roulette. A le foutre par terre de surprise tellement c'était brutal.

Il a perdu son cartable, ses lunettes, son équilibre, et s'est pris un vol plané fantastique. Beaucoup de remue-ménage en plein carrefour. Le voici qui se retrouvait vautré sur le macadam aux pieds du flic qui l'avait coincé : « Ça y est ! Je suis frit », il se disait, en se relevant, lamentable, sans oser lever les yeux. Il ajustait ses carreaux, se voyait déjà à Fresnes, avec l'imagination, les menottes aux poignets, les barreaux et les matons : « Je suis fini. » Trop tard pour fuir.

« Alors !... Hein ? On fait pas attention ?! Hein ! On se contrefiche des feux ?! Hein ? On fait Fangio !? attaque l'autre pandore, ironique. On fait l'idiot pour se faire remarquer ? On est inattentif, hein ? Et qu'est-ce qu'il se passe, quand on ne fait pas attention ? Hein ? On tombe par terre ? Hein ? Et on a l'air malin ? Hein ? » Il devait s'en faire dessous, Jean-Marien. De la trouille que l'autre lui collait : « Je suis perdu, glagla, foutu. Cuit », il se répétait.

Et puis, sans raison, le coup de pot absolu. Arbitraire. Idiotie pure et simple... Le flic dit : « Bon. Allez. Pfft ! Dégagez ! » Un agent de police débonnaire ou cynique ou totalement con : « Heu, circulez ! » Du coup Jean-Marien, déboussolé, se l'est fait répéter des quatre, cinq fois, tellement il ne comprenait pas : « Quoi ? » il disait, hagard, quoi ? L'autre képi ne répondait pas, commençant à s'agacer. Et Jean-Marien, pour finir : « Alors, j'ai le droit... de m'en aller ? Monsieur ?...

— Fous le camp ! »

Sauvé par le destin.

Ça aurait pu l'apaiser un peu. Bernique. Il a continué. Sa folie s'ordonnait. Il collectionnait les vélos de course. Il accumulait les Solex — dits « So-So » — dans notre cave, à Montrouge. Carrément au-dessous de chez nous. Il montait un garage. Concessionnaire Solex. Moi, souvent, je le surprenais à chevaucher une de ses mécaniques à galets aux environs du logis. Et je me disais donc qu'il n'y avait pas de raison que nos parents ne le chopent pas un beau jour...

Boum ! Ça n'a pas manqué. Poissé une première fois : contrôle de nuit. Il était sur une moby-matic, ce coup-ci, volée près de chez nous. Ça l'a sauvé, cette maladresse impardonnable. La proximité du larcin l'a inspiré. Après une bonne nuit de violon (cheveux mortels de mes parents), Jean-Marien a monté un baratin formide comme quoi la moby blabla, il l'avait empruntée à un pote qui était parti en vacances blablabla sans lui filer les papelards.

N'importe quoi. C'était juillet. Virée des flicaillons rue Marie-Debos. La proprio de la machine bleue avait effectivement — coup de bol — un fiston : et d'une. Et son fiston, oui, était en Espagne : de deux. Mais elle ne mordait pas une seconde dans les bobards de Jean-Marien. Il ne faut pas prendre les gens pour des cons.

Mon père avait été prévenu. Il était là. Avec des cernes qui commençaient à lui pendre sous les clignotants. Vieilli énormément, pépère, prématurément ridé, par le souci atroce de nous, de lui, de la vie, etc. Il tâchait de sauver le maximum : les meubles. Il faisait juste ce qu'il fallait respectable pour donner du poids aux très fumeuses affabulations de Jean-Marien. Et il a réussi à convaincre la bonne femme, pourtant fort suspicieuse, de signer une décharge. Juste de quoi innocenter Jean-Marien aux yeux des flics. Savait-il alors, notre père accablé, que c'était une très grosse bouse, cette prétendue amitié de bon voisinage, avec motobécane à l'appui ? Un mensonge éhonté de J.-M. ? Absolument : c'était gros comme une maison. Mais il croyait régler ça bien nettement après, en famille. Et puis, comme d'habitude, il était trop joice, après avoir sué de trouille, s'être fait un sang d'encre toute la nuit, de retrouver son fils sain et sauf — même entre deux gendarmes...

Une fois que la bonne femme a eu fini par cracher la signature, là évidemment, zéro pour les aveux. J.-M. a maintenu ses bourdes vaseuses au sujet de la bécane. L'affaire en est restée au départ des policiers. Ça l'a un peu calmé, ce coup de semonce. Oh, pas longtemps !...

Quelque temps après — la famille maudite venait de déménager et de transporter ses pénates abjectes à Meudon, boulevard Anatole-France —, voilà qu'il a des sueurs. Des scrupules, soudain. Et des appréhensions : les Solex ! Qui étaient restés dans la cave à Montrouge. Si quelqu'un s'avisait de les inventorier, la vache ?! Et de faire le rapprochement avec l'affaire de la moby ? Il fallait les évacuer à tout prix. Sur-le-champ. Il m'a réquisitionné une nuit, insomniaque, énervé... Voilà le plan. Aïe.

Je devais aller sonner chez nous, me présenter à nos locataires, qui nous avaient remplacés dans la baraque pourrie du 7 rue Marie-Debos — bon voyage en enfer ! —, comme le « fils de la personne qui "leur louait" l'apparte : "Bonjour gnagna..." », et leur demander la clef de la cave commune sous le prétexte bidon d'aller y récupérer un « ballon », l'air détendu. Ça peut sembler simple. Ça ne l'était pas. Une anicroche et on se plantait. Que les locataires soient un tout petit peu curieux, tiens, ou juste précautionneux, qu'ils passent devant moi un simple coup de téléphone à Meudon... qu'ils matent deux secondes notre manège sous la fenêtre par exemple, et on était baisés jusqu'à l'estomac. C'était du « sur le fil », ça exigeait des pas de loup. Du tact, sélect. Dring, « B'jour », parlote, risettes de faux jeton, je fais mon diplomate et finis par obtenir ce que J.-M. voulait sans probloc. On sort tous les Solex de la cave (il en restait quatre — les vélos comptaient pour du beurre) en mouillant, on les traîne à quelques rues de là et on les abandonne : une bonne chose de faite. Deux jours plus tard, ils étaient tous envolés.

Tous... sauf un. Jean-Marien n'avait pu s'empêcher d'en garder un — « qui filait à mort : une vraie bombe ! », précisait-il pour me rassurer. Me garantir qu'il ne faisait pas n'importe quoi : « Quelques jours seulement », il disait qu'il le garderait, « pour le montrer à Jean-Georges. Ça risque rien ».

Boum-Badaboum : serré again. En allant au cinéma de Meudon-Val-Fleury, un barrage de flics. Un contrôle de nuit, encore. Jean-Marien avait pourtant prévu le coup de loin. Ses nerfs exercés... Il avait collé les pneus au macadam. Sec, mais doux : « Flicos. Tu descends doucement, Jean-Georges. A droite. Je file à gauche... » Voix posée. Ne pas s'affoler... Trop tard. Au moment où, mine de rien, il appuyait sa trottinette contre un mur pour s'enfiler ensuite à pied dans une ruelle, interpellation : « Hé ! Là-bas ! » Jean-Georges pareil. La ruelle s'éclaire de torches menaçantes : feintés. Il n'y a plus qu'à s'expliquer. Si l'on peut dire... Pas facile. « Pas de papiers ? D'accord. Mais alors, volé ? — Oh... monsieur l'agent ! »

Jean-Georges avait été rapidement relâché... Ce qui lui avait permis de venir me prévenir à la sortie du ciné *(Le Bon, la Brute, le Truand)* : « Jean-Marien a été arrêté ! Il m'a dit de t'avertir. Fais gaffe en rentrant. Prépare-toi à des trucs. » Il ne savait pas exactement à quoi, mais il m'aurait dit de me préparer, toujours, hein. Tu parles d'un message ! « Me préparer »... La préparation, elle commence au ventre et elle se termine aux chaussettes. Les chocottes, ça vient du tube digestif : c'est des nœuds dans les boyaux et des gouttes de sueur qui pue. Je suis arrivé à la baraque laminé par la pétoche, j'ai sonné. Foireux comme tout. Ma mère m'a dit : « Qu'est-ce que tu as ? », je devais être tout blanc, et mon père s'est rué sur moi — aïe, aïe, aïe — pour réclamer des explications : « Dis-nous la vérité ! Qu'est-ce que c'est que cette histoire ? »

Il était en pyjama. Et j'ai senti, à ses yeux qui lui sortaient, aux valoches rituelles qui lui pendaient dans sa mauvaise barbe Al Capone de souci jusqu'au menton, j'ai deviné à les voir, lui et elle, hirsutes et affolés, des lueurs de démence dans le regard, que Jean-Marien n'avait rien confessé sous la torture et qu'il fallait que je fasse le crétin. Je ne devais rien lâcher d'intelligent. Rien savoir. Un coup d'œil vers l'autre abruti coupable, dans un coin du salon, occupé à faire le muet près du canapé vert, et allez, je me suis mis à leur parler : du cent pour cent ahuri, embrouillé, machins sots, bêtasses comme tout, des borborygmes réticents, litotes cucus, des phrases imbéciles qui s'annulaient carrément entre le début et la fin, absurdités de réponses en forme de questions. Du sans queue ni tête.

Et, chaque fois, mon père croyait que ça y était, que j'allais leur servir la vérité : tac. Et il en geignait d'ébahissement, des bourdes que je sortais : « Bon, je disais, eh bien, ce Solex... », ils ouvraicnt un peu la bouche, pour mieux écouter — Ahaaaah ? —, « ce Solex, oui, c'est, si vous voulez, enfin si *on* veut, non, heu ! c'est Jean-Marien qui, oui... Bon, dans une certaine perspective, bien que... oh, après tout ! Allez ! Je sais pas si ? En définitive... mmoui. Quoique... Si ! C'est Jean-Marien qui m'a dit que — là, c'est lui qui le conduisait ? » je finissais, absurde. D'un coup, mon pépère s'énervait. Ah ! Crotte. Flûte. Il sentait de la mauvaise volonté, il ne fallait pas exagérer. Mémère arrangeait le tout avec ses jérémiades sur ce qu'ils « avaient pu faire au bon dieu pour avoir des fils pareils ! »... et ses « vous n'allez pas commencer ! » et tout ça... Mais la préparation psychologique, grâce à Jean-Georges, tout de même, et mon attitude presque naturelle de dégénéré, au final, ont fait que cahin-caha personne n'a rien tiré de moi. Décourageant...

Tous mes propos étaient à ce point décousus et fatigants que, lorsque Jean-Marien a fait mine de flancher des heures plus tard, d'être prêt à tout balancer, notre père était si las, tellement usé par mes tissus d'élucubrations, la vie et ses affres qu'il était disposé à accueillir n'importe quelle énormité comme parole d'avangile : « Oui, alors ? Parle », il balbutiait. Et J.-M. qui, une fois de plus, avait embrouillé tous le monde — flics y compris — dans des histoires « d'emprunt » plus cons que les vannes de Münchhausen, mon frère que l'honorabilité de mon père et de ma mère, bourgeois si respectables, si « bien », avait sauvé une fois encore des « flagrants délits », mon frère a sorti son histoire. Affreux. Des mensonges qui me faisaient pitié, qui se reniflaient à des kilomètres. Téléguidés comme pas permis, gros comme des immeubles.

Il a mouillé dans son affreux baratin une demi-douzaine de personnes. Dont, surtout, Pottier, mon copain, le grand Pottier. A qui il inventait, pour la circonstance, un « oncle » inespéré. Mes parents ayant vaguement entendu parler, par moi, effectivement, d'un parent mécanicien du Pottier, chez qui j'avais travaillé à Montlhéry, ça tombait bien. L'homme le moins sensé aurait ri à entendre l'alibi minable que J.-M. s'était trouvé. Mais les conditions, dramatiques, faisaient que mon père et ma mère ne demandaient qu'à être rassurés, emberlificotés, détrompés, tranquillisés : c'était le bout du rouleau. Il leur suffisait, dans le fond, d'une apparence de prétexte — la plus misérable convenait —, pour pouvoir, eux, faire logiquement semblant d'y croire, à ce semblant de vérité. Faisceau de rapports subtils dans lequel mon machiavélique frangin rendait nos parents — et les copains avec — à demi complices, aux yeux de la moralité sinon de la légalité, de ses forfaits de récidiviste. Pottier, le lendemain, était prévenu en secret par moi. Et rechignait. Évidemment, il était un peu froissé. On aurait pu au moins le consulter ! Mais, il ne pouvait pas, décemment, se dérober. Piégé. Il a donc dû, bon gré mal gré, appuyer devant mes parents les fadaises tricotées par J.-M. Notre voleur de cyclomoteurs s'en tirait une fois de plus d'extrême justesse.

Ça a été le dernier coup d'archet de Jean-Marien. Il restait trop choqué, intérieurement, par cette histoire, pour recommencer comme avant. Il s'en relevait la nuit, cassé, des mois et des mois après, ou le matin, dès l'aube, pour aller vérifier par la fenêtre si des fois les flics, tout compte fait, après vérification des plaques d'immatriculation... des numéros de série du moteur... ne seraient pas revenus lui demander des petites précisions... au 43, bd Anatole-France... Ah ! Il lui venait des envies de fuite, frissons, lorsqu'il voyait un fourgon de police devant la baraque. Il avait des commotions quand le téléphone ou la porte sonnaient. Le charme était brisé : ses entreprises de rapine dans le civil ont à peu près définitivement pris fin avec cette misérable foirade. Après, ça a bien continué ou repris, de-ci, de-là, par raccroc. Mais ce n'était plus ça... Plus que des peccadilles, de la broutille de petites fauches de motos, autos de rien du tout. Pour se marrer : « pour les pièces ». L'important, le vol sérieux, était déjà du passé.

A l'époque, Zingaro et moi, nos déconnantes, attention à ne pas mélanger, ça n'était pas du tout du « à la Jean-Marien » comme ça, pas ce grand art soigné. C'était le contraire : désordre, pagaille, foutoir. Tout déraisonnable, décomposé, tout incohérent. Rien de tenu, d'intentionnel, rien de grave ni de mesuré. A l'impulsion pure et simple. A la folie.

Comment ça commence, la folie, les bêtises ? H.-IV ? Zingaro ?... Mystère complet. C'est comme la maladie : sans supports tangibles, éparpillé, dans le temps et dans le décor. C'est le cas, toujours, pour moi. Ça remonte à ma naissance, probablement.

« Obo (République centrafricaine). Près de Bambouti, la barrière qui matérialisait la frontière sur l'axe international Douala-Djibouti a été enlevée par des insurgés qui ont inscrit sur la route le nom de "gna-gnas" par lequel ils entendent se faire connaître. »

ÇA a commencé, quand même, aussi loin que je remonte, dans un snack express du boulevard Saint-Michel. Un de ces bazars à la bouffe où on peut s'en coller trois, quatre plats dans le buffet, en deux temps, trois mouvements. Un self. Je passais...

« Fsss ! » Il me fait signe. Juste « fsst » Gouape, fouineur. Un bout de mèche sur le front, un peu de dissimulation au coin des yeux, un ricanement nerveux aux commissures des lèvres — avec un reste de salive dessus, toujours : c'était lui. Il me siffle. Je rentrais chez moi. Sérieux, ou à peu près. Cartable dans la dextre — celui du grand-père espéranto, en porc noir blindé —, tête vide. Il me sonne. Zingaro. Je réponds.

« Ouais. Qu'est-ce qu'il y a ? » On ne se connaissait pas encore. Mais il devait me respecter, à son attitude envers moi. J'étais plus costaud que lui d'abord, apparemment — ce qui est beaucoup dire ; il était tout en os saillants, lui, en omoplates, coudes cagneux, genoux mous, en débilité : c'est comme ça qu'il était fait, tocard. Et puis, j'avais mon petit prestige. Le « desdichado » — tsa-tsa-tsaoin ! —, « Prince des ténèbres ». Le mystérieux venu d'Afrique, « féroce chasseur retour des pays chauds »... J'étais un aventurier tourmenté. Rien moins.

Dès le départ, sur les bancs du lycée des cons, on me repérait : histoires... A ma tête de Gnafron. Tout noir. On me voyait retiré, sombre, charbonnier. Le côté pile, envers, qui commençait à l'emporter sur le côté face, d'ange : grimaces. Je travaillais mon personnage dans la glace : caban bleu marine, relevé au maxi sur la nuque pour compenser les cheveux rasés, inquiet et inquiétant, oreilles en radar, cou enfoncé dans le col. Et lunettes très fumées, s'il vous plaît, pour bien dissimuler le regard. Dépister les yeux trop inquisiteurs. Plus tard, un des profs les plus tartes du lot, la petite raclure du faux jeton mielleux déjà notée, Charlotte la tante, dirait : « Depuis le début, je l'avais repéré : il avait l'air trouble, ténébreux. Et il ne m'inspirait pas confiance, avec ses lunettes noires... » Forcément, salope, c'était mon numéro, ça, les manières nocturnes. C'est mon nom qui veut ça. L'influence du milieu aussi. Les volcans français éteints et la famille folle à lier. Pour mon frère, j'étais depuis toujours un « hypocrite ». Pour mon père, « un fourbe » de première « pas franc du collier » : « Regarde-moi dans les yeux. Pourquoi fronces-tu les sourcils comme ça ? Tu as l'air contrarié, gnagna »... Pour abréger, ces lunettes opaques top-secret, ça me donnait de l'intérêt. La preuve : Zingaro.

Il était séduit. Le matin même, en jouant de mon statut d'ancien des colonies paludéennes au cuir tanné, je m'étais présenté aux élections de chef de classe. Gonflé à bloc. Ça ne rimait à rien, logiquement : personne ne me connaissait. Je faisais ça pour rigoler, et par ignorance, naïveté réelle. En fin de compte, après un petit discours improvisé crétinisant, j'avais eu plein de voix. Outsider... Au point que le prof principal, ce faux cul de Charlotte, vieille crasse, avec sa fiole de clown constipé, s'était fâché tout rose, disant que les élèves ne pensaient qu'à s'amuser et qu'à se dissiper d'emblée et que « bravo, messieurs c'est bien parti ! ». Sous-entendu : j'étais le véreux. Un trouble-jeu, d'entrée. C'était ça, qui avait fait de l'effet, sûrement, auprès de Zingaro. Ce sens de la perturbation qu'il sentait en moi. Et qui faisait écho à ses propres dispositions profondes à l'insanité. C'est pour ça qu'il m'avait fait signe, devant ce self-service sur le boulevard.

Un lieu rêvé pour notre rencontre, le boul' Mich'. Rendez-vous des glandeurs, frimeurs, des fainéants-boursiers, pedzouilles rugbymen con' « montés sur la capitale », boudins, pique-pochettes, « t'as-pas-cent-balles ? », soldeurs, milices privées de chez Gibert-Jeune, clodos et touristes. Un coin idéal — d'ailleurs encore un peu chic, minet, alors. Très parigot, Zingaro m'invite, naturel, à entrer en écluser un ou deux avec lui. Moi, je ne savais pas très bien ce que ça voulait dire, à quoi ça m'engageait... Mais dans le doute, j'entre. On pénètre.

Boaf ! Un de ces graillons. Fétide, brouillasseux, bouillon suspendu de graisses d'arrière-cuisine frites mille fois, relents de poiscaille, fog de bouffe. Beueeh. On flotte là-dedans. C'était la période des brumes sur les glaces, des vapeurs sur les vitrines. On s'assied, au fond dans la pénombre. Un coin « à la *Crime et Châtitruc* » d'après Zingaro, propice au complot d'autorité pour l'ambiance, ou à la *Ivan Denissovitch*, à y repenser, pour les remugles de manger. Nihiliste, sordide et souterrain, comme décor. Un plongeon... Zingaro creusait notre terrier. Et où ça menait, cette galerie qui s'ouvrait dans l'ombre, qui s'enfonçait, je m'en tapais. Ça ne m'intéressait pas.

Ce qui m'intéressait, c'était Zingaro. Le bonhomme que j'avais en face de moi. Qui me tenait la manche de caban. Que je respirais. Que j'écoutais. Il me répugnait plutôt. Brrr. *Vade retro*. Ça me dégoûtait franchement, même, cette façon pas croyable, chiffonnière, gitane — non, « pauvre » exactement — dont il était habillé. J'étais conditionné raciste furieux, épidermique, envers cette espèce-là : les nécessiteux. Foueeeh ! La misère, très peu pour moi. L'égalité, l'équité, l'altruisme, des clous. Je vivais dans l'aise. Et ça ne me concernait pas vraiment, le reste. Le prolétariat, la merdouille chiche. Alors, Zingaro, avec ses airs à la fois soigné et puis insuffisant, « manquant », négligé faute de ce tout petit je-ne-sais-quoi d'évidence en tout qui fait la norme « standing », avec ses cheveux un peu flous, bien collés à l'eau sucrée, sales, et sa raie trop peignée, avec sa mauvaise tête bien savonnée au regard faux et ses façons de parler popu, gosse des rues, il me dérangeait.

Il me mettait mal à l'aise. C'était un malade, à le considérer de près, phtisique au moins, scolieux, que j'avais en face. Et il postillonnait. Mon vieux, des vrais crachats quand il l'entrouvrait. Ça me repoussait pour de bon, ses attitudes, ces mauvaises manières. Dégueulasse, physiquement. Et moralement, je ne sais pas si je m'interrogeais un peu sur le cas Zingaro, pendant qu'il me demandait « ce que je voulais ». Je ne me posais certainement pas plus de questions sur ce qu'il pensait que sur ce que je pensais, moi. Pfff. Et j'ai dû lui dire : « Un Coca. » Ou « un Orangina », ce que j'avais l'habitude de boire au bord de la piscine du Bénin ou au Cercle de l'Union, à Lomé Togo, en grignotant des cacahuètes avec les Libanais boursouflés et en giflant les moustiques pendant que mes vieux jouaient au bridge et au poker...

C'est là, entre le Luco et la rue des Écoles, une certaine après-midi de septembre 1965, que tout a commencé avec Zingaro.

Il s'enquiert mine de rien « si j'avais pas un peu faim ? Ou quoi ? » et quand je lui réponds « Non, alors ! » vu que j'avais encore la bouffe de midi, copieuse et si lourde, sur l'estomac, lui, il déclare qu'« il se lancerait bien un petit quelque chose, une bricole... » Je le voyais, maigre. Surtout dans les frocs, à faire peur. Ça dessine les os et les creux au derche, ça découpe les cannes — des épingles, les siennes —, ça ne pardonne pas, les futes ajustés. Lui, il en avait un de pas piqué des vers, de grimpant, le Zingaro. Une vraie merde. Quelle serpillière, son truc. Lamentable. Ça tirait sur le verdâtre. C'était plissé de partout. Ça voulait faire mode — comme on le faisait à l'époque : à carreaux. Et c'était taille basse, ma chère. Avec poches plaquées. Quelle grille, la vache. Ce qu'il pouvait faire clochard comme ça et maigrelet. Une honte. On aurait dit qu'il était handicapé à quatre-vingts pour cent, là-dessous, amputé des deux jambes avec des quilles de bois à la place. Et encore, il n'avait pas sorti son « Lewis », ce jour-là. Pitié. Je me poilais, pour ça, quand il me disait qu'il allait « becqueter un brin ». Et puis... Ouuuf. J'ai plutôt arrêté de rire, quand il est revenu. Six croissants, il avait rapportés. « Mange ! dit-il, ça te fera du bien : t'es rachot ! » Un comble. « Que dalle » : il ne m'en aurait pas fait bouffer pour de l'or. Ils étaient secs, des vrais cailloux, ses machins. Et vieux, berk. Dégoûtation de « pâtisseries » de contrebande. Bon. Il a commencé à mâcher, en parlant.

Là, c'était autre chose. Il arrosait. Forcément : ses glandes salivaires qui turbinaient à plein régime, pour mouiller le plâtre. Tout en jacassant comme une crécelle et secouant son godet. Quel remue-ménage. Des murmures commençaient à sourdre, alentour, tellement il faisait de foin. Postillonnant, s'écriant, gesticulant. Pélican, stercoraire. Lui, il s'en contrefichait. Il parlait, blablabla, parlait. Et vas-y que je t'éclabousse et vas-y que je baffre. Il m'a scié, ce jour-là : il avait déjà croqué un maxi à la cantoche et il a descendu sans moufter les six croissants. Une expérience à tenter. A jeun, même, pari osé. Si l'on songe qu'ils étaient rassis, très farineux en prime et qu'il n'y avait plus de liquide à côté... Et il n'était pas plus gros que ça pour autant après.

« Tiens, j'ai un peu soif », il a annoncé. Et il voulait boire maintenant. Dans mon verre. « Va péter ailleurs » je lui ai dit. Sympa. Je voyais déjà le coup : qu'il allait me refiler toutes ses maladies de quartier, populaires, poison de zone, ce débile. Ma famille m'avait bien éduqué : une cuillère tombe par terre, elle est « sale » ; se méfier des gens « douteux » ; on est toujours plus « propre » que l'autre. Et lui, comme douteux, pardon. Il se posait un peu là. Exponentiel. Cette dégaine. A foutre les jetons. En l'envisageant, du premier coup d'œil on l'estimait : « non identifié ». Il reniflait le malaise, l'entourloupe, ce mec-là, il n'était pas du même monde.

D'ailleurs, au lycée c'était net, on le soupçonnait du pire, « de l'abomination » biblique... Il frayait avec deux ignobles, exclusivement, dont un encore plus répugnant que lui, en plus gros, genre loukoum, bâti en goutte d'huile, suant, et l'autre aussi malade, physiquement diminué, chétif et contrefait, en moins vif.

Avec le deuxième, particulièrement, j'avais entendu murmurer des accusations précises de « mœurs » : dans les gogues. Et j'y avais prêté une oreille complaisante. On n'a rien à dire que ces choses-là, comme partout ailleurs, en troisième A², au lycée H.-IV en soixante et quelques. Donc on le montrait du doigt : pédé. Personne ne l'aimait. Il était lépreux. Honte désignée. L'infect. L'étranger en tous lieux : « Barre-toi, tu schlingues ! » Et comme, pour la tournure, ce n'était pas précisément le gaillard imposant, Zingaro, pas tout à fait Steve Reeves ou Kirk Douglas, les mecs le charriaient, le méprisaient avec férocité.

« Fous le camp. Enculé », lui disaient-ils, regroupés, « Ferme ta gueule à pipes, juif, ça pue. » Et quand il les menaçait, roquet, lui, en réponse, toujours ricanant et vindicatif, ils lui donnaient des coups de pied ou ils lui balarguaient des caillasses. Chien galeux.

Pour l'histoire des pédés, en tout cas, des saloperies dans les vespasiennes qu'on lui imputait, je suis sûr avec le recul que tout était vrai. Il devait bien fouiner de ce côté-là aussi. C'était son genre. Grave marginal et grand troublé. Désordre libidinal : une pagaille de plus. Bref, on ne le blairait pas. Mais le pire, il s'en trouvait bien : quand on oubliait un peu de le détester, il remettait les gaz, pour qu'on se rappelle qu'on devait l'exécrer. Il emmerdait tout le monde. Il se suffisait. Il lançait des pierres aux gens en disant « Ta gueule ! » et il riait quand on le frappait en lui disant « juif ». Dégénéré intégral.

Et pourtant, dans ce vague tas de frappes du VIe, frimailleurs à odeur de pisse froide bourgeoise pour lycées rances de province, dans cette fine équipe de piètres connots de parigots coincés, s'il y avait un type, de valeur, une seule personnalité un peu marquée, forte et originale, c'était Zingaro. Un point c'est tout. Pas deux. Un : lui. Sur combien ?

« J'ai soif dans ma gueule ! » il avait annoncé, exprès grossier pour me tester. Et je le vois revenir, hilare, un demi de vinasse vulgaire à la main. Il en a éclusé d'un coup la moitié. Vlouf. Et puis, le temps passant, il a jugé que sa faim n'était pas apaisée. Là, pour le coup, ça m'estomaquait. Et qu'il devait « claper encore un chouïa pour se retaper. » Il se moquait, baratineur : je lui ai fait le geste « pipeau » avec les doigts sur la joue : à d'autres.

Il est parti, revenu : avec une assiette de harengs aux pommes de terre. Vacherie... Et il ne laissait rien, bougre. Il pompait ce qui restait d'huile au fond avec des morceaux de pain mahousses. Slurrp. Chopant la vinaigrette et le poivre à côté, tchatchant. Il me sidérait, bordel. Je me disais : « Il va rendre. Maigrichon comme le voilà... » Eh non. Il a encore fallu, le comble, alors que l'heure tournait, dans cette taule répugnante, qu'il aille ramasser une assiette de « poulet basquaise ». Gourmet avec ça : « J'aime les oignons », il me disait. En les prenant au bout de son ongle, noir comme un cabinet. Et il se le curait, l'ongle, en ramassant l'oignon avec ses dents.

Il bouffait, il bouffait. Et il se racontait en même temps. Il parlait de moi : du beau coup des élections de ce matin-là. Et il me causait des filles, aussi. Encore plus fort. Comme quoi il « couillait » des « connasses », chez lui à la campagne, je ne sais plus où, en écoutant les Beatles : *Rubber Soul*. Il avalait des tartines entières sans mâcher — sa troisième corbeille en deux heures. Et il tenait son poulet, luisant de sauce gluante, à pleins doigts crasseux... Il me donnait envie de vomir. Mais aussi, il y avait je ne sais quoi dans cette chute d'humanité, cette raclure, qui m'attirait, m'intéressait. Passionnément à force. J'écoutais ce qu'il me disait, et j'étais bien, en fin de compte, tout en étant mal à l'aise par instants, à rire des bêtises qu'il débitait.

Et puis, il a eu fini de baffrer. Pas trop tôt. Il était

minimum sept heures. On sortait du bahut vers quatre heures. Ça faisait près de trois plombes qu'on était là à glandouiller. Moi, je restais sous le choc, quand même, de la façon qu'il avait coincé sa bouffe. Incroyable. Les croissants. Et puis les harengs saurs. Et le vin rouge. Et encore le poulet. Le bricheton. Avec les frites. Tuyaux de poêle ou pas. C'était impensable. Un maigriot, comme ça. Comme il n'y en avait pas deux dans le lycée...

Ça faisait étrange, dès le départ, cette présence paranormale, ce comportement de contrefaçon d'homme. Et il a tout banqué. Encore un étonnement. La vache : il avait des talbins plein son portefeuille, ce faux pauvre. Alors que moi, avec mes airs dégoûtés, j'aurais eu tout juste de quoi raquer mon Orangina et rentrer en resquillant dans le bus. Je n'en revenais pas. Ce bonhomme m'étonnait. C'était Zingaro.

« Des dizaines de milliers de manifestants ont envahi les rues de Djakarta, pillant les magasins indiens de la capitale indonésienne. L'ambassade de l'Inde a été mise à sac par cinq cents manifestants qui ont pénétré dans ses locaux et, durant une demi-heure, ont systématiquement brisé le mobilier et les vitres de l'immeuble. »

NON, ce n'était pas la même chose, avec Zingaro. C'était un autre monde. Dès qu'on a commencé à s'apprécier, moi et lui, qu'on a eu pris chacun petit à petit la mesure de l'autre — mesure en pieds : pieds de nez et coups de pied —, dès qu'on s'est eu repérés semblables, sales gosses froncés en rupture de ban, en guerre contre tout, hostiles à tout à priori, absolument tout — familles, professeurs, plaisir, choses, lois, livres, arts, morale, idées, bon sens, tabous, humour, amour, respect, sacré, institué, contestation, réflexion, beauté, monde, espoir, société, vie —, on s'est rapidos acoquinés. On était bien pareils. On n'avait rien à perdre, on n'aimait rien, on ne connaissait rien. Ou si, moi, un peu le rock et nous deux — surtout lui —, un peu les filles. Mais comme on n'y touchait pas bézef (pas du tout, oui), il fallait bien se faire mousser ailleurs.

Zingaro a commencé à me faire connaître Paris. Pas celui des guides : celui des filous branleurs.

Toutes les tentations, tous les recoins mal éclairés, les venelles. Paris comme ma poche. Une rampe d'escalier tordue dans le XVIIIe, une mosquée dans le Ve, des putains à la Madeleine, un souterrain dans le XIIIe, le métro aérien des voleurs sur Nation-Dauphine, une arrière-cour à la Motte-Picquet, un magasin de modèles réduits SS Airfix, boulevard de Reuilly, une vitrine de matériel scientifique morbide ou de sous-vêtements monstrueux pour infirmes, rue La Fayette, un copain vendeur-pucier sur les quais... Les places, les marchés, les hôpitaux, les cafés. Et les culs-de-sac les plus crapoteux de notre quartier, impasses Chartier, d'Écosse, rue de Lanneau, vraiment décommandées.

Un chantier, il poussait les palissades pour entrer, monter sur les échafaudages : si ça se trouve, on dénicherait quelque chose à foutre en l'air de trois étages de haut. Fameux : une brouette, une pelle — bllang. Un couloir d'entrée d'immeuble désert, il s'y faufilait : pour aller repérer la cage d'escalier... Et mollarder dans le landau de la logeuse : « portouguèche » il disait, « les escabèches ». Un angle de rues, Sorbonne et des Écoles : c'était là que « François Villon de Montcorbier — ta gueule — avait assassiné l'autre p'tit pourri de cureton, bien fait ! »

Il me montrait comment resquiller dans les transports en commun, les stations mal contrôlées, truquer les tickets, et comment répondre insolemment en toutes circonstances, refuser les places assises aux vieilles gens, s'enfuir. Chaque fois que ça tournait mal, détaler. Avec des menaces et les gestes consacrés : langues, doigts, bras. Marcher sur les talons des passants pour les déchausser en s'excusant comme un rusé — « Ah-ah-ah, t'as vu ? Ta gueule ! » —, traiter les bébés de « larves » pour choquer les mamans... Et vite, il a concentré mon intérêt sur le périmètre le plus accessible, rayonnant du carré Clovis-Clotilde-Descartes-Thouin : le Vᵉ. Son royaume.

Depuis le temps qu'il y moisissait, dans ce lycée purulent... Depuis le petit lycée : « Le Petit Henri-IV », au 7. Un territoire où il connaissait toutes les binettes, tous les raccourcis, toutes les combines, les pièges et les forfaits. Il m'a bien fait déambuler, partout, à l'aveuglette. Le suivant, moi qui en étais encore à m'endormir de stupeur quotidiennement dans le train, entre Denfert-Rochereau et Luxembourg (pour me réveiller au terminus et revenir au bahut rouge de confusion avec une heure de retard au milieu des éclats de rire), tellement j'étais déphasé. Il m'initiait à temps perdu. Là, c'est la Sorbonne. Là, Sainte-Geneviève. Ici, Monge, là rue d'Assas. Ça, Gibert, pour les trados Hatier. Et ça, une librairie religieuse, etc. Merci du renseignement...

Au lieu de bosser les cours, on arpentait Saint-Michel, les Carmes, Victor Cousin, Pascal, Cujas et consort. Une confusion géographique fourmillante entre place d'Italie, Montparnasse avant réfection, Concorde, Bastille, Châtelet. C'était vital, il fallait que je repère les lieux : les deux entrées principales du lycée (le 23, rue Clovis côté religion, flèches et colonnades ; et le 1, rue Clotilde, la femme de l'autre, côté pompes funèbres, rameaux et coupole), les entrées aveugles (le 36, rue Descartes avec vue américaine sur le donjon de la forteresse), les murs de l'Estrapade, les métros (Maubert, Jussieu, Cardinal-Lemoine, Saint-Michel, Odéon, Luxembourg), les bus, et ainsi de suite. Tous les soirs, on visitait Lutèce. On riait ensemble, on fouinassait comme des chafouins. Zingaro nous faisait entrer dans un cinéma minable rue Champollion et mettait le ticket à tremper dans sa bouche, pour le tendre ensuite dans le noir, plein de salive gluante, à l'ouvreuse : « Heerk, qu'est-ce que c'est que ça ! ? » Il était content. Juste une taquinerie en passant.

On ne faisait encore rien que tuer le temps. Et puis, de loin en loin, bien sûr, on volait. Un petit dictionnaire, une bricole, en fouillant dans une quincaillerie, un magasin de disques, un tee-shirt, des merdes. Mais ce n'était plus de notre âge, tout à fait, hein, la fauche à l'étalage. Ces chipettes de pommes ou de bouquins aux devantures, c'était con comme tout.

On a vite largué ces broutilles — copains gélatineux et petits vols à la tire —, pour s'occuper d'autre chose.

La véritable entreprise est née une après-midi de décembre. Ça gelait à casser les doigts. Heures libres ou séchées. On était allés faire un tour. Pour se dégourdir les sangs. Zingaro avait le nez bleu, sous trois cache-col pourtant. Il était en forme. Ça se voyait à ses tremblements. Il était agité de secousses maladives, comme ça : clicliclic, avec des claquements de chicots aussi, qui lui faisaient des bruits de fond dans sa conversation. Quoique, sa conversation... elle était assez éparse, maigre. Comme lui. A part les filles — il me racontait toujours comment il couillait les salopes (*couiller,* c'était son mot), comment il couillait ses cousines, sa sœur, et les copines de sa sœur et de ses cousines, et d'autres filles (il ne disait pas les filles, il disait les *connasses* ou les *salopes*) —, à part ça, il ne parlait pas. Il bafouillait. Il bavait. Bredouillant des discours de dyslexique que je ne comprenais qu'à moitié, même avec des efforts. Aucune importance.

Un tour de phrase un peu plus articulé, net, qui lui venait, sans cesse, à part « couiller », entre deux claquements de dents et deux secousses de ses épaules de vautour sous sa veste trop courte de pauvre, c'était : « Ta gueule ! Ta gueule ! » Ça ne voulait rien dire, pris comme ça. Mais, en fait, ça formait le fond de sa philosophie. C'était sa manière à lui de rappeler qu'il existait. Comme il se mettait à ricasser, par crises de nerfs, excès prodigieux d'agitation intérieure, ou comme il attrapait fébrilement la manche de mon caban. Par nervosité chronique, pour rien : « Ta gueule ! Ta gueule ! » il disait, en tremblant et en claquant des crochets, tellement il s'excitait au-dedans. C'était sa façon de communiquer et de méditer à la fois : « Ta gueule ! Ta gueule ! »

On est arrivés près de la Sorbonne, sur la place. On s'est approchés, sur les pavés glacés, de la rue Champollion. C'était le silence partout. Rien comme bagnole, presque. Et puis un froid qui vous brisait les oreilles et qui faisait le vilain nez de Zingaro tout leucémique. Il m'a croché par la manche, en me disant « Ta gueule ! Ta gueule ! » au milieu d'un pas, entre deux phrases décousues, pour m'attirer près d'une porte, juste sous un porche, au coin de la rue. Il pousse doucement la lourde. Elle bâillait un peu en retrait. Basse, louche, mal éclairée. Il pousse plus fort... « Hosannah ! Hosannah ! Hosannah ! Au plus haut des cieux ! » Hou-là : des psalmodies.

Seigneur, quel traquenard... Ça zonzonnait terrible là-dedans, au fond, ça pleurait à vous fendre l'âme tout au long d'une de ces vingt dieux de cave de conspirateurs étalés... Une secte quelconque et une messe : « Mmmmh-Mmmmh... In nommmine patris. » Ça se perdait en geignardises : « Et-comme-ce-pipi-rit-tu-oses » me traduit Zingaro. « Amen. Amen. Amen » sifflait l'esprit de cette chapelle, en demi-tons, lueurs pas catholiques de cierges douceâtres, demi-teintes blafardes. « Et-con-ce-spirou-au-trou-tout-rose », suggère encore Zingaro. On voyait les fidèles prosternés, faces hagardes, cagoulards pénitents, mauvais génies suintants en frocs, agenouillés ou couchés, de tout leur long lamentable, sur des dalles luisantes et grasses, là-bas au bout, près d'un autel riquiqui. « Bernadette-conne-Soubiroute-rit-tout-tout-haut ! » : encore une vanne de Zingaro sur les cafards.

C'était leur nid. Ils grouillaient là, sur le sol, innombrables entassés. Dans des odeurs. Puanteurs d'Orient, encens sucrés, effluves de dégueulis d'ostensoir, mélangés aux susurreries envoûtantes dégoulinant le long des voûtes brillantes et patinées de cette champignonnière à cafiots. Punaises de tabernacle agglutinées. Ils retournaient de ces nez violets d'hallucinés, momies, vers le ciel ou les lumières tremblantes des bougies. C'étaient des cheveux sous des cornettes. Par dizaines, infections onctueuses, rampants laids, chantres mous. C'étaient des aubes, des fichus, des tonsures, implorant à qui mieux mieux : « Ô Jésus ! Ô Père ! Ô Marie ! Ô divin ! Ô dodo ! Ah ! dada ! » Ils lamentaient : (« Gommeux-ce-pitre-irrite-toto ! me commentait Zingaro. Amen, ma culotte est pleine ! »).

Moi, pouffant, je regardais ça figé, de l'entrée, respectueux du culte. La liturgie, ça m'impressionnait encore vaguement. Mon éducation, le catéchisme, mes services comme enfant de chœur, mes souvenirs mystiques tout frais, de deux communions, péchés mortels, hostie, retraites, confirmation... Je matais sans rien dire. Sans bouger...

Tout d'un coup j'entends un petit souffle, une crécelle pour ainsi dire à côté, une sorte de ricanement étouffé. Et puis ça bouge. Ça bondit. Ça s'envole nom de dieu. Voilà mon Zingaro qui jaillit, grimpe en chaire en deux bonds de fou au milieu de la cave-chapelle. Mon Zingaro qui s'élève, surnaturel, et qui pousse une imprécation à faire tout vibrer : arcades, ogives, vitraux, carreaux, voûtes, arcs et linteaux. Voilà mon Zingaro qui tempête, qui tonitrue dans le silence tendu du lieu sacré.

Mon Zingaro épouvantable qui hurle, là, d'un coup d'un seul : « Ça sent la morue ! »

Voilà son invective féroce d'hérétique. Furieux. En plein offertoire. Profanant le rite. Sa bonne parole à la religion vilaine avachie devant. Ça me renversait. Cette attaque au flanc... Quelle audace.

« A l'assassin ! Attrapez-le ! Anathème, anathème ! » Ça gueule déjà, dans les parterres, ça proteste : « Arrêtez le coquin ! Exorcisez ! Hérésiarque, ah !

— Salauds ! Bande de morpions ! Maquereaux ! persistait Zingaro possédé, pour exciter encore son monde. Tas de crevés ! Maffiatés ! »

Sur quoi, monstrueux, il se tourne... Les autres montent. Qu'est-ce qu'il fabrique ?... Des hurlements formidables. Il vient de leur pisser dessus, du haut des marches. Blasphème inouï. « Tiens. V'là le petit Jésus ! », il vocifère, juste avant de se tirer, vite-vite fait, vers la porte.

Là, il ne peut pas s'empêcher. Il s'arrête de nouveau, tout blanc, pour vomir une dernière fois sur les fidèles : « Cathos-cacas ! Cagots-gagas ! Scatos-tatas ! Totos ! Ça sent la morue. Salauds ! Salauds ! Salauds ! » Et puis, ça a été un peu la retraite. Ça pressait. Devant les troupes ramassées qui nous fonçaient dessus des meurtres dans les yeux.

On a pris la fuite en en bousculant un, de la tribu, capucin faible surgi juste sur le pas : boum ! Par terre, le moinillon, adieu. Et là, mazette, quand ça urgeait, quand il avait taquiné les colères, quand il risquait vraiment gros, le Zingaro, il savait y faire. Son absence de muscles, dans les allumettes de sûreté qui lui servaient d'échasses, il savait la mobiliser impeccable pour allonger des sprints ahurissants. Lançant ses guibolles dans les airs, télescopiques, très maigres, toutes raides et très haut. Comme il était ultra-dégingandé, il se pliait de partout. Avec des angles. Magic. Ça le faisait filer comme le vent. Aérodynamique. Champion d'escampette.

L'entreprise sérieuse, si l'on peut dire, s'est mise en route là. Avec cette étape préliminaire, initiatique, de sape, médiocrement symbolique des fondations, cette guerre-éclair portée contre le ciel bas. Trot d'échauffement, qui devait bientôt se conclure en gros sabots : à coups de pavés.

On est revenus rôder à la fin, dans ce repaire de fripouilles sorbonicoles en prières. Milieu de matinée oisif sur la place vide... On avait une petite idée derrière la tête, on voulait en finir, que ça fasse du raffut. On a été comblés. Du haut de l'escalier d'entrée, on a catapulté deux moitiés de parpaings balèzes dégotés par Zingaro sur le chantier d'à côté, deux moellons tonitruants et prémédités en plein office, dans le tabernacle. Baradaboum. Des bombinettes à punaises. Tout le petit matériel à messe renversé : eucharistie, missel, chandeliers, ciboire. Malédiction. Le prêtre (??!) coudes en l'air, a embarqué son napperon d'autel dans la précipitation et une protestation de sainte horreur est montée des travées vers les nues, seigneur tout-puissant... lorsque l'un des deux vitraux plombés qui enchâssaient la cène consacrée s'est pulvérisé aussitôt après la deuxième rafale (but !), en mille éclats méphistophéliques, dans un ultime déchaînement en canon d'injures mortelles à dieu l'enfoiré et à sa valetaille crapuleuse d'imbéciles puants, vermines de bénitier. Kss-Kss ! Rhhhaaaah ! Zzzou : Zingaro irradié, transcendant, lançant son cri de ralliement des anti-panache blanc de la vie, Zingaro bandit tragi-comique à carreaux, vitupérant : « Ça sent la morue ! »

« Un autocar bondé est tombé vendredi après-midi à Monte-Cristo, du haut de la corniche, et s'est écrasé une centaine de mètres plus bas dans la mer. »

Il n'y a pas que l'autorité céleste. A l'époque, c'était déjà quasiment la rigolade que c'est devenu franchement depuis, ces âneries — il y a bien longtemps que la chapelle de Zingaro a été recyclée en friperie. Ça ne comptait plus pour rien, les ostensoirs... Foutoir.

Les autorités terrestres, et scolaires d'abord : voilà du tangible. En même temps qu'on taquinait l'autel, on s'y était d'ailleurs mis énergiquement, depuis le jour du snack. Comment ? Deux moyens : 1) le vandalisme, 2) le vol. En dehors des improvisations et, bien sûr, en comptant pour rien « l'impertinence », continuelle.

L'insolence, c'était effectivement la monnaie courante. La sauce du civet. Le plus facile, le moins profitable. En étude, ça vous rapportait des heures de retenue par centaines, pour pas un rond. Ça ne valait pas le coup de braver les saloperies de profs, autorités surveillantes ou pions, de front. Tous ces larbins. Jamais en face, toujours de biais. Ou de dos. Bravo : efficace. Le reste est bon pour les coups d'éclat sans portée de bravaches.

Le vol, ça, ça pouvait rendre — à la pelle, même —, pourvu qu'on le fasse un peu régulièrement. Il fallait un minimum d'organisation toutefois, dans cette fructueuse activité, si l'on ne voulait pas y laisser des plumes. Et très rapidement encore. Terrains d'action ? Des cours si possible éloignées des nôtres. Celles des petits. Mais ce n'était pas si simple déjà, de passer des unes aux autres, des grands aux petits, avant 68. Surveillance extra-stricte. Un exemple : on ne pouvait pas sortir, entre les heures, du lycée Henri-IV. Et si l'on était surpris à traîner dans les couloirs ou sur le terrain de jeux aux heures de cours, il fallait se grouiller de trouver un alibi sacrément valable. Autrement ça valsait, les colles. Et pas des bricoles de colles. Des quatre, huit heures. A tirer du matin désert à la tombée de la nuit. Avec lignes à l'infini... Des pénos du diable pour dimanches carcéraux bien gris, à se pendre en sortant aux réverbères. Il fallait faire gaffe.

Un autre exemple : le pet. C'était l'enfance de l'art mais il y fallait de la pratique. On attaquait, mettons, une rangée de cartables le long d'un mur : quarante sacs de classe, ça met du temps, à l'inventaire. Il fallait assurer les arrières. Ensuite trier, repérer les plus bouffis : croco, pure vachette, agneau, les serviettes de luxe, estimer la richesse à l'apparence. Et là-dessus, vas-y que je te déballe tout ça vitesse grand V : au vol.

Ça ne donnait pas des masses dans le détail, ces mallettes des mioches : donc on faisait plutôt l'abattage. Et pas de petits profits. Surtout au début. Ce qu'on dégotait toujours, au moins, oseille ou pas, c'était le matériel. En une semaine de bonne fauche, on pouvait se faire trois-quatre mille feuilles chacun, de copies à petits carreaux et après tri, une belle douzaine de bons stylos « plume » argent de qualité, facile, à deux. Plus les bouquins. Qu'on allait revendre en faisant gaffe, avec de fausses « autorisations » des parents, chez Gibert Jeune, le receleur du coin. De tout, on trouvait, dans ces cartons de petits, mais c'était beaucoup de risques encore, pour si peu de profits. Il y avait mieux, et moins exposé proportionnellement : les vestiaires.

Les vestiaires de gym, disons. Là, s'offraient aux audacieux des petites fortunes souriantes, débuts de pécules assez corrects à constituer. On y allait aux fouilles. Direct. Les mains, expertes : il fallait qu'elles travaillent à la cadence OS, minimum, pour que ça paye. Et l'œil aussi — surtout même. Tac, tac : repérer sans hésiter les terrains aurifères, les mines, bosses, soufflets. Et d'une. Piocher, et de deux. Sans oublier de rafler à la pogne tout ce qui était récupérable à côté du fric, pour amortir l'investissement en manipulations : les billets de métro, bus, les timbres, petits extras.

Ici aussi, le guet se révélait absolument indispensable. Question de sécurité. On s'est tous fait tôt ou tard baiser sur de ces négligences de mise en scène. Mon frère a été niqué à cause de ça, justement, en flagrant délit, une fois : il en sait quelque chose. Dans un couloir désert. Sa fichue manie de vouloir travailler tout seul. Paf : la main dans le sac... Je ne sais plus comment il s'en est sorti. Par pitié du prof, je crois... En tout cas, du coup, entre Zingaro et moi, ce souci du pet donnait à discuter. Ça ouvrait des débats furieux, et c'étaient de gros problèmes techniques, rapport à notre hypocrisie commune. On aurait dû s'entendre comme larrons en foire pourtant, en théorie. Et d'ailleurs, à priori ça marchait sans accroc : « Je fais le pet, tu farfouilles, on partage. D'ac. ? — D'ac. Ta gueule. » Mais en pratique, des clous.

Dès que le fouilleur tombait sur le gros paquet — ou même le petit (ça allait de un franc à onze ou douze sacs maxi) —, dès cet instant, tout foirait. Ça ne rigolait plus du tout. Les scrupules s'envolaient, ça tustait, et voilà. C'était l'arnaque à tour de bras. Chacun pour soi : « Ta gueule ! T'as trouvé quelque chose ? — Non, non... Heu, rien. — Menteur ! Ta gueule ! Je t'ai vu foutre les talbins dans ta poche. — Bon.... d'accord... Mais y'avait que mille balles : tiens, regarde. » De la merde, ouais. Il y avait eu, ce coup-là par exemple, cinq coupures bien craquantes évanouies dans ma profonde. Et la fois suivante dix sacs, si c'était possible, et ainsi de suite : bien niqué. Hé ! Hé ! Et si, justement, le veilleur, au lieu de faire son boulot, était en train de surveiller le fouilleur au moment où il se retournait, celui qui fouillait en cherchant à entuber l'autre, pris sur le fait comme un con, avait un mauvais sourire hypocrite de fausse connivence : « Heu-heu-heu... — T'as trouvé combien ? interrogeait le péteur. Pas de blague, hein ! Allez ! Compte-les ! »

Il ne fallait jamais se relâcher sous peine d'être enflé dans les grandes largeurs. Ça créait un climat de tension peu propice. Catastrophique, même. J'étais — prenons le cas —, occupé à soi-disant faire le pet, et en réalité je monopolisais toute mon attention sur Zingaro, son travail de fouille : qu'il ne me double pas. Et je ne voyais pas le temps passer... Hypnotisé... A un moment, par hasard, je jette un coup d'œil dans le couloir : Merde. « La vache. Barre, barre ! » L'avertissement venait tard. Un prof arrivait, ou un élève, là. A cinq mètres.

Des fois, on ne pouvait même plus sortir... Alors, illico, recours aux effets spéciaux : le froc par terre, le cul à l'air. Pour faire les utilisateurs innocents de vestiaires. Ça n'a jamais raté, ce coup-là. On ne se méfie pas d'un type occupé à se déshabiller dans un vestiaire de gym avec la raie des fesses dehors. Il colle à son décor, c'est de l'illusionnisme. Alors qu'un zigomar tout raide avec la bouche ouverte et l'air de rien — ou pire : souriant — ça ne passe pas. Parfois, même quand ça marchait, il y avait un hic, des passants qui tiquaient en nous voyant tels quels, tenue d'Ève et caban. Ça les tarabustait, ça, ce détail saugrenu : couilles plus caban. Ils revenaient sur leurs pas ; il leur fallait des explications. Ils ne parlaient pas directement de ça, mais c'était tout comme ; pourquoi on était complètement à poil *en bas* et complètement habillés *en haut* ?... On chiquait aux niais, « Hein-quoi ? », aux naturels. Qu'on était arrivés en retard et qu'on devait repartir en avance pour une compal, un cours en dehors du lycée, pour un rendez-vous chez le dentiste et patati et patata. Hors-sujet brouillage de routine...

Il fallait que toutes ces balivernes sortent sans forcer. Un travail de représentant, sans plus. Autrement, l'inquisiteur voulait plus de précisions et ça pouvait vite dégénérer. Dans l'ensemble, ça a toujours marché : le petit stratagème couilles-caban était foudroyant. Mais une fois, une seule, caban ou pas, j'ai été fait. Et alors, là... En plein. La main enfoncée jusqu'à l'avant-bras — qu'est-ce que je dis ? jusqu'au coude, oui — dans une poche de manteau. Hou-là-là ! Zingaro tremblotait à la porte, avec un air navré. Il s'était laissé surprendre, ce petit con, chapeau. Il s'est éloigné, honteux.

« Mais qu'est-ce que vous faites là, dites donc, vous ! ?... » attaque le type. Un prof de gym qui me connaissait : pas facile à berner. Et puis c'était dur, en la circonstance, de me mettre à baisser mon froc. Ça aurait paru louche. Ah. Il ne me restait que l'inspiration. Sans rien répondre, sans rien faire voir, sans réfléchir, j'ai laissé ma main dans la fouille un moment. Surtout ne pas me presser. L'autre me regardait. Serré. Et puis, calmement, doucement là, toujours sans rien dire, comme si de rien n'était, j'ai ressorti ma main. Avec le larfeuille. Ça chahutait, là-dedans, tempes, poitrine : quel coup de jarnac, alerte. Ça cognait tambour-battant. Mon cœur allait claquer. J'avais les moules... A mourir, debout. Ou à tout laisser là et à m'allonger par terre. Couilles, pas couilles, n'importe, pitié : j'avais envie de tout avouer : « J'avoue, monsieur. » Ou de m'enfuir. Au secours !... Mais non. Je me suis tenu. Tout blanc, l'air serein, j'ai ouvert le portefeuille sans geste brusque, naturel comme tout, glagla, au pif, pour faire manière, j'ai eu le temps d'aviser qu'il y avait dix biftons, j'ai pris un ticket de bus qui tombait pile — oh, bonheur —, je l'ai coincé entre mes dents, presque en sifflotant, histoire d'avoir vraiment l'air à l'aise, j'ai refermé le portefeuille, et je l'ai remis dans la poche. Quoi ? Hein... ? Où est le problème ? Sans sursaut.

Siffloti-sifflota, mollo-mollo, sans rien dire, après ça, il a fallu que j'en vienne au plus risqué de l'opération. L'ultime simagrée, quinte-flush (servie) bluff de première : décrocher le manteau (un poil de chameau ridicule) sous les yeux inquisiteurs du professeur, sans du tout me cacher, en fredonnant — il était à un mètre de moi —, enlever le pardessus du portemanteau donc, et l'enfiler... Par-dessus mon caban. Encore plus fort. Grelottant de pétoche, avec des crampes au bide. Puis là, toujours mine de rien, enfoncer mes paluches dans mes poches, pas les miennes, celles de mon nouveau caban, dire : « Pardon... Merci », sortir à petits pas. Le prof a bien, bien considéré la chose... Et finalement, il n'a rien dit. Il s'est écarté, m'a laissé repartir.

Dehors, j'ai failli rouer de coups l'autre con de Zingaro. Il voulait à tout prix embarquer les dix sacs qui étaient dans le porte-cartes. Non mais, des fois. Je lui disais que non. Il ne voulait rien entendre. Cette somme... Tous ces sous, ça le rendait cinoque, agité et obscur. « Débile ! je l'ai averti, t'en as assez fait pour la journée. Sale Juif — le « sale Juif » l'irritait toujours —, fais gaffe à tes dents ! T'es un merdeux. » Je l'ai vraiment agacé, là : il voulait se battre. Et puis il a dû voir que j'étais à le ratatiner, de rage, à coups de tête, de caillasses. Et il a décidé d'écraser. Moi aussi. Il est allé — c'était la trêve — reporter le manteau. Ça encore, une opération drôlement fine. Il ne fallait pas — surtout pas — que le prof, le même, lui tombe dessus... Paf-pouf, tout juste Auguste : il a croisé le prof pile en sortant. Et il n'a rien trouvé de mieux là-dessus que de s'enfuir comme un fou en voyant le type rentrer dans le vestiaire derrière lui l'air intrigué et mauvais. Maman ! Encore bravo.

On en a réchappé, cette fois-là. Mais les conneries de ce tonneau, dans le vol, ne pouvaient que se multiplier vu notre manque de cohérence, de sérieux. Et la cohésion, elle était pourtant particulièrement nécessaire quand on s'attaquait à un couloir de portemanteaux en terrain découvert : le degré de dangerosité supérieur.

Là, c'était chaud. Le pot pour moitié et l'intuition. Le reste à la confiance. Menaces des deux côtés. Sans compter, en plus, les portes de classes en face des portemanteaux, qui pouvaient s'ouvrir n'importe quand. Et pour finir, les quatre escaliers qui débouchaient sur nous. Voilà le décor : coton. Il convenait d'ouvrir l'œil. Or, au bout de deux ou trois coups bien foireux, la règle, tacite, c'est devenu : « N'importe quoi — chacun pour soi. » Il ne fallait plus perdre de temps à s'occuper l'un de l'autre, soi-disant pour pouvoir se tailler plus vite en cas de danger imminent sans se retourner. On a été vernis, là : tout ce qu'on peut dire. Jamais, jamais on ne s'est fait prendre à ce petit trafic. Et on a réussi à y amasser des pactoles.

Le contrat prévoyait normalement le partage équitable de toutes les trouvailles. En fait, je n'ai jamais respecté cet accord à la noix. Je redistribuais le sixième à peu près de ce que je trouvais à mon acolyte. Je ne pouvais pas supporter ça. Et puis, je savais qu'il faisait la même chose. C'était à qui volerait le plus crapuleusement, le plus ignoblement, l'autre. Et il fallait dégrouiller. Vite, vite, vite ! Des gestes précis, réglés au quart de phalange, prestes, prestes, prestes. Que l'autre, entre deux farfouilles, deux portefeuilles qu'il avait lui-même à secouer, ne vous berne pas.

Tout se tramait de plus en plus dans les étages. Et à force de magouilles, ça commençait à sentir méchamment le roussi. On était brûlés dans tous les coins. On avait poussé des expéditions périlleuses jusque dans les chambres. Les ultimes mansardes. Les boxes privés des panculs. Pour opérer des razzias blietzkrieg dans leurs cachettes personnelles : retourner leurs caleçons, leur courrier intime.

Et ça ne nous empêchait pas, de surcroît, ce bizness, de semer la merde autant que possible en cours de route, entre deux fouilles, partout. Ravachol et le soldat Mariolle. Pour nous détendre, jouer un bon tour. Il faut comprendre ; ça nous crispait, le larcin à longueur de semaine, le vol. Grande lassitude, déjà ?

« Deux policiers ont été tués par balles à Caracas dans la nuit de jeudi à vendredi. Les terroristes ont d'autre part blessé à coups de couteau un autre policier. »

LE vol à hautes doses sans arrêt, on le voyait bien, ça pouvait devenir rapidement aussi chiatique que le reste : la maison, manger, dormir, lire, les filles, les garçons, les cours, les profs, les devoirs, le métro, la gym, les horaires, l'honnêteté... Toute cette merde. Ou presque. Du coup, pour se changer les idées, quand on saturait un peu sur la farfouillette de vestiaire et les larfeuilles chouravés, on changeait radicalement d'activité. Assez volé, maintenant casser.

Plaff : on massacrait une petite statue. Chichi au passage. Gratuitement. Une autre, vlaff ! On leur faisait des papouilles à l'encre indélébile. Aux Moïse à la con qui traînaient dans la région qu'on infestait à cette occasion. Quatre fois Moïse : Tables par terre, Tables en l'air, Tables à la hanche, Tables sans barbe, flaff, n'importe : « Ta gueule ! Fait chier avec ses Tables ! Ta gueule ! La loi de qui, d'abord ? » Cocardes, taches, giclées : « Tiens, salut. T'as le bonjour d'Alfred. »

Les yeux, les poils au nez, les oreilles, les organes, sans se lasser, au vert, rouge, au bleu — noir surtout : on les fardait, les sculptés vénérables. Un peu chargés, tous décadents, insupportables de manières. You-hoouuh ! On leur collait de l'eye-liner maison, du rouge super mignon aux mâles vigoureux. Et aux nanas idem : pas de jaloux. Cohortes de Marie extasiées dans leurs niches, mémés bas-reliefs jouant de la lyre la tête penchée, à l'entour du jardin : flaf ! Avec leurs chiées de bébés par terre, à poil le doigt levé, saintes nitouches planquées. On te leur bricolait des petites grâces particulières à chacune, en leur tassant un petit-pot-de-beurre-que-ma-mère (et Zingaro !)-vous-envoie sur le minois, une grenade de moutarde dans la paupière, en leur fracturant une oreille, en leur posant tel monocle coquin... On les arrangeait à la mode potache. Il n'y avait que l'embarras du choix.

Et pourtant, on a eu fait très rapidement, là encore, le tour de la question. L'inventaire. Tous les bustes, endommageables, les moulures, têtes, en pied, socle, en appliques, gargouilleux, grimaciers, de plâtre ou pierre, les bronzes, on les a eu bientôt, sans exception, tous recensés.

Pour l'essentiel : d'abord, le patio de l'entrée Sainte-Geneviève-Clovis. Très achalandé et bien risqué. Casimir Delavigne puis tête de George Sand travelo à droite, Alfred de Musset à gauche : deux gros boutons en pastilles, lavallière, « barbiche et moustache de petit pédé » — selon Zingaro. Avec, sous leurs yeux creux de bronze, deux scènes pitoyables : un certain Henri Regnault, détestable inconnu frappé de nanisme, buste jivaro expatrié surgi de la verdure, et devant lui, une semeuse usée branlant un poilu des tranchées à l'abri de son suaire de lierre. Ketchup, purée, cailloux, choux, genoux...

Ensuite l'Ampère père, gros dandy conventionnel

au tarin martyr de l'entrée Clotilde : grain de raisin, craie, cibiche, crayons, nougats dans ses trous de nez. Puis, l'Ampère fils, plus exposé mais peu excitant, dans la cour de Charlotte cernée de gargouilles de lions. Exaltant en revanche, le petit Henri IV de bronze noir, à l'étage de l'administration, auquel on n'accédait illégalement qu'au prix de risques affreux, par la longue rampe d'escalier verni de la censure. Fromage blanc, panaché. Évidemment.

Enfin, l'ordinaire : les massacrés de la Saint-Barthélemy du porche. Au carrefour, propice et caché, des cours : ces Moïse en perdition, quotidiennement pilonnés au gras de jambon, et cette Vierge à l'enfant, main gauche sur le plexus et l'air infiniment écœuré, littéralement saccagée de boustifaille, face aux colonnades du portail de bois. A la fin, son petit Jésus pelotonné devait y laisser purement et simplement la tête : flac, décapité contre le sein maternel.

En quelques semaines, d'emplâtrage en barbouillages, avant qu'une surveillance trop étroite ne s'établît, on les avait toutes, absolument toutes et tous, bousillés. Maculés au maximum, griffonnés, ravalés, défigurés. Et très spécialement donc à coups de graille de cantoche recyclée : rabs en pleine tronche, sauces poisseuses aspergées, crèmes fouettées ou glacées dégueulasses, tomates graisseuses, ragoûts peu ragoûtants, épinards aux oignons farineux, entremets, féculents, résistance, spécialités du chef. Servi !

On avait abruti à mort toute cette population décorative figée, sous les offrandes exagérées : holocaustes de bananes écrabouillées, sacrifices de petits-suisses périmés plaqués sur les lèvres, eucharistie de platrées de nouilles catapultées, pots de confiotes rituellement éclatés sur la tête, dégoulinades occipitales sacrées de carrés Gervais, hachis Parmentier nasaux par bonté d'âme, marmelade d'orange, compote de pommes et crème de marrons sanctifiées faciales. Dans le cou, sur le front, les oreilles, les tifs. Alleluia ! On les avait une à une, très rapidement et sans effort aucun, exhaustivement sabotées et actualisées au « 40 % mat. grasse » ; toutes les ruines attristantes qui hantaient ces halls, ces porches, entrées, sorties, tous les nobles antiques, mochetés figées affectées à notre haute surveillance morale. On leur avait d'ailleurs donné des identités à clef, pour mettre du piment.

C'était le proviseur — qu'une rigolote petite moustache rebiquée désignait à l'attention —, c'était la mauvaise gueule du censeur — qu'une amusante paire de lorgnons identifiait —, c'était le surveillant général désigné, célèbre pour sa haïssable bosse, ou c'était tel professeur, notoirement connu pour son strabisme convergent — qu'une ironique coquetterie, ajoutée au feutre à un regard de Robespierre, dénonçait à la risée publique. On avait eu bien raison, à part ça, de saboter l'opération à toute pompe, de ne pas s'attarder à ces petits travaux d'art... Parce que, lorsque la surveillance s'est organisée pour de bon, elle nous a vite repérés. Nos mouvements étaient suivis d'assez près par la police efficace de H.-IV. Bobosse pistait...

Une fois, on se baladait avec Zingaro rue des Écoles, on se fait directement interpeller par le surgé. Dans la rue... Les mains derrière le dos, lorgnon : « Qu'est-ce que vous faites là ? » Comme s'il avait demandé un papier attestant qu'on avait le droit de respirer, flicard pourri : « Vos papiers ! » Saloperie, quel culot. Quelle mauvaise ambiance SS. Un autre jour, tout seul j'ai été arrêté, sans raison, l'omnipotence du pouvoir général, en plein milieu de la cour. Sommé par ce bossu crochu, devant une centaine d'élèves. Sa vilaine voix fêlée de crécelle, satané tordu dromadaire, son menton enfoncé dans la goutte d'huile affreuse qui lui servait de bidon-polichinelle, sous son pardessus noir lustré nauséabond de vieux garçon : « Ouvre ton sac, presse-toi ! » Et voilà. Mandat de perquisition : chez Plumeau... — « Hein ? ! » ; comme je faisais voir mon étonnement : « Ne discute pas. Fais ce que je te dis ! »

Cette histoire sidérante était déjà arrivée à mon frère : nos cartables, trop singuliers — belles sacoches de voyage à soufflets début de siècle dénichées chez la grand-mère morte des Halles —, qui le défrisaient tout simplement, putain de Carabosse à la merde. Quel abus. « Ouvre ton sac. »

En tout cas, méfiance. Et voilà pourquoi le vandalisme, à H.-IV, c'était passé rapidement en marge du vol. A l'occasion... Ça arrivait plutôt par hasard. Comme le jour où on avait découvert — ô, vision —, aux étages là-bas, tout en haut, quatrième, du bâtiment rouge dans la cour de surveillance générale, aile gauche du département physique/chimie/sciences naturelles/salles d'étude panculs (on y est) : un vélo. Oui, oui, une bicyclette. Sur le dernier palier. Hosannah. Un vélocipède magnifique. Et flambant neuf, encore. Immédiatement l'idée, pleine d'invention, d'à-propos, a jailli : le détruire. On a oublié pourquoi on était venu traîner dans cet endroit, calculé vite fait — coup d'œil de spécialistes — que la cage d'escalier était assez large... juste au poil. Et quant à la profondeur...

A la une, à la deusse, à la troisse, on s'est soulevé la bécane de luxe bien haut dans les airs... et rahouss : balarguée du sixième dans l'escargot. Ce tintouin, pépère... Le putain de « routier » a accroché ses guidondaines dès le premier palier et tout a commencé à partir en brioche, étage par étage au ralenti. Rrraahm. Bram. Bong. Et que ça saute. Les rayons explosaient contre les arêtes des marches. De deux mètres en deux mètres. Interminable. Les éclairages se fracassaient. Les éclats de verre canardaient dans les angles. Tout ça au milieu d'un vingt dieux de tintamarre de boîtes de conserve. Bradadabam. Brrrongk. La pauvre carcasse démantibulée marche après marche du vélocipède volant s'est déglinguée, cassé la margoulette. Cadre de-ci. Sacoches de-là. Et bam et vlang. De choc en rafales en cataractes de gadins, coups, bugnes, tèques, gnacs, tout ça bien frictionné a dingué jusqu'au rez-de-chaussée dix mètres plus bas. Où le tas écaillé que c'était devenu entre-temps s'est définitivement écrabouillé contre un radiateur sur le carrelage.

Dès le troisième palier, il y avait eu une réaction, comme de sympathie. Un beuglement. Et une protestation : « Non mais ! Que je vous y prenne. Ah ! Avec ma bicyclette. Bande de... Enfants de salauds ! Ah ! Attendez un peu... » Nous — « Espère Herbert ! » comme disait Zingaro : au premier signe menaçant, plus là ! Fssst : « Va t'laver les pieds. »

On avait décarré en quatrième vitesse vers l'autre escadrin de descente, l'aile droite, on t'avait déboulé ça à toute blinde, vraiment tous berzingues, avant que le pauvre proprio puisse rappliquer nous bloquer. Mais, pendant quand même, ou après — je ne sais plus —, Zingaro l'avait insulté un bon coup. Ah ouais. En plus. Pendant que je riais à m'en tordre les côtes. De ses hurlements au carnage, au tordu qui nous menaçait de mille morts. Alors que sa machine de compétition était complètement pliée, Zingaro l'injuriait de « Ta gueule, Géminiani ! ». Pire que tout. Pour le gonfler à mort. L'emmerder à cheval et en vélo. L'exaspérer à vie, cycliste des cimes. On lui avait mis des étages et des sprints kilométriques dans la vue, au vieux merdeux pédaleur, qu'on entendait encore ses rugissements, ses lamentations résonner, dans tout l'immeuble, du fin fond de la cour. Comme un écho fantastique à nos rires de loustics : « Ah, les cons, les cons ! Ah, les vandales, saloperies ! Mon vélo, mon joli vélo ! Ah, salauds, mon biclo... »

*« Lisbonne. Le professeur**, doyen des Universités et ancien ministre des Affaires étrangères, a été rossé par des étudiants. »*

ATTENTION les vélos, il ne faut pas confondre : avec Zingaro, les coups les plus fumants c'était les plus fumiers. Quand on avait causé un maximum d'ennuis, de dégâts alentour, c'était bon : on pouvait se reposer un moment de toutes ces peines. Avant de relancer la vapeur.

Mais rapidement, on avait spécialisé, par souci de sécurité, le champ des activités au lycée. Stop au vandalisme. Il faut dire qu'on avait connu une assez chaude alerte, à titre d'ultime avertissement, après la période probatoire d'emballement.

C'était une après-midi d'oisiveté affreuse au sortir du réfectoire, les heures se traînant : limaceuses, assoupies, malsaines, entre salles d'étude surchauffées et préaux d'ère secondaire. Le début de la journée avait l'air de remonter au déluge et on ne voyait pas le bout de cette aprème, alors que les cours n'avaient même pas repris. Mon dieu, qu'est-ce qu'on pouvait faire ? Zingaro, suppôt des instances diaboliques, en communication cinq sur cinq avec le cloaque, tenait la réponse...

Comme on traînait cour Descartes, aux abords de

l'escalier d'accès à la salle en perchoir biscornu de « dessin », traversé soudain par une de ses méphistiques lubies, il démarre, habité : « Ta gueule-ta gueule », et il se fout à trembler, comme chaque fois que le mal était en lui, l'inspirait, lui faisant pétiller les yeux : « Ta gueule. » Il repousse la porte, vite vite, sort un bout de craie de sa poche, se met à écrire à même le sol. Sur la pierre, et le bois des marches. De belles grosses lettres en réclame : « Mollard est un con. » Son projet artistique. Encore un peu faible, comme formule, mais parlant : « Ta gueule, il va en prendre plein ses dents ! » On ne pouvait plus l'arrêter. Quelle excitation, à l'idée de la tronche qu'allait tirer l'autre tout à l'heure, devant la classe. Maman...

Je m'y suis mis, à toute vitesse, j'avais pigé : « Mollard égale merde humaine » (un peu pâlot), « Mollard = jaquette flottante diplômée » (très convenu), « Mollard pue des dents et du trou » (ah, tout de même, ça se raffinait, en prenant un tour personnel plus subtil), « Mollard, pédé » (ça retombait, on ne peut pas toujours être parfait), « Mollard, enculé de sa mère ! Suce la bite à Jolivet » (tiens donc : le chouchou du prof d'histoire), « Mollard vieille mémé Fumelard Pompier Vérole à chier Petit pourri Ceci cela » : toutes les marches y sont passées. Super maculées. Tout le monde allait être obligé de lire. Bravo ! On s'est enfui forfait fait, il ne restait plus qu'à attendre l'heure.

Qui est tombée comme une vague de plomb au pied du noir donjon. Quand j'ai vu le résultat, inespéré, de notre petite mise en scène (hilarité intenable, galeuse, dans les rangs, masque blême de la saleté de prof de dessin), sous le regard acéré des aigles allégoriques du portail ferré (deux becs déchirant un cœur vide...), j'ai senti qu'on avait poussé un peu loin le bouchon. D'un côté, c'était ce qu'on cherchait : la consternation, la tension nerveuse extrême, la haine. Mais de l'autre, à la pensée de ce que l'autre salope allait pouvoir fomenter comme vengeance...

Mollard la pédale a fini par se reprendre, face à la classe alignée devant les douze marronniers rabougris : il a gelé les sourires d'un seul des siens. Clanggg. Il était célèbre pour ça, justement : ses sourires. D'une cruauté ! Viceloque, en dents de chien, la tête gentiment penchée, d'une méchanceté onctueuse terrifiante. Il nous a fait monter en silence. Asseoir. Sortir nos affaires. Pour nous annoncer posément qu'aujourd'hui, nous allions faire une... « dictée ». Une dictée ? Murmures et stupeur dans la classe. Il n'a même pas relevé, il méprisait les élèves. Feuille, stylo, un point c'est tout. Écrivez... Il a dicté un texte choisi de La Fontaine, Zingaro me regardait de temps en temps mine de rien : j'avais des appréhensions. Je ne me sentais pas bien du tout. Il n'y avait pas de raison pourtant, mais...

Mollard a fini sa lecture en nous priant d'inscrire dans la foulée sur nos copies, un à un, tous ces slogans « piquants » de l'escalier qu'il avait soigneusement relevés : « Mollard est une pute, Mollard pue du truc, etc. » La classe rigolait, lui aussi. Il a dit : « Vi riez ? vi z'avez raison » — il disait toujours ça —, tout le monde a instantanément cessé de rire et il a ramassé les copies. Ça y est, j'avais enfin compris. Et pourquoi Mollard nous avait fait faire cette dictée absurde et l'infinie rouerie instinctive de Zingaro... Oh Mauvais ! Oh Grand Filou !

Je le revoyais tout à l'heure, quand on en était à polluer les marches, écrivant de la main gauche en torturant ses lettres : « T'es gaucher, maintenant ? — Ta gueule, ta gueule, hé-hé-hé ! » Ça en était resté là : il ne m'avait pas mis en garde, il s'en contrefoutait, et moi j'avais écrit mes ordures sur main droite de ma plus belle écriture officielle, sans filet...

Mollard s'est retiré derrière son bureau en nous laissant livrés à nous-mêmes le restant de l'heure, plongé dans son paquet de copies : tournant, retournant, cochant, corrigeant... Je fouettais, je savais que j'avais été léger, aïe-aïe-aïe. Et ça n'a pas manqué : juste avant la fin du cours, il est venu vers moi. Il m'a bien fixé, interminablement, en silence — moi, embarrassé par son odieux sourire, finissant par lui sourire aussi niaisement en face —, et il a placé sa fameuse formule au fer rouge, implacable : « Ti ries ?... (les yeux et les dents fendus, luisants de délectation). Ti as raison... » (sourire de ravissement).

Le lendemain, j'étais convoqué chez le surveillant général, dans son QG près des waters du Méridien, directement impliqué, et je ne riais plus du tout. Je suis sorti de l'épreuve ratatiné. J'avais eu beau prendre la chose de très haut, nier froidos, afficher un air scandalisé, le bossu, absolument convaincu de ma culpabilité « garantie sur facture », m'avait félicité pour « mon speech », en m'expliquant précisément : 1) que j'étais un « menteur » et un « petit emmerdeur », 2) que j'en profite bien pour faire « mon malin » ce coup-ci puisqu'il ne pouvait pas prendre de mesures graves contre moi faute de « preuves indiscutables », mais « qu'il m'aurait », 3) que je fasse « bien attention » et que je considère ceci comme un « tout dernier avertissement » : « Attention-attention, mon garçon. » Rajustage de lorgnons ; « File ! »

Pour un début, c'était réussi. J'avais été au-dessous de tout, dans cette histoire. Anonymographe démasqué : Corbeau pincé. A la place de Zingaro.

En tout cas, à partir de là, vu le four terrible de l'expérience, on avait un peu écrasé sur le sabotage d'envergure « dans l'enceinte de l'établissement ».

C'était le vol qui passerait dorénavant en priorité. Le vandalisme ne venant, à l'extrême rigueur, qu'après. Au hasard des circonstances, s'il ne présentait qu'un minimum de risques — et encore : sans conviction.

Mettons qu'il neigeait... tout ce petit monde follichon jouait avec des boules de neige autour du bon Ampère emmitouflé de blanc. Un caprice : on choisissait le moment où ça battait son plein, où le feu bien nourri occupait toute l'attention. Et bling ! Une boule commack lestée d'une belle caillasse dans un carreau de la verrière : fini de rire. Ça abrégeait la récré. Punition collective et impossible de trouver le coupable, dans la mêlée... Zingaro et moi, ça nous faisait poiler, ce gâchis. La déconfiture nous plaisait.

D'autres fois il ne neigeait pas. Et comme on ne jouait pas à la paume (un cercle assez fermé de vieux briscards poing en sang devant le fronton), comme on ne lisait pas (lire ?), comme on ne s'intéressait à rien (quoi d'autre ?), alors, comme toujours, on glandait. A l'affût d'une connerie de mieux à faire. Bien bête. D'un sale coup inédit à fomenter. On traînait. En cage et enragés.

« Le Caire. L'armée irakienne aurait tué soixante Kurdes et en aurait blessé plusieurs centaines. »

JE pousse la lourde de la salle 14-15, dans l'éternelle cour Ampère, sous le balcon, à côté de la nôtre... Vide. Grande porte vitrée. On entre.

« Ouvre les yeux, surveille. » J'ai dit. Zingaro ne savait pas encore de quoi il retournait, ce qui me prenait. Je l'ai prévenu : « Fais bien le pet. C'est tout. » Et je me suis retrouvé au Togo — lycée de Tokoin — le temps d'une séance de vandalisme métaphysique. Il faut détailler tout ça. J'ai commencé par arracher les tableaux noirs, rrraaaan et rhammm : descellés complètement. Disloqués, les cadres, avec les charnières qui les tenaient au mur : question de levier et de bonne volonté. Je riais peu, assez énervé, Zingaro était frappé de mutisme. Aussitôt après : les rideaux. Longs et noirs. Quatre mètres de haut, peut-être cinq, sous ces immenses plafonds gris inaccessibles. Il ne fallait surtout pas tirer n'importe comment. Pas empoigner tout un pan de rideau resserré à la fois. Non : un coin précisément, délicatement. Juste un côté, en biais. J'ai mis au point la technique ce jour-là empiriquement. Avant, je n'avais jamais goûté à ça : le déchiquetage grande surface. C'était un tort. Parce que, mon dieu, sentir céder ce premier anneau, craquer la première couture, quelle émotion... Oh, la douceur de cette déchirure, ô suavité. Crrrissssshhh, tout se fend, en mollesse, du haut en bas — pourvu qu'on s'y prenne bien. Tous les rideaux y sont passés. Saccagés, irrécupérables. Alors, je me suis attelé aux placards et approchants. Défonçant tout ce qui pouvait se fendre, casser, comme portes, gonds, boîtes, lattes.

Sur ce, Zingaro qui entre-temps avait laissé tomber le guet — de nouveau les conneries —, Zingaro qui avait tout compris, s'est attaqué avec moi aux chieries de tables. Mais elles n'étaient pas gentiment malléables, comme jadis celles de Lomé, à cadres de tuyaux de ferraille tout mous, qu'on faisait céder à coups de pied avec Van Potten, camarade de jeu oublié. Il a fallu réfléchir. Et vite. Le temps passait. « Bon. Tiens-toi bien à la table de droite, je bloque celle de gauche », j'ai dit. Pousse-tire. Pousse-tire. Et rame, et rame, et rame... Tout est venu. En bloc. D'un seul tenant, avec un craquement intéressant.

Ce n'étaient pas les vis des pieds de table qui avaient cédé, c'était... le plancher. Tout bonnement. Parti en purée sans faire d'histoires, vissé aux bureaux, sur toute la longueur du lieu : huit mètres, facile. Quatre tables de deux personnes chacune, et deux fois deux couloirs entre. Bordel, ce spectacle dantesque... Tout se pliait à nos caprices, malfaisances de petits frappés de gosses saboteurs. C'était une vraie féerie. Zingaro, de plaisir, il ne se tenait plus, sautant sur place. Moi, à franchement parler, j'étais déjà émoussé. Blasé de la destruction, à quatorze ans : diable ? Eh, je n'en étais plus à mes débuts, dans ce domaine : j'avais quelques dizaines de salles massacrées vandale certifié, cochonnées de cette façon, derrière moi, depuis ma première année de lycée. Les rideaux, à tout prendre, m'avaient donné de plus vifs plaisirs... On a tout fignolé comme ça dans la foulée : exhaustivement. Pour finir, Zingaro a même débité le bureau en planches, sur l'estrade magistrale.

Quand on a quitté la salle, on était sur les nerfs. Convulsifs. On jouissait de façon malsaine, survoltés, des dégâts dont on était cause. Irréparables. Le spectacle était à tomber par terre — littéralement. Sol soulevé, murs et plafond constellés d'éclaboussures — soleils noirs d'encriers pétés à pleins plâtres au hasard —, tout dérangé. Des lambeaux de drap noir lacérés traînaient, guenilles, aux quatre coins de la classe, la chaire n'était plus qu'une ruine ; sur laquelle s'amoncelaient : des tableaux (soit à demi pendus aux murs, soit entièrement décrochés), des tiroirs (défoncés), des débris de plancher ou de bureau (brisés), des cartes géographiques murales (déchiquetées), des chaises (désossées)... Ce qui avait été un strict alignement de tables d'étude n'était plus qu'une dévastation de planches enchevêtrées. Ô beau désastre morne... Nos têtes étaient vides. Et nos yeux brillaient.

On en a eu pour des jours et des jours, à se calmer. A se féliciter de cette bonne farce, qui a évidemment provoqué des remous dans la région.

Les élèves eux-mêmes — et les plus pervers — étaient troublés, ou scandalisés au dernier degré. De tant de sauvagerie, de la gratuité de l'acte surtout. Arnaud, qu'on n'entendait jamais, qui avait des verres énormes sur le nez et qui répondait toujours en maths, a noté : « Vous vous rendez compte ? Il n'y a que les vitres qui ont été épargnées... »

Le lendemain, c'était réparé. Sur un coup de pure folie, compte tenu de l'effervescence qui régnait, on est venus crever les fameuses vitres oubliées. En quelques secondes terribles, tous les carreaux au sol. Ouf : on se sentait mieux. Et les jours suivants, parmi les groupes qui conversaient sur les lieux du crime, près du pauvre Ampère, entre les chiottes et la porte dérobée du coin, commentant le sinistre, on animait les protestations. Deux voix outragées mêlées au chœur des cons : « C'est incompréhensible. Monstrueux. Comment peut-on en arriver là ? Qu'est-ce qu'ils cherchent donc, en saccageant tout de cette façon ? Et quand on pense que les criminels qui ont fait ça sont sans doute en train de se promener tout près. En paix. Et d'en parler même, comme s'ils étaient innocents. Il faudrait les foutre dehors, ces gens-là. » On en remettait à mort dans le blâme choqué, l'histoire faisait du profit. Forcément, c'était juste à côté : salle 15, salle 16. On était au spectacle permanent : les files d'attente pour regarder, les chefs de classe et les professeurs principaux, les petits groupes d'élèves ou d'enseignants, s'excitant à qui mieux mieux ; tous à se plaindre, demander des mesures, crier, s'exclamer, etc.

Là où la colère populaire a commencé à grimper vraiment jusqu'à la fureur, c'est quand on s'est avisés, quelques semaines plus tard, d'appliquer le même traitement abrasif à la salle 16. La troisième A^2. Notre propre salle ! Tout pareil. Avec l'entraînement en plus : rideaux, vitres, portes, fenêtres, tableaux, cartes, bancs... *ad nauseam.* On avait quand même été plus vicieux pour un détail, la signature : on avait laissé exprès le bureau à sa place au bout de l'estrade. Piège à bascule pour Charlotte aux pommes à l'eau.

« Messieurs, a-t-il commencé après un temps de choc collectif, je suis positivement atterré, et... » — vlan : il s'est pété une première fois la binette en se coinçant les chevilles dans les planches cassées de l'estrade. Aussitôt après, haletant, redressé, il est tombé une seconde fois, en arrière, lorsqu'il a voulu s'asseoir blanc comme un linge sur sa chaise —

« Messieurs, *ma* chaise » —, dont les pieds avaient été résolument pliés. Enfin, lorsqu'il a eu réussi à se reprendre, le visage émacié, scandalisé jusqu'au mutisme, lunettes décentrées par ces chutes répétées sur son triste nez pincé d'apoplectique, alors qu'il commençait à nous tenir un discours pathétique, mains tendues et larme à l'œil, sur l'honnêteté, le civisme, la dignité individuelle et « l'esprit d'enfance » d'après Bernanos et Claudel — en posant ses tout petits poings gravissimes et frémissants d'indignation sur son bureau —, enfin il a déclenché l'ultime catastrophe : celle qui devait lui être fatale.

Un cri lui a échappé, une sorte de vagissement de porcelet rentré et il s'est effondré sur son bureau, lui-même dégringolé en perte d'équilibre vingt centimètres plus bas contre les premiers rangs hilares et déchaînés ! Ce dans un charivari collectif notoire qui ne pouvait que ruiner définitivement sa dignité déjà fort compromise d'honorable directeur du savoir littéraire.

Il s'est relevé, sans avoir retrouvé ses lorgnons, dans le désordre de l'après-avalanche. Sale vioque chiffonnier. Zingaro serrait les mâchoires d'exaltation (« Ta gueule ! Ta gueule »), yeux écarquillés et cou rentré dans les épaules. D'une voix altérée par l'émotion, comme on dit, Charlotte, harassé, concluait : « Bon, si c'est ça... *"Asinum asinus fricat"*... Heu... faites ce que vous voulez. Messieurs... Je m'en vais... » Sur quoi, il a encore cité un auteur latin de travers, évoqué Bossuet — quel chieur... —, tourné les talons, défait, en remontant son pantalon froissé et tout le monde l'a hué. Colle générale suivrait : bien fait. Un sans faute.

Je suis sorti de là dans un drôle d'état. Comme chaque fois que nos singeries prenaient ces proportions un peu démentielles. Riant encore avec Zingaro, sous cape ou bien fort, mais mal comme tout. Misérable. Au fond, c'était ça que je cherchais à longueur de semaine : à force de tout casser, à me retrouver écœuré de saccage, ivre mort. Tant que je ne m'étais pas appliqué à déglinguer quelque chose dans une journée, avec ou sans l'autre piqué de Zingaro, je n'avais rien fait. Mais une fois l'objectif atteint et coulé c'était pire que tout. Il n'y avait rien au-delà. Rien de mieux ou de pire. Qu'un trou avec rien dessous.

La vie à dix-sept heures trente, autant dire à la nuit noire en décembre-janvier, entre l'arrêt du bus 84 de la sortie d'H.-IV et l'église répugnante de Montrouge, via la façade congelée de la bibliothèque Sainte-Geneviève, le tunnel de l'avenue Denfert-Rochereau, et l'église Saint-Pierre d'Alésia, quotidiennement, la vie avait goût de marmelade de vomi. Ma vie de petit casseur à la mie de pain (perdu) sentait le pourri de lait caillé pour toujours. Vide, sinistrée, déserte et égarée, pleine de trop-pleins de rien du tout, craquée, bourrée jusqu'à la gueule de dépit inlassable de moi, de rages horribles sans objet. Je brisais ce qui se présentait pour faire quelque chose, braver un danger quelconque, je faisais le con et j'éclatais de rire pour me péter les nerfs et ça ne servait à rien et je le savais. Zingaro idem. Mais tant pis.

C'était sans espoir, on ne s'en sortirait jamais, youpie. Acrobaties de super-mariolles et super-gadins. Ma vie de zéro pointé et mes chantiers de démolition en heures sup me lassaient. Me dégoûtaient. Je connaissais ça par cœur : ce n'était pas d'aujourd'hui que ça datait, les séances infernales style la salle de français de Charlotte. Historiquement, ça me renvoyait très exactement à Lomé : un, deux, trois ans en arrière...

Soi-disant mes « tendres années » : soleil, copains, plages dorées, colonies, twist, houla-hoop, congés...

En réalité les mêmes destructions, fricotages fracassants, bousillages de fou à lier. Quarante degrés centigrades à l'ombre, le cerveau bouillant, j'imitais à la perfection les crises d'épilepsie pour faire l'intéressant auprès des filles en boum ou à la piscine, pfff, et ce n'était pas bien loin à vrai dire : des convulsions à l'écume aux lèvres... Haut mal ou mal tout court.

D'ailleurs, deux années de suite, je m'étais farci, et toute ma famille avec moi — encore une expérience choisie —, vingt et une intramusculaires de sérum du diable en plein dans le dos. Notre chien mort la truffe brûlante — toute « la colonie » à vacciner ; puis le clebs d'un ami, l'année d'après : une visite à la maison, foudroyé. Quarante-deux fois piqué dans le ventre à l'antirabique de choc pasteurisé. C'était juste ce qu'il fallait.

On recommencerait vaccin ou pas. Les deux enragés. Demain, et après-demain, et après-après-demain. Forcenés. Et on continuerait le mois prochain. Écumants. On ne laisserait rien debout, on éventrerait tous les planchers, on grifferait les portes, on persisterait à se marrer de ce qui affligeait les autres, en flanquant tout par terre, en grinçant des dents de joie.

Je reprenais le chemin de ma maison une fois tout déchiqueté — moi d'abord —, barbouillé. Et sans Zingaro à côté pour m'épauler, je me retrouvais à zéro. Déséquilibré. A me demander quoi faire ? De mes mains, de ma tête et de mes pieds ? J'étais dans une passe désespérée.

Alésia... Défaite complète — rendez vos boucliers. Mouton-Duvernet, alerte : je levais déjà le loquet... C'était l'époque où l'on sautait en marche. Métro, portes déverrouillées pendant le trajet et souvent juste avant le serrage d'arrêt. Bus, fermés par la seule chaîne, gainée de cuir tanné, de la plate-forme arrière, que le poinçonneur, entre deux coups de chasse-d'eau ding-dong, crochetait. On bondissait dans les bus au vol et on se laissait tomber du métro en marche, à quarante-cinq degrés penchés : quitte à se viander. Comme ça m'est arrivé ce jour-là : il ne manquait plus que ça...

Porte d'Orléans, terminus, tout le monde descend : effectivement. A plat ventre, pinceaux emmêlés, au ralenti, avec tout le contenu de mon cartable éparpillé (livres cornés, Waterman et classeurs volés, *Disco-Revue* collectionnés, polo jaune et noir de gym), à l'heure de pointe. Devant tout le monde. Quelle grille, quelle colère : noire.

TOKOIN

En fait, toute cette rage affreuse datait déjà un peu... C'était du réchauffé. Très ancien, africain. Remontant à des lustres. Bien avant Montrouge. Le panache blanc d'Henri IV descendait du cheval noir de... Zorro. C'est ridicule... Ça signé partout : « Zorro, Zorro, Zorro. » Comme le « M » de la *Marque jaune* ou l'arabesque légendaire « Zob ». Pathologique. Il faut se représenter la nullité de ça : l'adolescence — en dehors de couiller.

Zorro, donc, était en quelque sorte le premier vandalisme structuré. Ultra banal. Beaucoup de gens passent par là, voire tout le monde. En plus d'un son tapageur et très visuel, c'était une façon pitoyablement empruntée de me signaler, de soigner ma publicité, mon goût du dégât personnalisé. Avec masque de fer et cuir noir sexuel à la clef : « Zorro. » C'était ma mauvaise pente, mon côté diabolisé.

J'avais un copain positif pourtant : petit gros tout noir appelé Adolphe Dosseh. Un bouddha. La tête comme une noix de coco, niveau social aisé, ressemblant à la figure de l'homme des neiges dans *Tintin au Tibet*. Tous les matins, je lui démolissais le dos sous prétexte de « bourrade ». Des années de rang. Du tout petit primaire (onzième) à la quatrième A[2] : boum ! A la fin, c'était devenu un carton quotidien à lui décrocher les plèvres, je ne pouvais pas m'en empêcher : boum ! Il manquait tomber par terre, dans une colère, bordel. Tous les jours, ah-ah, boum ! Exaspéré. Et j'étais mort de rire.

A côté de ça — je mélange à peine les époques — il y avait les copains de passage. J'en changeais comme de chemises. Une facilité formidable. Pierre Terrier : un genre curé, exalté, dur, fou à enfermer. Hervé Berrier. Bernard Bris, avec qui je volais en Piper-Cub, baladé par son patapouf de père, directeur de l'aéroport : fils unique un rien gâté-pourri, et détraqué, qui se marrait à tirer la bite à son berger-allemand, avec les ongles. Kaï ! Kaï ! Kaï ! pour me faire bidonner à entendre le pauvre clébard hurler à la mort (Ensuite, il le caressait). Le chinetoque de l'avenue des Eucalyptus qui ressemblait au Tarass Boulba cuivré de *Pom et Teddy* et qui me surnommait « Wah-dawh » (radar) à cause de mes oreilles décollées, sale jauniot. Bernard Berrin : gros lard laiteux dont les négros cruels se gaussaient au cours de gymnastoc, quand il s'escrimait, en compo de corde lisse, à arracher son popotin navrant à l'attraction terrestre, raouf-ouf, tout rouge en vain ; pauvre Berrin... qui avait pourtant cet insigne mérite, certainement incompréhensible aux noirs, de vénérer Vince Taylor à l'égal d'un Dieu. Tant d'autres braves benêts oubliés.

Tout de même, au-dessus de la mêlée anonyme, des « camarades de jeu » habituels, copains de circonstances plus ou moins tartes et tous volatilisés, deux noms : Dominique, que j'adorais comme un vrai frère, qui adorait le personnage superlativement malfaisant de Zorglub (avatar tordu de Zorro ? préfiguration de Zingaro ?), et que mes parents... détestaient. Premier choix. Et second choix vaguement avarié, deuxième rôle de « comparse » de premier ordre, plus minable mais aussi pertinent, pour cette période qui va du boulevard Bonnecarrère — classe de sixième classique — au plateau de Tokoin — quatrième A^2 : Van Potten.

Lui d'abord, ne serait-ce que par ordre d'apparition à l'écran. Suisse ? Alsacien ? Boche ?... Un indécis, Van Potten, mais malgré tout, jolie nature de coquin avéré, assez spontanément portée au forfait, correctement diablesque à mon goût. Vraiment des dispositions. Blanc et blond, échine basse à souhait, canaille osseuse particulièrement triée. Je l'avais déniché d'entrée de jeu au passage en secondaire, dans une classe où nous nous retrouvions isolés, seuls Européens bien roses au milieu de trente-cinq garçons et filles d'Anecho, Palimé, Atakpamé, Ganvié ou Porto-Novo tout noirs. C'est lui, « Zorro », Van Potten. Hypocrite belge rescapé du Congo-Brazzaville, complice désigné. Avec qui perpétrer mes plus néfastes complots au lycée de Lomé.

Voilà un grand garçon maigre et loufoque, plutôt con-con, qui s'était amusé un jour, par exemple, de fantaisie, à se raser les poils de couilles pour se marrer. Encore bravo. Quand on faisait du bateau au lac Togo, je regardais à fond les nichons de sa sœur sous le tissu de maillot de bain synthétique dégueulasse de l'époque ; soi-disant « du rappel ». Petits, les nibes, et passable la sœur, mais trique terrible dans mon caleçon pourtant. Au fait, au fait. C'est avec Van Potten que j'ai commencé, vers 1961, à monter de ces sérieuses affaires systématiques de destruction. Les toutes premières. En guise de trot d'échauffement.

Terrain d'entraînement : le lycée Bonnecarrère. A quelques pas de la poste de Lomé — en face —, sur l'avenue solaire du Camp (avec Bugeaud à l'ombre, derrière), ce lycée mixte à nom de fonctionnaire français historique (le premier gouverneur de Lomé) n'avait pas été pour des cacahuètes construit du temps de l'occupation allemande. Il lui en restait, avec son charme fonctionnel colonial, une étrangeté inexplicable de campement lunaire sous ses peintures ocre et chaux vive. Latérite et hangars de classe éparpillés autour d'une vaste cour de fortin : quand on jouait au foot, c'était du carnage contre les noirs dans des tempêtes de poussière rouge. De la pure sauvagerie. Entre eux, ils se collaient parfois des trempes terribles d'ailleurs, à coups de samaras en pleine gueule, devant l'entrée : « Bouléfié ! Bouléfounou ! Énomécutomé !... » Un yovovi (petit blanc) ne faisait pas le poids, là-dedans.

C'est comme ça que la barbarie a pris son élan : on s'est mis à déglonfler des rangées entières de vélos, mobylettes, l'après-midi, le grand dadais à nom boche et moi, au lieu d'aller en gym. Pour rien. Pour voir. Les grands vélos anglais tout noirs des Noirs, à freins sur tiges : tous niqués pour le plaisir. Les Peugeot bleus « luxe », routiers, demi-course : pareil. On a imaginé cette distraction aux soucis scolaires. Ensuite, à l'inspiration... Remplir les réservoirs de Solex 1 100 (les nantis) avec des sucres, pour vérifier que c'était du garanti ce qu'on disait : que ça foutait les moteurs en l'air, noyés sous des glus de caramel (test probant) ; planquer un scorpion noir sur le siège du prof de maths — qui était connu pour rouer de coups « de fouet » et de canne à pêche « en fibre de verre » son fils loucheur minable, pour sa femme soi-disant super-sex loucheuse idem, pour ses distributions de « zéros pointés » (quinze par mois et par tête de pipe), et pour un fameux « obsédé sexuel » (il jetait des bouts de craie dans les soustinges des négresses tressées). A l'improvisation, c'était : ce qui se présentait.

On séchait les cours pour aller payer — ainsi disait-on : « pé'er » — des bananes frites en cornet chez la petite marchande en pagne et turban du coin. Ça ou le gari (manioc), le colico (igname), le rôti d'agouti (rat-poulet). Ou partir voyouter au pif dans le coin, ouverts à toutes les inspirations. Hangars, petits bazars libanais, féticheurs bidon, mendiants, mammas, ruelles sales, filles déshabillées, salles désertes du lycée.

Succès pronto, une « circulaire » un peu effrayante sur la question des vélocipèdes : « Qui serait sirprise en question de faire les coups de farce qui né cessait dé déssirer l'engin garé dans les parages, cé sérait des sanctions sévèrement pour lui-même seulement sans merci et des renvois jusqu'à ma maison prend garde malandrin ! Méfiez-moi ! Signé : Monsieur hin Provisér. »

Ce sale con de protal avait lui aussi sa réputation bien établie. Assez western. Il traitait les élèves noirs de « salauds » publiquement, lorsqu'il rendait, chaque année, de classe en classe, en personne, les résultats du conseil de classe : « Redouble... passe en classe supérieure », etc. « Salaud ! »

Il disait : « Toi, tu es très mauvais, salaud ! Tu devrais planter des choux vraiment. Un fainéant comme toi-même, qui ne travaille rien. » Il était gros, comme tous les Noirs traîtres au manioc dégénérés, fonctionnaires du népotisme gorgés de conserves. Sa spécialité, surtout, inégalée, c'était les « colliers ».

Un élève déconnait, irritant tel professeur, se permettant d'avoir une crise d'épilepsie en plein cours, répondait arrogamment, manquait une heure, éclatait de rire à la gueule de cette abrutie de répétitrice d'anglais Volontaire du progrès US... « Dihorsss ! Ane pleine viou diu cènesooor ! » (Rires de mépris général dans la classe ; autant vis-à-vis de la répétitrice à l'épiderme blafard que de l'élève chassé...)

Là, de trois choses l'une : soit le censeur, effectivement intervenait, et ce cas sort du sujet des colliers, soit le proviseur voyait le coupable, soit le coupable en question y coupait. S'il n'y coupait pas, l'expulsé était averti par un coup de sifflet et un cri à travers la cour rouge écrasée de chaleur brute (« Viens ici, *salaud* ! »), et dans la classe hilare, on savait que la rigolade des « colliers » démarrait. Le fautif convoqué traversait l'esplanade déserte tête basse, débarquait au bout du terrain dans l'espèce de casemate foireuse qui servait de bureau officiel au proviseur et il attendait. Pour commencer, évidemment, il se faisait traiter une bonne fois encore de « salaud ». Bon. Mais il se prenait aussi une gifle bien sonnée dans la face — sauf si c'était un blanc.

Blanc ou noir, ensuite, il devait, suivant les directives précises du proviseur, s'attraper les oreilles entre le pouce et l'index, en croisant les bras et, dans cette posture abjecte, stupidement servile, commencer à exécuter des flexions de jambes, sur place, cadencées, en fixant « dans les yeux » le proviseur. Qui pour lors se remettait à faire semblant de remplir distraitement de la paperasse : une, deux, trente-cinq, cinquante, cent flexions, cent dix va-et-vient de piston mollets-cuisses, en comptant, oh-hisse, jusqu'à la fin de l'heure... De temps en temps, le proviseur relevait vivement les yeux ! pour vérifier que la cadence était tenue, piéger par surprise une éventuelle défaillance (des yeux, qui devaient être braqués sur lui, ou des cuisses) et insulter la pompe humaine de « salaud » ou de « cochon » — sauf si c'était un blanc, comme moi : là, il disait : « pareusseux ».

Et le nom spirituel des « colliers » venait tout simplement de la sueur que l'opération de gymnastique statique qu'on vient de décrire finissait par faire perler naturellement puis ruisseler sur le visage du puni, et spécialement de ses tempes, giclant à force le long des joues, dans les yeux et le cou, sueur impossible à essuyer au fur et à mesure — raffinement —, puisque les mains devaient impérativement rester soudées aux oreilles pendant toute la durée de l'opération punitive. D'où déchaînements de sarcasmes au retour en salle de classe : « Ah ! l'homme a eu trop de colliers ! Uh ! L'enfant pompiste a été très choyé », etc.

Pour revenir à la circulaire du proto de Bonnecarrère nous concernant, la situation était donc devenue menaçante. Avait même été diffusé, par voie de factotum traîne-samaras habituelle, un inventaire détaillé des « actes de vandalisme » qui affectaient le lycée, répertoriés par dates et genres. Un encouragement terrible pour Van Potten et moi.

Entre-temps (juste le temps pour nous de flanquer le feu à une salle d'étude, en court-circuitant intelligemment le plafonnier — égale charpente et façade cramées, plus remords cuisants de Van Potten), les si beaux locaux anachroniques de l'occupation allemande de Bonnecarrère ont été abandonnés. On a déménagé vers les collines rouges de Tokoin, loin de la poste centrale, tout près du Collège Saint-Joseph où fréquentaient les mauvais : fils de boulanger, quincailliers libanais, ferrailleurs abrutis, fils de gendarmes, militaires, de flics, fils uniques, enfants gâtés, arriérés caractériels... « petits blancs ».

Au lycée de Tokoin, ample campus à l'architecture avant-gardiste altière et dégagée d'inspiration pédérastique, qui n'avait pas été édifié pour des noix de cola en plein « quartier neuf » entre le Camp Militaire (pour le peloton d'exécution ?) et l'Hôpital Central (pour la camisole de force ?), ça a continué. En plus méthodique et plus grave. Peut-être que si Gisèle au visage de rainette et aux seins « œufs au plat », ou Christine aux soutiens-gorge carrés, m'avaient prêté attention au lieu de lorgner vers les « grands », tout cela aurait tourné différemment ?... En tout cas, tintin pour le flirt, tiens : à douze ans, toutes me regardaient comme une merde... — quand elles me voyaient. Bande de connasses. Elles venaient me trouver uniquement à titre scolaire, pfff... Pour des conseils en « rédaction ». Ou alors pour danser le twist — discipline dans laquelle mes ménisques excellaient. Mais ça ne me disait rien qui vaille, la scolarité féminine, ou les contacts limités aux parodies twistées... — donc je rêvais que je les couillais de force. Nuit après nuit. Mois après mois. Une vraie fièvre. Tournant parfois, à la faveur de féroces crises de somnambulisme et de sommeil rapide épilepsoïde sous influence Harmattan, au délire sensoriel pur et simple. Exténuant. Je me changeais les idées et me passais les nerfs en cassant tout au lycée.

Puisqu'on me trouvait trop petit et que j'étais en tout cas, bon gré mal gré, le rigolo de service, avec ma bouille d'abruti, mes lunettes de globule et mes oreilles d'éléphant : je cassais... Pendant que mon frère, déjà une certaine envergure supérieure, élaborait sa stratégie du vol méthodique de Solex et fuyait les cours sous les plus fallacieux prétextes, « mots des parents » fantaisistes à l'appui (« souffre des dents », « déplacement à Atakpamé d'une journée » (? ! !), « doit aller consulter son médecin de famille », etc.), pour aller retrouver ses copains...

Fameuse bande de zigotos — voire de zéros —,

les copains : Johnny Draguidec, de son vrai nom Yvon Boulanger, assez passable et sale (tirant son surnom d'une ressemblance indiscutable avec Hallyday versant médiocre, époque *Je t'écris souvent*, et d'une disposition jugée miteuse à parler de « drague ») ; Philippe Hugot, fils de diplomate second choix (consul...), déjà un peu porté (l'hérédité ?) sur la bière, belle tête sympa alors, à mèche brune et sœur « faisable », considéré comme péteux ; Jean-Georges Abolivier, se vivant en super-Casanova de 1,80 m (mesurant en fait 1,71 m avec des talonnettes), coiffé à la Chouchou-*SLC*, et voyou beaucoup plus crédible ; au même titre que Baleine, fils de gendarme à la peau rouge et aux yeux clairs : deux super-cancres. Tous ceux-là et d'autres (Carboni le curé), les copains de mon frangin donc, qui de leur côté, soit au Collège Saint-Joseph, soit à l'École catholique ou protestante, séchaient quotidiennement leurs propres cours (« souffre des dents », etc.) pour rejoindre la bande.

C'étaient « les Rapaces » (le nom du clan) chez Coyote : débiteur-détaillant éwé de bières chaudes, jus de pomme à goût de vernis à ongles, petits pains à la margarine Astra et high-life guinéens ou black-beats sud-africains, retranché dans une cahute de voleur sympa en planches et tôle ondulée sordide, proche du lycée : à deux pas de ce baobab surréel juché dans le vide en bord de route, sur la termitière en colonne du marigot.

Et pendant ce temps-là, avec l'aide du précieux Van Potten aux quilles d'échassier, moi, légèrement méprisé comme « jeunot » par les Rapaces comme par les filles, il faut le dire (« compte pour du beurre »), ou tenu à l'écart par mon frère que j'encombrais, je m'amusais à déglinguer le prestigieux lycée de Tokoin. Folie douce, folie furieuse... Il faut bien s'occuper.

J'ai dû péter comme ça, là-bas, à temps perdu, deux dizaines de salles de classe ripolinées, neuves, pour jouer, au fil des semaines et des mois de l'apprentissage. Des centaines et des centaines de tables. Sièges, bancs tout nouveaux tout beaux. Labos « pilotes » du sol au plafond laminés. Tout ce qui était brisable, brisé. Sans un mot d'échangé avec Van Potten. Entièrement concentrés, absorbés... Bousillage en vrac et en détail : cartes de géo nickel « new look », projecteurs d'ektachromes « diaporamas » dernier cri, salles de sciences sans protection, bocaux, planches, tubes à essais, vitrines, cornues, épidiascopes raffinés, n'importe. En riant, en tordant. Pliant et craquant... Le verre, l'acier, le bois, les tubes, lacérant tissus, cartons, décrochant les lampes, fracassant des néons, coups de pompe et coups de main. Litanie de nuisance... Saloper. Entre deux saccages de vélosolex, encore. Désordonné avec application et entêtement. Démolir tout, tout, tout ce que je pouvais, tout ce qui me passait par la tête — sans me faire pincer. En explorant jusqu'à la nausée cette sorte de démence inconnue et soûlante, apaisante à force. A l'usure... De chocs nerveux extrêmes, jubilations terribles, en envies de vomir. En submergeant — noyé d'excitation anormale —, sous des torrents de mousse répugnante, éclaboussée à pleins gradins de l'estrade au mur du fond, toutes les pièces munies par sécurité de bombes carboniques — les haches d'incendie achevant littéralement (vrrrracc !) le tableau sanglant.

On faisait ça aux heures creuses. Des éternités d'étude, à tuer. Laissés coupablement sans surveillance dans ce vaste établissement scolaire à la gloire de l'Indépendance « Ablodé, ba-dja ! », si éperdument vaste, plein de recoins, de matériels chromés fragiles, de tentations, toutes portes et fenêtres africaines ouvertes. Disponibles à tout, prêts au pire — l'éternel « Ennui, mère de... »

Voilà la vie avec Van Potten. Copain insortable, quand même, vraiment de fortune. Il faut imaginer ça en prison, dans un camp ; bon, ce serait compréhensible : on se débrouille, on s'acoquine, comme on peut. Là, c'était le lycée de Lomé, pas la Sibérie. Et pourtant...

« Cinq cent trente-deux sorties aériennes ont été effectuées au-dessus des bases du Viêt-cong et du Sud-Vietnam en vingt-quatre heures, de jeudi à vendredi. On estime que les bombardements ont atteint une ampleur et une intensité encore inégalées, même pendant la Deuxième Guerre mondiale. »

En dehors de Van Potten, complice de crapule honteux, j'avais donc cet ami, dans une autre classe, un vrai, là : Dominique, et j'étais amoureux. Pas de Dominique, d'une fille. De toutes les filles.

L'ami, Alfa-Roméo vivante, petit malin sauteur, boule de nerfs corse sur pattes, s'appelait Franceschini-Boitelle, Dominique. Il faisait mûr pour son âge, plus que déluré : dessalé. D'une vivacité presque anormale, toujours en représentation, grossier à plaisir, imitant l'un, chargeant l'autre, « de société agréable » disait-on : mon modèle. Un bon guide. Il faisait des haltères, du judo, dessinait, prenait à volonté l'accent corse, belge, juif, petit nègre, italien, allemand — voilà d'ailleurs comment je l'avais rencontré.

C'était à la piscine du Bénin. Fief de la bande des Rapaces. Avec Jean-Marien et Jean-Georges, on occupait purement et simplement le terrain toute l'année, à une demi-douzaine, sans compter les filles : on y était même les jours de couvre-feu, quand Sylvanus Olympio se faisait renverser — pan-pan —, puis Grunitzky. Une piscine dessinée au soleil, près du vieux phare, à la molle forme de huit liquide...

« Schnell ! Raus ! » fait un garçon tout brun aux cheveux ras juché sur le plongeoir, se parlant à lui-même en nazi, agité comme une bille. Il plonge, il ressort, son visage mat éclaboussé d'écume, il est déjà remonté : « Schnell ! Schnell ! » : cette fois, c'est après moi qu'il en a apparemment. Je ne sais pas ce qu'il veut dire, j'entends cette sorte de bruit guttural non identifié derrière moi et je me pousse prudemment en exécutant un saut carpé classique (raté). Le gars est tout petit, encore plus que moi pourtant redoutablement court pour mon âge. Mais quelle pêche. Boum ! Appel : il monte comme un fou au-dessus de la planche, retombe en amorti. C'était juste manière de tâter l'élasticité du bois. Il remet ça, violemment, fougueusement, yaap ! Il décolle en jappant : « Banzaiiii ! » Tiens, une autre langue. Il se noue en l'air et se distord, en vol, encore, deux fois, comme une lanière de cravache, flic-flac : double saut périlleux, avec réception plongeon. Ça, c'est du sérieux : dis donc... En dehors de ce type, qui se montre là pour la première fois, en short noir seyant, on n'a jamais connu qu'un seul spécimen capable d'une prouesse pareille dans tout Lomé : ce coopérant militaire enseignant athlétique, réputé pour avoir tâté du « plongeon de compétition ». Alors... Le petit « Schnell », avec dix ans de moins, c'est autre chose.

Il envoie de la mousse alentour, il se montre, il fait le m'as-tu-vu. On voit briller sa gourmette mauvais genre, il s'ébroue, râblé, en essuyant sa tête de moricaud et en trépidant comme un ressort.

Ma mère l'a repéré aussi sec, depuis qu'il m'a évacué un peu plus tôt du plongeoir. A sa moue, c'est réglé : elle l'a visiblement jaugé « mal élevé », « douteux ». Ce qui est bien vu, mais à double sens. Pour ma mère, Jeanne Moreau pincée en maillot une-pièce, cette évaluation du supposé « mauvais goût », cette identification du style marlou, chez l'outsider petit module de la piscine, entraînent une sanction sociale d'exclusion immédiate : « Peuh. » Pour moi, après la phase de flottement due à un certain poids du regard de cette détestable femme au ventre mou sur le mien (habitude, névrose), due aussi et surtout à une hostilité passagère déclenchée par le comportement carrément cavalier du petit musclé à mon égard tout à l'heure sur le plongeoir, après ce temps, long, d'hésitation donc, la réaction va être diamétralement opposée... Tout ce qu'incarnait cette petite frappe surgie d'une éclaboussure, c'est ce que je recherchais instinctivement, éperdument, dans la vie. C'est ça que j'aimais sans oser le savoir ni l'afficher. J'adorais sa gourmette paramilitaire vulgaire, j'adorais ce pli qu'affectait sa bouche voyoue à la Presley *Acapulco* un peu plus tôt sur la planche en ficelle trempée, j'adorais intuitivement ces interjections bizarres qu'il lançait (les SS et les kamikazes) et le ton ramenard sur lequel il les aboyait, j'adorais toutes ses singeries de Matamore : Dominique était mon messie.

Il est devenu mon ami quelque temps plus tard, peu importe comment (rencontres au lycée Bonnecarrère ? boums au son de B. Bumble and The Stingers ou *Remember Diana* ? cours de judo commun ?...). Dominique, fils de parents divorcés corses de la BAO, serait mon précepteur au pied levé en choses louches de la vie. L'art, majeur, de porter la mèche (un peu raide) ou une gourmette — un peu lâche, et en plaqué : c'est moins cher et surtout plus zazou (quand ça s'écaille !...) —, ou des

case à terrasse, jusqu'aux allées de la concession où était garé mon vélo de minable : pour poursuivre la leçon de frime et me montrer comment je devais coller des rubans de plastique de couleur au bout de mes guidons si je voulais « faire zazou » et « frimer à mort » (Pour bien faire, selon lui, il m'aurait fallu des cale-pieds à l'arrière et une housse de selle tigrée — mais tant pis). Puis il m'entraînait au-dehors. Du nerf, « schnell ! ». L'Église évangélique, le marché-dédale, le centre-ville aux mendigots polyos-aveugles-lépreux roses et noirs ou albinos, la SCOA, les boutiques des petits quartiers, à pétards et « toffis », la gare, la Librairie catholique, la SGGG (prononcer : « esse-trouagé »), le Wharf...

Il m'enseignait, là, à fouiner, combiner, déconner, voler, insulter, galoper. A « répondre », insolemment, toujours sur les ergots, aux noirs, dans leur langue : « Sacabo, *femme-bordel.* Bouléfié-bouléfounou, h'nnh ! Nécou. Énomécutomé — *le cul de ton père est rouge* » et ainsi de suite. Peu à peu, il m'a forcé à savoir faire la course en sa compagnie, sous peine de graves ennuis, avec les « taximen », dans les ruelles rouges du marché, après les avoir traités comme du poisson pourri, les avoir envoyés se faire bourrer le cul de « coris » chez les féticheurs. Quelle panique, et quels nerfs d'acier : le Corse. Surtout, surtout, il m'a braqué sur les filles, la question centrale. Doumé...

La scène se passe de nouveau dans la grande bâtisse rose de style colonial que Dominique habite, au milieu des bougainvillées, des badamiers chargés de coques rose-plaie ou jaune-pus, des manguiers croulant sous le jus : baies sans vitres sur Lomé... Dominique, en équilibre sur le rebord de la balustrade de sa large véranda suspendue au troisième, à dix mètres du sol, affirme les yeux fixes, halluciné, qu'il va se « précipiter immédiatement dans le vide » pour aller s'écraser comme une papaye dans les plates-bandes d'hibiscus cramoisis en bas : « par amour » (muet) de Catherine Hugot — sa dulcinée. Idéalement fictive.

L'idée de Catherine, la fiancée blonde enviable de mon frère, date d'un jour ou deux : elle se moque comme de son pied gauche, si délicat et long, d'un « petit » comme Domino. Tant pis, il rêve de la forcer à faire attention à lui, il persiste à frimer « romantiquement » : « Ça y est, bye-bye ! Ah-ah, j'y vais ! Banzaiiiii ! » — comme autrefois sur la planche du Bénin : il crie, il plonge...

Pour se recevoir tranquillos un mètre plus bas, sur une saillie de mur imprévisible bien connue de lui : chiqué. Quel con. Et finalement, il ne se suicide pas : « Personne ne comprendrait pourquoi j'ai fait ça. Même pas Catherine. » Donc, il revient à la vie, il se remet à rouler et roucouler : « Je ne suis pas de ceux-heu qui donne-heu des con-hon-seils... »

Dominique Franceschini-Boitelle était un frimeur né. Il aimait crâner à mort, mais il en avait les moyens... Au lycée Bonnecarrère, c'est compo de gym : pour un parterre ébahi de copains togolos, Dominique prend un bref élan, pousse une pointe et, « Yaaaah », franchit la barre critique des 1,30 mètre — pas loin de sa taille — en saut périlleux. Incroyable. Au sol. Jamais vu... « Boboh-bouéééh ? » s'ébahissent les autres zigomars indigènes — « Hieeebaaaah ! », « Atchooh ? ! », « Yooooh ! ? », « Huuuuh ! », etc. Grand succès populaire. Dom rigole simplement en s'éloignant, hors compétition, comme un petit casseur de première. Acrobate, surnommé bientôt « Caedes ! » (massacre) par ses éminents compagnons éwés latinistes de la sixième C^2, il était une fois pour toutes : « lé péti blanc tro élastique-là ! ». Judoka ceinture bleue, torse nu caramel et trapu sous le soleil, le visage toujours goguenard sous la paillasse de poils noirs bouclés, brossés net sur son front large aux yeux d'encre, Dominique le champion était mon modèle en épate et ami choisi. Comme un modèle réduit de mon maître spirituel à venir, le flic Quilikini, qui m'enseignerait le close-combat, le tir au pistolet et les Beatles (*I want to hold your hand*). Mais Dominique Franceschini-Boitelle ne se faisait jamais de fille, à part ça, balèze ou pas.

Moi non plus. Trop jeune.

A douze-treize ans, je suis éperdument épris de tout ce qui se présente de féminin et c'est la mauvaise manière. Après Quitterie Baylac, la blonde « fiancée » catho virginale de mes années « primaires », que je peloterai quand même sur le tard, au grenier dans les Hautes-Pyrénées, soi-disant à tâtons (le foulard et les seins) en faisant colin-maillard ; après Josette, la brune si veloutée de Grenoble-Prelenfrey, qui me faisait écouter le 45 t de Johnny avec Catherine Deneuve en me tenant la main sur son lit ; après Brigitte de la maternelle de Massy-Verrière ; après Joëlle, la grande fille mannequin de la Maison Rose de Saint-Roch... voici que je suis dingo-marteau de : Christine Carré. En sixième, cinquième. Quel malheur d'aimer.

Elle est bête, elle est brune, ses seins déjà formés, bien fermes, tendent ses corsages blancs et ma braguette de fripon freiné avec, elle est mince et musclée sur des fesses rondes et dures un peu basses : je l'honore à l'instar d'une divinité en twistant agenouillé, les rotules en surchauffe, surpatte après surpatte, avec elle. Dès qu'il y a un slow, ou mieux une série de slows (dans le noir !), c'est encore pire : je me précipite sur elle, servile et déférent, je la colle délicatement, je l'adore comme une idole : juste ce qu'il ne faut pas. Aucune fille ne mérite ça. Je pars perdant. Avec mon front à hauteur de ses paupières.

Là où je suis au niveau, vrai crack donc, c'est en twist. En arrière, en avant, passes-maison imitées du charleston, guibolles sur roulements à billes, déhanchements juste ce qu'il faut obscènes, épaules au plancher, genoux touchant le sol, spontanément impayable... Des semaines d'entraînement devant la glace. Je ne sais pas danser le rock mais je n'ai jamais eu le moindre rival à ma hauteur, depuis des lustres, en twist. C'est inné. J'ai même gagné haut la main un tournoi de twist et houla-hoop de la Marina un jour, sur la terrasse de l'ancien Cercle de l'Union — il y a déjà bien longtemps (obligé de me cacher au troisième étage dans les greniers pour gâcher la remise des prix). Hélas. Christine Carré a la réputation d'être une véritable gourde : elle ne réalise sans doute même pas le privilège que c'est d'avoir l'exclusivité de ma classe du tonnerre en ce domaine.

C'est vrai qu'elle est conne... D'ailleurs, dit-on souvent quand il est question d'elle, comme si ça avait un rapport : « Regarde sa sœur, elle est grosse. Et son père : il est flic. » Ah, bon.

En tout cas, inlassablement, je danse avec cette idiote. Dominique m'a inoculé sa fièvre sexuelle : je joue ma vie à coups de tendons et de mollets, paré de mes pantalons blancs moulants aux chevilles ultra-étroites, glissant harmonieusement par les parquets cirés sur mes mocassins de petite frappe pointus. Et je perds à 100 %. Tant pis, « tel est mon destin ».

C'est quelques mois après avoir rencontré « Schnell-Schnell ! » et j'ai désormais, moi aussi, ma gourmette de branleur confirmé, un peu lâche au poignet droit. Non sans lutte. C'est parti... Une suite de batailles acharnées contre mes parents : « Mais enfin, c'est ridicule, voyons ! Tu ne vas pas t'amuser à porter ça ? ! » Je porterai *ça* si ça me plaît. Je porte ça sur moi comme un malheur, mon écus carré, pour séduire mon impossible amour, je tords la bouche comme un faux mauvais garçon que je m'escrime à être, je déteste la terre entière, je casse tout au lycée, et je vous casserai un jour en personne, saletés de vieux. Vous tous !

« En marge des échauffourées de lundi, des poursuites ont été engagées contre quatre personnes surprises en flagrant délit alors qu'elles se livraient au pillage dans la nuit, au 48, rue de Rennes, profitant du fait que les vitrines venaient d'être brisées. »

AVEC les parents, c'est vraiment le début des hostilités. Age bête et guerre totale engagés. Oublié, le temps des ventilateurs et des moustiquaires du rêve colonial fané : c'est l'heure des tourments incommunicables de surboums moites, des secrets bourrelés de honte, et des climatiseurs de nuit à ronron de bombardiers.

Je suis champion-somnambule et je me réveille épouvanté la nuit les bras en avant sur des balcons lunaires, prêt à tomber dans le vide ; mon frère est lunatique ; nos parents sont à des années-lumière de nos préoccupations juvéniles et spécialement coincés : ça ne peut que mal tourner.

Jean-Marien, silencieux, buté, sérieux en classe et dans sa vie amoureuse active commençante, exècre les parents. Je suis bruyant mais fermé, je les abomine. Nous les indisposons également... Engueulades, grimaces et tensions continuelles. Questions déplacées, sourcils froncés, inquisition. La vie près de ces deux larves obséquieuses, entre chou-palmiste au déjeuner et avocat au dîner, toujours sur la même table de bois jaune, près du même buffet formica, entouré des mêmes fauteuils de toile vive art-moderne et des mêmes statuettes nègres aux yeux malades et aux ventres enflés rachtec — sans parler des bibelots à sexes primitifs soi-disant « marrants » —, la vie nous pèse. Et nous écœure. Nous étouffe. Se traîne. Nous emmerde. Et pue.

La vie de famille étriquée, dans cette case blanche aérée, toujours semblable, quelle que soit l'adresse — boulevard Circulaire à contre vent, allée des Eucalyptus près du tennis, Marina, avenue Albert-Sarraut, et autres rues Djakata-Copé, Amémaka Libla, de Be, ou Lagunaire —, la vie de province outremer que nous font ces deux cadavres de naissance, nous tue.

Quand ils sortent, souvent, déjà ça va mieux : ouf. On invente des distractions. Une nuit, sur la terrasse face au phare, on fait brûler un disque classique américain énorme. La fumée produite est surabondante, grasse et nauséabonde : on lance le disque dans le noir. Splendide trajectoire de comète bourbeuse. Quelques jours plus tard, ma mère produit une sorte de guimauve minérale convulsée, noirâtre, incrustée de grains de sable croustillants, qu'elle a trouvée dans la concession, devant nos yeux gênés... On dirait un bloc de roche volcanique mais on voit toujours, à l'étiquette centrale vaguement rescapée de l'autodafé, que ce n'était qu'un disque de Beethoven américain. De la collection maternelle. Édition plouc rapportée par pépère de New York — avec, pour les fils, un camion Schuco, deux fusées chimiques, et divers joujoux mirobolants (tous cassés). Pour le disque, punis ! Qu'est-ce qu'on s'en fout...

Du moment qu'ils se tirent. Pour une de leurs soirées dansantes de vieux jetons (mambo, cha-cha, calypso...). Pendant ce temps-là, quartier libre, on peut se détendre un peu. Avec l'aide de Jean-Georges Abolivier, le petit « play-boy breton », on joue à se lancer des couteaux dans la gueule à travers le living-room : le coup c'est de les rattraper au vol à pleines mains *sans se blesser.* Autrement, on s'amuse à téléphoner à la prison pour signaler en « petit nègre » des évasions aux gardiens de nuit ivres (« Mais ! Y'en a comment-là lé monsieur bandit prisonnier sérait trop échappé éléa, non ? Yo ? ! »). Ou bien on pique les bagnoles des parents pour aller enfiler à tombeau ouvert le boulevard du Bord de mer (République) et plier dans la foulée le gymkhana suicidaire rituel des ruelles poudreuses, bien dérapantes. Celle du quartier sournois Kodjoviakopé frisant la frontière par exemple, ou les chemins des alentours du tennis. Les « grands » ne me laissent pas conduire : prudents. Je le fais quand même, en double cachette : de mes parents, et d'eux. « Seul contre tous. »

Mais gaffe ! Au fil des sorties, les enchères montent. Soûlés de clichés « américains » encore frais style *La Fureur de vivre,* nos conducteurs-fantômes, tous phares éteints, pied au plancher en surrégime constant, prennent de plus en plus de risques. Il y a un dieu pour les collégiens abrutis : malgré toutes ces zouaveries noctambules, aucun incident à signaler, pas de blessés. Rien. Que de la mécanique et de l'essence fusillées. Pur miracle... Un jour, Jean-Georges sera tout de même chicoté d'importance par sa mère et son père pour avoir piqué leur Transfluide noire et laissé devant le porche de la maison, en la garant au retour, des dizaines de traces de coups de frein infernaux dans le sable. Raclée dans le dos au nerf de bœuf.

Jean-Marien ne sera jamais pincé pour ça, lui —

pour une fois —, mais les ennuis viendront, de toute façon — Ah !... —, et pour de plus graves raisons. Un accident, prétendument causé par nous, un dimanche matin, entre autres... Nous sommes debout sur le capot arrière de la Simca 1000 de la Mission, en équilibre contre le pare-chocs, gesticulant, faisant le con, tandis que le chauffeur roule un peu vite vers le garage, bourré au vin de palme ou à la bière de maïs, par la route de la concession ; mon frère tombe ou saute, je ne sais plus, éclats de rire et hurlements irresponsables : le chauffeur se retourne comme un abruti... Baboum... La bagnole est encastrée, phares et capot avant défoncés, dans un coin de la terrasse d'à côté... Punis ! Pfff.

Il y a toujours une raison avec les parents, pour être sanctionnés. Insolences, sournoiseries, mensonges, notes, bagarres, lèvres éclatées, mauvais carnets, lance-pierres, dents cassées... Ils sont rigides et cons, nous aussi, ils aiment apparemment nous plier à leur guise, à leur modèle rabougri, nous humilier à leur façon de vieux croulants. Égale : haine, colère, vengeance. Mon père a un principe : la juste mesure. La juste mesure, c'est la sienne. Conséquemment, chaque quinzaine, ce taré fait venir le coiffeur à la maison. Mon frère en pleure de honte, rien n'y fait. Le bourreau, notre bête noire, Ounza Ignace « coiffeur mondial » — quelle singerie —, fait son office : il coupe. Comme un con qu'il est. Ou plutôt, il « rase ». Il désinfecte ses ciseaux et ses peignes dans une soucoupe enflammée à l'eau de Cologne bon marché et il ratisse. Zap, zap. La nuque, atroce, très haut, les oreilles, jusqu'au rouge, tout à vif, ignoble, au bol : une laideur incroyable. Jean-Marien mon frère, mortifié, sort de là chaque fois tué.

En butte aux tracasseries infinies de mes parents,

à leur incompréhension bornée, lui qui n'a pas la larme facile, je le vois sangloter silencieusement de rage immonde devant son secrétaire. Quel est l'intérêt ? Est-ce qu'ils ne devront pas payer un jour pour ça ? On dirait qu'ils le font « exprès », qu'ils cherchent ce qui pourra, de la plus sûre façon, nous déshonorer publiquement, nous exposer à la risée publique, à la disgrâce auprès des filles. Putain. Mon frère surtout, en est malade : il porte sur son visage ingrat, en plaques rugueuses, la marque grave de ses premiers doutes métaphysiques et libidinaux, le signe de ses premières révoltes de fond....

Mon père me tirant du lit où je dévore *L'Éclat d'obus* à plat ventre : « Où est passé ton frère, je te prie ? ! » Il me somme de répondre — aïe-aïe —, revenu de la soirée où lui et ma mère étaient partis, ayant oublié son étui à cigarettes ou reniflé l'entourloupe : « Où-est-ton-frère ? » Mon frère est allé en douce au cinéma Le Bénin, rejoindre son flirt, Isabelle Daniau, dans la rangée frottage, derrière... Je mange le morceau. Mon père débarque en pleine séance « Tu prends tes affaires et tu viens tout de suite, Jean-Marien », devant tous les Rapaces réunis, le reconduit froidement à la maison. Là : « Enlève tes lunettes. » Plam-plam. Les gifles tombent, deux, correctement claquées sur les joues d'acné tam-tam de Jean-Marien qui, dans un effort, se retient de pleurer. Ce n'est pas la douleur physique. C'est le spleen du lycée, l'écrasement, pour rien, de ses pauvres raisons de vivre. Pauvre mec.

Je vois ça du coin de la rambarde d'escalier. Ça se paiera aussi. Tout se paiera. « Maintenant, tu files dans ta chambre... » Il a bien morflé.

Chacun son tour, après tout. Lui-même en fait autant, saloperie, quand il me laisse bien sentir devant témoins, ses copains de la bande, que ma présence le dérange : que je suis trop jeunot. Je souffre, moi aussi, d'être rejeté au rang des « demi-portions », des gamins : « Mais va jouer avec tes copains à toi, merde ! »... Il s'en fout bel et bien, que je *souffre*. Il ne pense qu'à sa gueule, à se protéger. J'ai beau chiader ma tenue, cloper comme un grand, me rêver en Biggles, rien à faire : j'ai l'air d'un minot, je suis trop petit. Trop jeune, en tout. Pour sortir, pour parader, pour les filles, pour mon frère, pour mes parents. Et pour porter un pantalon, même, paraît-il : c'est la dernière, c'est la meilleure. Spécialiste des brimades vestimentaires : ma mère. Vieille marâtre maudite.

Depuis peu, les règlements de bougnoules du lycée — Tokoin donc à présent — prescrivent le port d'un uniforme « kaki » — Ah, qu'est-ce que c'est que cette embuscade, encore ? — et ces règlements spécifient que le port du « pantalon long » commence à partir de la classe de « troisième ». Culotte courte pour les autres... Voilà le coup. Je suis en cinquième, puis quatrième. Bon, entre les règlements théoriques et la pratique générale quotidienne... rien, en fait, ne s'opposerait à ce que je me trimbale, comme tout le monde, en pantalon : devant Christine Carré, ça a quand même une autre gueule qu'un short de branleur. D'ailleurs, il y a une autre raison, supérieure, pour porter un pantalon de grand, cette année : c'est Gisèle Cincinnati. Une nouvelle.

Gisèle ne se prend pas pour de la merde. Elle est nulle en classe, une véritable pitié, mais assez belle au physique : avec son visage de chat et sa longue silhouette mannequine à seins plats. Et, pour couronner le tout, elle habite l'appartement que mon ami corse Dominique, reparti à Bangui, vient de quitter. Sa chambre même... J'en connais tous les recoins, la salle de bain, le sommier du lit, la lumière. J'en rêve. Terribles hallucinations nyctalopes : je vois ! je vois !...

Je me vois enjambant les larges baies closes aux nacos sous la pleine lune pâle de minuit, fantômastesque, m'approchant de sa couche froissée, la surprenant nue, la niquant. A gogo. Elle proteste, puis écarte bien ses cuisses effilées, cédant à ma fièvre. Anh-anh-anh. Gisèle Cincinnati m'appartient...

Et au lieu de ça, tu parles, en réalité, chaque jour je me débats dans cet imbroglio de pantalons kaki ridicules. Nom de dieu de nom de dieu. Mes parents ne veulent rien savoir, je les tuerais. Je leur ai expliqué dix fois : que tous mes camarades de classe, des plus noirs aux plus blancs, s'habillent en « pantalon », règlement ou pas. Ils ne veulent rien savoir. Sales cons. Ils se plaisent trop, décidément à me voir comme ça, riquiqui, confiné, en « culottes courtes ». Comme un gosse. Qu'ils entendent que je sois et reste à vie. Prisonnier en enfance, cloué à leur caprice... Alors que je rêve d'ordures, horripilantes, qui les cloueraient de stupeur s'ils savaient, qui épouvanteraient un satyre de cent ans. Une culotte courte, moi ! ? C'est une plaisanterie.

J'en deviens fou. D'autant que mon frère, lui, le plus réglementairement du monde, peut parader jour après jour sous les préaux solaires, en toute dignité : dans son jean d'uniforme. Car la ruse est là. Non seulement un fute c'est mieux qu'un short, mais en plus, dans les teintes beige, marron glacé, on trouve des jeans de velours, de toile, qui font de parfaits pantalons d'uniforme particulièrement classe. Mode *Salut les Copains*. Avec un rien de tolérance, de compréhension, tout s'arrangerait au mieux : pantalon, famille, obéissance, filles, jeans, orgueil. Mais ma mère en fait vraiment une fixation ; c'est non. J'irai en culottes. Sale putain pourrie. Tu vas voir : tu paieras-tu paieras. Et ta couilles-molles de mari avec toi. Patience...

Je pars de chez moi chaque matin déguisé, de force, en short avilissant, rétrécissant, de petit garçon, emportant dans l'Ami 6 bleue de service de la Mission, cachée dans mon cartable, en guise d'affaires de classe, une paire de Strauss admirable (avec l'étiquette). Que j'enfile en cours de route ni vu ni connu, avant de débarquer vêtu de pied en cap à Tokoin comme je l'entends : en tenue de combat. J'ai ma dignité pour moi, approchez les nanas, Alix au pays des merveilles du lycée vous attend. Le chauffeur ne dit rien, l'honneur est sauf. Au retour, opération inverse. C'est un peu compliqué, et bien fastidieux à négocier tous les jours, mais comment faire autrement ? Mon petit amour-propre est à cet immense prix : je suis condamné à la pouillerie bidouillée, voué à la fourberie ; d'où ma haine grandissante. De moi d'abord — si mal pourvu, si contrefait, laid, indigne —, puis de ceux — répugnants — qui me tiennent en servage, courbé, puis de tout le monde sans discrimination. Vengeance. La fureur et la hantise du déshonneur m'aveuglent, me soûlent...

Et évidemment, comme cela devait arriver, fatalement, un jour fausse manœuvre... Midi, alors que je suis planté à l'entrée du lycée sur la colline de Tokoin, avec mon Levi's, attendant le chauffeur en plaisantant, faraud sous ma mèche bien arrangée, près de Gisèle ou Christine, qu'est-ce que je vois venir ? Catastrophe... Mémère ! à la place du chauffeur. C'est un cauchemar : elle, ici ? Chierie de chierie !... Cette pouffiasse à culotte de cheval a trouvé le moyen de se ramener là dans la foulée des commissions, sa seule occupation de la journée, juste — j'en suis sûr — pour m'emmerder. Saleté de bonne à rien de bonne femme au foyer. Vite — m'a-t-elle vu ? Non, vite.

Fissa, fissa, je galope à l'abri des préaux, vers les WC, en serrant les fesses, sous les yeux éberlués de mes copains et des filles. Quelle honte. Quelle défaite... Pourquoi dois-je à ce point avoir peur ? De ma mère, de mes parents, de ces connasses de nanas, de la vie ? Vite, je claque la porte des chiottes en trombe. Glacé de honte et de fureur rentrée. Vite vite, dans l'ombre brûlante, suant d'humiliation mortelle, les larmes aux yeux, le souffle court, dans les relents de déjections de ces gogues à Noirs jamais nettoyés, encroûtés, bouchés, vite, en maudissant jusqu'à la centième génération le nom de cette serpillière humaine en cheveu qui m'oblige, pour ma survie, à m'abaisser de la sorte, à perdre la face à mes propres yeux, vite, je baisse culotte — Oh mon dieu, non... —, je quitte mon pantalon pour l'honneur — Vanité, vanité —, je le plie soigneusement afin de pouvoir le cacher mine de rien dans mon sac, où il ne doit pas tenir plus de volume que le short de mioche insignifiant qu'il remplace — Médiocrité, médiocrité —, vite, et dont je dois rhabiller en haletant le haut de mes cuisses inachevées — Petitesse-petitesse —, je ravale une envie de vomir, vite, avant de jaillir, ébloui, sous le soleil...

Juste à l'instant où ma dégueulasserie de mère de merde débouche sur l'esplanade, quasiment vide déjà, me cherchant. « Ah, te voilà. Je me demandais où tu étais passé... » Suspicieuse. Je la vois : pingre, desséchée, égoïste, folle de frustration aigrie en méchanceté de principe, mauvais sang caillé. Telle qu'elle est : ménopause imminente hideuse, les lèvres pincées, ragougnasserie de pot de pus, cellulite au cul, bras nus déjà flasques et sac à main au bras : « Eh bien ? Qu'est-ce que tu fabriquais ? » Il me semble qu'elle regarde mes jambes — sorcière, révulsif, obscène mémé —, qu'elle voit mes tibias trop blancs. « Rien... rien : j'arrivais... » Sale Arabe.

Au moment où l'on quitte l'enceinte de Tokoin — c'est le bouquet —, je tombe sur Christine Carré. Il n'y a plus personne qu'elle, près de la grille, on ne voit que moi : c'est une calamité. Dieux du ciel, ayez pitié ! Non, gardez votre miséricorde pour les blattes et les mères ou pères de famille : au Diable ! Christine, l'imbécile aux seins et aux fesses anormaux mais adorés, me sourit, par réflexe, j'ai envie de me volatiliser : elle sait très bien que je frimais en Levi's beige tout à l'heure, que j'ai fanfaronné comme un grand garçon toute la matinée, en espagnol, en cours de maths, en études — il ne faut pas me prendre pour un con, ni elle non plus —, je suis pétrifié. Je songe à mourir. Mais je voudrais que ma mère meure avant moi : sur-le-champ. Et mon père avec elle. Tue !

Les deux foudroyés. J'en ai assez de leurs sourcils tortillés, de leurs soupçons, de leurs leçons, de leurs odeurs, de leurs gueules pestilentielles, de leurs manies, de leurs habits, de leurs simagrées continuelles, de leurs mensonges, de leurs ordres, de leurs menaces, de leurs trous du cul, de leurs gifles distraites, de leurs ventres plissés, de leurs caprices délicats, de leur animosité, de leurs brimades, de leurs vies. Qu'ils crèvent une bonne fois et plus personne ne m'empêchera de me trimbaler en Lee de toile, pour tenir mon rang, même modèle jockey, devant Christine aux fesses descendues et aux dents de lapin ou devant Gisèle les œufs-miroir. Du reste, l'affaire des uniformes kaki est loin d'être classée...

Après le coup de mémère embusquée à la sortie du lycée et des chiottes déshabillé, je me tiens à carreau un bout de temps : fierté ravalée, short de zéro pointé, mollets bronzés. Puis, rebelote : question de blason. Un matin donc, par hasard, je vole son portefeuille à cette connasse de Gisèle, par hasard, pendant qu'elle se dandine en culotte bouffante sosotte au cours de gymnastique, avec les horreurs de Togolaises tressées, les Libanaises comme Rita Khalife, et Quitterie Baylac, ma dulcinée répudiée — qui commence à avoir un sacré gros popotin d'hippopotame. Et avec l'argent de Gisèle, je peux enfin m'acheter le nouveau jean de toile estampillé, couleur sable foncé, que je guignais depuis un bail à la SGGG. Il me va impec, et Gisèle de mes rêves de viol me le fait savoir gentiment au cours de dessin. En me disant d'ailleurs qu'elle a perdu tout son argent et qu'elle est très emmerdée : elle va être punie, c'est sûr, c'était l'argent de sa mère. Je compatis, en lui reluquant bien les cuisses comme je le fais tout le temps avec Van Potten, sous prétexte de ramasser un crayon ou une gomme tombés sous la table (ce jour-là : slip mauve).

A la maison, là-dessus, embuscade. Ma morue de mère me convoque : « Avec quoi as-tu acheté ce pantalon ?... Réponds. » Je suis atterré ; ça, c'est de la poisse. « Beuh, avec mon argent... — Avec quoi ? » J'invente encore, perdu, je ne sais quoi... elle n'écoute pas ; elle a visiblement une idée derrière la tête : « Tu mens ! » Gifle — vulve pourrie ! —, et enfin elle crache ce qu'elle a sur le cœur : « C'est de l'argent que tu m'as volé, inutile de mentir ! J'avais exactement vingt mille francs (CFA) dans ce portefeuille hier matin, cinq mille francs ont disparu. Alors ? ! » Moi, moue idiote. Gifle. Ben voyons. Rien que ça ? C'est la meilleure. Je n'ai jamais volé un centime à mes parents. Jamais. Ma seule honnêteté vis-à-vis d'eux — scrupuleuse. Mais comment me disculper ? En me vantant d'avoir dévalisé Gisèle ?... Puni. A tort. Ça se paiera ça encore, à mort, saloparde.

Mon frère, que je suspecte sérieusement de ce joli coup fourré, se débine comme une belle petite ordure en cette occasion — ce qui en soi ne serait pas singulier —, mais il me charge même, malgré mes dénégations répétées, en public comme en particulier, tant qu'il peut. A bloc. Il m'enfonce comme jamais. Là, il pousse un peu... A tous les coups, c'est lui qui a volé : il est coutumier du fait. Ça se douillera au jugement dernier, ça aussi, mon pote, t'inquiète !...

D'ailleurs, il y aurait à dire, ici, sur ces écarts inqualifiables, de mon frère aîné. Autant il peut être protecteur, vénérable, grand, inspirer généralement le respect, incarner la force rêvée, autant il peut devenir mesquin, salaud, dissimulé et calculateur, m'opprimer au même titre que nos parents, et me dégoûter pire que tout, moi qui connais sa méchanceté d'adolescent complexé, empoté à lunettes et acné, ses appareils à dents, ses guibolles trop musclées : un beau fumier, quand il s'y met... Comme lorsqu'on joue aux « oreillers » : « Mais non, dit-il, n'aie pas peur, je te libère dès que tu me fais signe. On va voir si t'as toujours la trouille... » A chaque coup, ça marche. Dès que je fais tap-tap, en affectant le plus grand calme, évidemment il me coince aussi sec sous la taie : « Hmmmmm... », je me débats, il me tient à sa merci, je suffoque. Sous l'étouffoir de plumes, je deviens fou. De terreur panique et de colère. Comme bloqué la tête sous l'eau dans les bouillons de la piscine... Enfin, d'un coup de pied quelconque dans le ventre, je le fais dégager in extremis, j'émerge, asphyxié, bleu de haine, il rit.

Je le fais rire ? Je vais le tuer, ouais ! Je fonce dedans, perdu d'avance, n'importe comment. Il en prend un ou deux : ah, c'est juste ce qu'il attendait. Maintenant il a un motif pour me rosser, méthodiquement. Il sort son sourire spécial détestable Caïn et Abel, si c'était un chat il aurait les oreilles couchées sur le dos et l'échine effacée, tueur : il me prend entre ses mains puissantes, et il me réduit à zéro en deux minutes. Comme il veut, où il veut. Il est grand, fort et fou de cruauté froide, c'est l'Aîné.

Autrefois, d'ailleurs, il m'expliquait bien pour me torturer : « Eh oui, c'est comme ça... tu seras toujours le plus petit ; je serai toujours-toujours plus âgé que toi... », lorsque je le menaçais du classique : « Quand je serai grand et que tu seras petit... (je te tuerai !). »

Joli salaud, le plus naturellement du monde, comme tous les « grands frères » quand ils se souviennent de l'être, Jean-Marien. Je rêve de le massacrer, à coups de barre de fer, de biseau, de faux, de cognée, et je lui vole donc ses appareils dentaires quand il est allé trop loin. Tant pis. Pour l'entendre prendre son ton suppliant. Je n'ai pas le choix. Mais ça me fait encore plus mal de l'humilier : je le place si haut, que l'abaisser c'est me mutiler. D'un rictus il me détruit. Je le hais de me forcer à le haïr.

Comme ce jour où, s'ennuyant à Saint-Roch, commençant à faire ses yeux fourbes, il décide de jouer au lancer de couteau. C'est moi la cible — pourquoi se gêner ? Ça, c'est trouvé. Manque de pot, il vise comme un pied... « Arrête ! », je dis, j'essaie de le dire doucement, comme il faut parler aux hystériques. Qu'est-ce qu'il m'horripile : « Tu vas me blesser... » Il continue, les sourcils de plus en plus perturbés : Schlack ! schlack ! Entre mes pieds. Si je fais mine de détaler, il est prêt à tirer de loin, à la volée, ce con : je reste à proximité, à criailler de plus en plus fort — juste ce qu'il ne fallait pas faire, ce qu'il voulait. Plus je crie, paralysé, plus ça l'excite. Je vais pour attraper une chaise pliante, pour me protéger : vlac, c'est gagné ! Ce connard m'a foutu son canif d'imbécile dans le doigt. Abruti. Il est gêné, de ne même pas avoir su viser, mais il se force à ricaner : « Ah ! Fallait pas bouger... » Ce jour-là, ça s'est réglé posément, sans trop « bouger » tiens, au maillet de bois dans sa gueule, avec les rayons de son beau vélo bleu de communion pliés à coups de pied.

Une autre fois, plus tard, rendu fou par sa cruauté de phacochère, déglingué obstinément par ses soins contre un mur à coups de traversin sous prétexte de jouer à la « bataille de polochons » — il m'avait supplié, malgré mes réticences, de « lui faire plaisir » —, mes lunettes fracassées et la langue fendue, je me suis enfui dans la nuit en hurlant. Un couteau de cuisine à la main, à poil et exaspéré, j'ai vomi des litanies de menaces de mort à travers tout le quartier pendant une heure, tout en courant, sans arrêt pour passer mes nerfs. Puis silence. Lui, soudain, dans la case, s'était mis à fouetter : il avait raison. Il allait y passer... Je rôdais sous les eucalyptus, au milieu des pousses de citronnelle, des mangots pourris, des nids d'équisses et des crapauds-buffles, boursouflés comme des abcès de pus dans mon cerveau martelé, lame pointée, projetant de le crever : il ne l'aurait pas volé.

C'est vers cette époque-là que j'ai dû commencer à me détester, mort ou vif. Avec cette virulence. Moi et ceux qui incarnaient à l'abus la responsabilité de mes jours mortifiés : mes parents. Faute de pouvoir me venger du cosmos entier, à l'origine première de mes insoupçonnables contrariétés, je me paierais coûte que coûte un peu sur leurs tronches de fausses couches : Yves Menton et Jeanne Morue. Carnes à étriper. Pour toujours, je les haïrais. Au nom de chaque emmerdeur rencontré, chaque sévice bénin subi, chaque jour de mon existence engueulée dégueulé, pour tout ce qu'eux-mêmes d'abord m'avaient fait. Et me feraient encore avaler, j'étais bien tranquille, paire de fumiers. Je voulais les voir en cendres... Je ne pouvais plus les encadrer, plus blairer leurs mimiques hypocrites de lâches et de salauds congénitaux confits en onctuosité.

J'étais encore contraint de les traiter avec respect mais eux ne me respectaient vraiment pas assez. Ils ne m'avaient jamais respecté — personne ne m'avait jamais respecté. Par sursauts, de vengeance entassée, déjà, chaque matin au lever, chaque soir au coucher, la nuit, le jour, je m'échauffais au carnage : j'aurais pu les tuer. Net. Tous deux. A coups de chlasse, de gris-gris, de mort-aux-rats, de hache, de verre pilé, sagaie à cochon, ciseaux ou cendrier. S'il m'avait suffi d'appuyer sur un bouton pour en finir avec leurs jérémiades de raclures, combien de fois...

Je les prévenais, fréquemment, poussé dans mes retranchements, expressément, de commencer à se tenir à carreau, d'apprendre à mettre des gants avec moi, je les avertissais en retroussant les babines qu'un jour, s'ils continuaient leur manège, je les assassinerais sans autre forme de procès : ils n'entendaient pas...

*« M. **, conseiller municipal (URP-UNR) du Xᵉ arrondissement, a été blessé par trois hommes non identifiés alors qu'il collait des affiches en faveur du général de Gaulle, rue Chabrol. »*

« TU n'as vraiment rien de mieux à faire ?... Que d'écouter ton... zinzin ? Tu m'entends ? » Mon enculé de père de mes deux m'a souvent dit ça. Des fois quand j'écoutais *Shakin' All Over* que Vince Taylor couinait, des fois quand j'écoutais *Pretty Woman* de Roy Orbison en pensant à Christine Carré, la fille à la drôle de bouche que je n'ai jamais pu couiller, des fois quand j'écoutais *J'ai oublié de me souvenir*, chanté par Hallyday époque *Johnny Reviens... !*

Johnny Hallyday était bien la dernière chose au monde que le bon sens et la mesure civile de mon pédé de père auraient pu admettre... Ce genre que se donnait le gars : à rouler des mécaniques, des bottines, du bassin, des trilles, des vocalises et des interjections — « Pour Joeyyyy ! » —, à siffler et glousser comme une sorte d'idiot échevelé agité de spasmes. Ces façons de macho vulgaire, ces fringues clinquantes, ces motos. Ces appels au bas, éructations d'ivrogne, ces faux chagrins de mauvais goût — « Pour Johnny ! » pouahhh ! Mon père aimait, à vrai dire, la musique de cirque : kiosques, tubas, flageolets, fanfares municipales, grosse caisse. Ma mère, qui, en bonne bouseuse parvenue, croyait de bon goût de n'apprécier, elle, que le « jazz », le thé tiède, Joan Baez, les abat-jour en parchemin et le « classique » (en éditions économiques américaines), riait nerveusement des goûts de mon père mais s'entendait avec lui pour blâmer les miens : « Tu n'as vraiment rien de mieux à faire que d'écouter cette... musique ?... Franchement, tu crois que c'est vraiment le moment ? »

Ah ! Quand ils disaient ça, enfin, ça voulait dire : 1) qu'à leur sens, ma situation scolaire était ca-tas-tro-phique et que je ferais bien de me reprendre, dussé-je y passer mes jours et mes nuits ; 2) que *les Rocks les plus terribles* étaient directement liés à mon état de délabrement intellectuel avancé ; 3) qu'il était temps pour moi de leur servir une de ces insolences dernières bien senties dont ils raffolaient : « Je vous emmerde. Foutez-moi la paix. Meeeeeerde ! »

C'est ça que j'ai fini par leur dire, ce jour-là, au moment où ils sont venus me tanner — « Tu n'as rien de mieux à faire ? » —, alors que j'écoutais, avec un ravissement sans précédent, le bel album bleu et gris de Johnny hurlant, qu'une amie de ma mère (amoureuse de moi) m'avait offert pour mon anniversaire, dans un magasin de Lomé — non, de Bagnères-de-Bigorre... peu importe : *Celui que tu préfères, Rien que huit jours, Belle, Carole, Tu me quittes, Suzie Lou, Sally.* Je n'avais rien de mieux à faire, ça non, et si j'avais honte de quelque chose, c'était de ces progéniteurs maudits que le sort m'avait donnés en partage et du jour de ma naissance pourrie. Dieu soit loué, ce disque avait effacé mes soucis (shorts kaki, filles) et enchanté ma journée. J'avais dû l'écouter, au bas mot, cinquante fois depuis que je l'avais reçu en cadeau. C'était ça, qu'il me fallait. Ça qu'un sale gosse au front baissé comme moi attendait de la vie, et rien d'autre.

Le visage du gars qui chantait était perdu sur la pochette, cheveux et plis du blouson de jean retouchés à la gouache, on supposait des violences inouïes devant, au bout de son bras déboutonné, incendiaire, qu'il lançait comme on menace. Ou comme on tire au pistolet. Sa silhouette de cinglé battait l'air chaud de l'Olympia de mes rêves, ses jambes convexes se tordaient comme des gestes mal élevés sur un plancher encombré, et le titre du disque en rouge sang éclaboussait la pochette. Ce motif figuratif et cette mise en scène agitée aidaient l'imagination à concevoir ce que pouvait être le « feeling » forcené du héros sur scène, une frange de foudre blanche illuminait l'histoire de l'intérieur sur fond de bottines pointues, transfigurant Johnny en une sorte de dieu hystérique, planté sur le pont d'une arche démâtée qu'il frappait à coups de talon dans une explosion de colère, et j'avais treize ans et je jouais du piano avec une saloperie de bonne sœur, mauvaise comme un pet de navet, qui puait l'encens, la soutane pisseuse et la sueur rentrée. Avec elle ou une saleté de vieux négro qui nous faisait répéter au fond de sa cour bordélique encombrée de pelures d'oranges, de bassines émaillées et de poules merdeuses.

La Tour prends garde, je jouais. A deux heures de l'après-midi, par quarante degrés à l'ombre, quand j'aurais voulu glander, aller à la plage, reluquer les filles, faire l'idiot avec Jean-Georges, Van Potten, Dominique et compagnie, lire Arsène Lupin et brancher mon électrophone. Comme ce jour-là. Ce disque était une bénédiction dans ma vie nullissime, saturée d'emmerdements et de devoirs. C'était juste ce que disait la couverture et ce que répétaient les paroles, blues, rythme, et résignation : « Je ne sens plus mon chagrin quand je rentre au petit matin »,

Frankie tirait sur Johnny — c'est la seule façon de garder quelqu'un —, Johnny suppliait : « Mets des chaînes autour de moi / Tout pour te satisfaire / Pour être celui... que tu préfères », Lucille revenait trop tard, Carole avait ces yeux insoutenables qui faisaient gémir Johnny : « Ne me regarde pas comme ça... » Et des cris éclataient, partout, comme d'étranges appels au secours montés de cryptes bleues, comme des échos sataniques au mal de vivre.

Ça s'est drôlement mal passé, cette fois-là, quand j'ai assaisonné mes vieux avec l'insolence attendue. Ils ont pris dans les dents ce que je leur servais, en rageant comme un rat coincé, du fond de ma chambre investie — « Foutez-moi la paix. Foutez-moi la paix nom de dieu. J'en ai marrrrrrrre ! » —, ils m'ont regardé comme si j'étais Johnny soi-même, pour le moins, blouson noir à gourmette tombé du ciel des voyous pour empoisonner les braves gens, ils ont décidé, dans un regard, de « me calmer », mon père s'est approché, l'air faux et fébrile comme chaque fois (rarement) qu'il voulait me frapper, ma truie de mère l'a doublé sur sa droite et m'a atteint la première d'une beigne à la joue gauche, je me suis débattu en recommençant à meugler comme un perdu, mon salaud de père m'a giflé à son tour, une manière de cohue significative s'est ensuivie, au cœur de laquelle je vociférais que j'en avais marre d'être emmerdé — ce qui prouvait que j'avais peu de chose à dire mais que je l'exprimais au moins avec une certaine constance — et la conclusion est venue sous forme d'un traitement de choc improvisé par l'imagination, forcément déréglée, de deux personnes qu'en toute autre circonstance, publique ou privée, n'importe qui eût jugées à peu près saines d'esprit et civilisées.

Mon père diplomate m'a ainsi à moitié assommé contre le chambranle de la porte, sans faire exprès de m'assommer bien sûr, mais en faisant exprès de se ruer sur moi, puis, sans tenir compte de mes beuglements de rage, profitant de mes scrupules à le rosser d'importance (comme je devais d'ailleurs le faire, avec une satisfaction sans mélange, quelques années plus tard), il m'a traîné, poussé violemment, avec des gestes de fou faible à l'haleine de tubard, jusqu'à la salle de bains. Le trajet ne dépassait pas quelques mètres. Quatre mètres, de Joey Greco à la salle d'eau. Quatre cents secondes depuis les guitares qui pleurent jusqu'à la douche qui tue. Il a ouvert les vannes et m'a jeté sous le jet glacé tout habillé.

Où il m'a maintenu, plusieurs minutes durant, suffocant, aspergé de honte, jurant que je le tuerais un jour. Que je me vengerais d'une manière inconcevable. Riant de rage, le sang dans les yeux, bondissant contre les murs, la tête en feu, décomposé, liquéfié jusqu'au fond de l'âme... puis, peu à peu, trempé dans un bain de venin, de férocité froide, réconfortant, pour le restant de mes jours exécrés.

Et tandis que l'eau me faisait couler les mèches et les larmes dans la figure, tandis que je demeurais là à hurler, alors que plus personne ne m'y retenait, longtemps après, dans le varcarme tranquille des éclaboussures froides, la voix de celui qu'on appellerait un jour « la Dernière Idole » continuait de claquer sous mon crâne noyé : « Il est trop tard pour moi c'est bien fini ! » Folie, splendeur, malédiction... Je me suis enfin décidé à émerger, abruti, calme, gris, épongé. J'étais plein de forces dégoulinantes, j'exultais. La haine de soi donne une confiance inimaginable. Le tourne-disque radotait, rugissait, s'acharnant à resservir sans se lasser la même face des *Rocks les plus terribles*, Johnny n'arrêtait pas d'être fusillé et j'étais mort sur pied.

Mais cette mort bizarre, aussi, me donnait une

chance de survie. Je n'avais plus rien à moi, rien à sauver, et le rock était comme ça. Éperdu, terrible. Le plus crâneur, le plus vulgaire, le plus mauvais genre et débordant de morgue : le plus sûr. Le pire, du point de vue de la mesure, le pire du point de vue de la morale courante, de l'éducation, du goût, le meilleur pour moi.

C'est de cela, de la bonne douche empoisonnée, de tout ce mal et de rien d'autre, que je me suis toujours soigneusement souvenu. En me lavant vingt fois par jour comme un obsédé et en riant de toutes mes dents de chien mouillé. En me disant, nuit après nuit, quand les phares des voitures perçaient les volets, que tout finirait par se payer, et qu'un jour, peut-être, j'écouterais pour la dernière fois mes disques de vaurien en pensant à l'eau d'Afrique, au soleil de l'après-midi, au piano évangélique, avant d'aller trucider mon père et ma mère sa femme, au nom des voleurs de feu : vie pour vie, temps pour temps, pour un air sous la douche une douche de sang.

« Deux ouvriers de Homécourt, qui travaillaient sur le sas d'un haut fourneau en veilleuse, ont été projetés dans le gueulard à la suite d'une explosion. »

ÉRIC VAN POTTEN, ma grande gigue de camarade de jeu du Togo, était copain, lui, avec ses parents — enfin, correct. Il devait prendre sa trempe régulièrement, quand il rapportait ses notes minables à la maison, ce qui ne m'est jamais réellement arrivé, mais ce n'est pas lui qui aurait menacé ses vieux... Trop normal. Et pourtant, avec ses genoux belges, ultra cagneux, sa manie de se gratter les croûtes de « cro-cro » aux jambes et aux coudes, pour les bouffer, de bien fourber son monde à l'aise, de rêver de se farcir des filles sans jamais s'en faire et d'être médiocre comme tout au lycée, il avait bien le profil : inhibé 100 %, crapulard de qualité, fainéant, asocial en herbe. Un véritable Zingaro Ier, après tout, en même temps qu'une préfiguration physique étonnante, en négatif aryen, de Potmann Lévy, alias Pottier, d'Issy rue Clotilde... Nos galops d'entraînement, avec lui, Éric Van Potten, avant même les bicyclettes dégonflées et les Vap sucrés, ça avait donc été « Zorro » et la pompe. Pas celles du protal négrier, celle des compal.

On trichait ensemble de longue date. A priori c'était de la petite bière, mais il fallait compter avec la saloperie justicière de nos camarades de classe. Les pires, les proches. Des vrais cochons de Boula-Matari abrutis à la morale civique missionnaire. Nos plus sérieux emmerdements nous venaient de leurs dénonciations : « Madame, li même, il est tricher ! » Siti Zéphyrin, Koto Basile, N'Gboma Félicien, M'bouabi Honorine... et toute la bande, conjurée. La plupart du temps, d'ailleurs, les ennuis arrivaient au moment même du délit : sur le fait. On parvenait en douce, avec toutes les peines du monde, à sortir un bouquin en compo, pour copier le maximum, et ces cons s'y mettaient : un murmure, des sortes de bruits implosifs avec la langue, des « Oh ! », des « Nnh' ! », comme des avertissements en même temps que des perturbations graves... Qui attiraient vite, à force, l'attention du prof vers notre bureau. Et si, en dépit de l'hostilité à notre encontre ainsi manifestée et qui gagnait rapidement toute la classe, Van Potten et moi persistions à prétendre pomper le sujet de géo ou d'espagnol directos sur les pages des manuels ou de nos anti-sèches scientifiques, quelqu'un levait le doigt. Carrément. Ça voulait dire : caftage. Pourritures. Ça entretenait un certain racisme avec les Togolais, forcément, mais après tout pas plus que ça. Étrange d'ailleurs ; ça en aurait justifié vraiment plus. Cette putain de tribu de lèche-culs.

Ils en arrivaient, dans leurs grands jours de zèle, à nous dénoncer quand on bavardait et qu'on ne « suivait pas » : « Mais ! Cependant ! Il faudrait s'appliquer, non ! Oh !... Madame, madame ! » En leçon de musique, une blague, dénonciation immédiate : punis ! On était mis chacun à un coin de la salle, face au mur, à genoux devant tout le monde sur le ciment, avec le sable incrusté à fond dans les rotules pendant une heure, régulièrement, par monsieur

Dosseh. Pas le père d'Adolphe, un quelconque cousin de cousin de cousin, point ; anecdotiquement compositeur de cet éprouvant Hymne national togolais qu'un règlement imprescriptible nous forçait à entonner comme des zébus tous les matins à huit heures, fixe, au drapeau : « Salut-t'a-toi pays de nos-zaaaa-ah-yeux/Toi qui les rendais forts, paisibles-z-et joyeux/Cultivant ve-er-tu vaillance/Pour la prospérité ! » Combien de conneries au nom de ces fameux « aïeuls » ou de leurs fils « indépendants » embouchant le national « Ablodé badja »...

Ils m'ont fait défiler au pas, un nombre incalculable de fois, primaire, secondaire, dimanche ; pour une kyrielle de singes historiques en visite officielle. Tous, un jour ou l'autre. Ça faisait congé mais corvée de défilé. Le maréchal Tito : macaque à dorures. L'empereur Haïlé Sélassié, roi des rois des c... : guignolo. Le général de Gaulle : Tartarin. Louis Armstrong. N'importe quoi.

C'est avec Van Potten que le coup de « Zorro » s'est ainsi mis en place, si je me souviens bien. Et d'abord à usage strictement interne. Pour se faire des farces, on se torpillait le truc en plein milieu d'une page de manuel de latin ou d'histoire. Histoires, effectivement... Il faut savoir que les bouquins de classe appartenaient au lycée : on les recevait au début de l'année, avec état des lieux précis officiellement enregistré, et on devait les remettre sans faute dans le même état à la fin du troisème trimestre. Donc « Zorro ! » irréparables dans les bouquins... Quand ce n'était pas les boulettes de papier mâché répugnantes écrasées ou des pages de révision carrément arrachées — ou tout à la fois. Rebelote : nos « camarades » se faisaient un plaisir de nous dénoncer à la moindre anicroche, un devoir intransigeant de nous vendre sitôt qu'ils nous chopaient en flagrant délit de maculage : le jeu consistait conséquemment, on l'aura compris, à se mettre l'un l'autre en position d'être dénoncé. Marrant, d'accord.

Si l'un avait le malheur d'ouvrir, par mégarde, la page du jour fraîchement souillée en travers par l'autre du mot terrible (« Zorro ! ») sous les yeux d'un de ces natifs faux derches, c'était des dénonciations immédiates. Résultat : pénos, colliers, colles coupe-coupe. Ah, c'est que ces gens-là savaient s'amuser... « Colles coupe-coupe », précision technique, ça voulait dire consigne avec moitié du temps de retenue imparti consacrée à un travail de débroussaillage collectif d'intérêt national au « coupe-coupe ». Défrichage esclavagiste détourné du terrain immense qui environnait le lycée de Tokoin. Systématiquement en plein cagnart. Des mœurs et des gens tout de même bien spéciaux, comme on peut le voir : pour nous faire faire des conneries pareilles. Pas de quoi non plus en faire un drame. Ça n'en a jamais fait, d'ailleurs... — sauf le jour où un élève de Palimé a effacé une lame de machette mal arrimée en pleine tête... Trépané, défunté, dispensé de consignes à perpétuité : fini les colles coupe-coupe.

Lorsqu'on en a eu marre de griffonner « Zorro » partout sur les livres et de morfler des retenues coupe-coupe sur balance en échange, on s'est mis à faire proliférer le nom du justicier espingouin ailleurs : sur les murs. Le choix du mot, au fait, là pas de doute, c'était moi. Mon idée. Qu'est-ce que ça pouvait me botter : « Zorro »... Clac-clac-clac ! Partout, giclées, coups de fouet, rapides comme l'éclair : « Zorro ». A la limite « Z » aurait suffi. Tout était dans l'intention, l'invocation rituelle.

Tout ce qui devait suivre — la litanie d'imbécillités, le feuilleton du désarroi-sabotage à venir —, était contenu dans ce geste inepte : signer « Zorro » avec Van Potten le crétin des Alpes belge sur cent écrans de chaux vive au soleil. Écrire Zorro en mille exemplaires sur tous les livres et les murs inutiles : tout le désastre futur. Les œuvres d'art pur avec Zingaro, la plus haute instance iconoclaste de ma dynastie des tapageurs éminents, la machine à ourdir la plus efficace de mon histoire du saccage de bahut, à Henri-IV ; les tracas avec Pottier à Michelet : « Zorro ». Toutes les coursives de lycées, du Panthéon à Versailles, dans ce mot idiot : « Zorro ». Toutes les ruelles visqueuses, du « quartier Latin », de Pigalle, ou Budapest, la piscine maudite d'Austerlitz, les arnaques gauchistes de 68, les catastrophes en série, les folies, Sénarasse, les échecs, tant de dévastations infantiles sans explications, sans nom, sans intérêt : « Zorro ! » Pas tombé loin du beau « zéro » pointé.

*« Il semble que Mme** sa grand-mère, qui ne jouit plus depuis quelques mois de toutes ses facultés mentales, se soit jetée sur l'enfant qu'elle adorait et lui ait tranché la gorge avec un couteau à pain. Avant de le coucher dans un lit où ses parents devaient le retrouver. »*

QUAND Zorro traversait l'espace pour venir foudroyer d'un trait lézardé le cahier d'à côté ou le bureau d'un prof, ce n'était pas lui, pauvre pomme à l'eau masquée, qui comptait. Lui ou Zorglub, ou Blek le Roc ou X 13, peu importe... C'était un certain dérangement sonore plutôt, vide de sens mais assez esthétique. Du même type que ces exclamations que les Noirs poussaient, et poussent toujours, là-bas en claquant des doigts, pour manifester leur stupéfaction, toujours excessive, ou leur joie, idem : Woooma ! Attarrazzam ! Bo-Bo-Boueeh ! Sokoba ! Hé-Wéh ! Hieebah ! Yoooh ! ? et autres. Du même acabit que ces graffiti dont je devais, bien plus tard, sur le déclin, polluer les murs du lycée Michelet : la série « Sénarasse ». Une sorte d'idée fixe primaire, hypnotique, apaisante et fermée : maculer, marquer. Toujours ça, attirer l'attention. Soit incognito, soit franco. Ce qu'on appelle « faire l'intéressant », « le malin », ce qu'on inscrit en lettres désapprobatrices dans les carnets scolaires :

« Élève turbulent », « Dissipe ses voisins », « Inattentif », « Participe (trop) activement au cours », « Trouble la classe », etc. Ou ce qui se cache, plus positivement, sous l'expression « se distinguer » (« Alors ! On se distingue ? ! ») Ma première distinction, parlons-en. Notoire : la République. Ça remonte, ça remonte... Si loin de Zingaro. Et si près pourtant.

La gloire officielle nous avait touchés une première fois, mon bon compère dodu Dosseh et moi, en classe de huitième : la haute administration togolaise nous invitait en grandes pompes à une réception donnée par la présidence de la République de Lomé dans l'ancien palais du haut gouverneur — datant toujours de la colonisation allemande. Starring, le chef de l'État en personne : M. Sylvanus Olympio. Ce monsieur très noir devait essuyer une rafale de pruneaux militaires dans les omoplates contre le mur de l'ambassade des États-Unis quelque temps plus tard, à la faveur d'un coup d'État dont sortirait un certain Grunitzky ; en attendant il était vivant (Olympio), élégant, la peau très lustrée.

Nous étions là, Adolphe et moi, pour figurer dignement la crème des élèves « premier choix » de l'école de la Marina, entre autres enfants d'élite de la nation venus de partout. Petits plats dans les grands donc, boys en nœuds papillons, gâteaux, champagne même, toasts, jeux cucul, félicitations publiques... Tous les gamins comme moi, en short et chemise-polo blancs, chaussettes blanches, supernuls. Moi seul sauvé, en douce, par mes mocassins pointus... Sylvanus, alpaga noir, est venu nous voir, avec Dosseh. Quel plaisir de voir les autres crever de jalousie. Puis — encore mieux —, il m'a pris en particulier, avec des airs de comploteur : « Alors, c'est toi, Machintruc ? », en croquant une langue de chat entre ses deux grosses lèvres négroïdes, « Tu sais que moi et ton père sommes de bons amis : ce vieux Machintruc !... — En dépit de ce que je pense de la politique française ici !... » Voilà : il avait réussi à caser le message-peau de banane. Qu'il allait falloir que je transmette, le soir, à qui de droit : mon papa. Alors fringant, si l'on veut. Monty Clift. Et souvent transbahuté à travers la ville, sous les yeux admiratifs de mes copains de classe de l'avenue du Camp, en DS 19 « CD » blanche décapotable à chauffeur et fanion : ses cheveux noirs drus jetés en arrière avec la tache blanche fatale au sommet, maigre et séduisant revenant de sanatorium alpin, bel étranger en casquette d'officier... J'ai oublié la suite du cocktail et ce n'est pas ce qui importe ici. Qui est : un, les distinctions honorifiques ; à peine un prétexte pour parler de : deux, ma maîtresse. Maîtresse, ah ? Celle de la présidence était une bonne grosse mémère noire adorable, mais la seule qui compte, c'est l'Autre. C'était elle, Maîtresse. La voici, l'année suivante : dernière ligne droite avant le lycée.

De nouveau réception, nouvelle circonstance un rien guindée : toujours comme « meilleur élève » de mon école. Ça n'a pas marché éternellement, mais là, c'était fastoche : le français étant la deuxième langue de la plupart des écoliers, qui, chez eux, baragouinaient un de leurs soixante et un dialectes plus ou moins « éwés », à base de « enh-enh » (bien-bien) et de « éléa » (il y a), il n'y avait pas à se fouler ; sans compter que la plupart de ces camarades de classe du coin étudiaient leurs leçons à la lueur des réverbères, d'une quelconque avenue, du Général de Gaulle ou des Eucalyptus... Adolphe Dosseh, le nègre blanchi (sa culture, française, son absence d'accent), était encore de la partie.

C'était la Croix-Rouge qui recevait, cette fois. Ma maîtresse d'école de l'époque, on y vient, qui me distrayait toute la journée avec ses coiffures, ses broches, ses bras blancs, ses escarpins verts, ses jupes, ceintures larges, boléros, corsages échancrés, ses parfums flottants étourdissants, ma maîtresse nous avait accompagnés. Elle était en robe, un peu cérémonieuse, j'étais en retard, nous étions assis sur un banc de bois brut, au premier rang de la cour de spectacle du centre culturel français à Lomé : Maîtresse...

Sa hanche reposait le long de la mienne. Ça a commencé sur ce ton-là. Une décharge électrique. Paralysé, la quique tétanisée dans mon short de toile kaki, je pouvais sentir sa peau, chaude, comme si elle était nue, contre moi, tellement intime, deviner son épiderme si personnel, des cuisses, en haut, à travers le tissu gaufré de sa robe sable : quel émoi. On jouait devant nous *Les Fourberies de Scapin*, sa jambe chaleureuse appliquée fermement contre moi me faisait jouer « les fourberies de sa pine » en privé. Il aurait dû faire une chaleur infernale mais là c'était à l'ombre, avec un petit vent.

Au bout d'un temps de torture sexuelle indescriptible, j'ai rompu le charme en bougeant. Elle s'est retournée machinalement, comme pour me regarder de côté sans me voir, j'ai bougé ma main sur les lattes râpeuses où nous siégions. Elle aussi. Elle avait chaud, quand même, et pour se rafraîchir, elle faisait comme font souvent les femmes : elle agitait discrètement le col assez large de sa robe pour faire appel d'air sur la gorge. Moi, je ne pouvais penser qu'à ce que je voyais, du coup, ses gros tétons durs que je connaissais par cœur dans son soutien-gorge, que découvrait fugitivement l'entrouverture, ses mamelles fraîches et fermes à portée de doigts, cette blancheur de linge personnel entrebâillée. Elle soufflait dessus, discret-discret, et ma main s'est retrouvée entre ma cuisse et la sienne.

Elle avait croisé les jambes, elle les a décroisées en découvrant son genou et j'aurais voulu m'arranger les outils qui me tiraient de partout — Mais que diable allaient-ils faire dans cette galère ?! —, elle soupirait, c'était une jeune mariée, on se le disait avec des érections de garçonnets perturbés sous les badamiers de la cour de récréation, elle avait une haleine de femme, c'est-à-dire pas d'enfant, elle n'arrivait pas à soulager sa poitrine décidément, on aurait dit trop lourde, pour elle si fine, et ronde de partout, bien charnue, à la fois, et son buste se soulevait à ce moment-là, tandis que Scapin rouait le misérable Géronte de coups de trique sous son sac (« Aïe-ouill-ouyouille !... Hé-là, de grâce, allez, Messire !... — Tournons par là ! Non par ici. A gauche. A droite ! Allons ! Hâte-toi. Expédions. Dépêche vite ! — Aïe ! — Comment ?! Brigante ! Moi bâiller toi dé stou bastonne ! »), et ma maîtresse respirait et le bas de sa robe à pois remontée sur ses jambes atteignait ses cuisses, mine de rien. Dosseh était passionné par la pièce, out. Ma main grillait sur les veines du bois brûlant. Et d'un coup, dzing, deuxième secousse : je venais d'accoster contre son ménisque gauche. Ou le contraire.

Scapin parlait trois langues à la fois, la mienne était sèche comme un bâton et ma main pendait là négligemment, à vif comme une prothèse : c'était une délégation génitale. Elle s'est mise à bouger (la main), effleurante et autonome, à avancer en crabe, enveloppante, en suivant le rond en surplomb du bas du dos de mon institutrice stressée dans le froufrou des tissus frais. Quelle angoisse.

Là-dessus (l'a-t-elle fait sciemment ?), elle se tourne de nouveau vers moi : elle est là tout contre, magistrale plus que jamais, et me regardant, un sourire fendu de rouge rigide à la bouche, sous ses cheveux noirs laqués, elle remue sur son séant, toujours plus près, et dzing, sa main se pose sur la mienne (« Oh pardon ! — Ce n'est rien, madame... »), ma main survoltée glisse précipitamment, et enfin son cul bien rond, s'envole — elle s'en va, ou quoi ? ! —, elle se redresse dans un crissement de bas pour défroisser tout ça — frrr-frrr, là, voilà — à grands gestes prestes des deux mains sur son postérieur, qui torturent ma culotte et me rendent tout rouge dans la moiteur tropicale soudain concentrée, son cul flotte comme un gros cumulo-nimbus rose et blanc dodu au-dessus de moi un instant — ses tendres fesses, parfumées à la dame tiède et élégante, à la « princesse » —, juste au-dessus de ma main qu'effleure encore sa main brûlante, et son cul retombe — Oh mon dieu ! — juste là... poufff : en plein sur ma main, à moi. Seigneur.

Maîtresse, maîtresse, à longueur de journée je ne pensais qu'à vos fesses. Je ne songeais qu'à vous, depuis ce jour de mes doigts dans vos lobes devant le bâton de Scapin, je n'avais la tête qu'à ça. A ces talons, ces mollets, à ces bouts de seins, de cuisses, d'aisselles, de lingeries, à ces gestes de rajustage entrevus, à ces mouvements si privés de vos mains à ongles dans vos cheveux noirs adorés, sur votre nuque friselisée, sur vos épaules, le long de vos coudes lascifs entrecroisés. Quelle horreur. Je ne vivais que pour ça. Devant, derrière, dessous. Je n'aspirais qu'à ça. A voir et à toucher. A malaxer. Tous ces machins. Je rêvais de « trucs » sans nom, d'obsessions informulées — comment peut penser un enfant qui n'a aucune idée de la chose ? —, à rentrer là-dessous, dans ces jupes twist frébrilisantes, avec mes jambes, ma tête, mon ventre et mes bras, à trouver une issue quelconque dans ce pataquès douillet exaspérant, une trouée pour m'y enfoncer, à touiller tout ce qui se présenterait, qu'on en finisse avec ces sueurs ! Je ne m'occupais rigoureusement que de ça.

Par exemple, je pouvais passer une après-midi entière (leçon de géographie ?) à attendre, ce qui finissait toujours par arriver, plus ou moins, que les fesses de Maîtresse prennent en ligne de mire le tissu, au milieu. Globes et raie. Ou vice versa, que son ventre coince quelque chose par-devant sur le bombé du bas. Pulpes et pli. Tout en écoutant les fadaises gracieuses que débitaient ses lèvres écarlates de jeune mariée admirable. Ça, fixer des heures son trou du cul ou braquer sa motte, ou contempler des heures, des matinées durant, le ballottement maritime de ses seins apprêtés comme on les portait à l'époque : rengorgés, ronds, pleins, pointus. Inoubliables méditations érotiques pleines d'ignorance et de torpeur profonde, heures de souffrances priapiques.

La pression retombait à peine, avec effets de retours de manche, pendant le repas de midi puis la sieste africaine qui suivait, et tout recommençait — avec redoublement d'intensité — dès deux heures, dans la torpeur asphyxiante des débuts de fin de journée. Ses chairs fraîches tournaient au rose intense, par taches, à cette heure-là. Ses traits se relâchaient un petit peu, des lassitudes la prenaient, des négligences, et je lui dévorais les poils des yeux. Je triquais à mourir. A me pignoler des douze fois par jour — si seulement j'avais eu soupçon qu'on pût. Je bandais, un point c'est tout.

Comme j'étais le chouchou, en plus, l'intelligent supposé, prétendument marrant de surcroît (qu'est-ce qu'il y avait de si drôle ?), elle était aux petits soins avec moi. Et dès qu'elle se penchait sur mon cou, pour m'expliquer une division compliquée, dès que je la respirais, à pleines narines, de tout près, dès qu'elle se baissait pour ramasser une craie qui lui enfarinait les doigts, dès qu'elle découvrait un tout petit-petit rien de bras pour faire bouffer ses cheveux de Blanche-Neige, dès que ceci ou cela, j'étais secoué de commotions terribles, rompu de l'intérieur. Comme plus tard aux montagnes russes. Le grand-huit de ma concupiscence naissante. Je croyais m'évanouir, de cette beauté enfermée, offerte, à portée de main, et interdite, sous ses carcans de tenue stricte. Quand elle me touchait machinalement le bras, me titillait l'oreille pour rire — « Alors, pchhhh... on bavarde. Et on oublie de poser la retenue ? ! » —, quand son souffle de rouge à lèvres « fiancée » me visitait — malheur —, quand ses cheveux magiques me frôlaient la joue, quand ses ongles me faisaient tic-tic ou zzzig sur la peau pour me réveiller si j'étais inattentif — folie —, quand les plis amples de ses jupes taille de guêpe me caressaient — ô bonheur ! —... alors là, c'était au-dessus de mes forces.

C'est comme ça qu'on aime. Pour rien, à étouffer. J'aurais voulu pouvoir me tuer pour elle sur-le-champ, devant tout le monde tant pis, ou déchirer mes affaires, pour que ça soit terminé, qu'on n'en parle plus et tant mieux, qu'elle en pense ce qu'elle veuille, qu'on m'enferme, que tout le monde me traite de fou furieux, mais que je sorte une bonne fois quelque chose, moi aussi, de mes vêtements : tout nu là, au milieu, devant elle au tableau noir et qu'elle me déteste, je m'en fous...

Ça n'avait pas de raison de s'arrêter. Aucune raison de s'arranger non plus : mes parents me parlaient d'elle (rougeurs), lui parlaient (confusion), mes copains me taquinaient à son sujet (bagarres), tout me la rappelait, m'y ramenait, tout m'en séparait, je jalousais mortellement son mari (voleur) que j'avais rencontré un jour au cinéma (*Le Colosse de Rhodes*, avec tortures sulfuriques, au Rex), comme un « petit blanc » qu'il était — j'aurais pu devenir dangereux ou dangereusement obsédé à force. Mais un jour...

Un jour, comme on hissait le drapeau — c'était l'usage ; tous les matins, toutes les classes, de toutes les écoles, donc la nôtre : rassemblement —, comme on entonnait l'hymne national *Salut à toi* pour lever les couleurs face à l'antique Marina, quelque chose s'est passé...

Je bandais, on tenait le garde-à-vous en rang par deux au pied du mât : Dosseh, Bernard Gros, Pierre Terrier, les Lancia, Quitterie, mon frère, tous les instits, toutes les classes. C'était le petit matin, je triquais en me marrant, faisant le pitre, ou des grimaces pour les copains. Sans perdre de vue une seconde les hanches de Maîtresse, qui était là, bien distraite, arrondie de la taille en cotonnade à pois, rubans, ballerines à bouts ronds froncés, mollets musclés, lisses et nus, bracelets aux poignets, ceinture à grosse boucle, reins cambrés. Je vociférais exprès (« Salut-T'à toi pays de nos-Za-ah-yeux/Toi qui les rendais Forts, paisibles-Z'et joyeux/Cultivant Ve-er-Tu, Vail... ») — et vlan.

Voilà que ma maîtresse s'affaisse. Non, elle ne s'affaisse pas : elle casse net, sur ses belles jambes fermes, si galbées, que je surveillais : vlam. Je vois ses petits pieds sans talons décoller, le temps de lever une sorte de geste las de bras esquissé vers son front, et... sur le dos : là devant, elle s'étale.

Elle s'étend en plein lever des couleurs, évanouie, pâle comme une morte, un bras de-ci, l'autre posé sur son sein de-là, en désordre par terre dans les feuilles de badamiers. Panique autour, l'hymne et le drapeau s'arrêtent, tout le monde s'agite. Moi, je ne bougeais pas, j'étais au ciel et en enfer.

Je ne respirais plus et je voyais : entre les gens qui passaient, frigorifié, entre ses jambes. J'étais enfin là où je rêvais d'être depuis tout ce temps, presque dedans. Elle était juste devant moi, ouverte sur les reins. Inanimée, offerte, rien que pour moi. Assez défaite pour que je puisse en profiter, droit dans l'axe, pas assez pour qu'on y prenne garde. Tout bonnement alanguie là, les moiteurs écartées dans le coton, une jambe à peine repliée, une mule perdue dans la bataille, l'autre jambe relaxée, sur le sable.

Et je regardais tout ce que je voulais. Dieux du ciel... Son con noir, sa frange sans voiles, d'une épouvantable suavité velue, ses jupons, blancs-roses, ses longues cuisses de chairs lisses nues étendues jusqu'aux fesses bombées, en vue plongeante par-dessous, sa fente secrète tellement incroyablement mauve, ses doigts de pied beiges hors du cuir fin fripé au bout, comme des petits pois, ses poils de sous-les-bras exposés tranquillement sur fond d'ivoire d'aisselles déshabillées, tout ça tout nu vraiment sans retour, jusqu'à l'absurde, entre ses tissus et ses jupons enfin levés. Son sexe de pêche et son trou du cul intouchables à trifouiller à la fin, couiller, jusqu'au malaise, bourrer à vue d'œil jusqu'à m'en dégoûter. Triste extase, soleil malade.

Je sentais mes pauvres roubignoles de saleté de morpion en ébullition, sans imaginer de quoi il pouvait retourner, elle dormait, j'entendais dire : « Elle est passée », j'aurais voulu la tuer sur place, ou lui pisser dessus, lui enfoncer du sable, mes pieds, ma tête dedans, dans la raie des fesses, noir sur blanc, dans la moule, elle était absente et c'était mon rêve : une femme dans les vapes, accidentée, sur le bord d'une route déserte, à violer (deux fois neutralisée). Je contemplais mon triomphe, glacé.

Ses mystères interdits écartelés du nombril aux raies, devant, derrière, sa peau intime, sa mousse, ses poils qui folâtraient insolitement au cœur de la pagaille, tous ces Noirs en kaki courant, loin alentour et, sous la mousseline claire des dentelles, sa croix rouge béatifiée... *D'où me vient, ô mon Dieu, cette joie qui m'inonde* : sans le savoir, j'ai dû « juter » — comme disait Éric Lancia —, forcément et ça m'a exorcisé : kss-kss. Maîtresse ne s'est jamais relevée.

A la place, on s'est tapé un cinglé de Palimé ou d'Anecho quelconque, un pauvre connard sous-développé du coin qui nous foutait sur les doigts (le bout des doigts), à raison d'un coup de règle d'ébène par faute en dictée. Lawson. Sale banania. Qui sera renvoyé le jour où il aura le malheur d'effleurer l'ongle d'un petit doigt de la fille de l'ambassadeur d'Allemagne : une imbécile, mais bien fait pour l'instituteur corporel de Sansanné-Mango-les-Cacahuètes. Après la grâce blanche infinie de mon institutrice évanouie, en tout cas, quel gâchis. Plus de quoi pavoiser.

Je crois que ma maîtresse sexuelle d'entrée en sixième à Lomé est morte enceinte, de méningite virale, exactement dix jours après.

Ça fait deux morts par les méninges en dix jours chrono de ce temps scolaire reculé : avec le dégénéré hagard de la SGGG qui pissait sous lui à longueur d'année en pleine classe — spécial honte — et dont voici le paquet.

Un midi, Jean-Marien, en congé, est venu m'attendre à la sortie de classe, pour déconner. C'est la Marina côté avenue Albert-Sarraut, sur mer. Un con diplômé m'attaque et m'emmerde : pour une saumâtre histoire de Kharman-Ghia VW miniature (en plomb) volée... Je l'envoie paître, le décroche avec peine, et, de loin, continue à l'insulter, à lui faire les gestes, sous les badamiers. Il insiste. Mon frère chope un caillou et, d'une distance considérable — une bonne soixantaine de mètres —, lui décanille une dent de devant pour le calmer. Cri, sang, pleurs de bébé.

A la rentrée de l'après-midi, c'est l'esclandre. Plainte des parents de l'abruti SGGG. Plainte de l'école illico répercutée évidemment auprès de nos parents. Punis de Noël ! Comme tous les ans — jamais tenu ; et même si... Pfff ! En tout cas, le con à la dent cassée ne l'emporte pas en paradis : il disparaît de l'école dès le lendemain et meurt de méningite foudroyante dix jours après. C'est lui, qui larguait ses eaux, lasérisé, en pleine dictée. Un meurtre symbolique qui perpétue une certaine tradition familiale : mon père Atride, enfant, avait arraché délicatement un œil à un mioche de son entourage avec une ventouse de flèche ; quant à ma mère, dans la fleur de l'âge, elle devait écraser un enfant en voiture. Cadavres dans le placard top-secret.

En tout cas, des jupons au drapeau aux méninges en berne, la chose a bien dû m'ébranler un peu. Sans plus, même pas. Quoique... Peut-être que j'étais déjà légèrement maboule et que cette débandade rouge-vert-jaune n'a rien arrangé. La tête de ma maîtresse, la mienne, et tant de séquelles de chutes : à force de m'énerver, de m'agiter, déconner, forcément...

Au hasard première culbute : je me promenais un jour avenue de la Marina, me voici à quinze heures devant le portail d'entrée des TPL (Travaux Publics de Lomé). Les plantons dormaient, plus ou moins réglementairement avachis dans leur kaki de rigueur... J'arrivais à vélo — mon petit rouge —, de notre maison voisine en regardant la cara de la sentinelle et ma roue donne là, en plein contre le plot central marquant le rond-point. Décollage très enlevé, net, trajectoire brève mais décisive au-dessus du guidon, et atterrissage concentré droit sur le ciboulot. Blang. A la verticale, occiput tassé d'importance contre le bitume empoussiéré de latérite. Baoung. Je devais « m'être fait quelque chose » car il a fallu qu'on me réveille, flagada. Et d'autre part, sûr indice de gravité, je ne suis pas allé au cinéma ce soir-là. Ni le lendemain : Jean Marais-*Christo* en deux parties contre ma tête en pièces.

Deuxième accident notable au pied levé : c'était à peine avant, à la piscine des Thermes de Bagnères-de-Bigorre. Perfection de carreaux blancs partout dans la vapeur avec Joëlle de la maison rose et la vieille Bosch bossue : je courais à toutes jambes en criant, j'ai dérapé sur le carrelage. Hou-là... Décollage en masse et choc terrible en retour : de l'arrière de ma tête claqué de tout mon poids sur la céramique (Boung !)... Dont je me rappelle le son clinique parfait, brut et mat en bloc contre ma boîte crânienne juste avant le K.O. De même que j'entends encore, dans les brumes de soufre chaud, le craquement intérieur d'ensemble des os concernés.

Deux fois assommé à l'aise (à quand la troisième ?) : peut-être effectivement de quoi en rester choqué... D'où — pourquoi pas ? —, ajouté aux frénésies de fantasmes sexuels, conclues en mort à poils sous le drapeau : troubles divers à venir, agitation à suivre et séquelles. Télescopage de quique, d'Afrique, de Dominique, de chocs, et... d'Éric.

« La sûreté de Lille vient d'arrêter six jeunes voyous, tous mineurs, qui volaient des voitures et des vélomoteurs et qui, le soir, attaquaient des femmes seules pour leur voler leur sac à main. »

Sorti des érections au drapeau à côté de Dosseh, et des céphalées de TPL, je perdais mon temps avec les Lancia. C'était pareil. On habitait la même maison dans la concession de la future (alors Météorologie Nationale) Mission d'Aide et de Coopération : deux fois deux frères, du même écart d'âge, une même frénésie de bêtise partagée pour nous tenir tous quatre en vie. La chose, après tout, est attestée. Entrée dans les annales du journalisme béninois balbutiant.

Prologue : un entrefilet insolite et ridicule, un jour des années soixante commençantes. C'est l'un des sujets de Une de *Togo-Presse*, le torchon du coin, relatif à l'usage illégal des « pétards » : les rouges, en papier à mèche argentée, tous calibres ; les gris, en carton épais, à frotter, surpuissants, assourdisseurs. L'article disait : « Si lé pétis blancs-là continueraient par lancer un bombardement briyant dans tous coins reculés de notre chère capitale pour la faire les graves encombrements, donc cé sérait avec des sanctions policières subitement sévères, méfiez-nous ! » ou quelque chose de cette farine de mil-là.

L'entrefilet suivant, un peu plus sérieux, devait attendre plusieurs années, jusque vers 1963... avec l'affaire du cocktail à l'ambassade de France — non : à la Mission d'Aide et de Coopération susmentionnée, exactement. Bond dans le temps. Cette nuit-là, comme nous arrachions, mon frère, Jean-Georges et moi, méthodiquement — encore une trouvaille vachement originale —, tous les gadgets arrachables (valves de pneus, feux latéraux, capots d'ampoules, emblèmes de marque, cataphotes, insignes officiels, etc.) des voitures CD garées dans le parc, nous avions frôlé le désastre : un chauffeur endormi sur sa banquette s'étant relevé en sursaut, les yeux injectés, au moment où l'un de nous faisait brutalement gicler le ressort d'une étoile de calandre de Mercedes démantibulée. Déroute et carapatage, merdouille et catastrophas... Le journal du lendemain (toujours *Togo-Presse*) racontait la chose à sa sauce gombo : une « bande » (trois) de petits voyous blancs (soit !) « diaboliques » (?) armés de « machettes » (? ! !) pris à « tenter de dévaliser » (? !) un coffre de voiture diplomatique... Les « malandrins yovos », mis en fuite par « le vaillant chauffeur » (ivre), disparaissent dans « la nuit noire » (19 heures) sur de « puissants engins » (deux Solex 1100 et un vélo — sans dérailleur) « à la vitesse du vent » (sic)...

Mais ça, c'était donc pour plus tard. Disons : 1960 les pétards, 63 les catadioptres (tous enterrés à jamais en catastrophe le lendemain à l'aube).

Pour le moment, on en était encore à l'époque pétards-Lancia. Niveau certificat de fin d'études primaires. Nos balcons communiquaient, nos maisons se confondaient, nous allions en classe ensemble de l'autre côté de la route, à l'école de ma maîtresse Brigitte Bardot de la Marina, et nous avions les mêmes jeux. Combats farouches à l'ombre des badamiers mastocs, abordages de lits superposés, duels de gladiateurs sur rambardes de terrasses ou margelle du puits : nullités bon enfant. Et, la nuit venue, on passait à El Alamein... Soit : se balarguer des sacs de cendre en travers de la figure. Très inventif. A la lueur des lampadaires à moustiques et fourmis volantes, ça faisait des guérillas surréalistes : tous en slips, pieds nus dans le sable, la sueur nous dégoulinant de partout, creusant des rigoles dans cette cendre qui nous recouvrait de la tête aux pieds, collée à la peau comme de la pommade chaude, tous dératés. On y passait des heures, invisibles, échevelés, blonds les Lancia, bruns mon frère et moi, à ramper comme des margouillats paléontologiques ou les hommes-panthères de *Tintin au Congo...* Et, bvlloff ! Grenade nucléaire derrière la tête, ou mieux, dans les yeux : deux jours à être aveuglés. Tant pis. Tout ceci, divertissements un peu inoffensifs et normalement simplets...

Pour corser, à un moment donné, Jean-Marien et Jean-Marc ont décidé qu'on allait construire une piscine. Premier sursaut de dignité. On s'y est mis d'arrache-pied, dans les règles. Primo : les fondations. Au bout de quelques jours d'activité fouailleuse, ça donnait un trou infernalement chaud et profond dans le sable de la concession. Quatre mètres meubles et nous à faire les cons au fond. Un simple éboulement et c'était le coup à y rester, tout simplement ensablés vifs. Tant pis. Là-dessus, secundo : Jean-Marc est allé voler des sacs de ciment sur le chantier de construction de l'hôtel du Bénin, tout près de la maison, entre la Météo et le phare, pour exécuter les travaux de maçonnerie... Évidemment, poissé. Flagrant délit de chourrage : ça va mal aller ! Les fessées et punitions allaient tomber. Tant pis. Par miracle, Jean-Marc s'est expliqué à l'amiable avec les contremaîtres — que notre entreprise devait faire marrer. Du coup, les ouvriers nous ont filé double ration de ciment : tout ce qu'il nous fallait pour continuer, bien déconnants, à creuser le projet de piscine africaine... Jusqu'au jour où — tertio — ledit projet est tombé à l'eau : nos parents s'étant avisés de jeter un œil distrait sur nos travaux et ayant d'un coup réalisé, au bord du trou démesuré ouvert, la profondeur insondable de notre sottise. Punis ! Tant pis.

C'était là notre train-train africain. Ça ou bien les pièges : trou conséquent, léger couvercle de palmes et autres branchages, couverture de sable, et le tour était joué... gare les jambes cassées. Ou encore : se faire renvoyer des « Scouts de Lomé » — pour avoir démoralisé les anciens, dissipé la troupe et fait exploser exprès des œufs sous la cendre dans la gueule des louveteaux ; se faire renvoyer des enfants de chœur — pour insanités au moment de l'offertoire ; explorer les souterrains du Cercle de l'Union à la nuit tombée avec les Libanais boursouflés... Passe-temps encore gentillets. Ou bien alors les batailles de caillasses. Ah : activité plus saine et plus valable, déjà.

Les Africains nous apprenaient patiemment à tirer. A la main. Aussi violemment et droit qu'avec un lance-pierres. A longueur de temps, flac-clac-plac : dans des boîtes de conserve, dans les poules, les clebs, cabris, oiseaux... Les travaux pratiques sérieux, un beau jour, ont tout naturellement fini par consister en véritables batailles rangées. Avec fortins et armées, archers, fantassins, cavaliers, tireurs d'élite et orgues de Staline de pierres parfaitement ajustées. Au rythme des mouvements de troupes, des arrivées et départs, des déménagements, des saisons et des alliances, toutes ces petites agitations un peu violentes se terminaient toujours, l'un dans l'autre, immanquablement mal : lèvres éclatées, cris, larmes, menaces, pansements, hématomes, paupières fendues, dents cassées. Et encore, bien heureux si personne n'y laissait rien de plus grave.

Un soir justement, j'avais bien ajusté la tête d'un copain africain nommé Honoré avec mon lance-pierres lesté à la boule de bois : cible coulée de plein fouet. Honoré est parti, avec un œil bizarrement blanc — et jamais reparu. Mais c'était un Togolais, il est vrai : peu douillet, robuste et sans parents inquiets... En tout cas, ça tournait toujours ainsi : jusqu'au sang. D'où notre jubilation énervée d'une part et, d'autre part, sanctions répétées de nos parents exaspérés : lorsqu'ils nous y prenaient, pour la vingtième fois de l'année, retranchés derrière nos boucliers chamarrés, à échanger des grêles de cailloux avec ceux d'en face ! Encore ? « Mais ! Vous ne comprendrez donc jamais ? » Punis ! Privés de Noël. Et de sortie. Pendant trois mois. Sans effet, jamais... Tant pis.

En dehors des alter ego Lancia permanents, notre principal partenaire, ennemi ou allié selon la conjoncture — batailles de cailloux, sabotage de patrouille de louveteaux ou autre —, s'appelait Jakib. Un Iranien agité. Il habitait à quelques pas de l'école, donc de chez nous tous, entre la Marina et la prison de Lomé (PL) du carrefour, dans la petite rue Paul-Louis Mahoux. La spécialité de Jakib : ruminer, élaborer, imposer, de prodigieux projets... qu'il était incapable de mener jamais à leur terme. Qui tous se cassaient la gueule les uns après les autres...

Il avait une idée, eh ! On allait construire un « village ». En terre glaise. Et même plusieurs. Miniatures. Il suffisait de se baisser, pour ramasser la latérite... On la mouillait un peu, après on la ferait cuire, et par ici la bonne oseille. Comme les Haoussas du Bénin... Pas plus dur. On allait gagner gros en vendant ça sur le wharf, ou rue du Commerce, genre « artisanat touristique ». Oueeh ! D'ac.

Toute la troupe se lançait dans l'aventure, rassemblement général des copains, noirs, blancs, habituels : en avant toutes. Au boulot. Santons rouges, cases parfaitement imitées, pêcheurs, agoutis, pirogues, volailles, cochons noirs, bébés, caïmans, décor croquignolet, sorciers... le tout peinturluré à ravir : ça a très bien commencé. Avant de tourner en catastrophe belliqueuse à la première occase.

Le moindre prétexte — une fille (la sœur de Jakib ?), un mot (de trop) : hop, bagarre. Échanges de jurons xénophobes obligés, renvois à la énième génération d'ascendants outragés, coups, cailloux dans la figure et conclusion : pour faire chier les autres, chacun a bousillé, aplati à coups de semelle, tout le considérable et splendide boulot artistique commun accompli. Raplaplapla. Le chef de village bossu avec sa pipe : flacc ! Les mamas en train de piler le mil : pflaff. Les gosses, les poules, les animaux sauvages modelés tout en finesse : schlaff... Tant pis.

Réconciliés un peu plus tard, on a décidé tous ensemble, entre deux guerres au tire-pierres, toujours sous l'impulsion du maître d'œuvre tocard Jakib, de construire une fusée. C'était l'époque Canaveral. Déchaînement d'enthousiasme. Qui devait donner bientôt force expériences révolutionnaires, formules fulminantes improvisées au secret bien gardé, moult et moultes explosions inédites en série : bombinettes-maison, capsules de gaz comprimé, bidons d'essence, mélange de soufre et de salpêtre concassés, concentré de frottoirs de pétards, carburants, pétrole, kérosène du terrain d'aviation, eau écarlate plus ammoniaque, n'importe... Le tout volé, recommencé par dizaines de fois malgré les brûlures répétées et les coups de semonce permanents, le tout boutiqué en dépit de la moindre logique — si ce n'est celle de l'accumulation hystérique ou du pifomètre...

Et puis, l'exaltation passée, ce fut, comme prévu, le schisme. Les frères Lancia, satanés fauteurs de troubles, se retrouvèrent proprement excommuniés par Jakib le cerveau foireux. A l'index.

Ici, petite parenthèse gênante : la spécialité de Jakib, sorti des « projets » tués dans l'œuf, c'était les conférences sexuelles. Pour faire son intéressant, cet abruti de la matière grise islamique en solde baratinait que « la bite à son père », lorsqu'il avait « fait un bébé avec sa maman », sentait formidablement « mauvais », et que tous les hommes « c'était comme ça » : il fallait qu'ils « puent après avoir fait un bébé ». Bravo.

Comme on en avait marre de ces histoires de « bite » iraniennes de Jakib — que Jean-Marc et Éric contestaient d'ailleurs formellement, d'où le clash —, comme par tradition, on était plutôt plus copains avec les Lancia qu'avec Jakib le païen, dont le prestige musulman du reste commençait alors à pâlir sérieusement, on a, Jean-Marien et moi, suivi les exclus Lancia dans leur orgueilleux exil. Mais l'affaire ne devait pas en rester là...

Par mesure de représailles, Éric et moi sommes revenus en douce un peu plus tard — sans en avoir averti nos grands frères —, en croisade chez Jakib fils d'Allah ; son châtiment serait de retrouver à son retour l'œuvre de sa vie sabotée... Hé-hé-hé ! Ce laboratoire d'apprenti-sorcier, patiemment monté à force de ferveur, de larcins et d'inconscience ahurissante — Et grâce à qui ? —, cet alambic géant installé dans la remise proche de sa case : rasé. Tel le village en terre sculpté du semestre dernier. Notre décision, irrévocable : y foutre le feu. Comme le boy, surgi sur ces entrefaites et résolu, prétendait nous ramener à la raison, il a fallu recourir aux grands moyens prémédités : menace de mort sur sa personne et sur l'heure, avec gros couteau de cuisine (emporté « au cas où ») brandi à l'appui. Et après ça, mise à feu. Bouffff !

D'un point de vue technique, l'opération fut une réussite totale : tout, absolument tout, brûla. Toutes les réserves de combustibles gazeux ou liquides volés à l'hôpital ou dans les garages et stockés là, toutes les munitions en trichlo, chevrotines, acide sulfurique, éther, oxygène... tout explosa à merveille. Dans un barouf du tonnerre de dieu. Le boy, hurlant mais toujours menacé de mort, suppliait que « pardon » on le laisse éteindre ça « vite-oh », ou s'allonger par terre « pitié », n'importe, ou se carapater loin du brasier, « Jé vous pardonne tout d'abord ! »... On lui accorda finalement bien volontiers cette dernière permission (de filer), d'autant plus facilement qu'on commençait à perdre la tête. Tant l'ampleur que prenait le feu de joie devenait impressionnante, tant le bruit et la chaleur enflaient !

Les flammes, après avoir avalé la charpente et le chaume de l'appentis, léchaient voracement les murs déjà noirs de la case et des rafales de détonations surprenantes continuaient à percuter le silence paisible de cet après-midi colonial. Grands dieux. En guise de bouquet, un tonneau entier d'essence, épargné jusqu'ici mais longuement chauffé à blanc, partit d'un bloc dans l'air en gerbes incandescentes, et la remise s'écroula sur les cendres du Cap Kennedy-Lomé dans un bruit de tôles déchirées. Tandis que notre mini-commando désorienté taillait la piste en serrant les fesses.

La contre-offensive, foudroyante à l'instar de l'attaque, devait venir non de Jakib lui-même mais de ses parents. Alors là, chaud pour nous... Quand les plaintes offusquées des voisins — tous témoignages concordant —, quand les menaces de poursuites officielles, les dénonciations accablantes du boy torturé, sont tombées sur nos pauvres têtes d'abrutis : « Chaud la papaye ! » comme disaient les gens de là-bas... Punis ! Tant pis.

Un très court moment, contre toute attente, Jean-Marc et Jakib se sont une dernière fois rabibochés. En faisant bande à part. Le temps de monter un audacieux hold-up, imaginé évidemment par l'ingénieux Jakib jamais à court. Il s'agissait, tout bêtement, de « braquer une mama ». Pour la dépouiller ni vu ni connu de ses « chigarettes, chigum, toffis, cac'huètes », et surtout de son magot, supposé coquet. L'embuscade a été minutieusement mise en scène, préméditée par Jakib avec une passion admirable : horaires, passages, itinéraires de fuite, tout parfaitement calculé et minuté...

Le jour dit, Jean-Marc et Jakib, masqués de foulards en vrais durs, coupe-coupe au poing, effrayants, surgissent de l'ombre et somment la pauvre merengue de passer sa recette sans faire de palabres. Elle commence par rire, à la vue de ces Dalton misérables. Puis, lorsque l'un des deux zozos criminels lui défait de force un pan de pagne sur les nichons, pour la presser, elle se met à crier, mi peur mi rage, à couiner comme une véritable possédée, en dépit des avertissements réitérés des casseurs de prendre garde à fermer sa gueule sous — air connu — peine de mort.

Et sur ce la voilà, affolée, qui laisse dégringoler sa bassine d'oranges-allumettes-chocolat Nestlé, etc., de sa tête et détale, pagne à la main, jambes à son cou, abandonnant boutique en continuant à battre le rappel... Les deux casse-cou, vaguement déroutés, hésitent à prendre, en lot de consolation, un peu de ceci ou de cela — peut-être pour le revendre eux-mêmes —, cherchent « l'argent », y renoncent finalement... Mais leurs tergiversations les ont perdus : déjà on rapplique, rameutés, on fait cercle, on les empoigne, c'en est fait d'eux. Le hardi coup de main se termine par une dégelée de bonnes claques, fessées, tiraillages d'oreilles saqués et beaux coups de pied dans le derche — ou approchants paternels.

Voilà à quelles conneries se passait un peu le bon vieux temps togolais à la noix de kola avec les Lancia. Et alors ? Tant pis.

« Un ouvrier agricole âgé de dix-sept ans a tué mercredi en fin de matinée ses employeurs, M. et Mme Jambon, cultivateurs au hameau La Petite Salle, à Montracol, près de Bourg-en-Bresse. Le meurtrier, parti ensuite à vélomoteur en emportant son fusil, est toujours en fuite. »

QUAND on arrêtait cinq minutes de se lapider, de se fusiller à coups de badames, de catapultes en fer, de rondelles de patates, de noix de palme ou de ces fameuses boules de bois (sortes de lychees, en dur, qui pullulaient sur place comme les marrons ailleurs en automne), quand on arrêtait de se battre à coups de pied ou de se fouetter à coups d'épées de fortune et de tiges de papayer suintant le lait vitriolé (ça brûle !), on discutait, avec les Lancia. Cette partie est beaucoup plus intéressante.

Éric, qui avait toutes ses dents noires, un cuisinier spécialiste des « nems » et des meringues, des parents charmants, et qui adorait les flocons d'avoine au dîner, m'expliquait la vie. Mauvais en classe mais bien plus éveillé que moi l'obsédé de la maîtresse, en matière sexuelle, Éric...

D'ailleurs, c'était la famille Lancia de façon générale, qui était « sexuelle » à mes yeux. Tout ça blond comme les blés, doré, nordique (lumineux à côté de notre vilain type familial arménoïde dégueu dans les tons aubergine pervenche, gris brunâtre et plombé), tout ça animé d'une vibration excitante très exceptionnelle de santé pour l'époque. Et pour moi surtout, habitué à l'ombre fétide, aux limbes de mensonges littéraires, au flou artistique des « Mystères de la vie expliqués par les abeilles d'après le révérend père Ronron-Berger », et à l'aberration névrotico-génitale honteuse, au total, depuis toujours.

En écoutant les grands « teenagers » au tennis des Eucalyptus un soir, ou en « jouant », avec eux peut-être, entre deux disques de slow-guimauve américains, chez les Bertrand (genre : échange de sous-vêtements enfermés dans un placard avec partenaire tirée au sort), j'avais entendu dire des monstruosités : qu'Éric Lancia et son frère « l'avaient fait » avec leur sœur, Véronique, que je ne connaissais pas, et qu'elle « avait saigné ». Inceste à sec, compliqué de présomptions de viol avec violences, pour commencer : ça promettait. Et c'était Jean-Marc lui-même, paraît-il, qui racontait ça à qui voulait l'entendre. Ah ? Évidemment, je ne comprenais rien à ce pastis — d'ailleurs purement mythologique probablement. Et là-dessus, Éric a balayé tous ces effluves douteux — quoique... — et pris mon instruction en main. Il y avait de quoi faire. Mais ma bêtise de Mongol des Pyrénées ne l'a pas rebuté : il est remonté, patiemment, au déluge, il m'a fait la genèse.

Avec un ourson en peluche sous une chemise en pagne quelconque, sur son lit (les fameux lits superposés qui servaient d'habitude de décor à nos batailles de pirates à la gomme), Éric Lancia m'a montré comment les bonnes femmes accouchaient. Dedans-dehors... Dedans-dehors : hop, vu ? A l'époque, je ne savais même pas si ça sortait par-devant ou par-derrière... Une véritable calamité de confusion : ma mère justement était enceinte et toutes ces histoires me répugnaient. Ça me dépassait, de devoir imaginer par où cette pourriture de gros ventre enflé allait pouvoir finalement déborder pour devenir une saleté de « bébé ». Éric m'aidait. Nounours plus ventre plus chemise de nuit : voilà comment ça sortait.

Comme je ne savais pas plus par où ça rentrait. Éric m'a fait un autre cours, symbolique, sur le mot essentiel et mystérieux « niquer ». En m'enseignant le geste consacré, du majeur, raide, de la main droite, enfoncé en piston dans le poing coulissant de l'autre main, entrouvert en boyau, et en me faisant pénétrer la signification mucilagineuse du bruit si particulier de salive et muqueuses touillées ensemble dans la bouche (sous la langue, en ventouse contre le repli de la lèvre inférieure), dont on accompagne couramment l'exécution rituelle de cette obscénité.

Un classique, le B.A. BA de la connerie : « niquer » + schmack-schgniouff-schmouill = « juter » (= bébé). La dégueulasserie quintessentielle. Très apprécié des Noirs, bien sales dans leurs façons de rue, qui servaient ça à tout bout de champ en classe, avec leurs jurons en « éwé » : « Nékou », « Sacabo », « Bangala », « Énométomé »... C'était un peu la deuxième mort du Père Noël et tant mieux : « niquer », l'ancêtre glorieux, à l'ombre des nacos africains, des « couiller » visqueux de Zingaro d'Henri-IV.

Ces principes ainsi posés, le reste est allé tout seul, la maison Lancia de l'autre côté du mur me servant innocemment de laboratoire de recherches charnelles fondamentales : CNRS de mes maladies honteuses à la vie bourdonnante, sans cesse secouée d'événements historiques...

Un jour, apprenti-sorcier exalté, la bouche pleine d'une formule chimique absconse à peine assimilée, me voici prêcheur en chair chez ces gens inoubliables. Je dis : « Un enculateur, une enculatrice, un enculateur », etc. Je suis penché sur la rambarde bleue de l'escalier des Lancia, surplombant Éric le lutin blond à qui je parle, au comble du ravissement, en me gargarisant de mon nouveau dictionnaire de saletés. Je débite mon petit compliment comme on déroule une comptine, tout fier de pouvoir réciter ma leçon à mon illustre maître en imbécillités de dessous de ceinture : « Un enculateur, une enculatrice, une matrice d'enculeur enculée par l'enculateur d'une enculatrice... », c'est une improvisation lyrique. Mais Éric ne m'écoute plus attentivement : il a l'air distrait, l'œil perdu au-delà de moi... « Oui, c'est intéressant » surgit posément monsieur Lancia, sa main paternellement posée sur mon épaule, débarqué de l'étage. « Et... tu pourrais avoir l'obligeance de m'expliquer ce que c'est qu'une... "enculatrice" ? »

Une autre fois, toujours les expériences de physique amusante dans le cadre de mes Recherches libidinales appliquées, on avait eu l'autorisation, Jean-Marien et moi, de rester à Lomé en ville avec Éric et Jean-Marc au lieu d'aller se faire chier à « l'apatam » (bungalow en bord de plage), au kilomètre seize sur la route d'Anécho : on coupait à la corvée du dimanche... Youpie ! Pique-nique à la maison puis jeux. Dans la cour, dans la rue, sur la terrasse, routine des bagarres de cailloux, déconnades sur le balcon avec Éric... Comme on le fait à longueur d'année, on passe d'une maison à l'autre en enjambant la corniche, accrochés à la balustrade tel Fantômas : rien de bien passionnant...

Or, en passant, j'avise un monsieur et une dame derrière la vitre de la chambre à coucher des parents Lancia, en train de... « niquer » : c'est la sieste, elle a les cuisses grandes ouvertes et bien fraîches et il la rentre tout ce qu'il sait. C'est un plaisir, de voir ça. Quel bon exercice. On regarde tranquillement, avec Éric, toute la durée de l'opération et évidemment, à force de coller au carreau comme un idiot, boum, repérés : hep !... Au retour de mes parents, punis ! Sales cons. Dorénavant, c'est comme ça : on ira de force à l'apatam en famille tous les week-ends, s'emmerder à attendre qu'ils aient fini leur partie de poker de vieux tas de merde avec leurs pseudo-amis, voilà. La dame n'était vraiment pas mal, et lui non plus au moment de « juter ».

Un autre jour enfin, l'événement : un véritable symposium sexuel au pied levé, comme pour faire le point, après quelques mois assidus d'études, sur l'état de mes connaissances en la matière... Des faits.

C'était de nouveau un dimanche — jour du Seigneur ; et grâce au ciel là aussi, par exception, un jour sans parents : miracle, miracle. Des heures et des heures vidées du souci accablant de leur présence honnie, livrées à mon seul bon plaisir — très exclusif, Jean-Marien et Jean-Marc étant ailleurs.

Les Lancia m'avaient invité à passer la journée avec Éric, dans leur apatam à eux. Toujours la plage en contre-plongée, blanche et or, le rouleau outremer (« la barre » comme on dit), l'Atlantique du golfe du Bénin, le laisser-vivre : négrillons stéatopyges gigotant et mendigotant à la ronde, pirogues filant et brassant à pleines pagaies, paillotes de villages rudimentaires, cocoteraies de l'autre côté de la route du bord de mer, halage de filets truffés de méduses et de fritures : le tralala habituel.

Le bungalow des Lancia était très grand et rond,

plein d'invités ou habitués : leurs amis. Tout un milieu que je ne connaissais pas : plutôt agréable, plus détendu que celui, assez pincé, de mes parents. La journée s'écoulait au soleil, médiocrement suave et molle comme n'importe quelle journée à l'ombre des privilèges de là-bas... Hamacs, transats, casse-croûte, barbotages, plongeons et agréments tropicaux.

Et quelque chose a basculé.

Peut-être en début d'après-midi, dans la somnolence tiède et émolliente de quatorze heures, à la faveur d'une galopade soudaine... Des éclats de voix et des gerbes d'eau montent au milieu des vaguelettes, tout le monde joue dans les éclaboussures et quelqu'un se retrouve un peu déshabillé plus ou moins par hasard : c'est l'une des femmes présentes, c'est madame Lancia, qui a perdu son haut de bikini. Rires, empoignade, plaisanteries et ainsi de suite, rondement, lestement. Bientôt, c'est un camp de nudistes : tous les hommes et toutes les femmes réunis là gambadent à poil. Tous jeunes et assez beaux, tous — allez hop : zou ! — dans le plus simple appareil.

Je suis fasciné. Contemplant ce tableau tel un Gordon Pymm perdu sur son océan vierge embrassant l'horizon qui plonge... C'est une Vision. je suis exalté. Éric a l'air de prendre ça le plus naturellement du monde, pourquoi se casser la nénette : j'en fais autant, youp-youp, tout ça est parfaitement normal. Il n'y a qu'à en profiter.

Je passe toute cette journée d'extase génitale à regarder comme j'en ai envie depuis... toujours, sans problème, sans danger, la forme inouïe des femmes au soleil. Debout, assises, courant, étendues, les jambes écartées sans probloc, accroupies, sur la pointe des pieds, à genoux, déambulant anatomiquement à l'air libre, vulvaires, retournées comme des gants de ménagère bicolores mouillés, exhibées... à dix mètres ou à deux doigts de moi. Houf. Sidérant. Fort comme ce quart de bouteille d'eau de Cologne (Lavande Roger Gallet) avalé à huit ans cul sec : je n'en crois pas mes yeux. Je n'en peux plus de délectation sale, de complaisances... Je sais qu'une chose pareille ne se reproduira jamais de toute ma vie. Ça me donne le vertige.

Je suis là, soûlé de soleil, à détailler benoîtement les seins de ces filles sans protection, leurs bras, leurs touffes aux aisselles, leurs mottes bombées, posées comme des conques roses sur le sable, je suis là à soupeser, comptabiliser, comparer, ces chattes blondes, et noires (et une rousse), ces fentes brillantes, ces friselis, ces fourrures, ces lèvres dégoulinantes d'eau de mer, ces raies des fesses, toutes ces énigmes lascives de dames avouées en bloc, toutes leurs chairs secrètes laiteuses d'un coup exposées sous leurs corps marron courant... — et personne ne me demande de filer dans ma chambre avec une bonne punition terrible ? ! Que se passe-t-il ! ? Quel coup de bambou.

Éric s'amuse — et je l'imite avec zèle — à passer comme une anguille entre les cuisses de ces sirènes strip-teaseuses qui pourraient être mes mères, dans l'eau, comme le faisaient les hommes tout à l'heure, sous prétexte de jeu. D'ailleurs, Éric est évidemment nu comme un ver lui aussi depuis un moment. Comme n'importe qui ici... Et moi idem, hé-hé ! Ma quique de bandit de dix ans (neuf ?) bien dressée à l'abri des vagues tièdes, mon bangala-couillon tendu comme une baguette de tambour sous le double couvert des flots et des circonstances... Même si l'on me voyait, pfff : rien à cirer, rien à craindre. C'est un autre monde. Fini les secrets honteux, les pudeurs. Au diable ces vilaines odeurs de tabous crapuleux familiaux, les petits linges crasseux : plus de points de repère... C'est tellurique, une bamboula solaire, écologique avant l'heure. On peut bien être aussi vicieux qu'on veut, un jour pareil tout est permis. Voyeur, filou, peloteur-frôleur, qu'est-ce qu'on s'en fout. Personne ne dira rien. On fait comme tout le monde, point ; les « hommes » ont leur slip autour du cou en nageant, comme un signe de ralliement élémentaire à la symbolique virile fruste ; bon, Éric aussi, moi aussi. Voilà.

Tout ceci tranquille en somme. Juste une fièvre. A peine : une bouffée de chaleur. Manifestement pas du tout extraordinaire pour ces gens-là, allant et venant et se dorant la cramouille à l'air, étalant leurs trous et plis sans embarras. Érogène à mort mais simple. Presque brutal.

Mon éducation sentimentale de taré franchit un gigantesque cran, ma connaissance de l'univers sensitif accomplit un pas de déblocage considérable en avant. Directement de la ligne de départ à la ligne d'arrivée. De « secret d'État » à « nu intégral », de « sale, Berk ! » à « aah... », de la pénombre miasmeuse au soleil vertical. Zzzou ! En fait, je n'ai plus jamais bougé de là. Première expérience (ultraprécoce), première curiosité (intégralement satisfaite), première mise en scène (acrobatique ou raffinée). Entre naturisme chaste et hystérie collective : une manière d'Éden.

Tout est resté sur place : bâton, sable, mer, poils, coups de soleil. Luxe, palme et volupté.

*« Tarn. Un parachutiste civil, M. **, vingt-neuf ans, du centre régional de Gaillac, a trouvé la mort lundi après-midi au cours d'un exercice d'ouverture commandée, ses parachutes, dorsal et ventral, ne s'étant pas ouverts. »*

GILBERT mon copain dort. Au soleil de quinze heures. Derrière la vitre du car, les voiturettes en bois de fourgons à bétail d'autrefois, décentrées, défilent à gauche : campagne douillette anglaise... Gilbert, un peu débraillé, fait sa sieste de poussah. Je le regarde tel qu'il est, assoupi : Frrrrr-prrrrr... Répugnant, le sommeil. Des taches de rose aux joues, haleine d'après-repas, cheveux qui collent au front sous les rayons.

On roule depuis un bon moment, de Crawley à Brighton : longue excursion pour une journée de vacances studieuses banalement miteuses en Angleterre. Escale estivale en provenance directe de Lomé, destination : Paris-H.-IV.

Tiens, Gilbert ronfle tellement bien, relâché dans ses vêtements en désordre, sur le siège d'à côté, abandonné à sa digestion avec le classique pan de chemise sorti du falzar, que je vais en profiter pour me moquer de lui — bonne farce : lui faire les poches. En bonne et due forme. Excellent exercice : je me prends deux minutes pour don Luis Perenna mon héros sans âge... Toutes les pochettes du flasque Gilbert ; celles de dehors et de dedans, du haut en bas de sa veste, y passent — et son sac aussi, tant qu'à faire. Quelle tête il va faire, à son réveil... La rigolade.

Voyons toujours, en attendant, la tronche de débile qu'il a sur cette carte d'identité tirée du portefeuille épais de sa poche de poitrine (la plus délicate), distrait à la faveur d'un virage relevé : gn-gn-gn, lettres, tickets, photos de son chien, de sa famille (quel con), dessins... Houpsss ! Qu'est-ce que c'est que ça ? Flouze ?

Quel tas de « pounds »... Une tétanie me tantalise. Une fissure, grave, sociale, soudain ouverte. Des orteils au crâne je me fendille : Jekyll & Hyde en moi... Devant cette masse confondante d'argent surgie de nulle part, tentation d'enfer sur un plateau de nuages, je perds les pédales et la boule. Je vacille. Tant de biftons...

D'un coup passé de l'autre côté, je viens de bondir de l'âge bête à l'âge bestial. Vendu. Au pognon. Ce n'est pas possible de rester calme dans ces circonstances, voyons : il y a là entre mes mains — comptons... — deux fois autant de fric que tout celui que m'ont donné mes parents (pourtant assez larges cette année-là par exception) pour l'entière durée de mes trois semaines de séjour linguistique à Crawley, Sussex. Et cet idiot qui fait blb-bllbb-blb. Bonsoir. Largement plus de deux fois. Sueurs... Gilbert soufflotant...

La chaleur bourdonne contre la baie vitrée scellée, malgré le rideau plissé tiré en pare-soleil... Mon dieu, je ne devrais pas, je sais que ça ne se peut pas... Bon, ce crétin qui soupire, se retourne, me regarde même — comme on fait parfois en songe :

yeux ouverts dans le noir, clappant dans le vide — hiammm —, gobant les mouches. Ce n'est pas mon copain : je le trouve concon et lécheur depuis le début — même si je passe des jours entiers avec lui, surtout en excursion, comme aujourd'hui, faute de mieux.

J'ai déjà brûlé pratiquement tout mon blé, en plus... Dans les fringues, les disques, les parties de bowling à strikes pour frimer, les machines à sous, et c'est à peine la moitié du congé...

Allez hop, réglé — ça n'aura pas duré une minute, tous ces états d'âme chichiteux : j'abandonne la religion catholique, la bonne conscience, le droit chemin pour toujours, Dr Jekyll a choisi pour moi... Le flouze disparaît avec le portefeuille dans mes fouilles : volé. Voleur. Le reste est remis soigneusement en place, sans geste brusque — de sang-froid : aucune circonstance atténuante. Suée au front. Du calme, c'est maintenant qu'il en faut... Voleur.

Le jour même, je m'offre le 33 t idéal *Beatles For Sale* en « stéréo » à Brighton — devant Gilbert, pas encore au courant — et sur la route du retour, au crépuscule, le même ahuri de Gilbert, enfin réveillé, défiguré par le trac — mais d'un mollasson dans l'adversité de plus en plus répugnant (qui m'encouragerait presque à le dévaliser pour sa peine, rétrospectivement, si ce n'était déjà fait) —, Gilbert l'empoté gras-maigre en compote m'annonce la catastrophe : « On m'a tout volé. » Voleur...

Il s'effondre, s'épanche : on l'a dévalisé, il ne comprend pas comment ça a pu se produire. A quel moment son argent a pu s'envoler, tout de même, de sa poche « intérieure » de veston ! Tout volé : c'est une véritable ruine pour lui. Tout son argent, comme un con, qui était là, de tout son séjour. Voleur.

Et le pire... je ne vais pas le croire ! Avec son argent, dans son porte-monnaie, Gilbert gardait aussi tout l'argent de son frère aîné. Non mais quelle catastrophe. Il ne sait pas ce qu'il donnerait, tiens, pour retrouver au moins ses papiers : comment il va faire pour rentrer ? En plus... Voleur. Il pleure, allons-allons, je le console sur mon épaule. Voleur... Aussi, il aurait dû être plus prudent... Et puis d'ailleurs, d'où il tire qu'un Anglais l'a volé (— Il a parlé d'un « Anglais » ?) ? Ça n'existe que dans les livres, ça, les pickpockets. Il l'a perdu, oui, c'est tout, le larfeuille (Voleur). Tiens, tout à l'heure en allant sur la jetée avec les copains, pour déconner aux jeux, il avait sa veste sur l'épaule, j'en suis sûr, non ? Eh ben voi...

— Ah non, pas du tout : je ne l'ai jamais quittée. Et...

— Peu importe ! Et qu'il arrête de gueuler comme ça, du calme : ses histoires n'intéressent personne. Il a dû oublier... mais on ne lui a rien volé (Voleur). Il aura laissé son porte-monnaie de merde — excuse-moi, hein : ça m'a échappé —, dans un magasin ou autre, ou faisant une course... ou il l'a laissé tomber par terre, ou dans l'eau, comme un abruti — je te parle franchement, hein —, voilà tout (Voleur). Alors qu'il arrête de rêver, avec ses cambrioleurs de roman d'espionnage à la gomme : il a lu trop de Bob Morane, ah-ah, il se donne des bonnes excuses... Qu'il ne me fasse pas marrer, tiens !

Je suis certain que j'en fais dix fois trop : quelle fouette, quelles foies ! Voleur. J'ai le vertige, d'un tel magot. Inespéré. Je ne balance pas une seconde : moralement, la question est réglée. J'ai juste des urgences, techniques pour ainsi dire, à résoudre. Cachettes (dans le car, sur moi, à la maison tout à l'heure, demain quand l'affaire va commencer à sentir le roussi), préparation psychologique, plans d'investissement sur la comète, etc. L'autre gélatineux n'arrête pas de se coiffer machinalement maintenant, avec un peigne lumineux payé à Brighton de ses derniers pence — quel con —, il est désaxé d'accablement et me confie ses vapeurs d'idiot : « Volé ! Volé ! Vol... — Pas volé, nuance... Perdu ! » je rectifie sèchement, usant de tout mon ascendant mental. En suant. Voleur.

Des heures durant (tout le trajet) ainsi transpirant, par vagues, de pétoche affreuse mais le tenant près de moi, sous contrôle psychique. Qu'il ne se répande pas... Avec un doigt de jugeote, le cas serait vite réglé. Il suffit de bloquer toutes les issues, de passer le car au peigne fin et les froggies à la fouille corporelle, et toc, je serais baisé : voleur. Bien sûr, j'ai forcément prévu ce trafalgar : le soufflet déchiré de la housse de siège, par où j'introduirais le portefeuille de mon copain dépouillé dans la bourre où l'abandonner, est déjà localisé mais un faux mouvement et... Voleur.

Gilbert pleure. Contre la vitre... Oh, ça va, eh !

Le lendemain l'enquête démarre, mais trop négligemment : j'ai eu tout le temps de boutiquer mon petit trafic de devises. Tous les papiers de Gilbert l'infortuné, déchiquetés un à un, ont disparu dans les égouts — *filé à l'anglaise* : je suis tranquille. Je n'avais pas le choix. Voleur. Quant au pognon, soigneusement éparpillé, je vais tout bonnement faire gaffe à l'écouler mollo, pour le blanchir sans risque. Une sape par-ci, voleur, un trente par-là, voleur, un pot avec les boudins « birds » pour un palot baveux, voleur, des parties de bowling en veux-tu en voilà. Méticuleusement. Voleur.

Finalement, tant pis, les deux frères sont obligés de rentrer en France sans tapage. Les parents, scandalisés, s'étaient « privés » pour leur offrir ça ; ils la trouvent saumâtre : l'école ne veut pas rembourser, etc. Voleur.

De mon côté : qui-vive... Ma logeuse, véritable truie, rubiconde et sudoripare à taches de rousseur typiques, me suspecte sous ses bigoudis. Voleur. En vain. Je suis blindé. Je fais risette quand elle me parle de « tous ces disques » que j'achète, me disant que « je dois avoir beaucoup d'argent pour pouvoir m'offrir tout ça... » avec des airs de ne pas avoir l'air. Saloperies de prolos chiches : dès le troisième jour de mon séjour, comme je me lavais normalement le matin dans la baignoire, ils m'ont averti de ne plus avoir à remplir leur saleté de « tub » d'eau chaude « qu'une fois par semaine »... On croit rêver. Voleurs !

Ces gens puent la pauvreté, de naissance, le niveau social populaire, qui me débecte par principe. Berk. Donc, même avant le coup de l'enquête au voleur, je les tenais à distance, merdes humaines british, les méprisant muettement, sans avoir à me forcer. Leur odeur presque, leurs chipotages de jardinet, leurs beans ou toasts, leurs cheveux, leur gravy, leurs vêtements, leurs pommades, aliments, leurs pets de sprouts tiédasses, leurs façons étriquées, intonations, jelly, loisirs, brosses à dents, chaussures : dégueulasserie popu pingre, mégotages de nécessiteux de chiottes. Ils me dégoûtent. Je les vois compter ce que je coûte et ce que je rapporte dans leur petit living miteux puant le cabbage. Je suis un voleur confortable : je m'en fous.

La mère, mise sur ma piste — forcément floue — par l'agence, peut toujours m'espionner, fouiller ma valise en mon absence, me scruter, me parler de sa voix de pouillerie de loueuse à l'encan, à longueur de soirées, je l'emmerde. Voleur. J'ai déjà envoyé la moitié du fric volé à mon frère, déporté par l'OVSE dans une autre colonie de « vacances studieuses » britanniques (Brighton, le lieu du crime, justement) ; quant au reste, je l'ai déjà nettoyé. A quoi bon me pister, bande de traîtres de bobbies anglais.

Surtout lui, le fils de la famille. Ane bâté albinos, peau limacière crémeuse et poil roux nauséabond. Il me tape sur le système, inepte sous-développé : le jour où les Beatles devaient donner au monde étonné, par avant-première BBC exclusive interposée, le spectacle sur le vif de leurs tout nouveaux morceaux de gloire — la BO du film *Help* annoncée pour les jours suivants (je m'étais préparé à cette assomption depuis mon arrivée) —, à l'instant même où Paul à la guitare basse-violon lançait son cri de guerre fabuleux *I'm Down*, que vois-je ? Ce dégénéré à l'épiderme de limande branche son pauvre petit ampli de tocard pécouze et se met à couvrir la magie des Beatles dispensée par la TV des accords atroces de sa guitare rouge métallisée collégienne ! Inouï... Il veut un coup de pied, ou quoi ? !... Devant le drame qui menaçait, la mère bigoudineuse l'a finalement fait arrêter. De justesse — j'allais pleurer... Mais la haine est là. Voleur ou pas. Vacances anglaises.

Un jour le portefeuille artistement tiré, le jour d'après une petite cogne exotique pour se dérouiller, absurde, plastronner devant quelques vagues filles à rimmel pitoyablement roses et un copain odieux.

Lui, c'était autre chose que Gilbert. Faux comme les blés, lardeux aussi, mais du genre petite graisse teigneuse, franchouillard : Hubert. En costard bleu-gris seizième vulgaire, tout à fait déplacé (à treize ans, à Crawley, en été !) et gourmette (or) — sans compter la chevalière (or), les chaînes au cou (or), les manières de petite crapule de fils à papa parvenu (ordure) : un modèle du genre « m'as-tu-vu en fransozich à l'étranger ? ». Insolences, moues narquoises, insultes, racisme en tout genre et nationalisme parigot permanents.

Au bowling, ramenard, appuyé avec moi comme un petit dur dans un recoin, près des bars, Hubert me fait entrer dans son scénario de mauvais film années cinquante : il me jure que ces branleurs à têtes de con que je vois là-bas, qui n'arrêtent pas de nous regarder, sont des « teddy boys » qui nous cherchent des crosses... En tant que « frenchy » est-ce que je vais me laisser longtemps marcher sur les panards par ces bœufs en gelée ou quoi ? Lui, il est prêt... Je ricane l'air entendu pour ne pas avoir à répondre... Foies.

Le pire, c'est qu'Hubert avait raison : la petite bande de loubards repérée vient nous coller un peu plus tard pour nous asticoter. Insultes en jargon local, mimiques, les gestes, etc. (De quoi, de quoi ? qu'est-ce qu'il dit ? ! C'est sur moi ?) Leur chef nargue Hubert, très à l'aise lui-même en figure de salaud exsudant la morgue : lèvre retroussée, bassement insultant (Whats-he-say ? Whats-he-say ?), sourire en coin, persiflage tibi ordurier, roue de paon nez à nez : il a tout bon.

On sort, c'est gagné. Pour régler ça derrière le bowling, près d'une sorte de hangar douteux, entre poubelles et parking... Rien ne se passe pendant cinq minutes : personne n'a envie de se battre, évidemment — c'était juste pour affecter ce genre... L'un des quatre Anglais, en blouson, s'approche finalement de moi, adossé au mur de briques classique, vulnérable, me considère avec une moue sarcastique et exprime bruyamment à l'adresse des autres, l'idée que « je tremble méchamment » : en clair, il paraît que j'ai les chocottes. Parfaitement bien vu. Sauf qu'il n'aurait jamais dû parler de moi sur ce ton. Je tremblais d'énervement jusque-là faute de motif à me battre, j'en ai un.

Quand je l'attrape en plein colback, à la randori, tout va parfaitement bien. Je n'ai pas suivi toutes ces années de judo puis d'entraînement policier pour des marsh-mallows : il file immédiatement mordre les caillasses du sol de ses ancêtres — un pauvre fauchage de débutant de rien du tout. Il se relève, re-cailloux : un lancement de hanche rudimentaire. Voilà : ouhhh les cornes, le blouson.

Pour le deuxième, en veste ultra-longue, qui la ramène aussitôt après, histoire de rattraper le coup, gagnant en assurance et en perversité, je prends le temps de viser soigneusement les orties. Pour l'y aplatir face la première, de tout son long comme un pancake : flaff !

Pendant ce temps-là (Hubert m'a expliqué ça après, et je n'avais pas de mal à y croire, vu la méchanceté que respirait ce bonhomme et l'état final de nos farauds anglais), Hubert de la Truc Machinchouette, sa grosse gourmette jaune montée sur ses doigts boudinés bien serrés, en coup de poing américain, frappe le premier bifteck par terre (« à la bouche, pour le faire saigner »), avant qu'il ne songe même à se relever pour me prendre à revers. Le deuxième comprend sa douleur de la même façon dans la foulée — bouts de mocs Weston en prime (« dans les lèvres, pour le faire saigner »). Deux de séchés. Et de toute façon, dès le premier, onde de choc aidant, c'était réglé. Mon déchaînement de hargne, méthodique à partir du moment où enfin motivée elle s'était déclenchée après les tremblements trompeurs du début, mon numéro bien réglé, avaient fait l'affaire.

Le reste... moins reluisant — vagues empoignades collectives de chiffonniers dans la poussière avec les deux derniers, entrés à leur tour dans la danse et ratés, et de surcroît appuyés par les deux dégommés du début tentant leur come-back —, le reste était de trop, du superflu. Sans conviction bien que spectaculaire, vraiment match nul.

Je suis rentré vêtements déchirés, visage griffé, marqué comme un perdant mais gonflé comme un bâton de dynamite : quelle force en moi, dès que je m'appliquais. Quelles cruautés, si j'avais voulu... Impossible de dormir de la nuit. Exaspéré d'un plaisir de colère froide à peine maîtrisée, une saveur de sang pulpeuse dans la bouche, revoyant sans cesse le deuxième esquinté dans les orties — mon œuvre — supplier « *Stop-it ! Stop-it !* ». Mais oui, tronche de beef, on arrête : maintenant que tu sais, avec tes petits copains, ce que ça veut dire quand « j'ai la tremblote ».

C'étaient les vacances... Il n'y a pas que le lycée dans la vie : entre, il y a les congés. En Grande-Bretagne, Afrique, Auvergne. Bordeaux, Royan, Grenoble, Bagnères-de-Luchon... Précipités de fractures et morosités adolescentes : mêmes conneries pour le fond, variations de détails sur la durée.

Toutes les journées d'adolescence se ressemblent... Et toutes les adolescences. Et toutes sont le meilleur de la vie, toutes mornes, vides, déstructurées, dépourvues de nécessité — poussières de transits, mues, émotions forcées, grimaces photographiques —, comme les journées, pires, d'enfance. Mais le pompon de l'ineptie existentielle revient au finish, haut la main, aux vacances. Avec les parents ! Nulles à vivre, pensum à répétition, purs contretemps dans la fuite au moins sans recours des années scolaires gâchées, affligeantes même à se rappeler... Cinémas, badauderies bêtassonnes et vicieuses. Elvis Presley dans des navets, Astérix mal dessiné dans des librairies allergènes, pleines de pénombres et d'Oumpapah oubliés, pâtes d'amande boulimiques, visites compulsives à la famille, dentiste annuel, oto-rhino, etc. Dans les salles d'attente provinciales, je lisais des romans policiers mauvais genre et des *Tartine* indignes chez les paysans en cachette : qu'est-ce qu'on pouvait se raser.

« Pleyben. Un engin déposé sur le rebord d'une fenêtre de la perception a explosé à 4 h 30 dans la nuit de dimanche à lundi, faisant voler en éclats les vitres des immeubles voisins. »

En dehors des renvois de lycée, les « congés » d'été réglementaires duraient interminablement chaque année. Deux, trois, quatre, voire cinq mois ; entre les semaines grattées au départ et au retour, Lomé-Pyrénées, les croisières transatlantiques, les décalages horaires : sans fin. Que faire en attendant ?... Chercher des crosses, fumer, traînasser, voler chez les deux ou trois disquaires du centre-ville. De Bagnères-de-Bigorre, par exemple. Arpenté sans répit, d'une ruelle insensée à l'autre, du café de la place au foirail, d'un bout de la ville — au pied de la montagne vers Pau (l'hôpital) et Lannemezan (les fous) —, jusqu'à l'autre bout : Lourdes-Tarbes, ploucvilles, ou Saint-Roch-La Mongie-Le Pic du Midi, cimes, re-ploucvilles.

L'oisiveté oppressante et la bêtise hypocrite de cet âge bourgeois : douze-quinze ans. Une catastrophe de traîne-savaterie. Sans but. Sans arrêt. Un sens, le sens inverse. Pourquoi pas ? Pourquoi ? Un coup fourré, un autre, un larcin con, le suivant, une idée normale, tout et n'importe quoi pourvu que ça mousse à égalité d'absurdité : « Est-ce que vous avez des porte-clefs, monsieur le garagiste ? On fait la collection... » ou « Est-ce que vous comptez garder vos affiches, après la séance ? C'est pour une collec, oui... » Agip le dragon jaune et noir, BP (prononcer « Bep »), Esso (prononcer « Trois seaux »)... *Géant* Dean en douze exemplaires piqués par Jean-Georges, Burton ou Mc Queen.

Une semaine, la prochaine. Envisager de couiller l'une ou l'autre de mes cinq cousines, à l'exemple de Zingaro. Bébêtes à peu près toutes, un peu tassées, débiles mochetés, mais enfin. Se planter des clous rouillés dans les doigts, se jeter des moitiés de ballons découpées remplies de merde de cousin à la gueule, attraper des serpents sous les pierres de l'Adour en cherchant à braconner des truites avec les fils de paysans de la vallée, se coucher bras en croix sur la route pour emmerder les autos, lancer des cailloux, des mollards ou des cartables sur les camions, déverser de l'huile à la sortie d'un dos d'âne, établir des barrages de jerry-cans dans un virage sans visibilité du Tour de France automobile, se retrouver coincés dans une grotte à force de faire de la spéléologie, se sectionner les tendons du genou d'un bon coup de ciseau de menuisier volé sur un chantier... — toujours par pure oisiveté. Un jour, la veille... Essayage de pantalons, de chaussures — les fameuses « chaussures pointues » à la « gitane », lacées sur le côté (variante : à boutons) spécial « vulgaire » : pour faire comme les loulous crâneurs en Flandria (50 cc, guidons-bracelets, scoubidous, queues de tigre, lanières de plastoque aux poignets et carénage), les loubards réputés à moumoutes, peau grise, pompadours crépues et gants de cuir noir des mauvais quartiers de Tarbes.

Tout ça, les chemises pied-de-poule, blousons et pompes « autos-tampons » en question, payable à coups de besogneuses éconocroques plus ou moins légales et pour soi-disant épater l'inconnue rousse de l'arrêt du car STUR de Gambetta, à la sortie de Bagnères. Tellement belle, tellement désirée... Tellement seul. Connasse. Et puis reluquer cette fameuse gourmette de rêve « plaqué-argent ». Ou bien coller une fille anonyme de treize ans au ciné, main droite sur elle, consentante ou du moins passive dans son fauteuil à 3 balles, le temps d'un film d'horreur bandatoire l'après-midi, près de la boucherie. Ou perturber, du fond de la salle, encore tout seul, à la faveur du noir, deux heures entières d'une projection de *Docteur Jerry and Mister Love* ou de *King Creole* sans me faire virer. Quelle merde. Consternation tous azimuts. Bêtise plus indignité.

Avec, en prime, les 45 t : Hector à cigare (apothéose de l'esthétique « romanos et forains » des mocassins d'hypocrite boulevardier à bout pointu évoqués tout à l'heure) ; Long Chris à franges ; Moustique en sueur. Volés sur recommandation expresse de Dominique Franceschini-Boitelle et de *Salut les Copains* — à moins que ce ne fût avant cet article-choc sur les « bizarres » ou « maudits » yéyé, présentant « le Chopin du twist » (Hector) en train de tirer la langue à Johnny du haut d'une échelle, dans une revue bon ton âge tendre si peu habituée à de tels excès ?... On s'en fout... Toujours tirer la patte, fouiner, glandouiller, crâner, filouter, branler... cloper. Ouais. Pour faire le dur.

Cloper à Bristol ou Weston Super-Mare, avec les deux petites salopes de minets bidon qui m'apprenaient à dire devant les disques de Joan Baez : « Tiens, la youpine ! », à « coincer » les filles dans les parcs et à fumer des Craven A « à jeun ». Cloper dans les Alpes, où je frimais ma cousine Babette, gentille mais n'importe quoi, et ma tendre germaine Josette de Grenoble, si infiniment émouvante et érectile, noire de cheveu et sexuelle, en tirant sur des gitanes « papier maïs »...

La séquence se passe à Prelenfrey. Au pied des Jumelles, deux montagnes-sœurs prétendument propriété de la famille, branche paternelle (côté grand-mère) en Haute-Savoie, près de cette scierie, au grand air, où nous avons passé un bout de petite enfance, à étouffer dans l'œuf une primo-infection tuberculeuse de mon frère Jean-Marien.

Je suis lessivé par Josette, elle me rend dingo : sa beauté mate et douillette, son épiderme... Je crame sèche sur sèche, elle me donne chaud. Je roule ma petite caisse, mort de mollesse. Elle me suit dans les chemins de forêt, quel émoi. On voit encore Hector à la télé (là, c'est la première fois), idéal : une antenne de télévision à la main sur la scène de l'Olympia, hirsute et laid, singeant ignoblement Sheila et ses couettes kilt de vieille écolière à moumoute, dans le salon de la pension familiale de Prelenfrey ; Hector l'homme des cavernes twist en frac, répondant à toutes les questions du speaker genre Intervilles : « Rien » (Qu'est-ce que vous aimez ? — Rien, etc.). Bravo : « Rien. »

C'est l'année de mes douze ans, à tout casser. Et je ne casse rien. Je me languis de Josette, je fume, je lis Nick Jordan, *Le Puits et le pendule, la Barre-y-va* pour la vingtième fois dans une grotte, et un débile profond de vingt-cinq ans, plié de coutume dans une chaise tordue, fait des ronds autour de la table de ping-pong ligoté à un gros vélo orthopédique à roulettes, sur la terrasse.

Il compte : « Un. Deux. Huit. Trente. Douze. Quatre. Six... » : quand il sera arrivé à « vingt-neuf », lui a promis sa mère, « il aura une glace-double ! » Au bout d'une heure, il n'est toujours pas arrivé au « vingt-neuf » en question. Il sue à grosses gouttes sous sa casquette, tourne, tape au hasard : « Cinq ! Neuf ! Quatorze ! » et chaque fois qu'il frôle la cible (« Vingt-huit, trente »), de la fenêtre où nous sommes penchés, pudiquement enlacés par l'encadrement, Josette et moi, histoire de faire le mariolle, je lui jette : « Deux ! » ou « Sept ! » Et illico, il enchaîne : « Huit ! Trois ! Neuf !... » en tournant comme un ours en cage sur ses pneus-boudins. C'est pitoyable. Je lui balance mes mégots de clopes sur la tête pour le distraire des calculs mentaux, il fait « Hon ! Onh ! » Et quand on en a marre de le regarder pédaler, on descend se taper des doubles « vanille-chocolat » devant son nez autant qu'on en veut, gratos, dans la glacière, vu qu'on est « de la maison ». Total : sa maman finit par lui demander ce qu'il a ? Elle l'engueule : privé de glace ! Une gifle. Il montre Josette comme un con : « Hon-onh... »

Si j'avais l'âge requis, ce n'est pas Josette que je collerais comme une limace (elle pourrait aller se faire voir, cette greluche), c'est Josy. Même nom, autre surnom, autre vague cousine, grand format. C'est la Brigitte Bardot rousse des cuisines. Jugée « mauvais genre » : c'est-à-dire qu'elle est délectable. Ma maîtresse morte en « teenager » un peu traînée... Pulpeuse, indolente, mais ferme de formes, juste pute à souhait. Jupe moulante rase-genoux, talons, chevelure gonflante, maquillée vif, seins atomiques. Érotisé à bloc, la sous-ventrière martyrisée, je rêve de la niquer près de l'épluche-patates et, faute de mieux, je tire sur mes gitanes jaunes dégueulasses en jouant les dessalés (peuh, ouais, okay...). Auprès de Josette, bien sûr, mais aussi de Catherine Hugot. Que je rejoins quotidiennement dans son lit à l'abri de sa chambrette fleurie, avec Babette, sous prétexte de « discuter » — mais pour rien —, et dont je regarde bien le slip en lui palpant les fesses à pleines mains quand je la pousse sur la balançoire du portique, prêt à tout, une épine dans la braguette, cibiche aux dents comme un super-crack. Ah-ah ouais, okay... Encore une bouiffe, tiens, vous me faites marrer !

Mon père me convoque dans la chambre parentale, avec sa tache de cheveux blancs — comme Henri IV : « Qu'est-ce que c'est que ça ? Tu fumes, maintenant ? » Fini de rire. Il est tombé sur mon dernier paquet de « maïs ». Je n'ai rien à répondre de valable pour l'envoyer se faire foutre poliment, il discute gentiment, genre « copains » : « C'est idiot, à mon âge, franchement, je vais m'esquinter, et je n'ai qu'à lui en demander chaque fois que ça me dit, si vraiment... Au lieu d'en acheter en cachette : hein, tu as compris ? Regarde-moi dans les yeux — Oui, oui... »

En sortant de sa chambre, main dans la main avec Josette, je file tout droit au bureau de tabac : « Gitanes, s'il vous plaît. Maïs. »

Et voilà pour quelques loisirs à la con de mieux. Farauder, les accumuler, chercher quelle connerie encore inventer, traîner. Seul en ritournelle : Afrique, Paris, Bordeaux, Le Genevrey, Luchon, Cauterets, Bois-le-Roy, Auvergne, Haute-Savoie, Hautes-Pyrénées... N'importe comment, n'importe où, n'importe quand.

Seul, presque toujours. A visiter ces cousins voleurs bougnats qui font du cheval sur *nos* vaches dans *notre* ferme volée du grand-père Marien espérantiste pour nous narguer, à entendre les jérémiades d'un tonton cultivateur de raisin blanc empoisonné, à supporter les déblatérations de la mamie cinglée : « Les Juifs, les Templiers, la Jaquette Flottante, *Les Mystères de l'île de Pâques*, les Mahuzier, Mességué, *Noir et Blanc* ou *Point de Vue (images du monde)*, les princesses, les speakerines... » — et cette bouffe qu'elle faisait : tellement mauvaise. Saucisse du pays à midi, Ovomaltine froide le matin, etc. On connaît.

Parfois un, deux, trois affidés entraient dans la danse, pour changer : même emmerdement mais fourberies partagées. Bruno Machin, André Laval le cousin, qui donnait sa petite représentation de « haut mal » tous les matins (Jean-Georges et Jean-Marien s'enfuyaient, moi je le regardais écumer, s'avaler la langue et faire le pont cataleptique comme un imbécile, tranquillement, m'attendant à le voir mourir, et je n'en parlais à personne), Pierre Truc, Jeannot Muche, Robert Machinchose, et Philippe et Catherine Hugot, plus proches. Qui, parfois, en retour, nous invitaient.

« Nous », c'était mon frère et moi, mais j'étais de trop. Une fois pour toutes : on me haïssait. Ma mamie, mes parents, les gens. Sur le principe, c'était justifié ; sur le détail ça paraissait, à force, d'une injustice bizarre. Tous à ce point-là ? Même si j'étais si odieux... Uniques exceptions : trois amies de ma mère au comportement adorable et scabreux, qui m'appelaient leur « fiancé », faisaient leurs besoins devant moi, me baisaient sur mes « cils de biche » et m'asticotaient la braguette. A part ces amoureuses pédérastes, tous me trouvaient déplaisant. A l'index... Exemple, les Hugot. Périples pénibles, souvenirs de vilaines médiocrités conviviales, de soupçons affreux, d'actes d'accusations inquisitoriaux... Annecy un été, Brantigny-sur-Orge un autre été. Les vacances chez les Hugot, saloperies diplômées.

Toute une nichée, les Hugot. Quatre gosses : deux grands, deux petites. Et des tantes, cousins, les parents... On était chez eux, blaam. Voilà des pétards qui explosent sous les cendres, au moment d'allumer le feu dans la cheminée. En pleine gueule de

Philippe, le chouchou à sa maman. Histoires. Responsables réelles : les petites putes pourries des Jumelles, Isabelle et Véronique, sournoiseries totales. Accusé (levez-vous) à l'unanimité et à leur place : bibi-lolo. C'est lui ! Et voilà le travail. Le mauvais bougre, désigné. Cheveux brouillés, mes oreilles, mes sourcils de chien basset irrécupérables... Condamné d'avance. Un autre exemple, une autre fois ; la mère Hugot passait : « Vous avez du linge à laver ? » — ton confit engageant. Moi : « Oui »... Et quelques semaines plus tard, on entendait dire que cette connasse me faisait une réputation de « mal élevé », emmerdant tout le monde avec « son linge à laver, ses slips, ses chaussettes, gilets : il ne faut vraiment pas se gêner ! » etc. Incroyable...

Si ce n'était pas ça, c'était les bagarres : avec le fils aîné, joli garçon efféminé tournant beauf en herbe, déjà bouffi par accès sous ses « bobs » marins, hargneux, rouge de bière précocement (l'hérédité), qui n'aimait pas mes petits airs de branleur : on se battait. Au bord du lac. Il me rossait à bloc évidemment, vu les différences de gabarit, je me prenais ma trempe cogné par terre — tiens ! —, pour m'apprendre à crâner : et me voilà vociférant, trépignant de rage devant les connards de cygnes qui cancanaient contre le ponton, j'avais horreur de la vie. La mère, sucrée : « Mais vous savez, si vous ne vous plaisez vraiment pas du tout chez nous, si vous êtes à ce point malheureux, vous pouvez rentrer chez vous... » Grognasse de sa race à gros cul. Elle pouvait toujours frimer, chiquer à la maîtresse de maison dans le salon à verrières : elle nous servait de la véritable merde de cantine insalubre à bouffer. Vachement distingué.

« Je refuse de bouffer *ça* », je disais, dès qu'elle tournait le dos, et mon frère me suppliait : « Écrase, au moins... » Mais elle la ramenait, cette pouffe, elle venait exprès me chercher, la gueule enfarinée :

« Vous ne mangez pas ?... — Euh... non merci. — Tiens donc ? Pourquoi ? Ce n'est pas à votre goût ?... » Moi : « Je ne peux pas, madame. » Elle : « Ah ? » Et, un peu forcé dans mes retranchements, je finissais par balancer, tant pis pour mon frère qui me savatait sous la table : « Je ne peux pas manger *ça*, madame. Je vais vomir. Votre gruyère râpé est complètement moisi... » Grimaces, rancune mortelle, haine à vie de cette seconde mémère à grands airs perchés. Et mon insistance à lui montrer les bouts de « râpé » verts de moisissure, « regardez... », pour attester de ma bonne foi, n'arrangeait rien. Ça, c'était le comble.

De toute façon, gruyère rance ou pas, cette snob de bazar que mon frère adorait, avec tout son appareil familial, ne pouvait pas m'encadrer. Je l'horripilais. Je dérangeais tout le monde d'ailleurs, mais par politesse diplomatique, on faisait semblant de me trouver « rigolo » et on m'invitait bon gré mal gré, dans le même sac que mon frère aîné. Pauvre Jean-Marien qui, à chaque coup — une fois n'est pas coutume —, m'assumait admirablement à ses côtés. Coûte que coûte. Pourtant quel embarras.

Quelle ambiance détestable, chez ces faisans. Tout y passait : « Ah, il adore la musique moderne ! ("il", c'était moi, et la musique c'était *Zeep-A-Dee-Doo-Dah, Fais attention,* ou *Reviens donc chez nous*)... D'ailleurs, il ne s'est pas gêné, croyez-moi, pour nous en faire tous profiter largement, blablibla, tout le temps qu'il a été là !... » Et vlan. Sans cesse l'acrimonie de cette pouffiasse, moisissure de vomi de raclure de ragnagna, les costards et les casseroles. Quelle gêne, pour mon frère, fils adoptif symbolique de cette famille de tarés BOF.

Je les alignais peut-être un peu, de mon côté, aussi. Quand ce n'était plus les autres qui m'accusaient à tort, c'était moi qui déconnais spontanément. Et pour de vrai. Annecy, propriété louée :

avec Marc, le cousin cadet blond branlé de la famille, on nettoyait un peu les abords de la maison... et zou, une branche de sapin sciée. Histoires. Tant pis, sitôt étouffée, la bêtise suivait son cours : on volait des bateaux dans les hangars. A l'aube, au bord du lac. Et après usage, zou, on abandonnait les barques à la dérive. Histoires. On volait dans les magasins d'Annecy, comme dans ceux de Bagnères, Cannes, Tarbes, Auxerre... — miracle : aucune embrouille. Bon, tant pis, on passait à autre chose : les batailles rangées à coups de pétards. Toujours les légendaires Corsaire, Bandit, les implacables Pirate. Les pires : ceux « à grattoir ». Ultra-puissants. Ces affrontements, à distance suffisante de la maison louée, nous distrayaient des journées entières. Pif-paf-blllang. Le système le plus sophistiqué consistant à enfoncer en force dans une pomme trouée (chipée dans les vergers avoisinants) un de ces pétards terribles. Le jeu a tourné court le jour où l'un de nous a failli y laisser la gueule et la main en se faisant tout éclater entre les doigts devant les yeux. « L'un de nous », c'était moi : j'avais voulu faire un doublé, pétardos à gauche, pétardos à droite... Blaoom. Je me retrouvais avec la « maladie des doigts écartés » : articulations bizarrement démantelées, paume et phalanges couvertes de cloques de sang violacées, un œil et un tympan à moitié bouchés. J'avais bien mal. Re-belote, sitôt tassées — pas de veine —, les histoires de moisi dans l'assiette du soir redémarrent : « *Ça* me donne envie de vomir, madame. » Elle : — Mais écoutez... (sourire hystérique en lame de couteau à pain) si votre vie ici est à ce point insupportable (à bout de patience), vous êtes libre (re-sourire foie gras) de rentrer chez vous... » Des queues, vieille morue blonde.

Allez, on recommençait à piquer des canots pour partir pagayer dans les vaguelettes à la nuit tombée.

Ou bien on fouinait comme des rats dans les couloirs de la villa : trois étages, bibliothèques, pageots, bureaux, salons, labos, mansardes, greniers, débarras, un vrai labyrinthe. Propice à toutes les embuscades, tous les coups fourrés... Ça tenait à peu de chose, une péripétie. Pendant trois jours, un événement sensationnel avait flanqué le bourdon à toute la maisonnée : ignominie sans nom. Ça s'était produit un matin...

Catherine Hugot dormait. Dans sa chambre. Elle ronflotait : enfantine, rose et blonde comme une baby-doll domestique bouche ouverte — peut-être parce qu'elle suçait son pouce. Catherine était le sex-symbol du groupe. Sa petite personne exclusive et aguichante faisait l'objet — permanent et complaisant — des saillies salaces de Georges son cousin et de son frère Philippe. Par exemple, Philippe aimait bien pisser devant elle quand on était en vadrouille, pour bien lui montrer sa queue, paillardement rosâtre, et la voir prendre de ces petits airs offusqués : « Beeerk, c'est écœurant ! » Jean-Marien et Marc eux aussi étaient préoccupés par Catherine, mais c'était autre chose : ils l'aimaient plus ou moins précisément, en silence.

Ce jour-là, donc, dans le petit froid du premier matin, juste avant d'aller voler un bateau comme d'habitude, Georges et Philippe poussent la porte de la chambre de jeune fille de Catherine — sans doute pour la surprendre à poil — et la voient reposer bouche ouverte... Ron-piche-ron-piche... Idée. Les deux voyeurs se sont approchés, ont repoussé le drap pour découvrir la belle endormie et bien lui reluquer la touffe nubile au passage, l'un d'eux s'est hissé en position, penché en avant, juste dans l'axe de sa bouche... Et bllam : lui a pété dans les dents. Odieux. Une prune dégueulasse directement de son trou du cul de butor dans les lèvres abandonnées de la vierge au repos... Les monstres. Pauvre.

Les ricanements orduriers, le bruit du poum et l'odeur l'ayant réveillée, Catherine s'était retrouvée étourdie sur son oreiller, noyée dans l'abominable émanation fécale, passant directement des brumes du rêve à cette nappe de grisou intestinal... Tandis que les éclats de rire s'éloignaient dans le couloir. Le tintamarre de la cavalcade désignait les coupables, elle avait porté plainte.

Pour une fois — ça alors ? —, on ne m'avait pas tenu pour responsable — mais c'était en quelque sorte une erreur judiciaire ou, au moins, un hasard : donc j'avais droit aux remarques aigres-douces de la dame et aux airs pincés comme d'habitude... C'était ça la vie chez les Hugot : ces insanités à longueur de temps mort. Comme à la maison. Des médisances, des détestations rancies, hargnes enfouies, amours-propres mesquins toujours froissés, vieilles rancunes inlassablement enveloppées d'amabilités fielleuses, dans le silence feutré des sapins suisses ou la paix replète des étés à la ferme de Brantigny, quand Jean-Marien se farcissait Fabienne Belli, dont la cousine était copine — soi-disant — avec France Gall... Vacances familiales différées.

Quand ce n'était pas chez eux, chez ces cons, c'était chez nous ; les mêmes remugles de clan et de nœuds de vipères, les mêmes atmosphères rancuneuses tournant à l'aigre en quatrième vitesse : Untel ne faisait pas la vaisselle spontanément... Dugenou se tournait les pouces... Pierre était bien gentil, marrant, mais il se croyait vraiment à l'hôtel, franchement : il n'en branlait pas une et tout le monde finissait par l'avoir dans le pif... Et Jean-Georges se réveillait — quelle flemme, ce garçon

— à de ces heures ! Et ceci et cela... Purin et linge sale, toujours. Torpeur, affligeante, des étés engloutis. Dans la petite mélasse domestique...

Là, ou encore ailleurs, pareil. Chez, mettons, les Viatte. Autre tribu de lapins. Cinq enfants. Curetons, sportifs jusqu'à la nausée, inhibés au-delà de toute mesure, bien-pensants à un point écœurant et obsédés de bectance. Tellement gentils ! Beurk. C'était pratique, là, plutôt pour les ponts, les week-ends prolongés, pour de courts stages d'ennui sans s'éloigner de Paris : les anciennes guinguettes à gigolos oubliés, les bords de Marne des vieux rameurs à bretelles-moustaches et gilets de marin sur biscottos tatoués, Saint-Maur, les promeneurs tribaux vomitifs du dimanche, les digestions redoutables gorgées de renvois de desserts à la crème et de plats de résistance trois fois repris à pleine panse — beurk, beurk, hmpf —, les canotiers fossiles, les saules accablants de mélancolie...

Des files de jours épars passés là à imaginer de niquer une fille aînée montée en herbe, Nadine, qui ressemblait à une girafe mais avec des bons nichons pour son âge, à feuilleter ses magazines de cœurs d'artichaut indigents, à fouiller dans ses tiroirs à slips et soutifs intimes et à attendre que ça se passe... Tous âges confondus, seule permanence indiscutable, gentiment forcenée, des couches les plus tendres aux périodes les plus avancées passées à écouter le Pop Club toute la nuit pour se bercer en bruit de fond, seule base stable doublement sûre : la solitude farouche de l'ennui.

Des trimestres entiers de vice oisif à s'enquiquiner, à inventorier les marques de bagnoles anciennes jambes pendantes sur la borne du garage avec les pécores du coin, à faire du théâtre dans la laiterie pour arnaquer les parents à la représentation, à compter les mouches contre le montant des fenêtres de Saint-Roch... Des belles saisons mortelles de neurasthénie, à enfiler les journées de pluie et de soleil emmêlées dans la même purée de radio anglaise ou de « Preysudent Rouskiô ! (Ceulouy qué mââr'ch sou'l'ôôy !) », des années et des années de congé de maladie d'exister, à tuer les heures d'affilée, seul.

Seul. Dans des périmètres de morosité épouvantablement étriqués. Coustous, Stade, Casino par exemple, au pays natal de Gachassin, con'. Entre les usines à une extrémité macaréou, et le quartier résidentiel Gambetta à l'autre illéputt', où j'envisageais, comme tous les adolescents, de me fabriquer ma tante (grasse et fausse blondasse) dans sa baignoire à poil, à force de la voir en peignoir à pois. Vies de merde... vides de projets. Temps submergés de désœuvrements flasques, mois boutonneux, tendres années gâtées... Les inoubliables villes de vacances mortes. Cuites et recuites au bain-marie, dégonflées, flapies à l'ombre des crucifix rouillés sempiternels et des platanes et des merisiers, vouées aux gagas pot-au-feu sur la route de Lourdes (jerrycans de marque belge pour remporter de l'eau de pieds miraculeuse), à la digestion-villégiature, aux chemises-vestes, au golf miniature à vingt-six trous, aux cafés-brasseries et aux salons de thé des Thermes, aux tourtes jaunes du pays, au fromage de brebis, au « diabolo », et aux bains d'oignons ou de cors tièdes dans les eaux.

Pseudo-sulfureuses, les eaux, de source. Réputées indispensables aux polios. Et joli le canal qui les charriait après usage, sortie de piscine marronnasse : bourgades à pépés et mémés gâteaux. Sucre-glace en trop, années en moins, heures traîne-misère, étés.

Ces vacances scolaires annuelles, élastiques, interminables et inamovibles, étaient décidément encore plus dégueulasses que les jours de classe. H.-IV, Lomé ou Michelet... Sans compter les jours fériés en cours d'année. En prime. Et les renvois. Pâques, grèves, Noël... Plages et palmiers : corvées. D'une attente à une impatience, de Van Potten en Boitelle, de frustrations en blocages définitifs, humiliations en dégoûts, d'un Zingaro à un Pottier : passe-temps et déconnages, temps morts et conneries, c'était ça le climat. De mal en pis, si l'on veut — surtout en vieillissant : rien ne m'intéressait, ne me concernait : alors congé, pas congé... Le cinéma m'enquiquinait, le théâtre m'emmerdait, les livres me tannaient, les études m'indifféraient, tout me rebutait : la famille, les filles à force de rebuffades, la religion, l'art, les illustrés, les voyages, le sport, la cuisine, les lettres, peindre, les langues, l'alpinisme, le trampoline, le vélo, les vaches, le ménage, se lever, se coucher, les échecs, nager, parler... Rien du tout ne me disait.

Juste traîner les pieds, faire la tête, marcher. Bouder. Sortir, rentrer. Crier. Faire la bouche guimauve hargneuse Presley, maison, bouffer, dormir jusqu'à demain. Repartir, vacances ou pas, pour soi-disant se poiler avec les petits copains : à jouer au tennis ou pêcher, puis re-rentrer, etc. Pour quoi ? Pour les gueules de cons des parents à table et les scènes larvées ? (Encore crier ?) Pour les nouvelles têtes de fouines interchangeables des profs de musique vieillardes estivales à jupe plissée ? (Encore répéter ?) Pour les faces de crabe des amis oubliés tous les trois mois ? (Encore traîner ? Encore déménager ?) Il n'y avait rien d'autre, que ça ? En dehors du lycée, en dehors de casser comme à Tokoin, en dehors de voler comme à Crawley ? — si l'on compte pour rien hors série, le miracle nudiste des Lancia de Lomé sous les cocotiers... Rien ?

« A Avesnes (Nord), une explosion s'est produite mercredi vers 16 h 30 dans une usine spécialisée dans les mélanges de poudre d'aluminium et de produits chimiques utilisés pour le traitement des métaux. La déflagration fit sauter la toiture et mit le feu au bâtiment. »

TOUT a disparu, de Lomé. Dominique, drogué. Baleine, cuisinier. Draguidec, Hallyday, les moustiquaires et la décolonisation climatisée, les margouillats essoufflés, les washmen, Pouny le chat, bouffé par les boys, les coups de soleil. Et les dernières illusions sur ma conformité.

Le seul que j'aie retrouvé : Éric Lancia. C'était bien plus tard, loin des palmiers-femelles. Longtemps après ce sabbat débonnaire à l'appatam — tant d'années... Juste au début d'H.-IV, retour de mon congé linguistique anglais à portefeuille. Éric avait grandi bizarrement depuis qu'ils avaient quitté, lui et sa famille, la Marina pour la Thaïlande : il n'était plus du tout blondin ni fluet. Il était méconnaissable, venu avec cet ami de là-bas (d'Indo) à lui.

Éric n'avait plus l'air d'Éric Lancia, il ne se souvenait strictement de rien : il était passé à autre chose, de plus intéressant, près des temples et des yeux tirés. Pas moi.

Tout se perdait dans un cinéma de rendez-vous du VIe — quelle idiotie, aussi —, en décembre, tout s'enlisait... Éric Van Potten, Adolphe Dosseh, Dominique, Christine, Benoît Buysse qui rentrait chez lui en marchant sur les mains suivi par des cohortes de Noirs bouche bée, l'école et les lycées, les seins et les viols rêvés, l'odeur des cibiches et du twist sous les ventilateurs, quand on plantait des clopes russes roses à filtre doré dans les toasts ou les gâteaux pour emmerder le populo et gâcher la soirée, les surpattes où chourraver les disques par paquets (*Don't Let Me Be Misunderstood, Zuviel, Allein*, etc., balancés par la fenêtre à un comparse embusqué dans les filaos), la voix des vendeuses de « gari », « foufoui », « n'gboma », « la pâte », « bananes frites » et « colico », les rues ou les cours de récré, l'église évangélique et les « poubous » du marché, le fortin allemand, le palais de justice, le phare forgé, les kidnappeurs d'enfants ghanéens à la pleine lune avec leurs machettes et leurs valises de membres découpés, le « wharf-caca », le pignouf de la météo de l'autre côté de la concession qu'on entendait hurler de terreur la nuit, du balcon, quand son père détraqué le fouettait jusqu'au sang pour « qu'il soit premier en classe », le boy-cuistot des Lancia qui montait ses quarante blancs d'œufs en neige à la fourchette, les « enculatrices », le plateau de Tokoin, le lycée Bonnecarrère, Coyote et les Rapaces, Jakib d'Iran et son cabot écrasé, Jean-Georges Abo soi-disant orphelin de onze ans qui venait mendier à la porte des cases en chantant sur un ukulélé, les pétards, les nacos et les pattes de poulet fétiches sur le toit du hangar, *Les Cheyennes* avec les héros qui s'embrassaient, les noix de coco que je cueillais à dix mètres comme un singe en m'écorchant et qu'on faisait éclater par terre, les tours wagnériennes du Haut-Commissariat, la jetée en bois boche de la Dernière, la plage vide, les vérandas, les balustrades, la citronnelle et les sébètes crues qu'on ramassait au pied...

Tout s'écroulait, enseveli sous les mimiques perplexes, et les indifférences un peu gênées d'Éric Lancia, lointain et défiguré... Tout s'ensablait dans les bobines de Steve McQueen blessé, l'hiver rue des Écoles, dans le noir à Paris. Blam-blam ! rectifié. Fin.

Je suis rentré à Montrouge accablé. Puni. De quoi ? Puni de mort et demain serait le même jour. De toute façon. Rien à espérer. Demain exactement comme hier. Et le mois dernier. Et la semaine prochaine. En déclinant.

Six heures du matin, tombée de sommeil et envie de mourir en ouvrant l'œil : oh non, Seigneur dieu... Six heures et quart : debout, gourd, dans le noir pour ne pas réveiller mon frangin, co-occupant de notre chambre de faux pauvres inavoués ; un regard sans le voir au décor (livres, vêtements chiffonnés en tas, poupée italienne occupée à se raser, le disque *Angry Young Them*, humidificateur, 2 m sur 4). Six heures et demie : toilette — aïe —, les doigts rouges gonflés comme des francfort éclatées sous la douche, par le froid dehors et la saleté de chauffage au plancher dedans. Sept heures moins le quart : sac de classe à serrer (rien qu'avec les tennis de gym, deux classeurs, un paquet de copies : déjà enflé). Sept heures : petit déjeuner de pain suédois et de café au lait en poudre demi-écrémé (Gloria) expédié, fhh-fhh, dans la cochonnerie de cuisine bleue blême à l'autre bout de l'abomination d'apparte endormi (pourvu que mémère ne se lève pas, par pitié...). Sept heures dix : fissa-fissa, départ dans la rue Marie Debos : bouillasse, bus, nuit, Orléans, métro, Denfert, écharpes et peaux grises, Luxembourg sous la rosée givrée, passants fuyants, lueurs de lampadaires et vitres embuées des cafés à flippers bondés, pff-pff, à pas pressés. Huit heures moins deux, ric-rac à la bourre juste avant la fermeture des portes au guichet : blaaang !

Pour-pouf... Porches. Cour. « En rang ». Déjà exténué. Comme les vieillards perclus au lever. Pour la sonnerie d'entrée rouillée. Drrrriiiiinnnggg ! « Entrez ! » Brouhaha étouffé. Présent à l'appel. Chhhhtt ! Prêt à entamer une journée de bonheur scolaire ineffable de plus à Henri-IV. — Truc ? — *Présent.* — Machin ? — *Présent...* Saloperie... Tiens ? Où est Zingaro, saloperie ?

Saloperie de cartable désarticulatoire au côté, saloperies d'heures de classe en ribambelle d'ici dix-sept heures, saloperies de profs en complets-vestons, saloperies de Sully et de poule au pot, saloperies de français - maths - latin - dessin - histoire - espagnol - plein-air - géo - anglais, saloperies d'élèves à pardessus - cache-col - moufles - et - bonnets, saloperies de forts en thème lèche-bottes et saloperies de chahuteurs simplets, saloperies d'andouilles heureux de vivre à se congratuler boum-badaboum sur l'épaule, saloperies de préaux-glacières, saloperies de concierges-matons et de pions-collabos et saloperies de familles-kapos, saloperie de vie, saloperie de lycée nazi de salauds, saloperie de...

Ah, Zingaro ! La porte qui claque : il est à la traîne — quel con — et il trouve moyen de se faire encore remarquer en trébuchant à l'entrée ! « Eh bien ?! » : Charlotte consultant ostensiblement sa montre et couinant des petons dans ses petites grolles briquées de chanoine grasseyant : « C'est à cette heure-ci que ?... »

Zingaro fait le penaud en baissant son front à méchouille de romano-fouine, jette un coup d'œil réflexe vers le fond de la classe à droite — ma table isolée... Et explose de rire ! à une grimace abjecte vers le prof que je lui fais, exprès pour le planter, retranché derrière mes lunettes noires de milliardaire drogué. Gagné : « Fort bien ! C'est un peu fort de gnagna !... Si ça vous fait rire, mon jeune gnagna, vous irez me chercher un billet !... » Ça, ça veut dire : collé. Bisque-bisque...

Je pose mon Afrique Noire, à l'abri de mon sac de classe interposé, je retiens mes années de soleil pourries-gâtées : restent mon lycée et mon Zingaro. Un nouveau jour de rage à tuer.

HENRI-IV

QUAI Henri-IV, gare de l'Arsenal, square Galli, place Mazas... Psst ! Zingaro s'était rempli les poches de caillasses, au hasard de nos déambulations frauduleuses, je me demandais ce qu'il pouvait encore bien maquiller (« Ta gueule-ta gueule, hé-hé-hé ! etc. — D'accord, j'en parlerai à mon cheval ») ; arrivés au pont d'Austerlitz quasiment, on pénètre. Sans tickets.

Quai de la Rapée nous avale. Le Métropolitain. Grand repaire de marteaux et de traîne-lattes, le métro : « Ta gueule ! Y'a qu'à voir ces tronches de petits pourris » m'explique Zingaro, qui s'y connaissait. Cahots, lumières : nous voici à l'air sur les rails. Merveilleux... Suspendus dans la ferraille avec le train lancé. Une idée brutale, préméditée, vient à Zingaro, expert : il ouvre les portes en force, l'air siffle, il produit sa cueillette de cailloux, zzzacck il tire. Bliiing, l'écho : il l'a fait. Droit sur ce qui se présente, de là-haut. Dans les vitres des immeubles qui passent. Zzamm ! Il est cinglé, c'est prouvé à présent. Mais quelles trouvailles. Il vise à peine, fllack ! Une touche au premier : verre en miettes... A moi, à moi. Je l'imite, c'est un bon maître de jeux : sur les péniches, là. Vlan... Trop tard. Sur les bagnoles le long de la voie : vas-y ! Qu'est-ce que c'est marrant. On est déjà à Austerlitz : on repart, on retourne, rebelote. Ça y va : fenêtres, entrepôts, toits, voitures, bling-blang ! Juste en débouchant sur

Saint-Marcel, avant de redisparaître dans le tunnel — Zingaro a l'habitude —, schlak : il place une cible dans le mille. Pulvérisée.

On arrivait déjà, le wagon protestait. On se presse pour nous bloquer, Zingaro se débat comme un beau diable en vitupérant, fait des signes orduriers par-dessus le marché : « Tas de mafiatés pourris ! », en me tirant : « Ta gueule-Ta gueule », et taïaut : disparus.

C'était tout pour ce jour-là. Entre un casse de distributeur de cachous à coups de pied dans les carreaux (Hooûûûûû !) et une grimace inadmissiblement obscène à un usager s'éloignant derrière la vitre d'un wagon. Le jour suivant ou le surlendemain, c'était une nouvelle invention phénoménale, toujours dans le métro : il s'agissait de traverser Odéon d'un quai à l'autre, en sautant sur la voie ferrée, devant tout le monde. Drôle. Ou mieux encore : de remonter toute la longueur de la station Cité, entre deux passages de rame. Beaucoup plus intelligent : « Ta gueule, t'es pas cap ? il proposait. Tu te dégonfles, ta gueule-ta gueule ! » Autrement dit, c'était lui-même qui trouillait à zéro. Mais il n'y avait rien de mieux que les foies pour exciter cet auto-sadique maniaque survolté, le rendre maboul ; donc on l'a fait. Obligé. Se laisser tomber, courir sur le mâchefer en rigolant comme des andouilles, lui toujours déhanché comme un chameau, et ressurgir à toutes pompes à l'autre bout du quai, sous les yeux exaspérés des usagers témoins, en faisant exprès battre à la volée le battant jaune grinçant « Danger » (passage interdit au public) : bllaang, nouvelles menaces populacières, nouveaux gestes « Va te faire niquer ! » de l'autre, etc.

Ainsi était Zingaro. Dans Pinocchio, le compère apprenti-bourricot, l'infernal paresseux qui pousse le crétin de bois au vice funeste, aux bonbons, aux manèges et aux oreilles d'âne, Lumignon, c'était lui. Zingaro. Un maître à ne plus jamais penser : Hi-han. Il demandait un renseignement : « J' m'excuse de vous d'mander pardon... », eh-eh-eh, en remerciant en anglais : « Saint Cloud-Paris Match », ah-ha, rigolo, ou : « Arrosoir et persil », fendard, « Combien j'vous dois-d'pied ? », etc. ; il badigeonnait Vulpian au gros feutre, impasse Antoine Dubois, spoliait Montaigne devant la Sorbonne, square Paul Painlevé, renversait une poubelle rue Garancière, dégonflait un pneu de moto ; au Jardin des Plantes, il jetait des pierres aux babouins qui se branlaient en leur visant « les couilles », et des cibiches allumées aux animaux enragés des bassins ; il explorait les oubliettes interdites d'H.-IV, en double sous-sol superposé, perdu au milieu des nefs de Saint-Pierre et Saint-Paul enterrés, frappant un pion dans le noir (gros scandale !) ; ou bien il visitait frauduleusement les dortoirs ; n'importe... toujours pour les mêmes raisons et de la même façon : nuire. En ricanant comme un timbré, à toute blinde, en douce, tout en souplesse. Chaque jour si possible, chaque heure, chaque seconde. Au lycée, à l'École polytechnique de Navarre toute proche, rue Descartes, d'où l'on voyait le donjon en surplomb veiller, à l'ombre de Saint-Étienne, plus bas vers Austerlitz, via « Clovis qui dévisse », ou plus loin, pareil : bousiller. Tordre quelque chose. Casser.

Peu à peu, justement, on avait mis la pédale douce, sorti du vol, au lycée même. On risquait de se ratatiner vite fait autrement. A force de chercher tant de noises tout le temps... Il avait fallu restreindre les débordements internes, s'en tenir à la fauche de luxe un point c'est tout, et pour le vandalisme, étendre la sphère d'influence désastreuse en quittant l'enceinte d'H.-IV pour le champ d'action inépuisable et tellement plus tranquille des arrondissements voisins. Les IIIe, IVe, V^e^, VIe...

Luxembourg, Hôtel-de-Ville, Temple. Paris gargouille — l'ennuyé cornu fameux de Notre-Dame, regard dans le vague et menton dans les mains, accoudé à la Seine lasse : portrait du lycéen —, Paris lutin.

« Les pertes américaines pendant la semaine du 4 au 11 mai, au cours de laquelle le FNL a déclenché sa deuxième offensive générale, se sont élevées à 562 tués et 2 225 blessés. De son côté, le FNL aurait eu, pendant la même période, 3 332 tués. »

Le quartier Latin, on y voyoutait bien depuis le début, mais à petites doses. Le lycée nous cannait déjà. Rien que pour tenir le rythme. Quand c'est devenu plus coriace à Henri-IV, on a pu consacrer plus de temps à l'exploitation des ressources du quartier. En commençant par brimer systématiquement les boîtes aux lettres. Dans les grandes artères d'abord et dans les petites ruelles ensuite. On se donnait de ces joies, à défoncer les précieux écrins. Il fallait lever bien haut le pied et là, plaf, canarder. Ou alors charcler dur du coude : vvrang. Puissant. Mais le mieux, encore, c'était d'arracher sans pitié. Tout le merdier. A deux mains, quatre si besoin. Ou bien de foutre direct, dans les monceaux de courrier, de ces pratiques et éternels pétards à frottoir : Tarzan, Danger. Ça provoquait des raffuts intéressants et les urnes enflaient, avec des panses rebondies, un vrai plaisir. Le courrier, dans ces cas-là, évidemment, il barrait en confettis fumants. Baaaoouum. N'importe où : fentes et trous il fallait qu'il gicle, pulvérisé. Baa-doomm, ça faisait. Zingaro serrait les dents. Et aussi sec, la boîte prenait de l'estomac. Fichue technique. Le proprio n'avait plus qu'à en changer.

Souvent, du choc contenu, la serrure maigrelette claquait, ferrailles et vis. Bling-blang. Distordue. Quand ça boumait, un détail : il fallait faire vinaigre. Surtout ne pas moisir dans le passage. Les concierges nous auraient ceinturés. Voilà pourquoi on hésitait plutôt, malgré les grandes satisfactions à la clef, à recourir aux pétarades. Ça nous gâchait un peu notre jeu, de devoir filocher sans apprécier. A la main, ou au pied, c'était moins spectaculaire, mais plus efficace. D'ailleurs ça en jetait quand même, avec un certain style, les panards dans la tôle délicate. Et les boîtes nous faisaient plus d'usage de cette façon, avant de tomber par terre dégommées.

Les boîtes à lettres, c'était un aspect très localisé. Il y avait tant à faire, autrement. Mais avec les mêmes problèmes humains toujours, mêmes menaces autour. Mainte fois, tout faillit mal tourner, à cause de la qualité lamentable du matériel qu'on utilisait...

Ça se tenait dans un hall cossu, rue des Écoles. On avait repéré une potiche fortiche. Énorme. Qui ne demandait qu'à dégringoler avec fracas, subodorait-on. Si elle ne pesait pas ses trente kilos de terre, cuite et autre, en altitude, cette courge posée sur le bas de la rampe d'escalier, c'était bien le diable.

On se ramène. Silencieux. Brigands. Mal intentionnés. A quelques mètres de la loge des concierges. Dans un renfoncement. Point de bruit. Lupins lapins. On place un mastar pétard — Pirate à mèche gros module — sous le pot vert pansu en coin, on met le feu aux poudres. Et on barre. 1... 2... 3... ! 4. 5. 6. 7 ? 8 ? 9... 10 ! 30 !... Ho ! Eh ! 50... Que dalle. Rien.

Merde. On retourne — précautionneusement, des fois que ça péterait à retardement — et on trouve le pétard cramé. Soufflé de l'intérieur. Cochonnerie. Ah, on grogne : « Saleté de marchandise. Contrebande » et on remet ça. Avec un pétard neuf. Mêmes préparatifs, même attente, même bide. Zut ! J'avance l'hypothèse que le poids de la poterie de mes bottes, trop important, empêchait peut-être la détente ? Qu'il fallait déplacer la masse. Ce qu'on fait un peu. Et re-four. La honte. Et re-merderie... Là, on s'énerve. Franchement.

On te fout la marmite sur le bord — tellement sur le bord de la pomme de rampe, qu'il aurait suffi de tousser sur le plancher, pour faire tout tomber... — et on y re-re-refout un pétard à la con. Bide et bide et rebide. On perdait du temps et cette résistance aussi incroyable des choses ne nous plaisait qu'à demi. Foutre ! Ça allait pétarader un peu la mort, nom d'un putain de bordel de dieu. Et que je t'y fous un pacson entier de dix pétardos, calés juste au bout, sous la potiche prête à s'effondrer sans qu'on y demande rien, et vas-y que je te fais flamber tout ça. Feu-feu-feu. Une méchouille bricolée à ne pas croire de longueur : qu'on puisse se sauver. On s'écarte, allez. On guette à la porte. Les doigts dans les oreilles... Rien.

On avait l'impression d'avoir attendu, et attendu, des heures... Je rentre. Zingaro suit. Un locataire arrivait derrière, son attaché-case à la main. Au moment où je débouche tranquillos sur le pas de porte du rez-de-chaussée, j'avise la catastrophe imminente : un balourd rougeaud descendait l'escalier, l'ascenseur arrivait, la concierge débloquait son verrou pour voir à voir, et la mèche crachait enfin tout ce qu'elle pouvait d'étincelles... Ça cramait fort. Si fort même et si près de la poudrière, qu'avant que j'aie pu dire à Zingaro de tailler, tout a tonné. Foudroyant. Une détonation sélect, là. A n'en plus finir : véhémente et répétée. Ça a commencé, vachement sourd et retentissant, par en haut, en secouant enfin la jarre hippopotamesque, qui est allée en douceur se fracasser sur les dalles sonores (Ah ! tout de même...). Et ça a continué par terre avec l'explosion, coup sur coup en rafale, des munitions qui restaient dans la charge. Ça n'arrêtait plus : baoummm, blammmm, boouuheuum. Le potin que ça faisait...

Et nous, dans ce désordre, secoués par l'absurdité de l'entreprise, soûlés de bruit, affolés par les conséquences possibles de la déprédation surprise, il ne nous restait plus qu'à bousculer violemment le mec en imper mastic qui bloquait l'entrée, à forcer le passage à la charge — buffle —, pour prendre la tangente poursuivis par la concierge, pendant que les locataires appelaient à l'aide, et nous perdre — ordre de dispersion : rentrez chez vous ! — dans la jungle Saint-Michel en pleine pagaille de cinq heures du soir, au milieu des embouteillages et de la foule morte, avec des sursauts de panique et des éclats de rire forcés.

La plupart du temps, quand même, c'était de la routine, les expéditions de sabotage, en grand comme en petit. On en avait surtout après le matériel de luxe : les tapis rouge et or, dans les appartes de l'île Saint-Louis, les barres de cuivre des tapis, tout ça n'offrait pas beaucoup de résistance. Il suffisait d'un rien d'énergie, un coup de pouce, de pompe, pour tout fiche en l'air. On avait droit à des contrôles, à l'entrée : « Ouchqué vous jalle ? Con' cha ? M'jios ? » Alors, au pied levé, l'air concon sans forcer, on demandait un nom bidon à la bignole sourcilleuse en lui servant des salades : « Qu'on venait voir, s'il vous plaît madame, un camarade de classe qui nous avait invités à un goûter d'anniversaire, merci » —

ce genre-là. Médiocre. Salopards de portos. Et là-dessus, grimpés aux combles, disparus aux étages, on s'y mettait. Littéralement d'arrache-pied.

On arrachait, on déshabillait les escaliers briqués, on défonçait quand on le pouvait les rampes fragiles d'escalier, décollait les vignettes d'identité, flanquait les paillassons dans le vide-ordures ou par les fenêtres de service, dévissait les sonnettes, on bourrait les serrures de chewing-gum, on encrait les œilletons, on décrochait les plaques professionnelles : *M. Nestor. Dentiste.* Ça ne pouvait que mal se terminer, bien sûr.

Un jour, on avait traîné dans un de ces immeubles, assez soignés, juste au coin du boulevard Saint-Germain. On allait partir, toutes ces petites affaires faites et cessantes, Zingaro avise une plaque de médecin. Pédicure, je crois, ou manucure. Pompeux, en tout cas. Marbre et tralalas, chochotte guilloché, verre et métal ; du riche, extra, bien arrogant. Zingaro y met la pogne, direct. S'attaque à l'affaire. Je l'aide un moment, vingt doigts agrippés : criccc. Le panneau bouge mais sans décoller vraiment, tout à fait, du mur. Zut. Moi, j'en avais ma claque. Je dis : « Allez. Viens, va » et je laisse tout là, j'émigre, direction la rue : oh, ras le bol. Je m'en vais. J'en avais assez, pour aujourd'hui, de tout péter : « Allez. Zingaro », je dis, « Laisse tomber. » Il m'a écouté...

Juste comme je disais ça, ce con déracine enfin le cadre. Raoummmm. Juste ce qu'il voulait. Mais c'était tellement lourd, ce bordel, que Zingaro n'a pas du tout pu le retenir... Il est parti comme ça, un peu en arrière, avec la double masse descellée du verre et du marbre épais plaquée sur le torse, plié, ahanant, cassé en deux... Et puis d'un sursaut de reins, il est parti en avant en faisant : « Ahoumf » d'une voix bizarre, suffoqué. Et pour finir, ses cannes, ses bras, sa colonne, tout a flanché. Il a lâché la plaque. Inutile de préciser que ça a produit un certain tohu-bohu. Cette saleté de poids mort qui éclatait sur le ciment de l'entrée. Surtout juste devant la loge du concierge. Non, *la* concierge.

Elle bondit ! Douillette-rouleaux. Furie ! On n'avait pas eu le temps de réagir. Moi encore, j'étais déjà dehors, sur le pas de la porte. Lui, Zingaro, il avait manqué de présence d'esprit. La dégringolade de la plaque, pas prévue du tout, avait dû par surcroît un peu l'humilier. La concierge l'a bloqué par sa veste : « Ah ! mais ! on va voir ça ! P'tits voyous ! » Et lui : « Ta gueule ! Ta gueule ! » Je l'entendais qui protestait, essayant de se dégager des griffes de la harpie en bigoudis. Et puis, boum. Voilà. « Tiens », il vocifère : il lui tire un vieux coup de godillot dans le tibia. Elle s'écrie. Il s'échappe. L'éclair. Pour se prendre les écrase-merde dans le paillasson de l'entrée. Ce qui fait qu'il a surgi en perte d'équilibre, littéralement enlevé du sol en vol plané, au-dehors, dans le flot des passants stupéfaits. Avant de se ramasser — blamm ! — violemment, sur le macadam. Où il s'est retrouvé ahuri, les yeux comme des soucoupes, genoux et mains dans la poussière, deux secondes sans reprendre ses esprits, au moment où les barrissements de la concierge maltraitée commençaient à suivre : « Il m'a frappée. Il m'a frappée. Voyou. Arrêtez-le. » Houlà, elle en faisait, un tapage. Elle vagissait comme une perdue. Appelait des témoins pour montrer le gâchis, faire voir ses péronés. Et puis — Ahhh ! Là ! Lui ! : elle a foncé sur Zingaro repéré, pour le frapper avec ses mules en angora rose. A l'instant où il se relevait, fou, les cheveux hérissés sur la tête...

Il a pris juste à temps ses jambes à son cou, ce qui ne lui était pas bien difficile vu sa très étrange constitution d'anormal, comme disloquée, et il s'est proprement dispersé dans la cohue. « P'tite punaise ! Voyou ! » Tandis que moi, tout près de là, à moitié assis sur un banc — prêt à les mettre à la première alerte —, j'assistais à l'arrivée de la police, à l'attroupement inévitable et aux premières dépositions — effarantes — des témoins.

Dont la concierge. Qui parlait « d'une bande » et qui inventait des signalements, des tailles, des signes particuliers : « Celui qui a fait sauter la plaque... A coups de barre ! Oui, grand, fort !... je dirais. Oh, j'ai l'œil, z'en faites pas ! P'tit voyou ! Je le reconnaîtrais... Il m'a frappée, monsieur. Une femme ! Ils étaient plusieurs, d'ailleurs... » Je rigolais. En pendant à ce mal fichu de Zingaro : « Très fort » — tu parles... L'énergie qu'il était capable tout de même de déployer, avec ou sans moi, pour faire autant de carnage partout : dans le fond ce portrait de la concierge, si abracadabrant, était très symbolique. C'est vrai qu'il était multiple, pullulant, monstrueusement imprévisible, à bien des égards extraordinaire, cet avorton de truand tragique. C'est vrai qu'il était prodigieux dans son genre, gouape débile, ce Zingaro de malheur.

Dans le vandalisme, ce qui nous intéressait encore le plus, c'était souvent les ascenseurs. Il y avait là un appât. Différent... Un attrait bien supérieur. Vite, le détail. C'était uniquement les vieux qui nous attiraient. Les neufs, dernier cri, boîtes en fer, très peu pour nous. Alors que certains vestiges d'avant-guerre, troisième âge de l'univers ascendant, avaient un style incomparable : il faut dire ce qui est. On n'y résistait pas. Les tapis, barres de moquettes à escalier, sonnettes même, plaques professionnelles, parlophones, boîtes à lettres, bien sûr, c'est amusant, mais ce n'était pas ça. Alors que les ascenseurs, voilà autre chose. Du vrai joujou, du bonbon. Si patiné, craquant, ouvragé. Ça bouge, vit : portes, volets, mécanismes magiques. Parties précieuses, ressorts, rideaux bruissants, fragilités, vieilles limousines étranges...

On leur foutait les tapis de sol d'habillage dehors, par-dessus bord d'entrée — un minimum : zim dans le trou de descente. Mais après, surtout, la grande affaire — l'œuvre naissait là —, c'était de construire un sabotage spécifique avec les rouages complexes de la machine.

On commençait par monter tout en haut. Cinquième... Avec des poubelles pleines à ras bord d'ordures ménagères courantes. Le temps pour un des deux de grimper encore, par-dessus les grilles, pour poser les poubelles en équilibre sur la boîte d'ascenseur, à l'extrême rebord extérieur de l'engin : on repousse doucement les portes... on débloque l'ensemble. Et aussitôt après, dispersion. Taïaut, taïaut. Décarrer à toute vitesse. Avant qu'on ne soit redescendus, un gazier pouvait appeler. A tout instant. C'était le grand risque. Il fallait bourrer à mort pour devancer la fortune, la fatalité électrique.

Quand on était vernis, on y arrivait. On débouchait au rez-de-chaussée peinards. On se planquait alors dans un coin. A attendre qu'un papy, une mémé chien-chien, une bonne femme à landau se pointent. La rigolade démarrait quand ils posaient le pied sur le pas de la porte. On prévoyait... Un doigt appuyait sur le bouton, on devinait comme une hésitation... dans les hauteurs. Et soudain, sans prévenir : l'avalanche... Déchaînements de tintamarres en altitude qui mettaient une éternité à venir se concrétiser (bouteilles, boîtes de raviolis, couches-culottes, épluchures) en épandages saugrenus dans l'entresol aux pieds de la victime. On se taillait là. Dans tous les cas. C'était dernière limite. Si l'on voulait pouvoir recommencer les mêmes conneries le lendemain, ou tout à l'heure : on parvenait à en accumuler deux, trois par après-midi, comme ça, sans se lasser. Il y avait le temps de mise en scène, à chaque fois, et puis les impondérables. Mais au bout, vraiment, quelles récompenses. Et sans avoir forcément toujours recours à des tierces personnes victimes du hasard : on s'amusait bien aussi tout seuls. Quand, par exemple, on dégotait carrément à la porte du lycée, au 1, au 5 rue Clotilde, ou dans un vieux coin de la Cité, une de ces mécaniques mathusalems invraisemblables. Pleines de tuyaux, chaînes, câbles en pendentif.

On démarrait en cassant les portières, bois et grilles, artistement ouvrées, gnama-gnamas d'ébénisterie ajourées exquises. Ensuite, rituellement, il fallait faire sauter l'ascenseur à peu près à mi-course. Une fois la cage immobilisée, sérieuse et digne dame de 1903 posée au deuxième étage, en passant le bras à travers les grilles, froissées déjà si l'on avait pu, il fallait attraper, délicatement, les fils qui pendouillaient, et puis — surtout sans forcer, soigneusement — tirer à soi. Quand on avait ramassé tout ce qui traînait, il convenait d'attacher ça, par le nœud marin adéquat, à telle partie saillante et cornue du décor : la poignée de porte d'ascenseur extérieure du deuxième, mettons, faute de mieux. Ensuite, quitter l'azur, revenir sur terre. Toujours le même topo. Et une fois assurés nos arrières, appeler le bazar. A moins qu'un locataire survenu sur ces entrefaites ne s'offrît à tenir cette partie du scénario à notre place...

Ici, de deux choses l'une. L'appareil commençait par ronronner posément, glissait comme dans de l'huile, et d'un coup, premier accroc. Ah ? Ça se mettait à gripper, plus ou moins bruyamment, dans les jointures, les articulations rouillées, poulies, engrenages fatigués. Jusqu'à ce que... Pfff... Tout bloque net. Ou bien, ses pauvres résistances brisées avec les câbles de sécurité, l'ascenseur violenté lâchait la rampe, chutant avec une plainte molle, sorte de bredouillis de locomotive essoufflée qui venait expirer devant la porte du rez-de-chaussée.

Tout n'allait pas toujours tout seul, évidemment. Et il arriva (refrain) que cela se passe très mal. Avec beaucoup de tapage, cris, poursuites vulgaires habituelles pour rien, voire sonnerie d'alarme... Cette nullité à quoi tournaient la plupart des épisodes ascendants — comme des autres entreprises en général — était une raison supplémentaire, paradoxale, de ravissement. L'œuvre de destruction un peu vertigineuse ainsi appréciée de auditu et de visu, voire certifiée par l'échec, c'est-à-dire les protestations, menaces, etc., on pouvait enfin se juger quittes. Et, sans même prendre le temps de rire, jaillir de l'immeuble saccagé vers le métro du salut, poursuivis pour la énième fois par les hurlements des honnêtes gens prévenus, les aboiements furieux des roquets des concierges.

Ou l'indifférence générale.

« Huit oléoducs ont explosé à la suite d'un sabotage commis aux premières heures de la matinée de mardi aux environs de Barcelone (capitale de l'État d'Anzoatequi). Les dégâts sont évalués officieusement à trois cent mille dollars. »

A LA baraque, ce durant, ça ne s'arrangeait pas. Ça se faisait même, on peut dire, de plus en plus ingrat. Douloureux, enfumé, pénible sclérose casanière. Aigre, rance...

Description : la mémère martyre qui tournait en rond. Qui allait de vertiges chochotte en évanouissements princesse (sans compter ses lumbagos, mon Dieu : ses épaules prises, son cou froissé). La duchesse qui avait ses humeurs et ses brumes, à longueur de jours ternes, rue Marie Debos.

Décor : Malakoff l'ignoble. Près porte d'Orléans, le Lion en plein cirage spleen, dont un roman policier apporté au lycée par un copain (le crétin aux « nu-pieds » dans la neige, à qui j'avais eu le malheur de me confier trois secondes) disait : « Au loin, les fumées d'usine de Montrouge salissaient le ciel. »

Portrait : le pépère qui se tassait, de pire en pire. Partant de la caisse et de la face et du mental. Le croulant tournant bouillie de corps et de cervelle, eau de boudin, noir. Qui s'effilochait. Perdait la vie. Le goût de tout — qu'il n'avait jamais eu. Dégoulinade. Clopes, café, gamberge, angoisse, ennui, bureau, mollards dans le mouchoir, jambes croisées, clopes, etc. Le vioque fêlé. Rongé par l'existence. De soucis sombres, déceptions folles, stress ahurissants, découragements concertés, qu'on lui faisait, soi-disant. Ce bagne invivable de paternité qu'on lui infligeait, paraissait-il. Incroyable. Tous deux fils cruels, vicieux, malfaisants à mort. Moi surtout... « Ooooh ! Mais vous voulez tous me tuer ! » C'est ça, mon pote. Soi-disant tué... Mais en fait rongé par lui-même uniquement. Exclusivement miné par son moi douloureux et inlassable d'égocentrique abîmé dans la contemplation morbide de son désastre intérieur, noyé dans sa mélancolie vertigineuse. Couleur de fond d'encrier. Tué d'auto-dégoûtation ulcérée, goutte à goutte. Comme il l'avait toujours été : pathologiquement préoccupé de soi seul. A l'exclusion de quoi que ce fût d'autre, de vivant. Dans sa tête naguère vaguement imaginative désormais emplie à craquer du seul et unique souci, bien ancré, de souffrir, encore et encore : crr-crr-crr. Et dans son corps avachi, caverneux, distordu, cicatrisé, agité de même par les uniques petits rituels de son existence égomaniaquement terrifiée d'anxieux perpétuel à la poursuite immobile du « calme apparent ». En quête du plat — juste pour ce qu'il suit toujours, ou précède, les tempêtes. Creux et montagnes — mais toujours au fond de dés à coudre névrosés : soucis de longueur d'ongles ou de cheveux et de plis du sourcil ou de l'écriture. Catastrophe d'inutilité et de petitesse horizontale.

Non, ça n'allait pas du tout mieux, à la maison. Préfiguration d'enfer cloaqueux à plafonds bas : carie conviviale, air vicié et rapports incestueux. Chambres de morts lentes. Toutes les familles sont ainsi. A détruire. Sans faire le détail, surtout. A

appelant en contre-attaques automatiques nos sempiternels et décourageants « Oaah. Pfff... Laissez-nous un peu tranquilles... Mais non... Ha-là-là !... Pourquoi est-ce qu'il faudrait toujours parler ?... » et autres gracieusetés réfrigérantes. Qui donnaient par contrecoup immédiat, déjà plus vif, surenchère aux vexations aidant, les fatals « (Groooos yeux) Tu saiiiis ! », les offuscations (« Mais enfin ! Vous ne savez qu'aboyer ! »), les insultes (« Mais bon sang : qu'est-ce qu'on a donc fait au bon dieu ? »). Lesquelles nouvelles crétineries à cran débouchaient imparablement sur leur complément insolent, inconsciemment attendu en somme par tout le monde comme une libération hystérique, depuis le début : les vomissements d'insanités debout, les imprécations en jetant la serviette, les « J'ai pas demandé la vie, non ! ? » faiblards, les plus subtilement cruels : « J'ai honte de vous ! » et autres « J'ai honte de vivre ! Voilà ! » Et les menaces ultimes pures et simples : « Je vous tuerai ! Je vous tuerai ! » en conclusion, quand, évidemment, en bout de course, les claques-coups de nerf de ces deux débris frustrés, emmêlés dans leurs bras, coudes, cheveux et verres renversés, au-dessus de ma tête coupable rentrée ou de celle de Jean-Marien, finissaient par voler...

Non vraiment, rien n'allait jamais plus à la baraque. Rien ne passait, rien à déclarer, rien à garder. En grattant, sous les « Qu'est-ce que vous vouleeeez, à la fin ? Maiiiiis qu'est-ce que vous cherchez ? ! ! ! », certaines circonstances atténuantes sûrement... Et même, en forçant le trait, sous les caricatures, de ces petits charmes individuels obligés à l'occasion : sourires rattrapés, tendresses odieuses, vagues complicités (par exemple en regardant *les Shadoks* ou *le Manège enchanté* à la télé — beerk !), des mièvreries de saison, agréments — qui n'en a pas ! —, dans le détail, bien sûr... Mais un de ces pataquès, non, décidément, sur la longueur et quantité. Mouron d'une noirceur : beuhhh.

Une belle ronde de nuit des cadavres. « Minuit, braves gens, dormez, agonisez... » Dîner après-dîner. Chiens de faïence, notes, cuisine de mémère médiocre au diapason, colles et engueulades glacées : une compo merdée, une fugue de mon frère, quinze jours absent du lycée... trois cent soixante-cinq fumisteries lugubres pour combler les heures et autant de conflits larvaires pour combler les silences bornés. Un vide d'intelligence. Complet. Tout à trac et à côté. Carence de partage, d'intérêt à plus d'un, d'attentions, de compréhension, totale. Le barrage en bloc contre le bouillon glaireux du souper, et juste le trou noir de la fosse commune, immédiatement, comme ciment de détestation paranoïaque, pour nous lier.

Les rares fois où il aurait fallu y mettre du sien, plus personne, jamais. Ni dans un sens (le nôtre ? Et puis quoi encore ?), ni dans l'autre (« Rentrez chez vous. Rentrez chez vous. C'est fermé »). Bref, rien pour se réchauffer — surtout pas le foyer ; nulle part où se planquer — surtout pas la baraque, fissurée ; personne à qui se « confier » dans la mouise — surtout pas ces surflics au logis sans légitimité ; rien à espérer.

Non, indiscutablement, les choses n'allaient pas pour le mieux, sorti du mortel H.-IV ; moins que jamais, si possible. Tous les jours que le mauvais dieu a faits, on les accumulait, comme par un fait exprès ; chaque jour la ration de tuiles tombait. A en perdre le nord, par phases critiques, tellement ça dégringolait. Et sans jamais une seconde l'occasion de se disculper quand le mauvais sort, objectivement, par exception, une fois sur trois, s'en était mêlé. Accusé... Condamné.

J'étais assis, dans le bus Orléans-Denfert bondé, je somnolais frileusement... Ding-ding, régulièrement la chevillette du contrôleur marquait les arrêts... Quand soudain, dérangeant ma torpeur juvénile, un vague remue-ménage : « ... mais ce jeune homme va certainement se faire un plaisir de vous céder sa place ». Aïe. Emmerdeur. Coup d'œil en douce. Cette espèce de marsouin à la nuque rasée militaire s'adresse manifestement à moi. Pour faire l'intéressant auprès de cette dame de quarante ans qui pouvait fort bien rester debout, putain. Qu'est-ce que ça veut dire ?!... Faisons le gros dos... « Levez-vous, monsieur, que cette dame puisse s'asseoir ! » Non mais pour qui se prend ce crétin des Carpates. C'est qu'il m'intimerait l'ordre d'obéir. Il se croit à la caserne, ce connard, ou quoi ? Ça y est : je sens les ennuis venir à grands pas. La panade. Comme si la maison, les grises mines de mon père, de ma mère, mes tarés de profs, ne suffisaient pas. Je fais le mort, je n'y suis pour personne, pschttt...

« Hé, là ! » : l'homme aux cheveux ras insiste grossièrement maintenant ; il me touche fermement l'épaule : « Allons, pressons ! Debout ! » Réponse cinglante cette fois : « Oh-ho ! quand j'aurai besoin de vous, je vous sonnerai, hein ! » Hou là-là, qu'est-ce que je n'ai pas dit ?... Outrage, sacrilège, lèse-majesté. Atteinte aux amortis : « C'est un scandale ! Un véritable scandale ! » vocifère le con tondu. « Hein ? Comment ? ! » surenchérit la dame suffoquée. Et tout le bus, unanimement ulcéré avec lui, de protester. Il faut faire quelque chose. C'est inouï, ce toupet. Une telle arrogance. Quel sans-gêne... Moi (allez tous vous faire...) : geste de tout envoyer paître par-dessus mon épaule, grommellements, soupirs insolents.

Ça a très mal tourné : le contrôleur, totalement fou, gagné par l'hystérie collective, s'est rué sur moi sous la pression populacière. Houspillé, cerné, j'ai dû céder aux menaces, aux vociférations de cette assemblée roulante de dingues rouges, sinistres à cravate bringuebalants prêts à tuer comme on collabore, j'ai dû, contraint et forcé, quitter mon siège — d'ailleurs, j'arrivais bientôt —, en pestant comme un chien, molesté, pour que la dadame s'y assît.

Mais finalement, ça ne suffisait plus à ce tribunal improvisé : il fallait désormais que le sang coule, que justice soit faite, un vrai lynch, que je paye le prix de ma révolte de faible, bon dieu de bonsoir. Au moment où j'allais descendre, irrité, stop ! Incroyablement stupide et illégal, l'enculé de contrôleur, avec l'aide de la raclure de pot de pus de militaire rasibus, me bloquait — de force — à l'arrière du bus : « Vous ! Restez là, vous ! Vous allez voir ça, un peu ! — Mais ?... — Vous ne bougez pas. Ça ne va pas se passer comme ça ! », etc.

Conduit au dépôt (mais si !) sous bonne escorte, confronté à une dizaine de miteux à visière, sommé de décliner dix fois mon identité comme un criminel, pour une raison supérieure « terrible » qu'on se refusait à m'expliquer (et qui se résumait implicitement à celle-ci : « a répondu à un vieux schnoque »), menacé du pire (amende, garde à vue, commissariat, dépôt), averti solennellement, à titre de faveur, de je ne sais quel autre châtiment en cas de « récidive » (récidive de quoi ?), j'ai perdu l'après-midi entière à expier mon crime de non-civilité servile, à subir des heures durant le caprice de cette bande d'ivrognes et de frustrés à uniforme lustré, me demandant comment une telle aberration était possible...

Quand ils ont fini par me relâcher, de guerre lasse, à la porte des bâtiments poisseux du dépôt, porte d'Orléans, j'en chialais. De fureur et de cafard. Je les aurais tués, bordel. SS-RATP. De leur injustice crapuleuse, de leurs mines rosettes indignées, de leurs remontrances si suffisantes et abus de pouvoirs usurpés. Je les aurais exterminés. Salopards de cancrelats factionnaires et de feignasses de service public planqués. Complot de punaises de fond de tiroirs écrasées. Cabale de casquettes moites et de nuques de gorets ; je les aurais massacrés...

Au lycée, suite prévisible des événements : crac, collé, deux heures. L'enculé de prof de dessin, Mollard « l'huître humaine » : « Ti ries ? Ti as raison... » — « Mais puisque je... » Et l'administration : « Quatre heures de retenue. Pour absence injustifiée ; sans même relever votre inqualifiable impolitesse. Je me demande quelle sorte de parents vous avez ! Pour tolérer blablabla... », etc. D'où rebondissements en chaîne, jusqu'à la fin du circuit ; dîner, maison : « J'ai quatre heures de gnagna pour dimanche aussi, mais je vais vous gnagna, c'est complètement injuste : voilà... Je gnagna — vous allez comprendre tout de suite — prenais le bus et... »

Mines sceptiques, suspicion à priori, empilement d'humiliation : Mmmmouais... il n'y avait pas de fumée sans feu... Et on n'emmenait « tout de même » pas les gens au dépôt comme ça, sur un coup de tête, voyons ! — « Mais, je vous... » — Tsst, tsst. Donc, taratata : il ne fallait pas leur raconter d'histoires quand même, « écoute. Enfin, ce n'est pas à nous que tu vas faire croire, toi, que... »

Conclusion : engueulades, insolences senties, dessert écourté, gifle frôlée, porte de chambre claquée ; le bazar habituel...

Bousillage de vie. Refrain d'ordure domestique à la petite semaine, relents de misère inadmissibles, abomination farouche de l'âge adulte et des « miens ». A mort.

La sérénade des horreurs pépères se déroulait ainsi, au rythme des saisons, rabâchée, sans pause ni paix. Quand ce n'était pas les familiers présents, piapia, gnagna, miamian, gnangnan, c'étaient les ombres : de souvenirs d'odeurs de « chez grand-mère », vieux linge sale mal rincé, relents, nausées... de « quand on était petits » : les Anciens.

Après tout, c'étaient les racines mêmes de ce malheur à domicile, de cette haine incrustée... Qu'est-ce que j'étais content, qu'ils soient bien morts, tous, claqués comme des morbaques, bouffés aux asticots. Toutes et tous — et moi avec bientôt, allez, sans discuter. J'en rêvais. Tout ça nettoyé : ancêtres, descendants, reliquats, survivants de vieillesse remâchée, à coups de hache dans la figure, au couteau, au lit, au poison. Retué. La famille entière suicidée, trucidée, morte et enterrée : je tenais les registres de décès.

Une dont je me souvenais bien, en particulier, à qui je gardais un joli chien de ma chienne, tiens, c'était « Mamie ». Courtilière, sorcière au brou de noix, vieille salope de potager. C'était la dernière du quarté des grands-parents rectifiés.

Son mari, Raymond, avait été le n° 2 de la série (derrière l'espérantiste auvergnat paternel). Lui, le grand-papa maternel, l'homme rugueux aux doigts jaunis par les Baltos et à la Frégate verte, c'était plutôt un « manuel » : pompiste — on s'en fout. Crevé à Massy-Palaiseau, 57, en pleine guerre perdue d'Algérie — où était née ma bique de mère —, d'un cancer du pancréas, le papé, dans la foulée d'une chute lamentable, paraissait-il, d'un arbre fruitier de son verger campanois. Vlan, ouille, pouic.

Et la grand-mère maternelle donc, Irma, foudroyée postulante n° 4 (juste avant « l'oncle » inaugurant la génération suivante et bien après Alice, la grand-mère maternelle savoyarde — ouf), quatrième chronologique, n'aurait âprement survécu à son prolo d'homme métastasé que pour se faire sur le tard finalement liquider par leur fils Raymond junior. Tuée de tracas par lui.

Assassinat psychique. Après une ou deux vagues tentatives de suicide au gardénal, programmées par cette teigneuse depuis des lustres, kaputt. Les larmes aux yeux. A la fin des années soixante. Morte et enterrée de chagrin et de contrariété maternels. Moins une. Qui la regrette ?

Ah oui, cette grincheuse professionnelle, entre cimetière de Campan (la mémoire de son mari) et gardénias (la vie solitaire), avait ses qualités — comme tout le monde. Mais quelle emmerdeuse diplômée. Quelle sale menteuse, comme sa fille, mythomane diffamatrice ; et quelles doléances à perpétuité dans la contrée : « Ils m'ont tout volé ! Ceci. Mes pruneaux. Mon chocolat. Cela. Ils m'ont tout vidé !... Je suis épuisée. Atchoss ! Je ne sens plus mes poignets, tenez : touchez » tantôt et tantôt : « Pensez-vous !... heum : si je devais attendre après mon "gendre" pour me conduire au marché... » Mesquineries vinaigre de stoppée.

Mamie, comme on l'appelait, était une pure caractérielle. Cheveux gris teints en blanc-bleu, asociale et butée, à demi analphabète, raciste France profonde — sans plus —, radiovore, reader's digestophile, téléphage terre à terre habillée en paysanne endimanchée, solide sur ses pattes de patate humaine et hargneuse. La France. On pourrait la laisser en paix là-dessous ? La pauvre ? Oh mais... doucement ! C'est que cette dame au nom doux, cette chère mamie-là, fut bien méchante à mon endroit. Une sale petite dégueulasserie entêtée de vieille vache, après moi...

Elle avait commencé jeune : quittant ses études à quinze, seize ans, histoire d'emmerder ses parents, contre l'avis de tout le monde, pour se marier peu après avec un monsieur aux mains pleines de cambouis qu'elle révérerait toute sa pauvre vie : le pompiste à moustache blanche, du fameux prunier cancérigène. Allant jusqu'à passer, semble-t-il, pour lui plaire à cet homme, son permis poids lourd.

La mamie vivait solitaire, retranchée au bout d'un sentier. Elle mangeait, vieille, de la saucisse de pays et du « croûton aillé » à dix heures du matin dans sa cuisine et, souffrant (elle le répétait assez) de « diabète » compliqué de « tension », était soumise à un « régime » : sans sel, sans sucre, sans matières grasses. Ce qui ne l'empêchait pas, bien au contraire, de se tailler quand ça lui disait de bonnes tartines de beurre salé pour se caler. Elle avalait ça avec des tasses de café-chicorée bourrées de sucre de canne, dans lesquelles elle ajoutait toujours, la gourmande (c'est elle-même qui disait « gourmande »), une cuillerée bien tassée de crème de lait. Qu'elle mettait de côté quand elle faisait bouillir « le litre » encore tiède, de « chez Denise » (la mongolienne) ou de « chez Pouille » (l'encorné), avec l'anti-monte-lait : cclc-cl-lc-cllc. Berk-berk, la crème, berk la famille, berk toutes ces merdes de radotage, berk mamie ! Mamie Irma avait une manie typique : vouloir à toute force nous faire « lécher » ses cuillères dans lesquelles il restait du miel mêlé de beurre (berk-berk, le miel), ou de la confiote. N'importe : berk, berk.

Elle n'avait d'ailleurs strictement aucun talent de « grand-mère » (petits plats, contes de fées, gâteaux, etc.), aucun de ces charmes surannés attribués aux vraies « mémés », elle donnait plutôt du côté hommasse et brutal. Tout ce qu'elle savait vaguement faire, c'était le « tôt-fait » (berk), et en plus c'était ma marraine. Quelle idiotie : double perte sèche, pour moi. Puisqu'elle me détestait — activement.

C'était bizarre, mais reconnu.

Ma marraine-mamie adorait mon frère aîné, dont elle n'était que la mamie, et m'exécrait, moi son filleul. Du spécial, ça. Sur ses vieux jours, en prime, la décrépitude s'en était mêlée. Elle voulait me gifler, comme sa pourrie de fille — une manie héréditaire, décidément —, à tous propos. Je m'enfuyais dans le verger de son mari mort, et de là, sous l'arbre à reines-claudes assassin, pour la narguer, sans m'en faire, je l'insultais : « Vieille garce, connasse sioniste, mémé, gaga-résidus, arabe, bordel à cul de pompe à merde », etc. Elle finissait par redevenir normale puis c'était autre chose : elle tombait. Pan, vlan. Par terre, sans arrêt. Dans les groseilliers de son potager minable truffé de bêtes venimeuses, dans les tas de cailloux crasseux derrière la maison, au bord de l'Adour, dans le trou à ordures, dans l'escalier, dans les salades ou sur le sentier... Vlan, et vlan.

Enfin — ça commençait à bien faire —, on lui avait découvert une tumeur. Ah, bon. Énorme — c'est elle qui le disait : « Gros comme mon poing... Comme une orange. Comme un petit pamplemousse ! Je ne sens plus mes poignets, etc. » Parlons raisonnablement d'une noisette — voire d'une noix — et ça ira comme ça : c'était largement assez déjà d'une cacahuète pour lui déranger conséquemment la cervelle et lui brouiller les circuits. Un mal expliquant, et excusant, décida-t-on (sans moi), rétrospectivement, ces accès de hargne troublants dont elle m'avait toute sa vie poursuivi. (Mais alors, orange ou pas, pourquoi moi spécialement ?) Toujours est-il que l'agressivité disparut bel et bien lorsqu'on se décida à la trépaner pour lui arracher son infecte « orange » du cerveau.

Tumeur bénigne ; elle survécut comme un chef, plus d'une dizaine d'années, sans trouble aucun, à l'extraction. Il lui en restait, sous ses cheveux blancs un peu frisés, une large dépression osseuse, en volet pariétal proprement découpé et refermé, qu'elle prenait plaisir à faire toucher du doigt, en forçant la main des malheureux visiteurs qui s'y collaient, écœurés par l'étalage. Leur faisant suivre à tâtons sur sa tronche dérangée la « cicatrice » de sa plaie...

Son opération-miracle du cerveau à Toulouse-Purpan (72 ans, tout le monde la donnait séchée) avait retapé notre vieille « mamie » belliqueuse de Saint-Roch. Son fils, la honte de la famille, déshonneur notoire du nom qu'il portait, avec le prénom même de son père, consacré, l'a fait rechuter pour le compte : il a assombri toute la fin de cette vie simplette, de veuve grogneuse plutôt alerte et démerde.

Ce fils, Raymond, junior, dernier mortibus, dans l'ordre de dispersion à l'écran, frère cadet de ma mère, était une belle nullité. Chapeau. Une rengaine de médiocrité.

Enterré vivant en province, chez ces culs-terreux auxquels ma mère avait échappé et avec qui, lui, notre oncle, en fin de compte se confondait, cet homme ressassait les souvenirs cucus, de plus en plus mirobolants au fur et à mesure, de son temps dépassé... L'Occupation et ses petits trafics de BOF sans génie (clopes US, grenades, flingues, rutabagas et chocolat-ersatz) ; deux ou trois petits succès féminins de flandrin ; le jazz, de Sydney Bechet en 78 tours ou de Boris Vian ; et surtout — nec plus ultra du topo — ses soi-disant fulgurations philosophiques adolescentes. Incomprises : « Un génie pour son professeur de philo ! » répétait-il. « Un zéro pour ses copies de bachelier », lui répondait son entourage.

Moyennant quoi ce génie dialectique pécore d'armistice sans diplôme s'est recyclé dans l'esprit *Hara-Kiri* (alors pionnier) et les disques de Salvador

(Minnie, Bouli-Bouli, Zorro), traîné de boulots de bricolo en jobs de démarcheur, instit et compagnie, jusqu'à une quarantaine essoufflée de semi-chomedu permanent, écroulé dans le périmètre qu'il n'avait jamais vraiment quitté : Tarbes, La Mongie, Lourdes, Bagnères. Le terroir, le fumier.

Pendant un certain temps, ses beaux-parents droguistes et sa femme professeur de dessin (« la tigresse »), l'avaient maintenu à flot. Soutenu, surveillé — en surveillant surtout son taux d'alcoolémie. Et puis, d'esclandre en esclandre, de licenciements en cuites, de tonneaux (dans les virages, en Fiat) en tonneaux (de vin), tout le monde, lassé, l'avait laissé tomber. Qu'il se débrouille.

Pour se débrouiller, ce vieux garçonnet minable de quarante ans passés s'était vraiment débrouillé. Comme un chef. En venant s'installer, avec ses chaussons et ses radotages métaphysiques prétentieux, chez sa mère, la miraculeuse trépanée. Beau couple.

Lui se retrouvait là, en rade, assisté, amer, revenu à zéro : sa maison natale. Laid, gros à lard, célibataire plus ou moins divorcé (malgré lui), déchu, sur le fil du chômage, coincé derrière un burlingue anonyme de sous-fifre merdeux dans une quelconque administration perdue de chef-lieu de province. Lui, le Nietzsche de la Libération. Le Kant de la Bigorre. Le Francis Blanche des Coustous... Réduit à sortir le numéro du vieux salingue à rassis pour une ou deux secrétaires-boudins, qu'il appelait « ses minettes » et laissait misérablement supposer qu'il « se tapait ». Trimbalant dans son portefeuille une collec de clichés graveleux déconcertants, pour les montrer, qui plus est, aux serveuses de bar... Comme si ça avait pu présenter le moindre intérêt à leurs yeux de « sauterelles » ou le faire passer une seconde pour ce en quoi il persistait, du fond de son ivrognerie graisseuse et concupiscente, à se rêver : un grand fou séducteur... Grave pitié, honte rouge au front...

Ses vannes, éculées (« En voiture-Simone, Moi-je-conduis-toi-tu-klaxonnes » ou « C'est parti mon kiki »), ses pseudo-spécialités culinaires (le couscous huileux), ses numéros comiques (en découpant le poulet dominical : « Il me résistait, je l'ai assassiné ! »), ses chansons (« *Istamboul Constantinople / Viens ma poule... etc.* »), ses imitations de l'accent petit nègre (« La pon'zoulif ! »), toutes ces grimaces pitoyables, tartignoleries qui nous faisaient bidonner, nous seuls, bon public, enfants, et qui n'amusaient tellement plus personne... Pauvre type, vieux con.

Ma mère avait honte, comme tout le monde — et plus encore. L'existence même de ce frère guignol pétomane, affligé d'un indiscutable accent pécouze bagnérois (Hilll'éputt ! Macaréou !), était comme un remords vivant. Une tache attestant, coûte que coûte, que sa grande sœur, ma mère, peu ou prou était aussi ça : cette odeur de purin tenace, ces racines de basse extraction rendues à elles-mêmes, cette soûlerie d'arrière-pays parlant de pets, de gonzesses et de cul : cet alcoolo. Car il était d'abord, n'était au final, qu'un véritable pochard. Imbibé du matin au soir.

Elle, ma mamie, pour y revenir enfin — chaque mort en son temps —, débusquait régulièrement les provises de son grand garçon soiffard : des cageots de bouteilles de bon picrate « d'avance » qu'il planquait au frais, dans les gravats derrière la maison, plein nord, pour avoir toujours le nécessaire sous la main... Tout en ne lichant jamais une goutte de rouquin devant sa mère et en soutenant mordicus qu'il « ne buvait plus ». Le drogué typique : « Moi ? Jamais ! C'est fini, ça. » Elle, toute seule avec lui, sentait très bien son haleine, le voyait, titubant rubicond, tel qu'il était : fait vingt-quatre heures sur vingt-quatre et bon à rien, abruti immature intoxiquant de sa présence et de ses litanies amères de comptoir ses vieux jours de mère indignée. C'est ça qui l'a couchée, vieille carne détraquée. Son crâne fendu, sa « cicatrice », « son volet », son diabète, ça n'était rien ; même le souvenir de son pompeur de mari déifié, elle s'en accommodait : c'est son fils, le chouchou de ce mari disparu, elle y repensait sans cesse, qui lui cassait la tête. Aïe-aïe-aïe !

Il avait introduit le psychodrame à guichets fermés dans la belle maison familiale isolée, elle devenait cinglée. Elle ne dormait plus, elle se rongeait. Il surgissait la nuit, aux moments les plus réservés, où elle allait peut-être enfin s'assoupir... Pour l'abreuver de hurlements, de pleurs, de ressasseries misanthropiques alcoolisées, obscènes. Elle pensait, du coup, qu'elle avait dû faire une faute, mon Dieu. Songeant, mélangé, à Raymond qui était là, si raté, son fils, à Raymond qui était aux cieux, si bon, si beau, son mari du verger, qui souffrait tant les derniers temps, même sous morphine... Elle perdait la boule, elle repiquait au Gardénal entassé... Elle est morte désolée.

Lui, le soûlot, a survécu. Pas longtemps. Deux ou trois ans. Il passait avec sa brouette, disait « bonjour », sans jamais une réponse de moi — juste mon père et ma mère, hypocrites, et les gosses de passage, qui le suivaient chez lui uniquement pour sa TV ; il installait une lanterne à l'entrée de sa maison volée de la mamie assassinée ; il se cachait pour continuer à picoler pire que jamais — il pouvait bien faire ses saletés autant qu'il voulait maintenant, du moment qu'il restait dans son coin, tout le monde s'en branlait ; il passait... Pauvre mec...

Cet imbécile s'était un jour permis de claquer mon frère enfant sur le toit du garage de son père (le pompiste) en tôle ondulée : la malédiction sur lui. Le ciel l'a puni : il est passé avant terme. Empoisonné. Négligé de tous, répugnant, au terme terne d'une vie sans couleur, ponctuée de carambolages de platanes tarbais, de triples tonneaux en état d'ivresse et de ratages, complètement cirrhosé. En « maillot de porc », sandales plastoc-méduses et béret.

C'est l'hérédité. Ça. Tout ça. Sans un pli et sans solution de rechange. Hérédité : être bon gré mal gré le paquet au complet ; être son père tubard parapsychotique aux gènes fossiles et lui ressembler ; être son oncle ivrogne et chauve pseudo-rigolo et lui ressembler ; être sa grand-mère institutrice pointilleuse et pincée et lui ressembler ; être son grand-père volontariste rase-bitume végétarien et lui ressembler ; être son grand-père français puritain et lui ressembler ; être sa mamie suicidaire misanthrope et lui ressembler ; être sa mère torticolique aux doigts froids et lui ressembler ; et ainsi de suite...

Hérédité, le pire : avoir une affection honteuse inqualifiable pour les plus aberrants spécimens du lot, par affinités vomitives. En l'occurrence le tonton-tutu et la mamie-tumeur — la mamie parce qu'il y a une dignité des croûtons aillés ; l'oncle parce qu'il y a du faste dans un destin aussi sensationnellement emplafonné. Hérédité : être en soi tous ces gens-là. Ensemble et atomisé. Tout ce peuple inconciliable réconcilié de force. Tout ça cumulé, croisé en voltige, acrobatiquement imbriqué, greffons ignobles et boutures contre-nature, quintessencié. Entre fleur et fumier, tout au rouleau-génétique compresseur, l'ensemble jeté et retraité à la benne à petits pois ridés. Qui fait le poids ? Qui fait le petit ? Qui fait les rides ? C'est l'hérédité. Portrait de famille avec tragédie latente et banale et lycée. Petites tortures et faible enfer de fatalité biblique à la gomme, entre listes de commission et lignes courantes à faire signer. Pour lundi sans faute...

Et voilà, grosso modo, de quoi l'on parlait Jean-Marien et moi. Des morts déjà morts — ni l'alcoolique ni la trépanée ne l'étaient encore tout à fait, alors ; des dernières en date des catastrophes de pièges sans nom à H.-IV ; du probable esclandre du dîner : travail-famille-lycée... Le genre de lugubreries moroses dont pouvait rêver mon frère en se frottant les yeux sous les lunettes, et en se grattant les fesses, la tête dans les mains, les coudes sur l'abattant du secrétaire jaune de gauche (bong sur le crâne sitôt relevé), au fin fond du 6, rue Marie-Debos (énième étage, porte face droite), sous l'œil déplorable de la poupée de bois de Norvège dite « Troll Hansen ». les réflexions auxquelles il consacrait son temps passable, quand il oubliait d'avoir des sueurs froides d'un coup — d'avance —, au sujet des pompes pour porte-plume à loupe de sa prochaine compo de physique-chimie (bon dieu, rien de prêt !).

Voilà à quelles sortes de miasmes toniques de même je me livrais, en cauchemar éveillé, les jours où je n'avais pas cours avant dix heures — quelle joie... —, traînant enfoui sous mes draps comme un vieux mort en son linceul, terrifié positivement par l'idée fixe du dehors : le froid des yeux des veaux, le marron couleur terre des rues bouchées, la glace des soucis sans nombre qui faisaient antichambre jour et nuit, sur le pas de la porte... Cette hantise des emmerdements en chaîne imminents de chaque journée de drame plat à quoi se résumait la vie : sous la coupole plombée des Illustres sinistres immortalisés, au ciel bas du Panthéon funeste...

J'appréhendais tout, toute la bande, les yeux fermés, recroquevillé : les ombres menaçantes, si respectables, de Voltaire le pierreux crochu, Hugo des Châtiments, Rousseau l'acariâtre, Marat l'ensanglanté, Poincaré, Jean Jaurès, Jean Moulin (« J'en moule deux ! » disait Zingaro)... tous leurs confrères réfrigérés accablants : glagla. Et les autres morts-vivants d'enseignants de mes profs à la con. Tous me mettant à l'index, tendant leurs bras farineux drapés de gravité assassine, terribles, pour me faire honte, m'étrangler.

Voilà dans quel lit de remugles de pétoche coincée et d'allégresse du désastre vaseuse, morbidesse de marécage sur fond d'inceste familial migraineux, je me retournais mouillé de sueur, ver de terre humain, en écoutant *I'm Gonna Dress In Black, The Good's Gone* ou *Don't cha bother Me* sortis du placard à tourne-disque comateux, entre deux eaux de mauvaise conscience, par ces jours de pénombre du « printemps » de ma vie.

Il faisait toujours gris chez moi. Au-dehors, sous les pans de briques de Montrouge, sur le « Luco », sous les marronniers, et au-dedans en secret. Ça ne s'arrangeait pas du tout, d'aucun côté... Gris-cendre, gris-plomb, gris-rat. Piégé.

« Téhéran. Un violent séisme a secoué mercredi la région de Bostanabad dans l'Azerbaïdjan iranien. Les secousses auraient détruit la moitié des maisons d'une vingtaine de villages. »

DANS la souricière des couloirs d'H.-IV, on tournait en rond. Tout allait mal, ça virait au vinaigre. On a commencé à se guerroyer civilement, avec Zingaro : des luttes intestines furieuses, d'une grande âpreté, pour des questions de pourcentage : « Eh-eh-eh, aboule ! Ta gueule-ta gueule », tout ce que savait dire cet excité. Il cherchait à me refaire sans cesse avec les portefeuilles qu'il était chargé de fouiller, quand c'était son tour de faire et le mien de péter, à la porte des classes qu'on saignait. Il cherchait à me doubler et moi idem. Je le fourbais tout ce que je savais dès qu'il relâchait son attention. Le climat était à la suspicion.

A la longue, c'est devenu gênant pour le déroulement des opérations. Tout était sens dessus dessous. D'abord, on avait fini par renoncer à regarder dehors. Et ensuite, le fin du fin, on a laissé complètement tomber le système de surveillance breveté crapule qu'on avait mis au point. Purement et simplement. La loi désormais : se débrouiller chacun pour soi. On avait calculé que c'était encore la solution la moins dangereuse, à partir du moment où on ne se faisait plus un chouïa de confiance. Au moins, de cette façon, on ne risquait plus de compter sur l'autre et de se faire baiser en plein trafic. Comme moi le jour du vestiaire.

Il y avait des sortes de rancune entre nous. De ma part surtout. Et cette nouvelle tactique n'a rien arrangé. Ça a d'emblée donné bien des disputes, assez mesquines : on se battait pour un portefeuille de rien du tout : « C'est moi qui l'ai trouvé. — Non ! C'est moi, je l'ai maté le premier. — Ta gueule ! Ta gueule ! » Il n'était pas plus compréhensif en affaires que moi, mon mongolien d'affidé. Malgré tout, ça s'arrangeait toujours. Comme ci, comme ça. Mais l'association avait du plomb dans l'aile. On ne prenait plus de précautions. On se relâchait au moment où il aurait fallu, plus que jamais, se gaffer des coups durs. On déconnait. On devenait vils, âpres au gain. Ça ne marchait plus. Plus aucun style. C'est comme ça qu'on a foiré une première fois...

On était un peu fâchés, du matin, un certain jeudi, jour de « plein air », parce que je m'étais foutu de la gueule de Zingaro qui avait ramassé un zéro en géo et un zéro en histoire coup sur coup. Lui, ça l'affectait. Il disait qu'il était brimé « injustifiablement ». C'était son mot sur l'affaire, pour qualifier le comportement du « prof d'histégéo ». « Pourquoi tu dis hist-et-géo ? je l'interromps. T'as qu'à dire simplement "histoire et géo". Comme tout le monde. » Il ne pigeait pas ce que je voulais dire. Comme il ne comprenait pas du tout quand je lui expliquais que ça faisait franchement tarte de parler de « la compote » de ceci ou de la « compote » de cela. Comme lui. Qu'on disait « compo » ou « compal » — point. Il ne bloquait pas ça. Il n'arrivait pas à piger la nuance : « T'es snob ! » il disait. Et là-dessus, il se taisait pour des semaines, avant de recommencer à dire : « Ta gueule ! Ta gueule ! » A ce moment, ça voulait dire qu'il avait oublié l'anicroche. Et on était re-amis. Mais, ce jour-là, on ne l'était pas — ça non —, amis. Il était furieux.

Le prof l'avait interrogé et ça avait mal tourné... Il se racontait, dix, vingt fois, la même histoire « Je sais ! je lui disais. Merde ! » Qu'il arrête de me pomper avec ça. J'avais vu, comme lui : le professeur avait tapé dans sa main, en pliant le dos, et en se tournant vers nous, vieux débris bafouillant : « Tchenez ! Dje vais en prendjre-dj'un tchout tchà fait au hadjard !... », avait-il annoncé... Il avait cette façon exaspérante de parler, en culbutant toutes les dentales : il faisait des bouillies de consonnes, des salmigondis de vélaires, palatales... affreux. « Tchenez », avec lui, ça voulait dire : Tenez. Et « au hadjard » signifiait au hasard. Il fallait s'accrocher pour saisir. Donc, il avait désigné « un élève tout à fait au hasard », par exemple, « voyons, tchenez, au hadjard... Djingaro ! » Zingaro, il avait sursauté : quoi ?

Voilà un coup vache qui se renouvelait chaque fois que le prof de géo choisissait « au hasard », tout à fait au hasard, un élève pour répondre à une question pourrie : « Quelle est la principale ressource minière du delta du Tonkin occidental ? Non... La deuxième ?! » Zingaro avait grommelé : « Qué ? Eh ? » Et puis il avait farfouillé dans sa mémoire vide, debout, en grognant des trucs inaudibles. Le prof, sans même attendre, avait dit que Zingaro, vraiment, ne faisait aucun effort, « qu'il n'étchait pas dju tchout tchérieux et qu'il allait tchûrement redjoubler ! Et dje vous mets un djéro ! Voilà ». Et il avait désigné un élève — un lèche-cul notoire — que tout le monde connaissait pour son enculé de chouchou attesté. En guise de question ultra-dure, il lui avait demandé : la population de la France ? L'autre giton de cul troué avait répondu faux et le prof lui avait mis la moyenne. Ça, Zingaro n'avait pas admis. La moyenne... C'était « injustifiable », comme il disait.

L'heure suivante, cours d'histoire. Même coup de Jarnac : le prof, tout à fait au hasard, en cambrant sa colonne vertébrale, en pointant son menton de bique dans la direction d'un élève, et en tapant du dos de sa main droite dans sa main gauche un coup pour ponctuer chaque mot déformé, avait « djédjigné voyons voir... Tchenez, on va lui djonner une tchantche dje tche ratchrapper... Djingaro ! » Zingaro était devenu bleu. Et le prof lui avait posé sa question facile : « Djitches-moi qui étchait la tcheur par allianche de la coudjine dju beau-père dju neveu dje la mère d'Jeanne d'Jautchritche ? — Hèèè ? Qué ? avait bafouillé Zingaro, éperdu. » Et le prof, ce coup-là, s'était énervé pour de vrai. Mince. L'avait mis plus bas que terre. Le traitant « d'jirrechponchable », de « parétcheux », de fainéant. Et lui avait foutu, pour la peine, un nouveau « djéro comptchant pour la compojitchion ! » Puis, pour faire honte à Zingaro, il avait interrogé, voyons, au hasard, en tapant — sa manie — du dos de sa dextre un bon coup dans sa senestre en tendant l'avant-bras, le dos légèrement cassé en avant, un autre élève : son chouchou mignon favori à qui il avait demandé, avec mille précautions oratoires, ce que représentait la date 1515 ? Hmmm, mon poucet ?... Le type n'avait pas su. Et le professeur lui avait dit que, attention tssst-tsst, la prochaine fois il ne serait pas aussi indulgent. Mais que pour cette fois, ça allait, puisque la question était un peu difficile et qu'il y avait eu un effort de fait. Résultat : Zingaro était très mécontent. Et quand je m'étais permis, par-dessus le marché, de lui rire au nez à ce propos. Là, non. Il s'était foutu en rognon. Il ne trouvait pas ça rigolo. C'était une indécence de ma part. Il m'a injurié. En revenant toujours à ses putains d'expressions favorites : « Ta gueule ! Ta gueule ! »

Moi, je ne l'écoutais pas. Et je me foutais deux fois plus de sa fiole. En lui disant qu'il était très maigre, sale canasson, et mal foutu incroyable. Et c'était vrai. En slip de bain, à la piscine Ledru-Rollin, près d'Austerlitz, un endroit minable, où on était venus passer l'après-midi de « plein-air » : pardon, il déménageait, le Zingaro. Quel panorama. A faire peur. A filer les chocottes... Ça valait le coup, à voir. Avec ses côtes saillantes comme tout. Le buste enfoncé et sorti à la fois. Les épaules cintrées. Les cannes haricot. Genoux en dedans, pieds super rouges et plats. Quel primitif. Et ne parlons pas des vagues reliefs avoués par son bénard. Couilles de rat macaroni sec. Nom d'un petit bonhomme, malade de gosse. Il tremblait des ménisques comme ça — tchak-tchacka-tchak —, rapport au froid : « Ça caillait », il trouvait. Le thermomètre disait vingt-six. Évidemment, il ne savait pas nager. Ça faisait rire autour de nous, ce handicap : ne même pas savoir nager, à son âge. Cucul. Cocotte : « Pédé. » Les autres venaient le chambrer, lui tirer les poupous et lui faire des guilis : « Youh ! T'es toute délicate... » Il n'en avait rien à tamponner, Zingaro. L'un dans l'autre, tout seul, il se poilait bien à la piscine quand il oubliait qu'on se faisait la gueule. Il plongeait du 1 m. Plaff. Ça le faisait marrer. Il fallait que je sois en bas. Simplement pour assister et l'aider à trouver la rampe. L'échelle de sortie. Et il recommençait. Plaff. On n'était plus fâchés, du coup. Quelle joie. Hilare, mon Zingaro barbotant. Plaff, plaff, plaff ! Bon, ça n'était pas le tout, de s'amuser : il a imaginé un coup dans le courant de l'aprème, en allant fouiner du côté des étages...

Il m'appelle : « Fssst », pour me montrer une espèce de salle des machines mystérieuse, tout en haut, avec des verrous, des pompes, des bouches de canalisation énormes : « Ta gueule — ta gueule ! » Une murette à la porte. Il fallait passer par-dessus. Et puis enjamber des mahousses tuyaux encore, enroulés. On considérait ces insolites robinets éléphants : si monstrueux qu'on arrivait à peine à les mouvoir à quatre mains. Ça ne tournait pas que là, dehors ; ça remuait aussi là-dedans, autour des questions posées, dans nos putains de caboches...

Illico — opération lancée —, on a surveillé en bas : rien qui menaçait, on a commencé à mettre en branle le bordel, secouer les robinets mammouths, déverrouiller les bouches rouges, pour voir. On a vu. Et on a tout ouvert, frénétiques, quand on a eu vu. Misère. Quel débit... On a bien dû commencer à s'affoler du tintouin que ça faisait, des ronflements que ça produisait, dans tout l'étage, quand on en a eu fini. On ne s'était pas rendu compte, tout à cette affaire, pendant qu'on s'activait. Ces geysers, les trombes... Mais géants. Partout. Des projections épouvantables dégueulées à pleins tuyaux. Et dans un bouillon. Ça débordait déjà de la pièce, par-dessus la murette. On a mis les bouts vite fait. Le bassin d'en haut, qu'il se démerde derrière. On voulait vite redescendre dans celui du bas, le grand olympique minus.

Moi, j'y suis très vite. J'avais l'habitude des carrelages humides depuis mon coup sur la tête. Lui, Zingaro — con —, il n'était pas à l'aise. Il patinait, vasouillard, dérapait vaguement, il n'y allait pas franchement. Plif-plaf-plof : les pieds à plat, les pattes en canard, la trouille de se ramasser et le froid qui le tenait. Il attaquait à peine la descente, que j'étais dans l'eau, en bas, marsouin : ffuitt. Avec tous les autres. Baigné d'innocence. Et vlaang ! Il a glissé. Ce tordu. Avec des exclamations. Il s'est foutu la gueule contre les marches mouillées. A force de faire l'andouille : aye-ouye. Le temps qu'il arrive à se relever, cabossé sénile, en hurlant qu'il s'était fait une « entorse », les fuites de l'étage arrivaient.

Ça avait duré quelques minutes, à tout casser, ce boxon. Et voilà le travail : au moment même où il est venu me retrouver dans l'eau, lambin, un gamin l'a vu. Et pigé qu'il avait trempé, si l'on peut dire, dans un coup pas bien clair.

Le gosse monte à l'étage. Curieux. Pour voir ce qui se tramait là-haut. Enfin, il a fait mine... Il est redescendu en quatrième, poursuivi par la flotte. Et quand il a atterri, un prof qui commençait à froncer ses sourcils sous sa casquette d'imbécile galonné, un maître nageur suspicieux le bloque. Pour entreprendre de lui demander des explications sur les torrents peu naturels qui déboulaient sous ses yeux, de l'étage ?... Le gosse a immédiatement lancé un doigt délateur vers Zingaro. Là, lui. Dénoncé. Salaud. « Ah ! P'tit pourri ! Mon salaud ! », disait Zingaro, en claquant des dents la bouche pleine d'eau. Il se rapproche de moi. Je le bouscule : « Dégage, rigolo. Je te connais pas. — Ta gueule ! Ta gueule ! il proteste. On est coupables ensemble ! » Et il s'accroche à moi. « La merde, oui, je lui dis. T'avais qu'à remuer tes fesses. C'est bien fait pour tes pieds. » Et hop. Je fonce au milieu du bassin. Le grand bain. Là, il ne pouvait pas me suivre. Trois mètres, il était fait. Je le laisse tout seul. Il n'allait pas me gonfler, avec ses sottises. Qu'il se démerde.

Ça n'a pas traîné. Le prof est venu le chercher en beuglant. Il ne savait plus où donner de la tête. Il n'avait jamais vu ça. Mince. Ça s'écroulait de tous les côtés, maintenant. L'inondation commençait. Des vêtements de l'étage — chaussettes, liquettes mal rangées, slips par terre dans les cabines — s'étaient fait la malle et descendaient les marches avec le torrent. Ou passaient autour, partout, à l'intérieur, sous les rambardes de protection de la galerie. Ça dégringolait en chute libre, Zambèze improvisés, dans la piscine où l'on barbotait. Plouf-vloum.

Le prof vociférait, pour couvrir le bruit du bouillon, en tenant Zingaro par l'oreille. Et je voyais Zingaro nier, nier comme ça, avec les épaules en tirant des grimaces : « Non ! Et non ! Aïe-aïe ! » Et Vlaoumm. Le nageur à casquette qui était un vrai gorille lui a mis une charge à le décapiter, au Zingaro. En plein bocal. Il n'a pas tenu le choc. Il s'est ramassé de tout son long sur le carrelage. Out. Et sitôt relevé, la tête basse, faux jeton baveux, coupable à abattre, c'était visible — badadoumm —, il a fallu qu'il s'appuie une deuxième mornifle. Un gnon techniquement irréprochable que lui avait balancé l'autre flic. La force de ce babouin. Il a valdingué contre une bouée — baoum : re-coulé.

En se relevant, il pédalait, le Zingaro, il avait les genoux à l'intérieur, vraiment sonné. Mais il lui restait assez de force pour gueuler à « l'inadmissible ! », à « l'injustifiable ! », « qu'il se plaindrait au censeur ! », traces de horions à l'appui : il montrait « les traces. Comptez sur moi ! » Et en même temps, il menaçait le vil dénonciateur — ce gamin hypocrite — des pires châtiments tout à l'heure. Quand il pouvait se faire entendre bien sûr, entre deux trombes d'eau.

C'est que ça débitait dur. Le plus bizarre était que personne ne réagissait. A la fin, quand même, un type s'y est mis : presque à quatre pattes, pour arriver à ne pas déraper malgré les flots, il est monté voir...

Et le silence, après quelques secondes d'attente, est retombé sur la piscine. Le silence s'est posé sur la maigre désolation débraillée que nos facéties avaient provoquée. Waterloo... Boots, calfouettes, écharpes, cahiers, étalés au hasard dans la baille, dessous, dessus... Au milieu des élèves à la peau blême, aux lèvres molles, et au nez mauve, tous ces sportifs grêles aux corps citadins d'endives, jouant avec leurs nippes trempées, se les balançant à la figure, méchouilles plaquées, lémuriens, sous les rideaux liquides qui continuaient à leur dégouliner dessus du balcon. Dans la lumière lunaire filtrée du dehors par les carreaux dépolis... Morne spleen.

C'était l'heure des comptes. Ça allait chier des bulles. Zingaro, je me le voyais mal barré. Surtout, ce que j'espérais, c'était qu'il la fermerait bien, qu'il n'ouvrirait pas sa sale gueule pour me donner. S'il avait été assez con pour se faire poisser, tant pis pour lui. Crève. On ne s'épaulait jamais beaucoup plus. Ça n'existe pas, ça. Fraternité, pouf. Finalement, il n'a pas craché le morceau. Bon. Il a tenu plus d'une heure, bougre, à nier et crier au scandale, à « l'insupportable » abus, périodiquement : « Traces à l'appui. » Et comme, entre-temps, le prof s'était calmé, il a dû se dire qu'il avait légèrement poussé, peut-être, en frappant si fort Zingaro en pleine gueule, que ce geste inconsidéré et redoublé pouvait lui coûter cher, qu'il avait effectivement un peu dépassé les bornes après tout...

Surtout que Zingaro s'accrochait farouchement à ses dénégations. Et qu'il avait même retourné, vicieux, les accusations, contre le minot rapporte-paquet-sans-ficelle. Et qu'il était presque convaincant. Vieil éloquent. Ça s'arrangeait, à la longue. Il me regardait, de temps en temps. Il me cherchait de l'œil dans l'eau. Et je rigolais, pour lui donner du courage. Mais je me foutais de son sort, en réalité. Tout ce qui m'importait, c'était qu'il ne me balance pas dans la panade avec lui.

On a fini par le relâcher, par le laisser filer avec tous les autres à l'heure de sortie du plein-air. Faute de preuves. Il restait suspect et menacé, mais c'est tout. Dans l'ensemble, assez content : « Il craignait plus rien », il disait. Il précisait : « Je les attends. » Vu qu'ils n'avaient pas réussi à le coincer sur le fait, ils ne pourraient jamais l'emmerder. Et il n'avait même pas parlé de moi... Ah, ouais ? Je n'avais pas à le remercier, au contraire : j'étais sympa de ne pas lui coller une branlée. Pour avoir fait le con, clown. Avoir dérapé comme un malade, ainsi, dans l'escalier. Je le lui ai dit d'ailleurs : « Que c'était pas normal, qu'il tombe toujours sur son derrière, que ses jambes flanchent sans cesse, qu'il soit si faible. » Il m'a répondu : « Ta gueule ! Ta gueule ! Tu vas voir si je suis faible tout à l'heure ! » Et c'était pour dire qu'il allait casser le nez du morpion qui l'avait dénoncé.

Il s'est posté à l'entrée de la piscine contre la grille, au pied des trois perrons. Et il a attendu. Le mioche nous avait repérés de l'intérieur et restait près de la caisse. Trop malin. Il n'osait pas sortir. Jusqu'à six heures et quelque, on est restés là. La pistoche ne fermait pas. Ça n'en finissait plus. Et je me sentais inquiet, ce n'était pas mon habitude. A la fin, Zingaro, exaspéré, est entré. Il a attrapé l'ignoble délateur et commencé à lui griffer la figure, à lui aligner patate sur patate, dans les dents, dans les yeux, dans le nez, directement là, contre le comptoir jaune. Puis roulant au sol, chiffonnier. Sans ordre et sans prudence. Sous les yeux de la caissière qui appelait à l'aide. Le temps qu'on vienne séparer les deux empeignés, le Zingaro gueulait encore, aboyait, menaçait. Mais il a dû battre en retraite, quand on lui a promis d'appeler la police. Là, quand même, il a craint des ennuis. Et moi, en plus, je lui disais d'écraser. Que ça suffisait pour la journée. Il me fatiguait, à la longue, avec ses histoires. Lui, il ne s'en lassait pas. Moi, un peu ça allait.

On s'est virés. Et il me proposait — ça l'avait reconstitué, remis en forme, ce pugilat —, d'attendre le gamin : « Ta gueule, déconne ! On va lui faire peur ! » Il commençait à faire nuit. Plus âme qui vive dans le quartier. Coin pourri, il faut dire. Serré entre le pont d'Austerlitz asphyxié et la fuite du boulevard Ledru-Rollin. Un trou de béton barré de rouge entre deux blocs de gruyère moisis. Pourquoi est-ce que je suis resté ? Ça m'excitait, peut-être...

Le mouflet ne nous a pas vus quand il a fini par sortir, très tard, en jetant des coups d'œil apeurés partout. On l'a laissé partir. On suivait de loin... Il a marché un bon moment... Il avait l'air de chercher son chemin, il nous ramenait sur nos pas juste devant la piscaille... D'un coup, Zingaro dit : « Ta gueule ! On y va ! Vite ! » Et il a couru à toutes blindes vers le gosse. Qui a essayé de se carapater en traversant le boulevard, pour se retrouver bloqué comme un con square Georges-Lesage.

Zingaro lui a allongé un croche-patte de derrière les fagots. Vlan. Et quand le gosse a été par terre, il lui a immédiatement collé cinq ou six coups de pied droit dans la figure. Je l'ai aidé. Mais moi je dribblais plutôt au ventre. Ça n'a pas duré trois minutes. Le gamin criait, mais le coin était vraiment perdu, cul-de-sac intégral, un paradis. Et vite, Zingaro l'a fait taire : « Tu te tais ou je te recogne ! » Puis, sans prévenir, il m'a dit : « Tiens attends ! Aide-moi. Fais voir. » On l'a relevé de force dans les poubelles. Il se repliait sur lui-même. La peur des coups. Zingaro l'a encore menacé. En commençant à lui tripoter la ceinture. « Dégrouille-toi de défaire tes bretelles. Ou je te tue ! »

Le moutard demandait ce qu'on voulait lui faire ? Moi, je ne savais pas, mais j'avais envie de savoir. Le gosse n'osait pas bouger. Zingaro l'a claqué de nouveau, en regardant de tous côtés. Il voulait le forcer à baisser son froc : ça tournait mal. Il est passé derrière le gamin — tout allait très vite — et là, il l'a bloqué très fort contre lui dans ses bras en couronne, pour adapter le plus étroitement possible la bosse de son ventre au petit cul du môme. Il l'a encore giflé parce qu'il se débattait. Ça devenait horrible et vertigineux. Le gosse a cessé de protester. Je le tenais en le bâillonnant. D'ailleurs, Zingaro n'écoutait plus rien. Il respirait comme un fou, pincé, le teint bistre, haletant. Il a empoigné, en se reculant deux secondes, solidement, à pleines chairs, sous le tissu du fute, les deux boules compactes, serrées, du bas des reins de l'enfant, pour les triturer. Puis il a caressé le ventre, à toute vitesse, comme pour tout lui tripoter en accéléré, taquiner le gosse en le pinçotant, s'exciter encore, s'énervant. Il est revenu au cul, reparti à la braguette, suant, s'est énervé de nouveau sur un bouton, en mordant le cou débraillé et en disant : « Tu vas voir, petit pourri. »

Le garçon a hurlé. Et enfin, Zingaro à bout de patience et de souffle, là, presque dans la rue, contre une bagnole sans même se donner la peine de le déshabiller entièrement, lui a fait descendre le pantalon aux chevilles, l'a contraint sous peine de coups, à tenir lui-même sa chemise relevée par l'ourlet à hauteur de nombril d'une main, et de l'autre — vite, vite — à déboutonner son propre pantalon, baisser son slip à poche, ce qui le déhanchait bizarrement, lui donnait l'air souffrant, plié à demi, à demi cambré sur ses pattes de palmipède écartées, puis, ceci fait, lui éloignant lui-même encore un peu les cuisses pour se frayer une place, tout en repoussant son slip qui l'encombrait, il a brandi un diable de bidule, arqué en forme de baguette, cramoisi comme une biroute de singe, qu'il a conduit vers le trou de balle humide du gamin forcé. Il a craché dans sa paluche, mouillé sa bite de salive, et il s'est enfoncé, direct, sans une seule hésitation, dans la cacahuète du môme. Qui n'a rien dit... Sauf quand ils sont tombés par terre sur ses coudes et que Zingaro l'a repiqué en répétant : « Tiens, petit pédé pourri » contre les pavés.

Deux minutes plus tard, il disait en se rattifant au gamin soulagé : « Allez, taille. Et fais gaffe à toi. » Ça suffisait comme menace. Le reste sans commentaire.

Voilà où on en était : Zingaro avait mis sa branlée au mioche, avec ma complicité, on l'avait plus ou moins violé, il avait pleuré après sa maman : ça lui apprendrait. On s'est bougés. Zingaro avait la pêche. Il me faisait une proposition, tout à trac, d'aller déconner, se fendre la gueule, casser quelques immeubles ou quelques ascenseurs, à droite à gauche, immédiatement, avant de rentrer... Et comme je l'envoyais paître, « que j'en avais marre de ses salades, de ses conneries, qu'il me faisait chier ! », il a commencé à hausser le ton, à me menacer... Tiens donc ?!

Je lui ai dit qu'il rêvait : « Qu'il s'y croyait peut-être encore, mais que j'étais pas un minot, pas un branleur de neuf ans, moi. Et qu'avant qu'il puisse me mettre un taquet, il en prendrait dix pour son grade. S'il voulait y goûter ? A coups de pied et les ongles dans les yeux ! je le traiterais. Bordel de Juif. Qu'il ne m'emmerde pas. Il m'indisposait, maintenant. Ah, zut ! »

Comme je le rembarrais, sec, il m'a dit que je

n'étais qu'une dégonfle, un sacré fainéant. Qu'un con. Et certainement pas un vrai déconneur, puisque je préférais rentrer chez moi dans les jupons de ma mère et les chaussons de mon père. Au lieu d'aller avec lui me marrer : « T'es pas un vrai, ta gueule ! T'es un petit frimeur, ta gueule ! », il a insisté. Moi, je haussais les épaules, et je lui faisais signe qu'il arrête là, de me faire rire, avec ses imbécillités. Mais, dans le fond, je me disais qu'il n'avait pas tort. Et que c'était le début de la fin, cette fatigue raisonnable, cette lassitude à la longue...

On n'a jamais reparlé de l'impasse au gosse déculotté. Tout ce que je lui ai dit à ce sujet, sur le quai, au moment de me tirer ce soir-là : « Alors c'est ça, "couiller" ? » Et évidemment, le mot l'a fait ricaner : « Couiller... Eh-eh-eh ! Ta gueule ! » Voilà sa réponse, à Zingaro.

MICHELET

QUAND je l'ai retrouvé, des mois et des mois après, Zingaro, j'étais en mutation. Assagi, quand même. Assaini par l'air pur de la campagne et l'espace ouvert du parc fantastique de Michelet. Ça, je dois dire, Michelet, ça m'a comme sauvé. J'aurais atterri dans un deuxième Hache-quatre, je ne sais pas ce que je faisais. Meurtre. Sang. Attentat. Ce que j'aurais pu donner comme nouvelle — ultime ? — pauvre preuve de mon existence, de mon identité menacées. N'importe... le lycée de garçons Michelet, ça a été la planche de salut.

Après la longue et sourde bataille perdue d'H.-IV, en plein naufrage, l'armistice sans condition ; après le jansénisme et les dalles glacées du cloître du Ve, dans l'ombre funèbre du temple de la Commune : la tolérance débonnaire et provinciale de cette ferme du bonheur de Vanves...

Avec ses petits murets feuillus de deux mètres, franchissables à volonté, Michelet était attirant ; on avait presque envie d'y entrer. Et en aucun cas peur d'y rester. Rien à voir avec les effrayantes murailles de ce lycée Henri-IV claquemuré, dont je n'avais jamais eu qu'une envie : m'évader. C'était un peu le village après la cité ; le rythme de la campagne avec ses jappements, ses soleils, ses brumes pépères, après les klaxons urbains ou l'aciérie... la voûte des cieux après celle du souterrain...

Immense domaine assoupi à l'abri d'une colline

glissant sur deux niveaux — les bâtiments, les bois —, c'était un établissement scolaire qui aurait ressemblé à une maison de repos idéale. Des ramures et des sous-bois, une statue d'éphèbe dans un bosquet, des cours et des cours partout, des arbres, tout dégagé, un plaisir de place perdue, de la mousse, des tapis de brindilles, un petit genre sérieux détendu — massive tour de guet d'entrée mais conciergerie miniature à côté. Et surtout : le parc. Admirable.

Michelet, ancien château des Condé, n'avait pas été pour des queues de cerises décrété, sous le Second Empire, « lycée impérial » ; il lui en restait, avec ses bois, ses sentes et sa piscine naturiste en forêt désaffectée, cet air benoîtement seigneurial : un certain maintien patricien, de bonne souche, assez désinvolte, sans rapport avec la raideur monastique coincée de mon précédent lycée capétien. L'opulence du bon sens : solide sans menace, rassurante sans mollesse.

Face à l'entrée majestueuse du 5, rue Julien, dégagement de perspective vers les salons de la porte de Versailles et abord engageant : les grilles larges, largement ajourées, ouvrant sur la provinciale « cour d'honneur ». Ses dix-huit arbres en boule au calme olympien entre les anciennes écuries simplement inemployées, son manège à chevaux du temps du prince, en bois, désert, et ses petits pavillons recueillis des salles 60 et 62. Là, en haut d'un escalier cérémonieux, les bureaux de ce proviseur qu'on ne voyait jamais, coiffant l'administration sans histoire, et à gauche, tout de suite, en retrait, par un court labyrinthe côté portail, ou par la trouée des hangars sur l'enfilade de cours suivant les corps de bâtiment, à perte de vue côté bois en contrebas : le réfectoire. Avec ses bordures de céramique jaune pâle, comme toute l'étendue du réseau de couloirs, à liséré changeant — marron, vert —, selon le quartier.

Devant la deuxième entrée, la plus fréquentée, côté poste, au 3 : l'arrêt des bus de la petite place du Général-Leclerc. 58, direction Hôtel-de-Ville (danger : ancien quartier) et 88. D'un guichet à l'autre, sur sa longueur la plus étendue, le lycée devait couvrir presque cinq cents mètres — au moins en bas, sur l'autre façade, aveugle, celle du boulevard Voltaire (ou boulevard du Lycée), entre Corentin-Celton et la place du Maréchal-de-Lattre de Tassigny.

Entre les deux niveaux, l'incroyable étendue boisée en pente, sillonnée de sentiers. Le cocon de silence léger, l'épaisseur parfumée de l'air, la paix. Une torpeur brute après l'excédent de folie rentrée d'H.-IV...

Enfin, même abêti gentiment comme je l'étais là, dans le bucolisme et la mauvaise littérature de bons sentiments, je me maintenais à flot. Avec des broutilles. Des fauches de bambin, comme autrefois. Un retour à des activités plus saines. Je repense à Fifi la Plume...

Fifi, c'était le nom qu'on avait donné à un marchand de disques de Vanves-Malakoff. Isolé comme pas possible, place de la République, à deux pas du lycée. On l'avait dépouillé de tout comme en jouant. En jouant, exactement, d'ailleurs. Il était tellement bigleux, effarant. Et puis confiant. Une maladie le tenait : la crédulité. Plan : on arrivait, Pottier et moi. Mes cheveux désormais bien peignés, à la raie, purs, bon garçon, même si, dans la glace, je voyais que ça ne gazait pas.

Dzing faisait la porte : « Bonjour les jeunes ! » On lui demandait d'entrée de jeu des disques bidons.

Titres inexistants garantis. Des inepties : « *Jenny be good* par Frank Sinatra ? Vous avez ? Et *les Cinq Gnossiennes* par Jerry Lee Rivers ? Un disque SBZ, oui, du Tamla-and-Roll... Oh, pas de veine. » Là-dessus, Fifi plongeait. Ah, il cherchait, le bonhomme. Besogneux, consciencieux. Dans ses fiches... Parce qu'il poussait le vice jusqu'à tenir un fichier, qui paraissait au poil. Le genre « je vais vous trouver ça de suite ».

Il piquait du nez dans son fichu bazar à papier. Méditatif, commerçant, serviable. Rien que pour nous : « Vous m'avez dit ? C'est du Tamtam Monotone ? », s'entêtant à prononcer l'anglais. D'où notre premier objectif systématique : lui faire articuloter les pires conneries angloïdes sorties de nos caboches : fendard. Et quand il avait avoué qu'il ne trouvait rien, on le relançait : « C'est du rock-and-blues », une autre piste, « par Eddy Wharol and the M.G's. Le dernier tube à la mode. Super-étonnant que vous l'ayez pas ! » Du coup, il prenait des notes, en nous faisant préciser les détails techniques. Et il ajoutait nos salades à son fichier. Bon, maintenant, il était mûr. Ça se voyait, à sa déroute, à son accent, à son air éperdu : « Un client ! il devait se dire. Un client, deux clients ! Et je vais les paumer... » Alors, on lançait l'assaut.

Mais d'abord, les présentations... Ça avait commencé sur une lubie, comme toujours, Fifi la Plume. C'était bien après mon arrivée à Vanves-Malakoff.

Primo, il avait fallu qu'on s'avise d'être copains, avec le grand Pottier.

Rien à voir avec Olivier Zingaro, Alain Pottier. Avec lui, il n'y avait pas, c'est certain, le même feu sacré. Dans la tête, dans les tripes. Il n'y avait pas les secousses, ni les rictus, les nerfs en pelote, le génie du mal. Non. Mais en revanche, il était vraiment agréable de fréquentation, plus facile, Pottier le grand. Il était vivable.

Séduisant, d'un certain point de vue, pour commencer. Maigre, d'accord, avec une espèce de tracas, vu son altitude, au niveau de la colonne — scoliose ou autre —, mais, comme il était grand, il avait de la prestance. Une belle gueule à la George Harrison. (Moi, j'étais Mc Cartney paraît-il : les bajoues et la coiffure. Ça fait presque le groupe.) En tout cas, il était reposant à considérer, Pottier. Pour changer de l'autre vibré Quasimodo. Ce sont des détails qui pèsent, dans une existence creuse de lycéen, l'aspect, le physique des familiers. Avec Zingaro, comme réconfort de voir sa binette, c'était gagné. Quelle fatigue, cette maladie latente, omniprésente, dans toutes les parties de son être secoué. Ce malaise intenable qu'il traînait. Cette tension nerveuse... Ça usait, les yeux et l'esprit, ces miasmes qui l'enveloppaient comme une odeur de pharmacie. Fascinant mais excédant, Zingaro. Mettons qu'il avait le style morbide.

Pottier, lui, avait un aspect rassurant. Un petit charme tranquille. Flight-jacket marron, jean, boots, neutre doux. En prime, on pouvait parler d'autre chose que de fripouillerie avec lui. Je regrettais bien parfois les confidences fétides de cousines et de sœurs « couillées » de Zingaro, mais Pottier s'intéressait à des tas de hobbies inédits. Du style tennis-ballon. Là il était l'as. Dribbleur expert. Il le gardait des demi-heures avant de bombarder. La pointe, les mollets, les talons, les cuisses, la tête, le nez, le dos — pif, paf, pouf —, il vous faisait gigoter ça, infernal, il jonglait comme un zigoto. Et à la fin, quand vous ne vous y attendiez pas... Zoouma. Il vous alignait un but que vous ne voyiez même pas passer. Il dessinait aussi. Croquis, petites esquisses, des caricatures, au pied levé. N'importe quoi. Mais il était feignasse. Alors il n'exploitait pas ses dispositions. On l'appelait Potmann. Une idée à nous. Potmann Lévy. Pourquoi ? Mystère... Il avait trouvé lui-même ce nom-là, bien juif — qu'il n'était pas —, un jour de fantaisie. Ou alors c'était Pujol, l'histoire illustrissime du pétomane, que je lui avais fait découvrir, l'ayant profondément marqué. Un homme qui sifflotait *la Marseillaise* avec son trou du cul.

Avec ça, il jouait de la guitare, Pottier. L'ado ultrabateau. Ça nous faisait un passe-temps très inoffensif. On se montait des concerts avec mise en scène à la Woodstock, rien qu'à deux. On enregistrait sur le magnétophone soi-disant premier choix de mes parents. Les applaudissements, énormes, d'abord. Et puis le reste : piano, guitare, cuillères, peigne musical-PQ et boîtes de carton. Quand on a eu deux magnétos, c'est devenu Abbey Road à Meudon. D'ailleurs, on jouait *Why don't we d-d-d-do it in the Road.* Fastoche. Deux accords plaqués. On pouvait les tenir, moi au piano lui à la gratte, des heures et des heures durant, à s'en casser la gorge, pour le plaisir. On réalisait aussi les bruitages, les présentations des vedettes sur fond d'applaudissements crépitants. Mais vraiment pour rire : un théâtre de la vie.

Pottier, à la guitare, il ne composait pas : fainéant. C'était un indolent, dans son genre. Il avait un seul morceau à lui, depuis que je le connaissais. Qu'il ressassait avec moi à perte de voix. Une espèce de blues fait d'emprunts mélangés : *Malakoff boogie.* Piteux. Des accords de Hooker et des solos d'Alvin Lee. C'était l'époque du blues anglais, Chicken Shack, Fleetwood Mac, Bluesbreakers, etc. « I am back in town Oh yah I'm back in Montrouge town », on chantait. Ça ne faisait de mal à personne. Quand j'ai eu piqué *Soul Francisco* par désœuvrement à Fifi la Plume, ça a un peu évolué.

Pour finir, il trouvait encore le moyen de lire, Pottier. Moi, la littérature, en ce temps-là, rien à taper, horreur, et je ne comprenais pas que ça puisse intéresser les gens. Lui, il avait déjà pigé des détails de « style », intuitivement : que la langue ne doit pas se figer comme dans les livres de classe, qu'elle doit bousculer, gigoter. Un peu à la manière de San Antonio : sa bible. Il en avait lu plus de deux cents. Tous. Et c'est vrai qu'à l'époque, c'était peut-être bien, ces couleurs, ces jeux de mots, tant de marques d'irrespect envers les « belles lettres », des bouquins de « Tonio » : ça changeait de Marot ou de Castex et Michard.

Au fait, il venait justement de se pendre, Frédéric Dard. A une grosse poutre chez lui. Crac-ghheu : « trop de succès », mélancolie de nature. Mais il s'était trouvé rescapé — ouf ! Enfin, moi, mon éducation me disait que c'était *vulgum*, en fait de littérature — poutre ou pas... J'étais superstitieux : le genre à me bourrer de « petits illustrés » et spécialement de X 13, pendant des mois d'affilée, en vacances, pour me sevrer brutalement ensuite, et me forcer à relire du Stendhal bien suant la dernière quinzaine précédant la rentrée : de peur de revenir en classe avec le cerveau mou... C'était ma conception des choses cultivées. Quelle pitié. Donc, San-A, peuh. Et d'abord, San-Tonio ou non, je ne lisais pas, voilà. Rien. Ou je ne m'en souviens plus. Rien ne m'intéressait, ça n'a pas changé, mais Pottier, lui, baignait dans les enquêtes du « commissaire » et les mignardises de Félicie.

D'ailleurs Pottier d'Issy avait ses familiers, une sorte de bande confuse éparpillée entre les contreforts de Vanves et Clamart, et son plus proche, avant mon arrivée, dans l'équipe, était surnommé Béru. Une gonfle. Le gravosse effectivement. Gros en fait mais même pas énorme. Plutôt le type lourdaud. Un peu sanguin, mal rasé, bonasse souffre-douleur, mal fagoté et blagueur. Boutillier : quelque chose rappelant Baleine de Lomé. Il n'était vraiment à sa place que dans la boue. Sur terrain « lourd ». De rugby. Pan, plaf, vrancc. Costaud, pas douillet, pinteur et rentre-dedans. Autrement, gêné, pieds en dedans : épais et gênant. Il servait de faire-valoir à Pottier le footballeur, son ombre continuelle. Aux yeux de ce Baloo sorti en sweat-shirt et caban graisseux d'une fresque dégueulasse de Dubout-Villon à la mode « bahut » 66, Pottier avait l'air d'un jeune duc Ficelle. Et sorti du débonnaire et dodu Béru, on persistait dans le bestiaire San Antonio : avec le sournois Loiseau, autre collègue, physiquement plus proche du modèle grand mince à la Pottier, mais quand même surnommé d'après Dard and Co, que ça lui plaise ou non : Pinuche. On a compris : comme ça, c'était lui Pottier, « le commissaire », le « beau Tonio », premier rôle de ces aventures à Issy. L'épisodique rase-bitume fourbe, obsédé sexuel photographe, Benguigui, ensuite, ne compte pas : il habitait trop loin et volait trop bas. Pinaud, le Gros et Potte : voilà la brigade !... Des plaisirs simples, quoi — s'il n'y avait que ça pour les faire marrer... Tout ce petit monde traficotait donc dans le coin depuis des lustres, à petite échelle, et s'est esbigné en douceur, tout seul, au fil des mois, à partir de mon arrivée. Manque de tenue, manque d'idée fixe, de potentiel vandale, manque de perfidie au fond. La bonhomie ne fait pas le poids.

J'allais souvent chez Pottier. Corentin-Celton le métro, Leclerc la rue, tout de suite à gauche en montant : Minard, l'Abbé Grégoire et, juste avant Pierre Brossolette (éternelle rengaine des rues de banlieue), on était sur les lieux : la rue Clotilde, sans « h » comme Henri-IV...

J'aimais bien ça : être chez lui. Un intérieur

assurances-représentant de commerce, avec napperons à glands sur la TV et cuivres rouges astiqués, confort douillet encaustiqué. Sa famille était aimable, accueillante, « française ». Le père bourru, la mère replète en blouse à fleurs, les patins. Et sa sœur, à Pottier, blonde, bien balancée, en fausse Mylène Demongeot des *Fantomas*. Elle me filait des triques en fer, mine de rien. Mais il y avait quand même une telle différence d'âge — six, huit ans... Donc aucun espoir, c'était une femme adulte : établie, mariée, mère, séparée d'ailleurs, recollée avec un type sympa qui travaillait plus ou moins dans la ferraille... Toujours les caisses, comme le premier, coureur moto recyclé. Enfin, espoirs ou pas, j'en rêvais bien, ça... Surtout quand je dormais chez Pottier, ce qui arrivait assez couramment, après le cinoche dans la neige, une boum, n'importe, et que je l'entendais soupirer, la frangine à frange, toute nue — je supposais —, de l'autre côté du couloir, aïe-aïe-aïe. Qu'est-ce que je me la serais bien fabriquée, tiens, comment. Quel attrait. « Sexe-à-pile » ou « Sexe-la-pelle » aurait dit San-A.

En parlant de sexe, du reste, on trouvait des curiosités pornographiques indiscrètes, chez Pottier. Des photos formides à son père. En cachette sous les cravates et les caleçons longs Damart, dans la chambre des parents, je ne sais plus où. Ignorées de tout le monde. Des femmes obscènes... Essais de monstruosités typiques. Un superman négro à gourdin de chameau pendant. Du bestialisme de Redoute interdit aux moins de vingt et un ans. Une de ces putaines exhibées, même, se faisant rentrer dedans par un âne. Très excitant mais sale. Ça me foutait des échauffements.

Brèfle — comme on disait chez Pottier et dans San-A. —, pour tout ça, un tas de petits riens, pour la popote, la gentillesse de sa maman et la figure grognassière mais bonne pâte de son papa, au

Pottier, j'étais à mon aise chez lui. « Je veux pas de mots d'ordure dans une pièce d'habitation, décrétait son père. Ah, non ! » Tout ça parce que Pottier avait collé sur ses murs, en grosses lettres noires : « L'aubépine, c'est un fleur / La graisse c'est du gras / La merde c'est du bonheur / Jésus, c'est mieux que tout ça. » Un comble. « Mais puisque je te dis que c'est de la poésie... » disait Pottier — « Je m'en fous. Je veux pas d'ordure dans une pièce d'habitation » répondait l'autre. Il disait que les voisins allaient se plaindre, qu'on pouvait lire de la fenêtre, en passant, les ordures : « La merde c'est du gras », et compagnie... Et Boris Vian, ça ne lui disait rien. Pottier, il riait. Il s'engueulait avec son père exprès. C'était spécial : il aimait le faire tourner en bourrique.

Un marrant, comme caractère de fils, Pottier : timide, un peu bloqué, dans certains coins. Et avec ça, l'art de faire rogner les gens. Avec un calme, une placidité remarquables : « Passe-moi le gruhère », lui disait son père. Pottier faisait semblant de ne rien comprendre et lui tendait le camembert ou le pain. « Non. Le gruhère. — Le quoi ? — Le gruhère ! » Comme ça, il obligeait son pater à répéter quatre fois « gruhère » (ou « yahour ») et ça le faisait marrer. Il y avait toujours un trafic en l'air chez les Pottier. Spiritueux passés par l'Andorre, cigares d'aéroports, cartouches de clopes espagnoles, détaxées en zone franche, etc.

A l'époque Fifi la Plume, donc, il y avait aussi Coralie, la fille de la frangine et du beauf. Alain jouait avec elle. Comme elle ne me voyait pas assez souvent, elle avait la trouille de moi. Elle jouait avec son tricycle dans le petit jardin de banlieue parisienne, bien arrangé avec les canards, le bassin, les nains et tout, chez les Pottier : je poussais la porte, elle chialait.

Le papa de Coralie tenait un grand garage — célèbre — avec Beltoise à Montlhéry, vu qu'il était ancien champion de France de moto. On y a travaillé, des fois. Moi, au Stand 14 et Pottier aux Mille-Mille. C'était tout près. Je faisais les nettoyages de bagnoles. Larbin. Ça s'arrêtait là. La caisse à Dutronc, notre idole play-boy désabusée, qui chantait des insultes togolaises comme « Sacabo » : Porsche. Les calèches de Christophe qui chantait *Reviens Sophie* : Lamborghini. La tire de Johnny, en instance de course de côte façon Paul Newman et Steve McQueen : Ferrari. Etc. La publicité du Stand, c'est bien simple, claironnait : « Le garage des vedettes ».

Avec Pottier, on se tapait les tâches viles de l'atelier, mais avec des petits à-côtés palpitants ethnologiques. C'était marrant de voir de quelle façon tous ces oiseaux rares, Joe Dassin and Co, gaspillaient leurs tires vraiment comme pas permis. Des Harley, Lamborghini, Maserati, tôles enfoncées, carrosseries en purée. « Christophe, c'était notoire, avait descendu les Champs-Élysées à 220 km/h » : faux. Mais c'était lui le plus piqué des bagnoles-motos : vrai. Dans les bolides qu'on décrassait, on trouvait des magots. Des fortunes, rien qu'en ferraille. Je me souviens d'avoir ratissé cinquante balles dans une voiture de Jacques Dutronc, uniquement en piécettes paumées sous les tapis, dans les rainures ou sous les sièges. Un pactole pour l'époque. Tout chourré.

Comme autre moyen de gagner du fric honnêtement, une fois sur place, le dimanche on avait le circuit. On rentrait sans payer et toute la journée, dans le hurlement des moteurs de formules, entre « le pneu » et les bois, ramassage des canettes sur les pelouses, autour du circuit. A dix ou quinze centimes par canette, on se constituait de vrais pécules. Mais les vendeurs, tiens, pour le coup, ça finissait pas ne plus leur plaire qu'à moitié, cette combine tout ce qu'il y avait de propre. On gagnait trop. Ils gueulaient, sans savoir exactement pourquoi. Ça les faisait chier. Ils refusaient de « déconsigner », en fronçant le nez : pas de ça ici ! « Vous faites des histoires ? Très bien... », on disait, à la moindre simagrée, et on pétait les canettes une par une, bling-blanc-cracc, devant eux, pour les faire suer. On avait le droit, hein...

C'était tout ça, une certaine ambiance France éternelle, Pottier, un peu subtile : la maison Pottier. Une chaleur, une atmosphère d'hospitalité. Sa Félicie, sa mère, à Pottier, faisait du chou farci. Il y avait toujours des gosses qui couraient, qui piaillaient, chez elle. Mais ce n'était pas du tout emmerdant. Elle en gardait, comme ça, après son travail au Franprix de la place de l'Église du coin, pour arrondir les mois. C'était un air de famille, les Pottier. Une bonhomie. Dans les manières, le langage, les sentiments. Une image conventionnelle de la famille, avec le père, la mère... Passons. Un peu bourgeois, douillet (s'appelant l'un l'autre « papa », « maman », par exemple), tiédasse et apaisant. Avec Bobby Lapointe en fond sonore (de cheval).

L'épisode Fifi la Plume, qui fait partie de ce décor, avait débuté sur un petit coup de tête. Une fin d'après-midi qu'on s'emmerdait tranquillement, en se baladant près du Matelas... Le Matelas était un café rue de la République, appelé en fait le Central, qui abritait un flip de marque Matelot, d'où le nom. On y passait des heures à tuer le temps. Avec les boules brillantes de ce billard américain désuet qu'on finissait par maîtriser impeccable (boum, bande, flippe, cave, Bonus, Extraball when lit, double flip, tilt !) Un bistrot peinard où l'on allait boire un petit ballon souvent, ou un blanc limé, en regardant la rue entre deux billes, avec Sénarasse, pendant les cours qu'on séchait. On traînait donc près du Matelas, place du Président-Kennedy, la tête et l'emploi du temps vides, avec Pottier, cartt' à la main, l'autre dans la poche, à se demander ce qu'on pourrait bien faire ? Avec Zingaro l'infernal, ça se serait réglé immédiatement par une décision terrible : aller casser un truc, une baraque quelconque, bordéliser, faire brûler.

Mais avec Pottier, c'était différent. Fini l'hystérie, on était paisibles. Je repensais bien au gamin de la piscine, de temps en temps, comment qu'on l'avait forcé, outragé, comme il tremblait, carcasse... Ça ne me tourmentait pas. Adieu Zingaro, vacheries, cochonneries, couvis... Avec Pottier, on parlait de la vie. Chacun exposait ses expériences et ses réflexions. Très intéressant. On entrait un peu dans les confidences personnelles. Il me narrait mon arrivée dans le bahut, Michelet : qu'avec mes bottines Manby, au départ, on m'appelait « le mec-aux-boots-orthopédiques » dans les fonds de classe. Il me disait comment on s'interrogeait sur mon « identité », alors. Comment on me soupçonnait de redoutables forfaits, pour débouler ainsi sans motifs raisonnables, avec mes lunettes de fils d'Émir, en plein milieu d'année — Pâques — dans un nouveau lycée. Avec mes explications mystérieuses...

C'était mon père, cette vermine, qui me les avait conseillées précisément, les explications en question. Rien de mieux, pour me faire remarquer. Repéré. De ces fumeuses réticences enveloppées de raisons d'État soi-disant propres à calmer les curiosités, de quoi répondre à toutes les questions concernant mes « antécédents » qui ne manqueraient pas de m'être posées, il m'avait dit : pauvre taré. Immédiatement, noté : suspect numéro 1. Une saleté de tête de rat, dès les premiers jours, m'a lâché froidos un jour que je le taquinais : « Tu sais.

Je connais très bien ce que tu es. Tu as été vidé. Hin, hin. *Vidé* de ton lycée. Tu as été renvoyé, voilà. Hin, hin. T'as dû faire des trucs très graves. Je sais très bien. »

Je lui ai dit : « J'ai été lourdé pour *discipline* et fais gaffe à tes dents. Je suis pas bagarreur, mais vu comme t'es faiblard... » Sur quoi, histoire de lui faire comprendre le sens de mes paroles en profondeur — j'avais retenu les leçons de Gaby... —, je lui ai calé une gifle de tonnerre de dieu dans l'oreille, rien que pour lui apprendre à faire son petit finaud longtemps avec moi. Il s'est enfui, coyote, en criant qu'il allait le raconter à tout le monde, ce qu'il savait : que j'étais un type « renvoyé ». Je m'en branlais quelque chose, de ses menaces à la merde.

Et voilà : Pottier à présent me reconstituait tout ça... Les réactions de la classe, respectueuses, à cette cogne et à mon intrusion, les siennes à lui, sceptiques. Moi, sans entrer dans les détails, je lui avouais mes secrets. Des précisions délicates sur ma vie avant... Et comment j'avais appris à voler, notamment. Par jeu. Dans tous les magasins possibles. A ne pas pouvoir en faire la liste, même, de tous ces trucs que j'avais pillés, tellement j'avais pratiqué, depuis mon plus jeune âge. Des centaines de fois. Et des centaines encore. Ça ne se comptait plus, à ce degré... Lui, Pottier, manifestant des demi-doutes silencieux, à petits coups de tête — bof, bof, un peu sceptique — borborygmes, il n'y croyait pas tellement, à tout ça. « Depuis que j'ai neuf ans, je fauche », j'insistais. Mais il commençait à penser, je le voyais bien, que j'étais un pauvre baratineur. Bidon. A la fin d'ailleurs, il ne m'a plus caché sa façon de voir : « C'est pas vrai. » Ah.

On était en face de l'église Saint-Rémy : « Laisse, j'ai rétorqué. Suis-moi. » Et j'ai fait entrer Pottier dans le premier magasin qui s'est présenté, de l'autre côté de la rue. Je n'en avais pas du tout envie. Je croyais bien que c'était fini, réglé, effacé ces conneries éculées. Que j'étais sage. Apaisé. Que je m'en étais sorti. Des guerres. Des fauches, des vestiaires, des ennuis... Mais c'était ma parole, ma dignité, qui étaient en jeu. Si je ne prouvais pas sur-le-champ mes dires à Pottier, j'étais un zéro. Alors ?... Je lui montre les rayons, les casiers de quarante-cinq tours : « Lequel tu veux ? » La boutique — le destin en avait décidé ainsi —, c'était la boutique à Fifi la Plume.

On cause, tout ça, avec le marchand. Les âneries qui commencent. Une minute plus tard, on ressortait. On est dehors : « Et alors ? me dit Pottier. Alors dégonflard ! T'as eu les moules, trouillard, hein ? » Et j'ai sorti, tranquille, *Sous quelle étoile suis-je né ?* de Michel Polnareff, de mon ventre : j'ai accouché de notre premier vol en collaboration qu'il n'avait même pas vu. Ça l'a botté, Pottier, cette facilité du larcin. Il s'y est mis. Et vite, le sagouin. Il m'incitait, faisant ainsi l'émule, au vice, forcément, moi qui essayais de me ranger des meubles. J'aurais plutôt été pour me faire oublier. Je connaissais tellement les risques. L'accoutumance. Les doses qui grimpent. Et le clash. Inévitable. Mais quand on s'entraîne l'un l'autre, c'est râpé. Ce n'est qu'une compétition. Effrénée. On n'en finit pas.

Au début c'était un, deux 45 t. Et puis, rapidement, des risques cons comme tout. Tous les jours, on se pointait. Le même cinoche imbécile : « Des disques de Jimmy Zeppelin ? », des questions ahuries. Fifi écoutait bien. Et il fallait le voir se méfier, en même temps... Mais, tôt ou tard, il se mettait à consulter ses fiches, chercher, fouiner pour satisfaire le client. Il s'emballait, devenait tout confus, filait dans son arrière-boutique pour complément d'informations. Ça n'était même plus du jeu. On y allait par paquets de vingt-cinq, trente 45 t... N'importe quelle merde. Dean Martin, Topaloff, Sacha Distel, Georges Jouvin. Des inconnus. Et puis, on a passé la supérieure : le sac de sport et les 33 t. Ça demandait plus de maîtrise. D'autant que le magasin Fifi était tout en baies vitrées. Et très près de Michelet. Les badauds du coin, à tout instant, pouvaient parfaitement nous voir entrer les piles de disques dans nos sacs, à grands coups de poing, furieusement parfois. Ça n'avait aucune raison de se tempérer, ces hold-up. Et Fifi la Plume en perdait ses tifs. Il se minait, le pauvre. Finissant par répondre qu'il avait des disques en réserve, qu'il les aurait demain — promis ! —, qu'on venait d'inventer : « *Bye bye, oh corneille*, par Chuck Racing Band. » Il devenait dingue. Sa boutique menaçait faillite, à force de fuites. Il ne comprenait plus bien.

Peu à peu, quand même, moi, je reniflais trop le roussi. Surtout que Pottier avait eu la maladresse d'inviter des cons, super-lourdauds bêtes, à nos banquets de voleurs, l'imprudence de révéler nos combines juteuses à des tiers vaseux qui s'y mettaient de plus en plus sérieusement : ça gâchait le filon. La demande devenait trop importante. Et les types, là, n'étaient pas réglos. Complètement siphonnés, égarés par le lucre. Ils ne pensaient plus qu'à voler, voler, voler. A tout prix. Moi, ça allait bien. Je commençais à réfléchir un peu, sur tous ces impondérables du déconnage.

J'ai retiré mes billes de justesse. Au moment où, justement, on avait prévu un vrai fric-frac. Le premier d'une « série ». Un coup à ruiner la baraque de Fifi, avec des acolytes. Sa caisse tout simplement, visée. Moi, je songeais, dans ma petite cervelle, que tout ce joli monde-là n'était pas trop sûr. Bien passionné pour une histoire de ce genre. Pas assez de recul, de pétoche, de calme. Ils fonçaient là-dedans comme dans une piscine. Trop de remous. Ça laissait prévoir le danger. Les éclaboussures inévitables. Les autres n'ont rien voulu savoir pour abandonner le projet ainsi que je le leur suggérais.

Ils sont allés — sans moi — attaquer la boutique Philips comme prévu. Le plan était bon : un larron devait téléphoner à l'heure dite — pile, pile —, pour attirer Fifi la Plume dans l'arrière-boutique où était son grelot. Et pendant ce temps, les autres, dans la boutique, opéreraient en quatrième vitesse : le tiroir-caisse et les adjas.

En fait, la caisse était vide. Alors, ça a été une razzia imbécile : les disques par tombereaux, les magnétos les plus lourdingues, postes-radio, réveils, les spots, les rouleaux de Scotch, punaises, prospectus, les prises de courant, n'importe quoi. Un pillage lamentable... Et en traînant dans le magasin contrairement aux directives... Ces rigolos ont failli se faire coincer au moment où ils emmagasinaient le magasin dans leurs valises. Ils étaient tellement débordés, ils avaient tellement traîné, qu'ils ne faisaient plus gaffe à la porte. Un client est entré — pas prévu. Sauve qui peut. Ils ont fui comme des caves, avec des hurlements de petites filles. En bousculant le client — une honte. Et en abandonnant dans la panique — la totale —, deux mallettes avion et un sac de sports sur place. Par pot, il n'y avait pas de papiers dedans.

Après ça, ils ont compris. Ils ont arrêté comme ils auraient dû le faire depuis longtemps. Tocards. Et le magasin, c'était prévu, est devenu inaccessible. Disques barrés, bloqués au verrou dans chaque rayon. Deux employés super-baraqués. Caméras. Pancartes de menace : « Ce magasin est placé sous surveillance, etc. » Et Fifi, aigri... Suspicieux. Il vous fouillait du regard jusqu'à la moelle dès que vous entriez dans son échoppe. La ruine et l'abus de confiance l'avaient rendu misanthrope, cruel. Hostile au client. Il y a eu enquête : la maréchaussée a poussé jusqu'au lycée. Discret et inutile. Trop vague. Indices flous, signalements confus... Au fond, c'était un nouveau triomphe de la technique Zingaro — « ni vu ni connu je t'embrouille » —, mais sans panache. Tiédasse.

Voilà une déchéance. Rien à voir avec le temps du Panthéon. Bien perdue la foi du début. L'exaltation m'avait quitté. Vieillard. Et pourtant...

« Radio Hanoi cite un article de l'agence de presse du FNL qui déclare que : Depuis qu'ils ont commencé la guerre, les Américains ont tué plus de cent soixante mille Sud-Vietnamiens, mutilé huit cent mille Sud-Vietnamiens, torturé, brûlé vifs, décapité ou éventré cinq mille Sud-Vietnamiens à l'aide de poisons chimiques, détenu et mis à mal sauvagement quatre cent mille autres Sud-Vietnamiens dans plus de mille prisons. »

En peu de temps, avec Pujol-Pottier le Juif de Vanves-Malakoff, c'était redevenu exactement pareil qu'avec le titi manouche Zingaro. Toujours. Et partout. Pareil. Les vols, les disques, les fringues, les conneries abracadabrantes. Misère noire et nullité intégrale. Zingaro, Pottier, H.-IV, Michelet, Meudon, mouron, Montrouge. Pareil au même.

Avec Pottier, on passait la vie à l'user (la vie) ou vice versa. Quoi de neuf ? La baisse de tension. On tuait deux vies de merde lycéennes à petit feu sans douleur. Sans idéaux, ni envies, ni amours, ni mystère, ni colère, ni énergie, sans rien de rien... mais sans angoisse, ni nerfs non plus au moins : ça, ça avait changé. A peine deux vies de cloches, à traîner.

Au début, c'était juste le samedi, en métro. On changeait d'air, de faubourgs, de poussière, on partait se balader à Strasbourg-Saint-Denis. Tout Paris à traverser, depuis Corentin-Celton à vol d'oiseau. On allait là-bas pour les cinoches : à 2,50 F. Westerns ritals affreux, avec Montgomery Wood, pré-vogue « spaghetti » *(Le Dollar troué)*, films pour Gabonais avec Klaus Kinski et ses tics aux lèvres professionnellement méphistophéliques qui me faisaient songer au surgé bossu et au prof de dessin d'Henri-IV, érotiques faibles, abominations interdites juste aux « moins de treize ans », *M. le Maudit* and Co, « ambiances » très spéciales : « Qu'est-ce que vous voulez ? Qu'est-ce que vous voulez ?! » : la vierge héroïne en soie intime sur l'écran des horreurs cartonneuses vampiresques de Clichy-Blanche. « Qu'est-ce que vous voulez ? »... Une voix de farceur scabreux au fond de la salle du Midi-Minuit surchauffée : « Ta moule ! » Hilarité générale. Et puanteurs, graves. Relents de pieds de traîne-savates diplômés, remugles de renfermé gagne-petit, effluves de basses hontes de claque symbolique, suants et dissimulés comme dans les pornos moites des années X à venir.

On descendait à Bonne-Nouvelle-Saint-Martin pour ça, les cinés-dégriffés, ou alors pour le n'importe quoi. Pour les déballages de nippes clinquantes, singeant les vraies fringues de minet à pleines vitrines truquées le long du boulevard des pieds-noirs (assez bonnes pour être refourguées, après culbute, à des bœufs style Sénarasse) ; pour les disques en carambouille, les bouquins en marmelade soldée ; pour les halls à flippers ; pour les « passages » ; ou pour les putains bien sûr. Là, rue Saint-Denis sous l'arche, jusqu'aux Halles, avant que ce ne soient toutes des Antillaises sans intérêt, ou bien à Pigalle, rue Puget, Blanche, rue de Douai, en micro-mini-jupes rue Frochot, montrant leurs cuisses et leurs slips derrière les vitres de bars américains. Jamais pour nous : trop niais et pingres. Un coup les radasses à reluquer en ricanant comme des puceaux, un coup les puces, un coup un western italien, et après ça, inlassablement, de nouveau la semaine suivante, à tripoter les fringues de bougnoules et à mater les photos de films sales, tout le long des Grands Boulevards, de l'arc Saint-Martin à l'Opéra. L'existence en anneau de moebius.

Par la suite, rapidement, nos errances, comme avec Zingaro, ont débordé du week-end sur toute la semaine. Culmination bien sûr, toujours, le samedi-dimanche, avec la quête mendiante-hebdomadaire des boums, à l'Hay-les-Roses, Vitry, Viroflay, Versailles, Meudon-la-Forêt, toute la périphérie, jusqu'à Saint-Maur, toutes les surboums superplouc, pour se soûler, piquer des disques — ou au moins les bousiller —, faire les vestiaires, les sacs, les manteaux, boucher les gogues et, très exceptionnellement, par erreur quasiment, danser avec une fille ; mais désormais aussi, répétition du scénario traîne-patins, à tuer le temps, chaque jour de la semaine. Loin de Vanves-Malakoff si possible. Et plus du tout en métro : en moto, s'il vous plaît. Kawasaki. Le standing grimpait, les temps changeaient. 65, 67, sous peu 68. Que de frais !

Potmann s'était, laborieusement, payé « sa Kawa », à force d'éconocroques. Un modèle baroque et fumeux, prototype abandonné absolument unique en son genre en France, arrivé là qui sait comment ? C'était une sorte de 125 cc trapue de ligne ultra-basse, écrasée sur le sol ventre à terre, aux performances limitées, et au nombre de vitesses anormal, de couleur rouge vermillon. Très mauvaise tenue de route guidonnante, vibrations continuelles, et chutes à quarante à l'heure fréquentes en sous-régime de montée dans les lacets de Céline.

Quand on n'allait pas au ciné à 2 F du XVIIIe ou du IIIe-Temple, où j'étais systématiquement collé par les tapettes (« Salaud, je gueulais, salaud de pédé ! » : ils retiraient la main et s'en allaient rouges, je ricanais), quand on n'était pas à se ronger les os de glagla en plein décembre aux pouilleries de Puces à voleurs de Clignancourt pour la 578e fois, on poussait parfois jusqu'à Robinson-Village. Le ranch de Johnny et Long Chris l'antiquaire. Quelle clownerie. Là du coup, pour l'honneur, j'enfourchais notre Norton.

L'idée nous était venue, à Jean-Marien et à moi, d'acheter ce monstre, à la suite d'un décès... Un type de ma classe s'était précipité contre un mur, de nuit, aux guidons de sa BSA bleu métallisé. Crasssssh. Bon. Il s'était relevé, avait redressé la moto précieuse emboutie, l'avait poussée jusque chez lui à quelques kilomètres de là, 500 cc à pied. Arrivé au logis, « Bonsoir papa, maman », il gare sa moto, il ôte son casque, ses os crâniens en plaques tectoniques dérivent et lâchent : mort.

Pendant quelques nuits, possédé, j'avais dès lors — suave horreur — rêvé (littéralement) d'aller trouver les parents du cavalier-fantôme pour leur racheter la machine mortelle et fascinante du fils défunt. Contre, espérais-je, une bouchée de pain.

Il faut comprendre : à l'époque, on ne voyait jamais une moto, dans une cour de lycée. Solex, Vélo-Vap, byclos, Moby, Motobécane, un point c'est tout. Pas une seule raclure de « japonaise » dans les parcs à vélos, pas un gros-cube, aucune « bécane », rien. Quand on rencontrait une BMW de coursier, dans la rue, c'était le bout du monde, une autre époque : on s'arrêtait pour la contempler. Ce n'est que bien plus tard que l'industrie et la mode, de la moto, puis des intolérables scooters d'après-guerre réévalués, devaient redémarrer, par la base, pour le troupeau, en masse. Au temps de la tuerie contre le mur du Bas-Meudon, la meule du chevalier noir de Michelet était encore quelque chose d'unique, de surnaturel : la BSA du mort était un météore.

A y réfléchir, en fait, sans même remonter à mes éblouissements enfantins devant les teigneuses Flandria 50 à housse de selle léopard et carénage obus (si merdeuses), il y avait eu une autre amorce de fixation, des années avant. Jean-Marien avait découvert dans un hangar quelconque de l'ambassade de France à Lomé, près de la gare, deux vénérables Ratier 750 cc cylindres à plat, encroûtées de rouille, qu'il avait un temps nourri le projet de restaurer. Projet avorté, pour raisons parentales obtuses habituelles, mais idée...

Pour en revenir à la BSA fantôme, bientôt mon obnubilation avait changé de cap : je m'étais mis à rêver (toujours littéralement) Ariel, Royal Enfield, Rocket 3, Thunderbird, HRD-Vincent Black Shadow, etc. Et j'avais même déniché un nouvel objet de convoitise. L'occase. Une mirifique Vélocette noire. Monocylindre 360 cc, « Veeline » ou « Venom » quelconque, en vente au bas de la colline de Meudon vers Issy. Mais le garagiste, fou, refusait de vendre, et d'ailleurs la moto ne démarrait pas. La folie, sur ce, avait définitivement gagné mon frère, à peine rangé des Solex volés. Qui avait finalement mis la main sur une sombre merveille d'acier, pour trois mille cinq cents francs (nos Caisses d'Épargne), avant même que nous n'ayons passé notre permis A : la Norton.

Le dragon.

Sa masse était considérable, vu mon gabarit jockey (cinquante-quatre kilos, moi, deux cents, elle), son code s'écrivait « SS » (Sport Special) — du moins pour moi, qui confondais. Le chiffre d'entrée terrible d'une légende oubliée. Gris fer et bouleversante. « 99 SS », descendante déchaînée d'Antée. Un grondement lui soulevait les flancs lorsque le kick fracasse-rotule, cédant au coup de talon massif, consentait à actionner son énorme puissance d'Oulhamr mécanique : six cents centimètres cubes montant du noir, acariâtres et lunatiques, effrayants. C'était un bruit formidable, guerrier, la clameur d'une bataille sans issue, comme un ronflement de lynx croisé d'échappement de 2 CV à deux moteurs gonflés sans pot, combat du feu d'arrière-garde, la pulsation de la mort même.

Elle se nommait, exactement : Norton 600 « Model 99 ». Les précédents modèles, 750 cc, 500 cc, n'importe, s'appelaient « Manx », « Atlas »... Monstres supérieurs engloutis avec leur beauté morbide — « Dominator », « 88 », « Daytona », « 77 » — dans le désastre de l'ère quaternaire huileuse anglaise : BSA, Triumph, Norton. Un âge conclu en crucifixion, avec la « Bonneville » quadrillée et la « Commando » pour l'honneur, avant défaite sans rémission du prince Featherbed — dit « lit de plumes », le cadre absolu couché en sépulture mythique.

La Norton 99 était quelque chose comme le dernier chapitre d'une épopée médiévale. Teutonique. Lances, estocs, carreaux, cylindres. Avec elle, on avait soudain entre les cuisses des envies immémoriales de meurtre et de suicide en flamme, la véhémence renfermée des folies juvéniles mauvaises du monde entier. Toutes les frustrations de notre époque bouillonnaient là-dedans, prisonnières de cette somptueuse inhibition de fer, d'essence et de graisse caducs : la Norton. Cuir noir aux mains, blouson luisant au dos, pots Dunstall de chez Krajka aboyant contre la botte, au pied, on partait doucement comme sur une vague de limaille huileuse et on se transformait dessus, taillant la route, en trombe de goudron.

Je prenais rarement la Norton, elle était trop forte et tragique pour moi : sa machinerie m'avait d'emblée assommé, ses caprices de maîtresse sexuelle hypocondriaque à cravache chromée me dépassaient et son poids mort m'entraînait vers le fond de l'humiliation, l'abîme. Chaque démarrage, pour la mettre en branle, décoller la machine de sa double béquille centrale affreuse, chaque arrêt, pour la remettre sans incident sur la même béquille, étaient des manœuvres d'une abominablement périlleuse complexité. Excessivement dangereuses.

Le moindre faux pas et, en général devant un public en cercle épaté mais exigeant, c'était la catastrophe : deux quintaux de gloire Norton mordant la poussière. Et mon armure d'orgueil avec. Deux tonnes de déshonneur, irrelevables sans aide tels ces chevaliers-tanks harnachés du temps jadis écrasés sous leurs propres caparaçons blindés dans la bataille... Non.

Et pour peu que le moteur, lancé, s'arrête en plein effort — feu rouge, côte, embouteillage étouffant —, c'était encore pire. Impossible de redémarrer, impossible à bouger... La Norton « 99 SS » était pour moi quasiment invivable. Presque un cauchemar palpable. Guidons trop durs, réservoir trop costaud, moteur trop véhément. Une véritable menace. Sur ma vie.

Mais pour débarquer au « Ranch de Johnny » en beauté, avec Pottier et sa Kawa-Banzaï avant de descendre en boîte danser comme des dieux sur *Big Bird* ou *Night Train*, ça valait le coup. Pottier pouvait me secourir, et il fallait ça. La musique d'enfer de la Norton. Sur le trottoir des ploucs... Arrière, vermines ! Cow-boys de bazar, « costes » en alpag' de pacotille... Personne n'avait le droit d'y toucher. Que mon frère, son maître, qui deviendrait un jour coureur sur Husqvarna en cuir bleu, et moi, son propriétaire freluquet qu'elle tolérait à peine, par je ne sais quel honneur, en bronchant. Lâchant d'un coup une poche d'huile colérique sous ses pneus dans un virage à 100 sur la route de nuit de Versailles. Quittant soudain la côte des sept tournants en descente, entre deux bornes tueuses, ric-rac, débrayée, sur une faute de conduite impardonnable de ma part, etc.

Régulièrement, Jean-Marien la repeignait, à neuf. Vingt-cinq polissages, à la toile douce, à l'eau, dans le froid, vingt-cinq couches. Et hebdomadairement *Moto-Revue*, l'équivalent mécanique de *Disco-Revue* pour la musique, racontait les exploits en course des derniers tenants desperados du titre Norton, systématiquement écrasés les doigts dans le nez, 250, 500, par les MV du comte Agusta, diaboliquement conduites sur cadence majeure par Giacomo Agostini le play-boy italien fabuleusement déhanché dans les « S », fléau des Norton expirantes.

Le tout, nom nazi, moteur fatal, défauts caractériels, mythologie solennelle, faisait un petit bruit de fond grisant, en contrepoint rédempteur à la médiocrité inqualifiable de notre existence. Et devait d'ailleurs un jour très mal se terminer : Jean-Marien la tête la première dans une palissade de la Défense, Pottier une cheville arrachée dans sa botte à la faculté d'Orsay... Belle musique quand même. Quatre temps, « 99 ». Comme un écho amplifié au *Rubber Soul* cafardeux et guilleret, déjà presque oublié, du temps des cousines « couillées » d'Olivier « pas-vu-pas-pris » Zingaro.

« Les autorités chiliennes ont confirmé dimanche que les quatre-vingts passagers et les sept membres de l'équipage du DC 6 qui s'est écrasé le 6 février sur le mont Catedral avaient péri. »

« Ni vu ni connu, je t'embrouille », « Pas de témoin pas de papier, va te laver les pieds » : Zingaro le belzébuthéen avait eu ses blasons magiques, mais Pottier lui aussi avait du répondant : « Entrée gratuite... Sortie payante », par exemple. C'était trouvé, ça, on ne peut plus intelligent.

Pottier, la fripouille, avec le temps, était bien devenu mon irremplaçable conseil, inséparable précieux, mon double. Brigandage, rigolade, foutage de gueule du monde, fourberie, vol, abus, emberlificotages, escroquerie, passe-temps... C'était la saison bizarre des « Copains Menier ». Le chocolat. Une grande offensive socio-rock exemplaire, restée inégalée dans le domaine de la réclame honnête. On achetait quinze tablettes de chocolat noir Menier — rien du tout à banquer et une corvée plaisante à consommer —, on envoyait les fameuses étiquettes d'emballage bleu et blanc et ça y est : on était Copain Menier.

Quand on en était, avec la carte, on avait droit à toutes sortes d'égards : en parrainant un nouveau

Copain blabla, on pouvait recevoir un 33 t (*La Génération perdue*) par retour de courrier, mettons — ce que j'ai fait en utilisant le gros Boutillier comme prête-nom chocolaté. Et surtout, en se rendant régulièrement, prévenus par *Disco-Revue*, chez certains disquaires, dont le Discobole de la gare Saint-Lazare qui affichait *Over Under Sideways Down* et *Fresh Cream* entre Ronald Méhu le rocker français caché par un store et Gene Vincent dernier round, on avait accès à un tas de concerts gratuits. Les meilleurs de l'époque, la quintessence. Tous. Un miracle qui nous fit bien de l'usage : plus d'un an. Des Rolling Stones à l'Olympia (Musicorama exceptionnel : nombre de places limité...) jusqu'à Noël Deschamps (*Oh-là-Hey !*), en passant par les inoubliables Small Faces à l'Alhambra Maurice Chevalier (Steve Marriot *All Or Nothing* guitare coincée entre les genoux rentrés), Tom Jones, Zoot Money, Eva (*Folklore auvergnat* et pommes de terre pourries dans la gueule), les « fashionable » Kinks, etc. Avec un extra-maison de loin en loin, à la faveur d'une combine juteuse quelconque de Pottier : Guy Bedos gratos à Bobino (avec Sophie Daumier), Hallyday au palais des Sports (avec le *Scarabée*), la première de *Hair* à la Porte Saint-Martin (avec Ronnie en Décadent sur la scène et Dard en touriste dans la salle)... Ça, pour ce qui concerne les distractions saines.

Le reste était d'un autre tonneau : routine du méfait planplan, de l'embrouille, du déconnage par entraînement, du vice dans la peau. Pottier, dans ce domaine, s'était vite révélé hors pair. Vif, zélé, ingénieux, dissimulé juste assez, à peine provocant, plutôt biais par nature, assez gentiment « dans le sens du poil » comme Duduche Van Potten de Lomé et, de toute manière, malhonnête par pur plaisir. Mon plus « historique » acte de vandalisme, finalement, c'est d'ailleurs avec lui, non avec Zingaro —

pourtant tellement plus endiablé, météoritique —, que je devais l'accomplir. Chronologiquement, ça ne devrait venir qu'à la fin, tant pis : deux ans à saute-mouton...

C'était au mois de mai 1968. Longtemps après mes blagues du quartier Latin, mais toujours plus ou moins dans le même périmètre. Nos deux cerveaux fertiles de demi-demi sels associés, connectés sur la fiche « désordre et turbulence », ont inventé la farce militante que voici : un détournement de fonds révolutionnaires, notre train postal du communisme infantile.

On avait eu le temps de potasser ça..., Michelet croupissait. Tous les jours, on séchait, en congé à perpétuité. Tous les jours — on avait pigé le genre —, il s'agissait de lancer un « débat » super happening. On chauffait à mort la salle, insultant les élèves, les profs, l'Institution, le lycée : « Horaires ! Examens ! Bakounine ! Sélection ! Jung ! Débouchés ! Malatesta ! Qualité de vie ! Groddeck ! Contre-pouvoirs ! Sexualité ! » les cours capotaient, les discussions oiseuses s'embourbaient... On sortait à la course, envoyés spéciaux, prévenir les « délégués » qu'une grève « reconductible » se fomentait... Et ciao, bande de pneus. Droit au Matelas.

Seulement, flippers tous les jours, huit heures d'affilée... l'ennui menaçait. On a donc trouvé — oh, très vite —, comment tirer plus pertinemment profit de ce jeu de dupes : il fallait... mendier. Ah ? On y est. Au travail, fissa... On a ainsi littéralement inventé, du fin fond des bars mornes avoisinant Michelet, dans le triangle porte de Versailles/Issy-les-Moulineaux/porte d'Orléans, bien loin des excités à pavés de Saint-Louis, Balzac, ou Louis-le-Grand, le mythologique « T'as pas cent balles » des années soixante-dix dégueulasses à venir. Ça, mais stylé : « Vous n'auriez pas... ? »

Il suffisait d'y penser. De s'y mettre, fabriquer des boîtes en forme d'urnes — fer-blanc, carton, bois —, améliorées au fil des jours, et de marquer convenablement dessus, en gros Letraset esthétiques, ce message de vilenie dépassée : « Pour les lycéens en grève du lycée Michelet. » Oh honte délectable, exquise tromperie, profitable système !... C'était ça, la trouvaille. Infaillible — les recettes l'ont prouvé d'emblée : on a réussi les doigts dans le nez, avec ce bon tour à la noix de « cocos », à voler des mille et des cents à la bonne société au nom de sa révolution en marche. Entre pénuries d'essence ou de pommes de terre et grèves générales. Des biftons par paquets, alors là... Tous les soirs, un-deux-trois-vingt-gn-gn-gn, quand on comptait la recette de la journée, quelle allégresse. Vive les événements !

Ah, ce qu'on était réjouis, satisfaits de ces récoltes de talbins craquants et trébuchants. Et le plaisir d'avoir ratiboisé ça malhonnêtement comme c'était à peine pensable, au-delà de ce que notre petit comité à deux de chienlit organisée avait pu fricoter de pire jusqu'alors, en fait de pollution civile, de déchéance, l'idée de ce que ça aurait mérité comme correction de première, collage au pilori, cassage de gueule soigné, si — ce qui n'était pas demain la veille — on nous avait démasqués, nous plongeait dans des états de jubilation proches de la béatitude. Quels cons, les aminches.

Sur quoi, on allait boire tous les billets. Entre zinc et billard électronique (le Matelas). A la santé de Mai. Chaque jour, avec le sentiment du devoir accompli encore : glou-glou, un autre.

Tout ceci se tenait un peu à distance du lycée tout de même, histoire de ne pas trop forcer la chance. Aux alentours de la gare d'Issy, plutôt.

Chacun posté d'un côté du souterrain, par exemple, c'était impec : « S'il vous plaît ! Un bon geste... S'il vous plaît ! Solidarité ! Merci ! Pour les lycéens en grève ! Du lycée Michelet ! Merci ! S'il vous plaît ! »

Souvent, les mémés s'arrêtaient, reniflaient, traînaient. Ah ? Elles discutaillaient, il leur fallait des compléments d'information.

Pottier, ultra-brillant, plus diplomate de nature, trouvait les slogans de génie. Des lumières le traversaient : « C'est pour éviter des incidents graves ! » et toc — Tiens donc, qu'est-ce qu'il voulait dire : « Incidents graves ?... » Un autre jour, c'était, d'un air concerné, penché sur un monsieur à parka d'ouvrier (danger) : « Le débat de fond est engagé. » Une fois, c'était : « Il faut payer les AG » (? !), et la fois suivante : « Jean-Claude Killy a envoyé un chèque signé. » Là, la classe, ce n'était pas « Killy », c'était le mot « signé ». Trop fort, ça... « Killy, signé ». Ça clouait l'investigation : « signé ».

De mon côté, c'était moins reluisant : je colmatais au coup par coup. Ma fourberie m'inspirait à peu près ce qu'il fallait raconter, soutenue par l'appât féroce du gain escompté. J'étais plus prosaïque : « affiches à payer » par-ci, « matériel sono » par-là, « les soins médicaux pour les grévistes de la faim » (Ah bon ! Où ça ? !), « les frais d'avocat de Dany le Rouge, s'il vous plaît », etc.

L'un dans l'autre, l'essentiel était d'y croire quasiment. Une véritable schizophrénie. Comme en classe chaque matin... Les étudiants, les lycéens, le mouvement, les revendications, l'ampleur de la contestation, camarades, la remise en question, les grèves, les usines, les assemblées, le monde ouvrier... On en avait plein la bouche, la tête qui en débordait. De ce pauvre fatras à manchettes de journaux. On s'y serait vraiment presque crus, à la longue : « porte-parole », pourquoi pas ? Et puis quoi encore. Quoique... On n'aurait pas été les pires, loin de là, même aussi jobards, de cette gabegie de fripouilles à mots d'ordre, porte-drapeaux imposteurs, porte-voix, usurpateurs gros et escrocs mobilisés... Bon, heureusement qu'on revenait sur terre tous les midis et tous les soirs. Au moment des relevés de compteurs : « Combien t'as, toi ? — Tant et tant. Et toi ? »

Comme de bien entendu, chacun foutait l'autre dedans question pourcentages, à fond les manettes, dès qu'il s'agissait de partaga : « Heu, dix mille, bleu-bleu-bleu. — Et moi douze, gueu-gueu... », etc. Enfin, même en se sucrant au passage, on s'y retrouvait. Largement. Il y avait de la marge, les gens y allaient vraiment, de leur poche (directos dans celle de Potmann et la mienne) ; la corde sensible « solidarité » vibrait atrocement. Une efficacité inattendue. Horrible.

On raclait tout ce qu'il fallait, au nom de l'UNEF, de la Cause (toujours) des peuples, de la Sorbonne, du 22 mars (v'là les flics) et des pavés, et après, donc, on payait le coup en rangeant les urnes de la bonne conscience, comme de bons petits ouvriers modèles au terme d'une journée de labeur appliqué. Hop, à la tienne Étienne, trinquant, redistribuant, flippant : Bing, piip, tûût. Tchin ! Bing, « Extraballe, Bonus 68 when lit ! »

Est-ce que Zingaro en faisait seulement autant, de son côté ? Lui si fortiche ?... Un moment, ses raclures de parents semi-concierges avaient ramené leur fraise de roms longtemps après le procès et le renvoi en fanfare : ils avaient la prétention, ces mendigots, de fourguer leur pourri de rejeton en paquet-cadeau au directeur de l'établissement qui m'accueillait en stage d'observation, et ces pouilleux comptaient fermement sur mon père pour régler l'affaire. Carrément. Vu que « personne ne voulait de leur fils » et que, « malgré tout... la responsabilité entière de votre fils... n'est-ce pas, dans l'enchaînement de circonstances... bla-bla... » Non mais, ça va oui ? ! On se retrouverait tranquillement dans la même classe peut-être, aussi ? Pour recommencer le numéro complet ? Quel culot ! Pfff...

Comme tout ça était loin, brumeux, oublié. Indifférent. Aucun souvenir, aucun regret, poubelle. Michelet l'historien des sorcières avait gommé Henri IV, l'histoire sainte à l'enseigne du Vert Galant.

Et la vie continuait : il n'y a pas que la politique, les esclandres extra-ordinaires de quartier Latin pour insurgés en charentaises, il y a aussi les affaires courantes. Combines, bricoles, encore et toujours, projets sociaux à rebours, démerdes, fauches, filouteries... à-peu-près. Le nettoyage régulier, à la petite semaine des poches des usagers du tennis municipal d'Issy, rue Jean-Baptiste Potin, nous faisait déjà de la distraction — avec quelque profit... On raflait la mitraille, un Dupont par-ci, un gros lot de cinq ou six bons fafiots par-là, et bonsoir : la sortie illico. Ça allait faire chaud, tout à l'heure... Avec ça, petite spécialité ponctuelle, temporaire, l'estourbissage de microsillons en gros, propriétés exclusives des industries Sonopresse qui m'employaient : à sortir d'entrepôts proches de chez Pottier par énormes quantités, sacs de cinquante disques entiers. Autre exercice encore, les histoires de gonades et de filles malgré tout, qui commençaient, un peu, beaucoup. Boums, boums et surboums : tous les dimanches, tous les samedis, le gymkhana, la piste des soirées à parasiter (« Je suis le copain du frère du cousin de Sylvie qui... »). Des claques aux vestes, de nullités en ramassage de tas, les unes après les autres, toutes (les filles et les boums) avortées.

Un baiser raté à Antony, avec Catherine, « superminette » pour une fois, en shetland bleu, minuscule

Lolita aux yeux gris-vert ; et au téléphone après, la voix du père, terrifiante : « Je-vous-prierai-de-ne-plus-nous-importuner. »... Clac. Claque. Un rendez-vous foiré avec Élizabeth de Boissonnat de L'Hay-les-Roses de mon chose dans la bise. Une aventure de Pottier réussie quand même — ah ! —, à Choisy-le-Roi... mais avec une caissière idiote à dents de cheval. Une cuite carabinée à Chaville, faisant capoter un coup bien barré avec Sylvaine la blonde retour du Brésil, pas mal. Une bouteille de vin fracassée à Sèvres contre la maison bourgeoise d'un boudin à poteaux (Élisabeth Masson) en hurlant « Je t'aime ! » — et finalement, c'est Pottier qui se tapera ses jambonneaux... Truies, hontes, fiascos, minableries de banlieue (les bals anormaux de Val-Fleury, la discothèque-garçonnière insolite de Philou le mécène à Sèvres, la bande aux semi-clodos de Mérouville, mort depuis, à Meudon-la-Forêt...), « intrigues » en tous points dégradantes, toujours entre deux « coups ».

A un moment, intense activité souterraine. Comme on devait travailler, tout un été à Issy, avec Pottier, on s'était mis animateurs le week-end : une idée du cerveau de Pottier inspirée de l'exemple du fameux Philou de Sèvres : faire « boîte » pour « les copains ». Dans son garage.

Sinistre, le garage. On avait repoussé un peu les jerrycans, les outils, recouvert les poubelles, et décoré ça tranquille : deux-trois draps troués pendus aux murs, un ou deux bibelots phosphorescents pour faire intime, une tablette genre « bar », des bancs piqués (au lycée), une glacière, quatre ballons au gaz de ville, tortillons de Noël récupérés, avec deux boules et quatre ampoules (40 watts) peintes en vert pour égayer... Youp, youp ! Et en piste les amis ! C'était la méthode Potmann Lévy : « Entrée gratuite... sortie payante. » Bienvenue à « tous les copains ! ». On invitait les gens gracieusement... en les prévenant après accord qu'il y avait « une petite participation aux frais ». Juste pour « le geste », on donne ce qu'on veut. Ah ouais, tu parles d'un geste. Blaaam : le coup de massue. La « participation », comme on disait si élégamment, le « ce qu'on veut », étaient déjà bien saqués — largement le prix d'une entrée au *Pierre Charron* ; et quant à la suite... Un vestiaire systématiquement étrillé, par mes soins empressés, avant ressortie allégée — avec désignation classique d'office comme accusés, des innocents partis en avance en cas de récrimination. Et de ces buffets... croquignolets.

« Petits boudoirs » de bazar indéfiniment ramassés au milieu des cendars et resservis, infiniment rassis... « toasts » de « foie gras » se réduisant à des pauvres tranchiottes de baguette tartinées au graisseux pâté pur porc, amuse-gueule soldés, Vache-qui-rit pirates de sous-marques farineuses et cubes de « picorettes » artisanaux au « gruhère » parcimonieux, serviettes en provenance directe du rouleau de papier ménage, etc. Vraiment au plus juste, à la pingrerie extrême. Le « Moët et Chandon » — pure merveille de mise en scène —, produit dans des bouteilles voyantes à étiquettes certifiées, avec grands effets de manche du majordome Pottier — et même bruits de « bouchons qui sautent » à volonté en coulisses —, était le quelconque cru sordide de piquette mousseuse qu'on imagine. Vitriol de gargote qui n'avait qu'un seul (gros) mérite, crasseux : bourrer la caisse des filles « invitées » à qui, par privilège insigne, la maison servait la soupe gratos : « Ouaîîs ! »... Quand elles étaient bien malades à dégobiller, vertes de syncopes en bout de course, dans la chambre à coucher ou la remise où je les conduisais, gentiment étalées, bien dégrafées (pour s'aérer), via la salle de bains, elles faisaient moins de simagrées.

Le traitement devait finalement être un peu abrasif et la « fête 100 % » (slogan affiché) sentir un peu son lugubre : en dépit d'un gros succès de départ, au bout de très peu de temps, plus personne ne venait. Plus un « copain » à l'appel... Punis.

Tant pis, il y aurait toujours un autre coup, bien ficelle, à monter et encore un autre... Une occase à saisir, sans hésiter. Pour se faire du pèze sans lever le petit doigt ; pour piquer ou casser un truc quelconque sans rien risquer ; ou juste pour se bidonner. Une lettre anonyme, une énième boum débusquée, une copine de copine bernée (« Mais si ! Je suis un copain de... »), une cabine publique détraquée et branchée sur le Mexique en non-stop, une nouvelle bande de tarés à déstabiliser, du côté de Val-Fleury ou d'ailleurs, un concert à resquiller, Sénarasse à torturer (« Allez, on va faire des crêpes chez Sénana — Oueeeh ! — Oooooh, arrêtez de déconneeeer... »), quelqu'un à dévaliser...

Ah, c'était la sale manie, la maladie, ça : voler. Au mépris des règles les plus sacrées de la vie en société, de la confiance. Plutôt mon obsession personnelle d'ailleurs. Clepto. Je détroussais. Les gens les plus gentils, les plus ouverts, qui m'accueillaient. M'aimaient. Les Duprez, les Puêche, les Boisset. Volés. Une frénésie débectante. Et à deux, c'était encore bien pire. Une suractivité de mensonge et d'abus, une surenchère de larcins effrénée.

Une fois, j'emmène Pottier chez ce lointain ami de Jean-Georges à Montreuil : César Brunet, ancien vague compagnon de batailles de soldats loméennes, à moi aussi... Tandis qu'ils parlent dans le salon, moi, j'œuvre. En sortant de la salle de bains violette, par réflexe, professionnel quasiment, je fouille la chambre d'étudiant en kinési de César. Juste un petit tour au radar, rien de mal... Toc, du premier coup : tapis. La vache. Dans une quelconque planque anodine, voici que j'ai déniché le pacson. Un vrai pécule, fichtre. Que des billets. Considérable. Quelle épaisseur... J'en tire immédiatement quatre. Bafouant ainsi indignement une nouvelle fois, et complaisamment, ces fameuses lois de l'hospitalité, sans honte, sans hésitation. En repartant, je raconte tout le pot aux roses — enfin... en partie —, à Pottier et lui refile la moitié de la prise : c'est-à-dire... heu... un (1) talbin.

Dans les mois qui suivent, évidemment, rebelote. Pottier et moi fréquentons assidûment ce type, qui nous ennuie à mourir avec ses pauvres projets de salon de massage et ses rêves de scaphandrier. A chaque fois, il y a droit ; les mêmes ponctions de fumiers dans son trésor. La galette maigrit, nos finances prospèrent...

Jusqu'au jour où le pauvre César trompé fait une « boum » chez lui. Nous en sommes. Retournement du vestiaire de simple routine, comme dans toute surpate, larcins multiples... Et soudain, le scandale : « On m'a volé ceci ! — Patali. — On m'a pris cela ! — Patala... — Au voleur ! », les invités protestent... Le coiffeur, alerté, se rue dans sa chambre... Hurlements : « Ma cassette ! Ma cassette ! » Il vient de découvrir d'un seul coup, par erreur en somme, gouffre ouvert sous ses pieds rassurés, la disparition de sa fortune patiemment amassée pour s'acheter un matériel d'homme-grenouille, son rêve. Panique à bord.

Dans les chiottes où je me suis subito jeté, je fourgue quarante papiers au trou, tant pis, et je sors... Trois minutes après, quelqu'un trouve là trente sacs flottants et pisseux que la chasse a refusé d'avaler : les soupçons m'effleurent. Sans finalement réellement m'atteindre : ouf... chaud aux fesses.

Pendant ce temps, Pottier, bloqué dans la chambre du délit avec sa prise mais assez légèrement lesté (vingt sacs), est traité comme un voleur et fait l'ivrogne. Pas brillant... Ayant repris mes esprits en vitesse, je m'engage dans les brigades inquisitoriales — constituées au pied levé pour palper systématiquement au corps chaque invité quittant une pièce : fouilles qui ne donnent rien, évidemment. Mais c'était moins une... Ric-rac, ric-rac ! Pour conclure, ce soir-là, peu à peu, sans se consulter, avec Pottier — technique éprouvée —, on focalise grossièrement les soupçons sur le suspect le plus plausible : un brave type de fils de sculpteur, Esposito... Invité — un comble — par nous, arrivé du reste avec Pottier et moi, et reparti assez tôt... « Subitement », ajoute quelqu'un (Pottier) et « avec l'air bizarre », conclut César (sous mon influence imperceptible) — César qui résout d'aller trouver ce coupable désigné dès le lendemain. Pour lui casser la gueule.

Minable : ainsi allait la vie, avec Pottier. Ça changeait... De Clamart à Meudon, d'entrées gratuites en sorties payantes (et-lycée-de-Versailles...)

« Quatre-vingts soldats pakistanais au moins ont été tués au cours de l'engagement qui a eu lieu, lundi matin, près de Tangdhar, dans la région de Tihwal. »

EN dehors de Pottier, à Michelet, il y avait Rabastens, précédemment évoqué. Rabastens dit « Raba », « Rabastasse » dit « Rababar ». Potmann mon compagnon obligé hors lycée, Rabastens en classe.

J'étais avec lui, mêmes loisirs, mêmes heures, mêmes tables, trois cent soixante-quatre jours sur trois cent soixante-cinq. Inséparables — mais on n'aurait pas dit... C'était un peu bisque-bisque-rage... Relations bizarres, ah-là-là, Rabastens. La blague de base, rappel, pour le faire râler : « Allez, les gars, on va faire des crêpes chez Rabastasse ! — Ouaaihh ! — Ohh, arrêtez... », etc.

Rababar s'en prenait plein la carcasse quotidiennement, sans faute, au lycée. On suivait le préau du surgé, vlan ça y était : « Rabastens vous pète au bec », sur le mur. — Ah, çà ? Bon. On changeait de couloir : « Rabastens vous chie à la gueule. » Et à côté : « Rabastens vous suce. » Ah-Ah ? Autre cour : « Rabastens vous pompe à l'os ! » Ainsi de suite. D'heure en heure, de salles en supports : Rabastens vous ceci, vous cela, carreaux, sols, tables de classe, portes, plafonds, tableaux : « Rabastens, Rabastens, Rabastens ! » C'était grave... A la fin, ça se gâtait, le ton montait : mon autre alter ego, si l'on peut dire, le long et fourbe Pottier, beaucoup plus à la hauteur « déconne » que le bref Jean-Luc Rabastens en question, plutôt en cours de formation lui, disons, à peine issu de sa cambrousse pourrie de Toulouse, mon complice versant sombre donc, m'épaulait vigoureusement dans ma campagne d'affichage sauvage pré-soixante-huit et ça faisait du bruit : « Rabastens vous lime la pine, bande de cons ! », « Rabastens vous emmerde et vous crache à l'oignon ! », etc.

Le pauvre ne demandait pourtant rien à personne... C'était vraiment un pote, et pas désagréable avec ça, pas laid, pas sot. Un peu nœud-nœud au départ peut-être, quand même... Il avait fallu le forcer par exemple à prendre l'habitude de traîner au flip après la sortie, dans la fumée, jusqu'à ce qu'il soit trop tard pour les devoirs, que la nuit tombe et que son portefeuille soit à plat — d'ailleurs, il avait d'abord fallu tout bonnement lui apprendre, à cet innocent, à jouer au flipper. A seize ans... Mais à force, il se dégourdissait : il arrivait à reconnaître un vrai shetland — un « shette » comme il disait, un peu trop à la coule, avec son rien de reliquat d'accent pécore —, des abjects synthétiques vert pomme raclés dans le premier bac à soldes de pouffiasses venu que je lui fourguais au prix fort, à ses débuts ; il commençait à distinguer une belle paire de chaussures anglaises à trous d'une quelconque copie ritalo-plouc Bonne-Nouvelle ; il torchait impeccablement le double-flip ; il grimpait avec moi les grilles du tennis d'Issy pour y faire des tournois en fraude et torcher le vestiaire, toujours avec moi ; il a même fini par me piquer mon nom de guerre : Axel, longtemps après mon départ de Michelet (Pottier me l'a cafté). N'empêche, il est toujours resté à Rabastens, 69 ou 66, en toute cordialité, ce rôle de tête de turc de service. Plouc.

Il s'y prêtait, il faut dire, il le cherchait : il la jouait un peu trop dessalée. Clopant d'un air négligent, les lèvres en cul de poule comme les Africains lippus, alors qu'on l'avait connu vomissant ses poumons pour une bouiffe de Benson filtre. Parlant des Tremoloes pour être « dans le vent » alors qu'il les confondait avec les Hollies, Traffic, ou Marie Laforêt. Débarquant un jour avec une veste militaire super-nulle (neuve !) pour être à la mode et remettant ça trois mois après avec un manteau « col mao » prisu en se croyant sapé psychédélique à mort. Bref toujours un chouïa à côté de la plaque — fausses Clarks, fausses Oxford, tout faux — et faisant comme si pas du tout : il était énervant. Gentil, bien, mais agaçant : on avait envie de le secouer pour lui enlever l'amidon du col. D'ailleurs, il avait cette manie : se tourner le cou dans ses cols trop repassés, comme si ça lui serrait la glotte. Et une deuxième manie : donner des petits coups de menton pour rien toutes les trente secondes, vers le bas : plop-plop-plop. Comme un poulet. Parkinson. C'était un vieux garçon de fi-fils à sa maman. Avec ça, légèrement lâche sur les bords, lèche-cul à l'occasion — bof comme tout le monde, mais quand même... — et au bout du compte, capable de vaches petites saloperies le cas échéant, lui aussi, ben voyons : refuser de filer ses copies en compal, me tirer gentiment ce fameux blouson de cuir bleu (soi-disant perdu à Toulouse), que je lui avais, il est vrai, déjà fait banquer assez cher en le lui « louant » pour deux mois de vacances. Des bricoles, admettons.

Toujours est-il qu'il se ramassait quelque chose de soigné, pote ou pas, sur les murs. Ça devenait gênant : « Rabastens vous encule à fond, bande de pédés ! », « Rabastens et le diable te crachent au cul, proviseur de merde ! » et ainsi de suite. De pire en pire : « J'en ai un de bourricot et je tasse la merde au trou du proto ! Signé : Rabastens. » Vraiment scabreux, là, ignoble. Des histoires de « cigare », de « pain d'épice au bord des lèvres », turpides.

Évidemment, à force, personne ne pouvait plus désormais une seconde songer à attribuer la paternité de ces samizdats épouvantables au misérable héros malgré lui de l'affaire, mais d'une façon ou d'une autre, sournoisement, Rabastasse se retrouvait pollué par les retombées, impliqué gravement aux yeux des gens, et le double jeu abject qui en résultait dans nos relations avec lui nous ravissait : c'était sur le fil, dangereux, c'était sale, gratuitement destructeur, irrecevable — et pervers, si l'on veut —, donc irrésistible. On l'aimait bien mais le plaisir que ça pouvait être de le trahir... La joie formide, à la longue, jour après jour, lorsqu'on déambulait avec lui, d'entendre les élèves des autres classes l'interpeller, pauvre mec : « Ah chapeau. Champion, Rabar. T'es pas gêné... — Mais c'est pas moi ! » Et les autres s'en allant, l'air entendu : « Ouais, ouais... » Une délectation. Il en avait marre, mais marre, meeeerde !

Un jour, que le seigneur a fait, c'était une histoire de « foutre de l'enculé du censeur sucé ». Et le jour d'après, c'était un cran au-dessus. Rabastasse, non seulement proclamait : « Le foutre, ah j'aime ça » puis « Qui veut me laisser cracher ma bonne purée de tapioca dans sa turbine à chocolat ? », mais en plus, il indiquait civilement, sous sa signature légendaire, son numéro de téléphone et son adresse. Cruel, ça. Histoires et re-histoires. Le summum devait être atteint avec une déclaration de guerre totale à l'institution scolaire (« Je soussigné Rabastens — tél., adresse, etc. —, flaque à la gueule du censeur de merde, troue le cul du proviseur de mes couilles, et encule à mort la grognasse au surgé pourri ») taillée proprement au marteau et au burin dans le tableau de notre salle principale. Directement dans la masse : slogan faiblard mais gros boulot.

Ça nous a fait un bon trimestre, cet épisode. Nos pires débordements, toutes nos mauvaises humeurs les plus honteuses, vulgarités rentrées, nos dégueulasseries, lâchetés les plus répugnantes, y passaient. Dans cette créature de cauchemar laxative vomissant ses torrents d'ordure quotidiens sur le lycée de Vanves. Nous n'existions plus que par Rabastens l'Abominable, qui n'existait plus, admirablement, que par notre caprice pitoyable et malfaisant. Sous cette forme d'imprécateur glorieux et imbécile répandu en gros mots gras au fil des mois et des murs, insultant les uns et les autres avec patience, pestilence et minutie, salissant tout ce qui l'entourait de sa fétidité obsessionnelle envahissante et indigente. Après tout, Michelet méritait au moins ça, Rabastens l'anonymographe érotomane, Michelet dont l'internat impérial avait couvé les débuts souffreteux de Jean Lorrain, buveur d'éther et adepte de la bougrerie, l'écrivain-crapaud.

Mais Rabastasse ne vivait plus. Il nous confiait son désarroi, le front plissé, ses colères : l'affaire le laissait pantois par phases, abattu et ulcéré. Mitraillé de tics. D'ailleurs il nous soupçonnait : manifestement, il connaissait les coupables. Mais en même temps, nos relations étaient si étroites, si complices, qu'il ne pouvait pas se résoudre à couper les amarres. Même vers la fin, lorsqu'on téléphonait chez lui incognito pour répondre soi-disant à ses propositions murales de « suçages à fond » et « de jouissances par le cul exclusives », « débourrage de labyrinthe à lentilles obstrué » (!!!) et insulter ses parents au passage de « Sale pute, tu feras gafouille à ta fraise parce que je connais ta race de salopes de voleurs et tu sauras que ton fils d'ivrognes à la con essaie de me chourrer ma guitare (?!!) : dernier averto, tchao » ou de « Salut le vioque, c'est pour la pipe », en enregistrant les réponses bègues de la mère ou les bafouillages accablés du père en direct d'Issy à Meudon, sur le gros Sony antique de mes parents...

Tout ça était peut-être de la faute de son nom : « Rabastens. » Stenssss... Trop esthétique. Clac ! Fouet. Zorro de Lomé, précédemment évoqué, c'était pareil : juste un désordre mental. « Zorro vous suce à fond ! », « Rabastens un homme qui fait sa loi ! » Goût tordu de la publicité désaxée aboutissant à son contraire : la clandestinité... « Pas de témoins, pas de papiers, etc. » Voir Zingaro. Toujours lui, toujours là.

« Au Togo, cent trois personnes ont été tuées et plus de cent autres blessées par un camion qui est entré dans la foule à Sotoboua, à trois cents kilomètres au nord de Lomé. L'accident s'est produit pendant un défilé traditionnel. »

QUAND j'ai retrouvé Zingaro — on y est —, des mois et des mois après mon renvoi fracassant du pénitencier Henri-IV, j'étais relaxé, assoupi, hébété. Lui, par contre, quelle pêche. Toujours hypernerveux, palpitant, belliqueux. Agité de soubresauts osseux, secoué de rires de dents ou de frissons de froid. Maboul. Fou de la tête aux pieds dans ses membres si grêles. Une pile électrique vivante. Malade dans sa cervelle — c'était évident maintenant, avec le recul.

Et toujours son habillement de clodo caché. Bohémien. Des trucs trop courts, « justes », « poussé trop vite », des vestes prévues très longues et qui lui rasaient les fesses — si l'on peut dire —, qui lui remontaient pire que tout : genre « spencer », tirées aux manches un maximum, jusqu'aux coudes. Miteux. Des pantalons de zigoto qui lui rebiquaient jusqu'à mi-mollets, Gavroche, par-dessous le boléro Carmen de poubelles. Des chaussettes effilochées. Des mauvaises godasses piteuses à trois sacs, en plastique et carton imitation cuir, trop cirées, attachées avec des morceaux de ficelle.

Avec ça, cette raie de romanichel, là, dans ses cheveux gras bien peignés et mal coupés ; sa salive d'épileptique en crise permanente toujours au coin de la bouche ; et ses ricanements lucifériens sporadiques, ces attaques qui lui secouaient les épaules. Pour rien. Quand il se frottait, rongé des terminaisons nerveuses, hypertendu, le menton sur le côté contre l'épaule, comme un idiot, un faible d'esprit habillé en pull « potage de légumes », en répétant son bout de phrase obsessionnel, maniaque : « Ta gueule ! Ta gueule ! Ta gueule ! » Il riait toujours pareil. Les lèvres tirées à fond par un rictus plat, le menton coincé dans son bréchet, la poitrine serrée aux épaules et gibbeuse des deux côtés. Il n'avait pas changé. Moi si.

On se retrouvait pour la gym « du Bepce ». Puisque moi, tout comme lui, j'étais resté inscrit pour l'examen sur les listes du lycée H.-IV. C'était en mai, avril, dans ces eaux-là. Une chouette après-midi ensoleillée. Il faisait bon. Ça se tenait dans un semblant de stade crado du côté de Bir-Hakeim, en plein périph. Les mecs d'Henri-IV sont passés, mes anciens congénères. L'examinateur en aurait pleuré. Qu'ils étaient donc mauvais. Des nullités, imprésentables. Ils essayaient, en ahanant — Ouf. Ah-là-là — de monter un poirier gringalet, badaboum : ils dégringolaient. Lamentables. Ils n'avaient rien appris. Ils étaient ignorants en gym. C'était se foutre du peuple. Potron, le prof de la rue Clotilde, les avait volés.

Et Zingaro, alors là, le pompon : une malédiction. Dans le lycée où il avait échoué, en lointaine banlieue, ils l'avaient arrangé, tiens. Une pitié. Comme physiquement, d'emblée, en plus, il présentait assez mal... Je l'ai dit, déjà, mais il faut garder ça absolument en tête pour se figurer le mariolle que c'était à cet examen : une vraie ruine à quinze ans. Tout en os mal foutus, dans tous les angles. Rien que des bosses. Et des espèces de lambeaux de peau violette dessus, par-ci, par-là, sur les cannes surtout. Torse nu, si blanchâtre, il était insupportable. Hindou. Un mauvais yogi de Cachan miné par le jeûne et les prières. Et pourtant il bouffait comme un chancre, j'en ai témoigné...

Zingaro a été tellement au-dessous de tout, qu'il a eu un demi (sur quarante) en mouvements. Quant à moi, c'était une autre paire de manches, j'y viens. Depuis mon départ de H.-IV, où tous les élèves entraînés par Potron le gros con à bedaine valaient des nèfles, moi j'avais appris. Je m'étais découvert une souplesse hors pair au pied levé et j'étais devenu habile : deuxième de ma classe en composition de mouvements à Michelet. Alors, je lui ai filé un enchaînement au prof, à l'épater à mort. Série moyenne, j'avais joué la sécurité : des planches, des ponts, à droite, derrière, couché, à gauche, des chandelles, enchaînés tourbillonnants, des pompes, flip-flap, vrilles, roues, des tralalas, des pirouettes, des galipettes... Rien de bien extraordinaire, mais tellement bien mêlé ensemble, ah... Il m'a assassiné de compliments, le prof. Un choc. Il se servait de moi, bon élément, pour faire honte aux autres. Et humilier, surtout, le plus mauvais de tous, Zingaro.

Il le désignait du doigt, à l'africaine : « C'est lui », afin qu'il n'y ait aucun doute sur la personne : « Toi. Tu ne vaux rien. Tu es paresseux, feignasse. Quel prof as-tu ? disait-il. Ah ! Potron... Pfff. Pourquoi tu es venu, aujourd'hui ? Ça ne te servira à rien. Tu es trop ignare. Tu es pire que tous tes copains... Si je peux, j'essaierai de te faire couler pour les autres matières. » Zingaro, il rigolait, c'est tout. Il s'en branlait mais alors, vraiment quelque chose. De ce que le professeur lui disait. D'ailleurs cet excité disait n'importe quoi : il n'avait pas du tout le pouvoir de saquer Zingaro en dehors de l'éducation physique. Toujours est-il que je bichais. D'être du bon côté pour une fois. Et surtout de ridiculiser tous ces cons de H.-IV, cette bande de merdeux — à part deux ou trois —, je jouissais.

Saint Nicolas (Gaby) était là, bel et bon. On a fait le cent mètres avec lui. Et Zingaro et moi, on s'est retrouvés côte à côte, adversaires, sur deux lignes parallèles. Lui, riait. Olivier Zingaro. Et ses nerfs le servaient, comme toujours. Moi, j'avais les jambes molles, par l'émotion. Il s'est détendu comme un arc, au départ, et il m'avait triché déjà quatre mètres minimum au démarrage. Je n'ai pas pu le remonter comme il aurait fallu, pour l'enfoncer sur la ligne d'arrivée. Il faisait des enjambées folles. Un vrai dromadaire à moteur, quand il courait. C'était une prouesse. A voir. Se cassant les hanches, se tortillant, se démantibulant de partout : on aurait dit qu'il allait tout y laisser. En petits morceaux, en esquilles, osselets par terre. Tellement il se disloquait, ce chameau. Il m'a tenu la dragée en ricanant sur tout le parcours. On n'était encore qu'ex æquo au bout. Lui toujours riant. Il s'en foutait, il aurait perdu, il aurait rigolé pareil : il n'y avait que moi qui rageais, de ne pas lui avoir collé la pastille. Merde.

Aussitôt après, je me barrais pour aller, sérieux, travailler mon bepce d'arrache-pied. Dans le vestiaire, alors que j'ôtais mes tennis, il entame le boulot. Sans hésiter. Il fait le vestiaire. Les poches. Comme au bon vieux temps... « Déconne ! je sursaute. Arrête... Tu cherches à nous brûler ? On est sûrs d'être faits s'il manque un bouton. — Ta gueule ! Ta gueule ! », il dit. Et il ricane. Le vrai dingue. Il n'avait pas changé d'un poil. Acharné. Moi, cette scène — troublante —, ça me rappelait une séance de plein-air mémorable, il y avait longtemps, longtemps... En dehors de Paris, avec Potron.

... On était partis en car, jouer au foot ou au rugby... je ne sais plus, près de la Croix-de-Berny. Et Zingaro et moi, d'autorité, en terrain étranger, dans ce grand stade qu'on ne connaissait pas, 100 % rase campagne, on avait attaqué les vestiaires. Il y avait bien, sans mentir, une vingtaine de classes de lycées divers rassemblées ici, cette étrange après-midi-là. Il faisait beau comme tout. Mais, ce n'était pas le soleil qui nous intéressait. C'était l'ombre. La fraîche. On a pris des risques effrayants, pour retourner tous les vestiaires. Deux heures d'horloge, on y a passé. Deux heures sans un mot, sans un regard, à vider les poches, voler les valeurs, les montres, les briquets, l'oseille, tout. Trente sacos chacun, net. Jamais on n'avait autant bûché. Jamais tant ratissé à la fois. Le flouze, on l'avait planqué dans les socquettes, comme des cons, pour le cas où on serait fouillés... A l'aise Blaise. Pas de témoin, pas de papier, etc. Au moment où on partait, les plaintes explosent :

« Hé, ho ! On m'a volé ceci. — Moi aussi. — Merde, et moi ! — On m'a volé, cela. — On m'a chipé trois mille balles. — Moi deux mille », etc. C'est comme ça qu'on a pu supposer que chacun avait dû tromper — toujours plus ignominieusement — l'autre. Puisque Zingaro était censé avoir déniché trente francs et moi quarante-deux... Des broquilles. On était bien égaux en fumelarderie, allez. Pas grave : ça nous faisait rire, par-dessus le marché. Bon, fouille générale. Ça protestait de partout. Les gars s'inventaient des vols terribles. Une multitude de valeurs, fort précieuses, larcinées. Quelles pertes irréparables. C'est toujours comme ça. Ça devenait une hystérie.

A la fin, il y avait : six briquets, soixante paquets de clopes, vingt chaussettes, cinquante mouchoirs, douze sacs de billes, quinze plaquettes de chewing-gum, cinquante-trois montres, sept baskets, huit cahiers de musique, un cahier d'histoire et deux cent mille balles, qui avaient disparu. Là, ce n'était plus plausible, plus du tout. Et c'est ce qui nous a sauvés.

Nous-mêmes, avec Zingaro d'un commun accord, nous étions fait porter pâles, victimes : odieusement dévalisés. Lui, c'était une lettre de sa grand-mère et une poche de café. Moi, un moteur de modèle réduit et une carte demi-tarif. Les profs se sont fâchés. Après nous avoir fait mettre en rang, tous rassemblés, vaste armée de cons, ils ont vu que c'était trop de boulot. Que ça ne tenait pas la rampe, toutes ces révélations outrecuidantes. Qu'il y avait eu des exagérations, mensonges évidents, de la farce. Par réaction, ils ont décrété que tout ceci n'était qu'un monceau de foutaises et de sombre connerie : « Et entrez dans les cars en vitesse ! Bande d'andouilles ! »

On a tous été collés, pour la peine. D'avoir fait perdre du temps. De ne pas avoir eu de respect. De nous être foutu de la gueule des profs. Ah : récriminations dans les rangs. Ça grognait. Surtout Zingaro et moi. Qui étions bien les seuls pourtant, du tas de moules farcies, là, satisfaits de l'aventure, supérieurement comblés, contents de notre sort opprimé. Quelle bonne blague, bonsoir. On avait volé la société ; et en plus la société spoliée se punissait elle-même, faute de voleurs attrapés, à travers les victimes de ces vols, de s'être fait voler, de s'être plainte. Difficile de faire plus absurde. C'était un summum, une grande joie. On pouffait. Malandrins. Et la chaleur des billets dans nos chaussinettes de coquins, sous les plantes, nous faisait largement oublier le petit désagrément des deux heures de colle générale.

A tel point, ça ne faisait que commencer, qu'en rentrant, via la porte d'Orléans — par quel mystère ? —, on avait encore trouvé moyen, hirsutes et survoltés, d'aller tirer des pierres sur les bagnoles des voies sur berge. Si, si : une inspiration violente, outrancière, de Zingaro sur le pied de guerre : vlan, vlan, vlan — du haut des ponts (sans résultat ciblé : coup de bol inespéré). Avant d'aller s'amuser ailleurs, autres ponts (Carrousel, pont des Arts), autres peurs, à balancer des milk-shake chocolat et des bouts de hamburger Wimpy sur la tête des gueules de cons d'Américains à Paris des bateaux-mouches. Une hypothèse soudaine de Zingaro (encore une : pur esprit), qu'il voulait vérifier (« Ta gueule, ta gueule, je te parie qu'ils peuvent rien faire, ta gueule ») : chose faite donc, en hurlant « US-go-home ! » après les abrutis touristiques à chapeau coiffés en prime de leur chère crème glacée : « Ça leur fera les pieds ! »

Ensuite, encore, ce n'était pas fini, il s'était agi d'aller lacérer les panneaux électoraux : Mendès, Duclos, Barbu, Tixier, Mitterrand, Lecanuet, de Gaulle, tous chiffonnés : « Ta gueule, p'tits pédés ! » ; et puis de foutre, lubie, en travers de la rue, un rail entier de caddies de supermarché ; le tout en rayant férocement au hasard, à la volée, entre deux sprints ou deux boîtes à chewing-gum démolies, des files entières de carrosseries à coups de pièces et de trousseau de clefs. Avant de replonger dans le métro, de tirer la sonnette d'alarme et de détaler, etc. Sans souffler, jamais, sans arrêt : « Ad nauseam » aurait dit Charlotte...

Et là, dans ce vestiaire du B.E.P.C., au stade Bir-Hakeim, Grenelle, je le retrouvais tel qu'en lui-même, Zingaro... Effarant. Irrécupérable hors concours, presque oublié. Ça me faisait drôle. Comme un effet de temps arrêté. Bizarre stagnation. Ce tordu ne vieillissait pas : exactement semblable à lui-même d'une année sur l'autre. Il serait pareil, j'en étais sûr et certain, dans quinze ans. Diavolo Faust. Il dirait toujours : « Ta gueule ! Ta gueule ! » en claquant des ratiches contre sa poitrine, ou sur le côté, dans son épaule de salaud, en ricanant de tous ses crochets sales et il ferait ses coups foireux.

« Ouais. Mais justement : ta gueule, c'est toi qui vas la boucler, j'ai dit. J'en sors à peine : ça se calme tout juste, chez moi. Alors, les conneries, tu les feras sans moi, maintenant. » Et j'insistais méchamment sur les mots. J'étais prêt à m'énerver. On aurait presque pu se battre. Pour qu'il arrête une bonne fois ses bon dieu d'âneries. Moi, je n'étais plus le même. J'étais fatigué. Des emmerdes, des emmerdes et du reste avec. Tellement fatigué... J'avais goûté à la douceur morne de la tranquillité, de la médiocrité peinarde. Ça se défendait. Et ça ne me disait plus d'en sortir, de retrouver les angoisses, les nerfs, les rires, comme « avant ». La société commençait à m'assimiler, après tout. Il n'y avait plus de résistance. Je retournais ma veste, c'était net, je jouais les petites choses choquées. Pour protéger ma réputation toute neuve, sans tache, ma vie stable, ma nouvelle existence recentrée, « honnête » — hmm, presque. Zingaro n'a pas compris. Pas du tout.

On est sortis rhabillés de Bir-Hakeim, ensemble. Il riait moins souvent. Le soleil piquait le froid. Zingaro me regardait en biais. Il ne me voyait plus rigoler pareil, tiens, il ne me reconnaissait plus. Cette voix, grave, ces grands airs que j'avais et ces façons de raisonner, réfléchir... il ne voyait pas à quoi ça rimait ? Où ça allait ? Il a tenté encore, quand même, de me ramener dans le droit chemin, le nôtre — enfin, le sien. Celui des apprentis bandits tragiques, tête baissée dans le brouillard, sans-témoins-ni-papier-ni-vu-ni-connu-je-t'embrouille... A un moment — c'était un grand silence —, on approchait de la bouche noire du métro, on marchait en terrain inconnu, sur terre vierge, avec plein de « trucs fabuleux » à découvrir (?!) : il a éclaté de rire. Il m'agrippe la manche. Un sursaut de joie désespérée. Il tremble un gros coup : « Tu viens ? Ta gueule ! On va déconner », il a balbutié. Comme au temps des dévastations. J'ai dégagé ma main. Et puis, en souriant, adulte, soucieux de ma petite sécurité crotteuse, j'ai dit : « Allez, va. Salut, Zingaro. — Ta gueule. Eh ! ta gueule... », il m'a rappelé : « Ta gueule. Ta gueule », avec son rire hyéneux inimitable d'hystérique, forcené. C'était la dernière fois. La bouche du métro m'a avalé. Il est resté au soleil, à rire de travers : « Ta gueule, ta gueule ! »

HENRI-IV

MONTROUGE-MALAKOFF était une sorte de succursale de l'enfer. Le jour, la nuit, les matins, les week-ends, toute vie, tout instant là-bas avaient une saveur de désastre, de damnation. Et la baraque avait des murs de ténèbres. Parmi cinq cent mille atrocités courantes vécues en ces lieux, je me souviens pourtant d'une ombre de rayon d'espoir. Un très étrange effort un peu commun pour détendre l'ambiance. Las...

Tout avait commencé avec l'introduction, au milieu de nous tous, d'un gentil hamster. J'ai dit UN. Un mâle, qu'une amie, Marie-France, nous avait filé. Un rejeton de la famille qu'elle avait rassemblée chez elle, sacrée bon dieu de tribu. Pour se distraire de ses soucis. Son accident...

Une nuit qu'elle voulait fumer une cigarette en douce à Lomé, un an avant, et qu'elle n'arrivait pas à faire marcher son briquet, elle était descendue au garage, bien enfermée, pour le remplir d'essence directement au jerrycan. Elle avait frictionné sa pierre à briquet là-dedans, poufff : entièrement calcinée. Cheveux, poumons, seins, os, pieds. Au troisième degré. Une beauté métisse dont mon frère était amoureux. Impossible à récupérer, réduite à l'état de bouillasse d'œufs brouillés caramélisés, patchwork de greffons sans nez. La voix chuintante, l'âge indéfinissable, la vie abrégée. Elle s'était repliée sur Jehovah et tous les disques de Johnny Hallyday (son préféré, l'album en feutre rouge ouvrable du mariage, avec *Le Diable me pardonne* : « ma chance m'abandonne »), et les hamsters — voilà. Des dizaines de hamsters aux bajoues soufflées, chez elle, pour oublier, pour les caresser.

Elle a bien choisi celui qu'elle allait nous donner ; surtout pas une femelle. Pour qu'elle nous fasse des marmousets ? Non merci. Un mâle, un dur, il nous fallait. Elle repère bien, elle leur tâte les testics, elle les retourne, sur le ventre, petites boules pas rondes de fourrures agitées, elle les identifie d'une main sûre : « Voilà, elle s'est prononcée. Celui-là, c'est Untel, le plus viril de tous. Un roi, un coq. Le taureau. » Chic. On était joices. On se disait : « Ça va attendrir l'ambiance. L'animal adoucit les mœurs. » On sentait qu'on avait trouvé un remède.

C'était chouette, à Montrouge, ce hamster en liberté. Sympa. Il courait partout, allègre, taquin, chipie fonceur. Un bandit, dans son genre : « Untel ! on l'appelait. Bouffe pas les rideaux. Pas touche aux tapis. Untel par-ci, Untel par-là. » On lui parlait amicalement. On causait. Tout ça était tout plein mignon-migna, minou-minou, coquin-copain. On lui taquinait les moustaches. Forban. Quand il faisait des ascensions de nos genoux, et puis qu'il s'attaquait après, fortiche, à nos poitrines, pour aller se planquer dans nos cols. Ah, on ne le trouvait plus. Il plongeait dans les profondeurs : vlouf ! « Untel ! Ah ! Hi-hi ! Arrête, Untel ! Ouh-ouh-ouh ! Tu me chatouilles... » Il nous parcourait les peaux, les cheveux, les ventres. Sacré vicieux ! C'était un rigolo, allez, apache fini. Fripon.

Il a eu une maladie, une nuit, et le matin, il était devenu femelle. Pas croyable. Authentique. Il avait changé de sexe, puisque désormais il avait quatre loupiots — des petits bouts de vie rose et un noir, comme transparents, en opale, verre soufflé —, dans sa guitoune. C'était la surprise. Flûte : « Où t'as laissé ton sexe, monsieur Untel ? Pourquoi t'es devenu maman ? Où ça ? Comment c'est possible ? Tu nous as menti, alors ? Gaffe à toi ! » On lui faisait des reproches, pour tout simplifier, de l'imbécillité familiale, au rongeur-rongeuse.

Explication des gravures : elle nous avait refilé une femelle pleine à craquer, la Marie-France, en loucedé, ou bien alors elle n'y connaissait vraiment que de la merde, question anatomie hamster. D'ailleurs on aurait dû s'en douter. Elle pédalait dans le gruyère depuis un certain temps. Depuis le briquet. Elle s'affolait à tout propos. Il lui arrivait fréquemment de nous parler de Jehovy Hallydah. De « réciter les chansons » et de « chanter des prières »... Tout par cœur, tout mélangé. Là, elle avait dû se dire : « C'est une homme, c'est un femme ». Elle débloquait, on n'avait pas à s'étonner.

Tout de même, ça nous a fichu un coup duraille, au frère et à moi, à la maison. On a paré au plus pressé : on a dissimulé cette affaire. Direct, tac : planqué. Sans raison. Qu'est-ce qu'on pouvait craindre, on n'avait rien fait ? Je ne sais plus comment on a décidé ça mais on a organisé la couverture, du grave événement, de l'époustouflante métamorphose sauvage. Des fois que nos parents auraient été contents, on leur interdisait par réflexe de participer à la petite surprise. Ça prouverait par A + B, comme ça, que les hamsters, en vrai, ils s'en contrebranlaient à mort.

Aah ! ça leur a fait un choc énorme. Positivement. Quand ils ont fini — rapport à un certain remue-ménage dans la guérite à monsieur Untel et à certaines activités étranges observées de près —, quand ils ont fini par découvrir la nichée, le pot aux roses. Tout roses et tout noirs, ils étaient : déjà une bonne semaine, les petiots, dans leur fourrage humide. Ils gigotaient, éblouis, les yeux fermés, les pattes recroquevillées. Ah-aïe-yaye ! Ils ont perdu le sens, les parents — sales merdeux — sous l'impact. Et ils ont accusé direct (mais sournois aussi, à leur façon) : que l'affaire n'était pas bien claire et que, puisque avant c'était un mâle et qu'un mâle ne pouvait pas être une femelle, que donc on avait échangé un mâle contre une femelle — première hypothèse —, ou fait niquer le mâle qui était une femelle par un autre mâle — deuxième hypo.

Là, ça se compliquait. Ils disaient des sottises, ils étaient troublés, et pour expliquer notre satanique supercherie, ils nous faisaient des conférences-débats du genre « les mystères de la vie en dessins sexuels » — avec l'explication : le pollen et les abeilles qui volettent d'une fleur à l'autre, et le vent qui transporte le pistil et tout ça. Mais à un moment, ils se sont accrochés. Le ton est monté... Finalement, lâche, rampant, égal à lui-même, mon père a préféré se tailler en jurant qu'on était tous de mèche contre lui : un vrai complot ! Il est parti au ministère furieux, avec les yeux au-devant de la tête, dans un accès terrible très indécent, qui nous grillait bien auprès des voisins dans l'immeuble. De fil en aiguille, d'injures en menaces, finalement, la situation s'est encore aggravée. Terrible, catastrophique...

Et pendant ce temps-là, sur la première nichée, il y en avait trois qui avaient succombé, de hamsters. Un seul avait survécu. Une femelle, au comportement déroutant, asocial : mademoiselle Unetelle. On la sifflait, on l'asticotait, on lui faisait des grattouilles pour l'amadouer, on lui filait des friandises. Réponse : raaahm ! Aïe ! Ordure. Elle mordait au maximum, dès qu'on passait l'ongle. En plein doigt. Jusqu'à l'os. Teigne, furie. Crevure. Elle ne voulait pas causer. Insupportable. Elle a couillé monsieur Untel qui était sa maman et monsieur Untel a été de nouveau enceint. Hein ? ! Donc, on s'est dit, mademoiselle Unetelle, c'est un homme, on s'est foutus dedans. Mais comme on ne pouvait pas l'appeler monsieur Untel elle aussi, et qu'il était trop tard pour intervertir les noms, on l'appelait comme ça nous chantait, selon l'humeur : « papa » ou « maman » ou « papan » ou « mama », etc.

C'était assez marrant. On disait : « Alors, papa ! — quand il voulait nous mordre, ce fumier d'enculé —, alors, on a bien enfilé maman, encore ? Par-devant ? Ou par-derrière ? Putain de ta race de salaud. Quoi ? Tu lui as encore détraqué la turbine à chocolat ! Ohh ? ! » Et lui, mademoiselle Unetelle, la papa, il nous répondait, à sa façon : « Ta gueule ! Je t'emmerde et je te pisse à l'oignon », en faisant tourner sa roue, crii-crii-crii, comme un timbré, à longueur de journée. Pour ce qui est de monsieur Untel, maman, on lui disait aussi des gentillesses, on évoquait sa vie intime, ses soucis conjugaux, tracas génitaux. Et on l'appelait indifféremment papan ou mama aussi. On lui demandait précisément « alors maman ! s'il ne la ramenait pas trop, mademoiselle Unetelle (enfin, sa fille), et s'il la ramonait bien, à tire-larigot ? S'il lui asticotait à fond le petit robinet ? Et le trou du derrière ? Si ça marchait, entre eux ? Si elle lui pompait toujours le dard à cette vieille salope, sacrée suceuse, et s'il aimait toujours autant être léché au fias, le lunatique fonctionnaire ? » Et elle nous faisait des réponses de la même farine que lui, sur le même ton imperturbable, la maman : « Crii-crii-crii je te gicle à la raie — décidément, c'était leur obsession —, sale con. Je te chie à la gueule, par le cul rouge de ton père et la putain de ta mère à cramouille de guenon, allez vous faire foutre » et il tournait, même tabac de vibré, dans sa roue à longueur de temps.

A la fin, les événements se sont précipités. Monsieur Untel, la maman du début, là, il a mis bas une nouvelle portée. Il l'a mise si bas, d'ailleurs, qu'il a mis bas son utérus avec. Il s'est retourné tout l'appareil à furer, déglingué net l'engin à cabiner les enfants. Une horreur. La vraie descente, totale, de légumes. Il s'est vu mourir, avec son utérus retourné comme un gant rose sang — probable qu'il en avait eu un, de mouflet, trop gros ou trop lent à s'évacuer, ou qui s'était accroché à mort au bon moment —, il s'est senti crever, monsieur Untel, et du coup il a commencé à sauver les meubles, à faire le grand nettoyage. En tuant ses gosses. Il n'y avait pas le choix, c'est l'instinct qui veut ça, la loi de l'espèce. Comme il ne pouvait pas les nourrir, les élever plus longtemps, il a commencé à les trouer, un par un. Il n'avait pas d'armes. Alors il y allait avec ce qu'il avait : ses crochets. Il les leur collait en pleine poire. Il mordait dans les chairs tendres, les os fragiles — crak ! —, il bouffait sa progéniture-gourmandise avant de se faire la valise, monsieur Untel. Ses bébés.

On est arrivés à la moitié de l'avant de l'avant-avant-dernier. Il restait une petite partie du reliquat de la tête et une moitié — un long du corps — qui gigotaient encore, tout rose. Monsieur Untel faisait la peau à ses marmots. Il les clappait soigneusement. Une bouchée, comme ça — croc, crick, cracc — et tap : il avalait. Et il repartait, à petits coups de mandibules dans son minot cru qui bougeottait. Pour son bien, il le bouffait. Le mioche était condamné. Évidemment, on peut réfléchir, moraliser, se dire qu'il aurait pu se contenter de leur cisailler la gorge ou de leur foutre un bon coup de ratiches dans le cœur, bon. C'est du raisonnement, tout ça. Maman Untel, il ne savait qu'une chose : il devait les briffer, ses loupinots, c'était sa fatalité. Alors, il y allait dur de la dent, gloups, il en avait presque digéré un.

On est survenus, on a crié : « Salaud. Connasse. Méchante. » Mais en même temps, on était émus jusqu'à l'âme, parce qu'il y avait un mystère, là-dedans, qui nous échappait, nous dépassait, et qu'on avait provoqué, d'une certaine façon, en les contraignant, toutes ces boules de poils, à la promiscuité incestueuse, la Untel et le Unetelle. On lui a laissé finir sa douceur, au maman Untel, sa fin de cervelle tiède qui pendait après les morcifs de bambin. Mais les deux autres, les petits qui demeuraient entiers, on les lui a volés pour essayer de les rescaper. Et puis, mince, on a fait dégager le fils, mademoiselle Unetelle comme on l'appelait. Ça commençait à bien faire, avec ses manières abominables.

Il essayait, ce merdeux, au moment même où elle allait claboter, sa vieille, dans le mauvais sang douloureux de son appareil génital tout dégringolé, détripaillé là à vif, à l'air, son bordel de vulve écorchée qu'elle traînait, horrible, dans la crasse — ça commençait à coller et à s'accrocher aux échardes du bois —, en marchant à droite, à gauche, n'importe où comme pour semer la douleur, il essayait, son fils — indigne jusqu'à l'immonde —, de la niquer encore un peu. Il ne savait plus de quel côté, vu l'étonnant déballage, ni comment il devait faire : s'il devait ramasser un bout de vagin sanguinolent par terre, dans les graines, ou bien chercher une autre embouchure, une trompe de Fallope quelconque, ovaire oublié, muqueuse disponible, un de ces nom de dieux de tuyaux mélangés qui s'engluaient, séchaient, sang et tissus dépiautés, contre le fer ? Il ne savait plus bien où il devait caler sa bite, roulure, mais ça l'excitait, c'était visible, toute cette chair bien rouge. Il prenait sa tatane, il était en pleine forme, il voulait à tout prix en mettre un coup, enculer quelque chose, défoncer une bonne vieille dernière fois la brèche à sa maman chérie. Ah ! elle allait le sentir passer, il avait la frite.

Elle, Monsieur Untel, souffrante et préoccupée comme tout, désormais elle ne tolérait plus, ses prévenances, ça allait bien maintenant. Ces propositions malhonnêtes. Elle mordait. Rahh. Elle ne voyait plus clair, sauf par les crocs : rahhhan. Elle lui portait des coups de canine implacables, définitifs, dans la peau. Tiens, crève. Et lui, l'imbécile, il gueulait tout ce qu'il savait. Mais comme il était faible d'esprit achevé, manifestement, dégénéré cent pour cent et superlubrique absolu, il revenait deux secondes après à la charge. Il essayait de la bourrer par l'oreille, s'il pouvait, ou par les naseaux. Pitoyable. Une bordélisation terrible des choses de la nature. « Maman ! » on lui disait, « Mémère, calme-toi. » On les a séparés, pour en finir avec ce manège sale.

La mère coagulée, en vitesse, on l'a conduite chez un vétérinaire. Un alcoolique. A faire peur. Il a dit : « Y'a pas d'espoir — beurp ! » Mais quand même, comme on insistait, il a bu un coup, s'est essuyé la bouche avec sa manche et lui a balargué une piquouze aussi grosse qu'elle, dans l'estomac. Direct. N'importe où. Du moment que ça lui perçait le corps. Ce carnage... Rien que l'aiguille, elle était longue comme tout son ventre. Et puis il a coupé, proprement, tout ce qui dépassait, tous les bazars sexuels superflus — par où elle avait « fauté, hips » il disait —, aux ciseaux, en jetant les bouts coupés par terre, et il a encore piqué au jugé deux ou trois coups de sa chiée seringue bien rouillée dans la viande qui restait. Et voilà. Mutilation assez pénible à vivre. Douloureuse comme pas permis, pour nous ; avec le pépère qui était là, de la fête, encore, miné par le désastre utérin, les yeux en marmelade, travaillés au khôl-anxiété, psychasthéniques, cernés jusqu'à la pomme d'Adam, si inutile. Toujours après la bataille. Elle n'a pas supporté le choc opératoire, monsieur Untel, et malgré l'injection massive d'antibiotiques, elle est morte dans les trois heures. Raide.

L'idiot — le fils abruti baiseur —, mademoiselle Unetelle, du coup, on l'a mis à part, dans un coin : puni. Une vieille quarantaine. Ça a dû définitivement le péter, cette sale affaire. Et surtout, il ne digérait pas qu'on l'ait privé de bourrer la moule à sa mère juste avant qu'elle crève. Ça, rien à faire, il n'avait pas apprécié. Il est devenu pour jamais sournois et vilain, hypocrite dans son coin, replié. Il n'admettait plus aucune ingérence, fini les gentillesses. Il ne fallait pas l'effleurer. Raoum : il piaillait — bordel —, il mordait et il courait dans sa cage ouverte toute la journée : crr-crr-crr. C'est tout.

Restaient les petits. On essayait — tout mimi, tout gentil — dans une boîte en carton sur un radiateur, avec un thermomètre pour maintenir juste dix-neuf degrés, on tentait de les préserver et de leur filer de la bouffe, à ces cons. Il fallait qu'ils vivent. On le voulait. Un véto non alcolo nous avait dit : « C'est impossible. » On n'était pas d'accord. Ça devenait une passion, une obsession. On se rencardait chez les pharmaciens, les vendeurs du quai aux Fleurs. On leur préparait des laits particuliers, dosés avec minutie, à des températures ric-rac, on leur achetait des biberons de poupée pour qu'ils puissent téter, ingérer à leur convenance, on lisait — en plus des devoirs et leçons habituels — des tomes et des tomes d'études sur la question hamster, pour tout connaître sur eux, savoir comment ils faisaient, les tout petits de deux jours, des fois, pour vivre sans leur maman ?

A la longue on y croyait, on commençait à se rassurer. On s'était même un instant réconciliés avec les parents, de l'émotion terrible, saisis d'une passion christique. Recueillis. Tout le monde suivait nos efforts acharnés pour sauver ces vies minuscules, ces fragilités-là, à peine retenues à l'existence par des petits brins de souffle de rien du tout. On les aurait tués rien qu'en toussant dessus. On croyait vraiment, au bout de trois jours, à veiller la nuit même, pour les tétées et la température, qu'on allait les sauver. On se relayait, entre les cours. Il fallait tout le temps vérifier des trucs : leur ouate, leur respiration, leurs petits bedons, leurs vies...

Ils sont morts. Tous ensemble, au même instant exactement, pendant les heures de lycée, malgré ces efforts. On avait une peine, vraiment, au fond du cœur, quand on les a retrouvés tièdes encore, mais éteints, ne gigotant plus de leurs ventres miniatures dans le coton, immobiles, sans vie, un chagrin. On a pleuré, en cachette, du dépit que ça a laissé, d'un coup. En plein élan, en plein espoir comme ça...

Entre-temps le fou, l'autre débile confirmé là, mademoiselle Unetelle pour les intimes, vicieux diplômé, il était déprimé et il a eu un break-down terrible. Un coup de blues l'a ruiné. C'était dans l'air, il sentait comme une hostilité envers lui, il n'arrivait pas à supporter l'agressivité refoulée dont il se sentait l'objet, et surtout le ramdam foutu dans ses conditions de vie sédentaire. Il se rongeait les sangs, il flippait dans son émigration funeste, son fatal exil... Et d'un coup, il a flanché. Il s'est abandonné au désespoir : sur un élan de détresse, il a enfilé une bouche d'aération, fffftt, pour sauter dans le vide de dix mètres de haut. On ne l'a jamais retrouvé. Depuis, on l'appelait, pour rire : « Le parachutiste. »

Pour fermer le ban, Marie-France la princesse métisse brûlée vive qui nous avait filé le super-mâle de départ s'est suicidée. Couic.

Voilà comme quoi elle s'était conclue, lamentable, l'épopée des hamsters maudits à la baraque. Oasis polluée dans un désert d'ennui, anges-traîtres en enfer. Non seulement ça n'a rien arrangé mais ça a contribué à aggraver la situation. Empuanti encore un peu plus l'air vicié qu'on respirait.

« Dimanche, trois raids ont été lancés. L'un d'eux est parvenu à cent kilomètres de Hanoi. Des casernes ont été pilonnées à la roquette et un bac a été coulé sur la rivière Sang Troc, à une centaine de kilomètres au nord du 17e parallèle. »

Et c'est là-dessus — je ne me rappelle plus le jour exact — que je radine à la baraque la gueule enfarinée. La mémère était à son secrétaire. Avec sa tête ridée moche, sa vilaine figure en cheveux des mauvais jours de sacrifice, de ruminations croupies de vieille ratée coloniale. Elle portait cette espèce de boubou bleu africain, soi-disant « batik ». Coupe japonaise, un peu négligent sur la clavicule... Très mal fichu, sur elle. Qu'elle mettait uniquement pour frimer style femme d'intérieur. Je me souviens de tout.

Impeccable. Ses tifs de connasse sur les épaules et ses yeux papillotants parce qu'elle n'avait pas ses carreaux de bigleuse (encore la frime). Je revois le décor. Montrouge shuffle. Jean-Marien était dans le coin avec un air bizarre. Tout est inscrit. En lettres et petits pâtés, de rancœur ou de très antique haine glacée. L'encre est indélébile. Il n'était pas brillant, le frère. Rasé à fond. Le crâne à zéro.

Ou plutôt, non : super touffu sur le dessus et

ratiboisé à la couenne autour des oreilles, très haut, pour faire « laid ». On ne l'avait pas raté, putain. Nul, il était. Face d'Arafat. Ça ne laissait rien présager de bon, cela. Et la mémère, avec une voix qui laissait présager, elle, le pire, a attaqué : « Alors ! Qu'est-ce que tu vas m'annoncer ? Toi ?... Une mauvaise note ?... C'est ça ? Ou une colle, toi aussi ?... »

Ouh-là-là ! Ça me troublait un peu, cette sacrée mise en scène. Je regardais périodiquement la boule de Jean-Marien. Tête de con d'Iroquois. Elle, chenue fesse molle, m'explique avant même que je ne parle : « Ton frère est allé chez le coiffeur. Et tu aurais peut-être intérêt à en faire autant, tu ne crois pas, avant que ton père n'arrive ! » Qu'est-ce que ça avait à voir ? Non mais, qu'est-ce que ça voulait dire ces amalgames ? Toujours cette manie de mettre en rapport des problèmes radicalement différents — les notes et les tifs —, qui me rendait malade. Rien que pour ça, des sadismes à la petite semaine de cet ordre, ces bizutages de tordus quotidiens, j'aurais dû les flinguer. Je pourrais encore les écorcher. Les descendre à coups de cognée. Par montées de colère. Sur place. Pas de prescription. Pourris vieux. Il fallait qu'ils nous emmerdent d'une façon ou d'une autre. Surtout ne pas nous laisser vivre, nous laisser en paix. Non.

C'était trop pour eux. Il fallait qu'ils nous usent, nous rabotent, nous tuent à petit feu. Maudits cons. Je me suis dit ce jour-là, comme souvent en semblables circonstances, que ça ne durerait qu'un temps, ces singeries. Et qu'un jour, il faudrait qu'ils remboursent. Qu'ils payent. Sale race de mort. A part ça, je me demandais si ma mère savait ?... La nouvelle ?... Elle avait une gueule tellement catastrophée, une manière de parler si mortelle, si froide, si tragique à la fin, que je me posais des questions... Si elle n'avait pas été prévenue, déjà ?...

« Alors ? Tu as quoi à m'annoncer ? reprend-elle

sèchement. Une mauvaise note en mathématiques ? Encore ?

— Ouais..., je réponds.

— Hein !

— Pas seulement en maths..., je balbutie, un peu timoré (tu parles !) J'ai eu cinq zéros. Dont un en maths — mais je peux expliquer. C'est des zéros par hasard. Un injuste, un de punition générale, l'autre c'est une interro écrite, j'avais oublié, et attends... » : je bafouillais. Ça me tardait de tout balancer, ça ne valait pas le coup de se perdre en détails rigolos pour les zéros : c'était de la gnognote. J'enclenche la seconde : « J'ai aussi des colles, heu, j'entame, prudemment... Je vais t'expliquer, maman. Deux en latin : tu sais bien, c'est le prof qui ne peut pas me supporter. Et une aussi — j'oubliais — en étude. Pour dans quinze jours. Pas de pot. Et une encore, en... » Tac ! Elle se crispe, cadavre, ma mère. Pas de doute : ça bouillait. Elle faisait une de ses crises de règles bloquées — ménopause de mes genoux —, et son putain de sang infecté lui remontait aux sinus. Saleté. Sa cervelle qui la tracassait.

Elle se lève. Sarah-Barnum. Comédienne. Fausse comme un billet de Monopoly. Elle s'employait toujours, dans ces cas-là, à faire exactement ce qu'elle croyait — baronne en peau de boudin — noble, romantique et superbe jusqu'aux orteils. Jusque dans ses réactions les plus impulsives, les plus passionnelles, abandons, elle restait fabriquée, refoulée jusqu'à l'âme. Hyène.

Bref, elle frime un bon coup, la Berma à la noix. Et puis, trêve de rigolade, à l'attaque : elle m'en met trois. Une (flaff), deux (flaff), trois (flaff) : trois beignes spéciales pète-sec bien serrées dans le portrait. Dont deux dans les yeux, comme d'habitude. Pour me décoller les cornées. Elle ne savait pas vraiment faire mal, salsifis, faute de muscles dans ses membres de mollasse, mais il fallait qu'elle ait tout de même l'impression de faire souffrir. C'était son plaisir. Alors, pour la calmer, il fallait singer des douleurs ahurissantes. Inouïes. Manifester une terreur spectaculaire, et se contorsionner en hurlant « Aïe-aïe ! Pardon ! Pitié ! », comme si elle avait brandi le feu du ciel. Connerie.

Tout ce qu'elle savait faire c'était se tordre les doigts et se gaspiller les veines des poignets. Idiote. Mais pourvu qu'elle nous ait vu paniquer, crier au secours, elle se trouvait contente. Et du coup, excitée comme une sale guenon au cul rouge en chaleur, elle remettait la dose, histoire de s'épuiser le jus de cramouille et de finir de jouir. Ouf ! Elle frappait — Ah ! les curieuses sensations. Elle frappait encore. Et deux fois de mieux — Ah ! Que c'est bizarre ! Mais quel est donc ce spasme-là ? Et si ça se trouve, elle frappait directement sur le mur ou la porte. Blang. Elle ne voyait même plus où. Et puis, zouh. Elle tombait sur sa chaise. Aaah !... Exténuée, alors là. Pantelante. C'était une possibilité. Ou bien elle restait plantée là les poings serrés, figée dans une pose — style Abel Gance —, frustrée fondue, comme pour défier le sort qui lui avait envoyé ces deux abominations de fils damnés. Ça dépendait de l'inspiration. Et des caprices de la ménopause. La comédie qu'elle nous jouait. Quel rôle, quelle interprétation.

Elle se prenait la tête entre les mains, elle se tenait les tempes. Ah ! Quelle émotion. Quelle expression dans tout cela. Grandiloquente, toujours, et elle bramait : « Mais ! Qu'est-ce que j'ai fait au bon dieu ? Qu'est-ce que vous avez à la place de la cervelle ? A la fin ?! Mais vous voulez tuer votre père ! C'est ça ?!... » Allons bon, elle mélangeait tout, de nouveau : « Oh mon dieu ! Et toi ? Mais c'est la ceinture qu'il te faut ! Pour que tu comprennes !? C'est la ceinture ?! »

Ça y est : elle y revenait, enfin, vérole, à sa vache

de ceinture. C'était irrépressible décidément, cette chierie d'envie, hein... Barbaque mal baisée, elle ne pouvait pas du tout arrêter d'y penser. Elle en retirait trop de satisfaction intime, vraiment, au bout de la matrice. Satanée conne sadique. Voilà, c'était son fantasme, ça : qu'elle rêvait de se faire dégouliner la fente, de se poisser la mousse, à me cingler. Comme dans les bouquins licencieux. Me faire saigner la viande de longues traces de badine, ceinture, garcette, nerf de bœuf, fouet. Shlaccck. Secouée du neurone. « Mais bon sang ! C'est la ceinture, qu'il te faut ? Hein ! C'est la ceinture !? »

Elle atteignait de très hauts tons, dans ses moments de pâmoison-ceinture, des suraigus étonnants : « C'est çââââââ !? » Le tout destiné, en somme, à faire bien comprendre, une fois de plus, au monde entier, qu'elle était on ne peut plus accablée, exténuée de nous. Lasse. Mais lasse... Éperdument. A bout de neeeeerfs. Et à nous accabler, si possible, de honte terrible. Sorcière.

Je l'ai laissée grimper sur ses grands chevaux, faire l'andouille tout ce qu'elle a voulu, s'exciter comme une bête sur son histoire pittoresque de « ceinture », bon. Et là, au pire moment de sa crise, quand j'ai eu bien compris à ses mines déplacées si ridicules, qu'elle ne savait pas, je lui ai sorti la meilleure, servi le dessert maison. Attention les yeux : « Je suis, aussi... Maman... attends, écoute-moi... »

Elle : « — Quoi ? Oooh ! Quoiii ? Encore ? hagarde. Quoiii ? Parle ! Oh non !... Ça n'est pas vrai ! Quoiiii encooooore ? !

— Je suis renvoyé du lycée. »

« Trente-quatre personnes ont péri mercredi dans un accident de chemin de fer qui s'est produit à quarante kilomètres de Saragosse, sur la ligne Madrid-Barcelone. Les victimes ont été brûlées vives. Plusieurs voyageurs se sont tués en sautant du convoi pour tenter d'échapper aux flammes. »

POUR le renvoi trois jours, ça a chié. J'ai été giflé, encore, par ma maman, en un tour de main l'aprème, et le soir à tour de bras par mon pédé de père : « Enlève tes lunettes. » Il ne s'est pas trop forcé, là. Exclu... Exclu ? ! « Oh non. Non !... » C'était l'infamie finie. Je les démolissais, à force, aussi. J'abusais de leur patience, de leur infinie bonne volonté, de leur intelligence, de leur bon sens, c'était trop de souci. J'étais irrécupérable... Un peu imbécile, au fond, il fallait se rendre à l'évidence. Insulte incarnée à leur mesure et à leur raison courante, depuis des lustres. A les narguer en trépignant depuis ma naissance. Quel môme horrible. Convulsif. Et ils reparlaient de la « ceinture », des « douches froides », de l'asile, du tribunal, de la camisole et de la prison. Que je voulais « les tuer ». Là, avec le recul, je concède : tout à fait d'accord. Ils pleuraient et menaçaient. Un de ces festivals de jérémiades familiales névrosées, lancinantes, et des nerfs. Quelques secondes, les gifles, les artères, et après, les gémissements :

des heures durant sur ce thème. Et je n'étais pas « normal », résultat. Un point c'est tout. Leur conclusion. Tout le monde était de leur avis, d'ailleurs :

Missié Machin.
Cher Meshié,

« Je su le regret l'informer que le fils prénommé enfant dans la classe de 3e B2, il ne serait jamais accueilli encore pour le lycée le vendredi 21 et le samedi 22 janvier 1965 et même ni le dimanche entier, étant lui-même saccagé d'une sanction impitoyable de l'exclusion pour deux journées consécutivement avec sa mauvaise conduite ce matin envers et contre tous et à bon entendeur salut sur la personne respectabilisée du Ségnor Sénéchal.

Jusque le présent, les professeurs pour lui ont des preuves de grande et classique patience pour que l'élève avait du besoin de certaines périodes d'inadaptation. Mais toutefois, cependant, il avère néanmoins malheureusement hélas que l'enfant cité sus et désigné nommément n'a que la nature assez brigande et notablement portée jusqu'à la dissipation en tous sens et n'ayant pas aucune cesse de cesser qu'il n'aurait gaspillé tous les lycées chéris pour moi.

Méfiez-lui ! Si celui-ci ne changera pas très beaucoup comme prévu incidemment de son comportement inadéquat conformément à ma règle en vigueur, je crois qu'il n'aurait jamais pas une carrière du tout extensible de prolonger dans le royaume rayonnant de ce noble institution qu'on appelait Henri-IV. Cette renvoi temporisée doit être considérée gravement tout comme un dernier avertissement !

A bon chat, bon rat, tchao coco.
Signé : le senseur censé. »

Voilà ce que disait, en substance, la bafouille venue des sphères que je leur avais fait tenir, à mes anciens faisandés. Mon pater, qui n'a jamais raté une occase de se tenir dans son coin et de s'occuper de ses fesses de fils de pute quand il pouvait sciemment emmerder son monde, a encadré le tout, souligné de coups de crayon tremblants, saccadés — rapport à sa débilité nerveuse et physique de fin de race pourrie —, l'ensemble de la lettre, par désir concerté de blesser. Il a encerclé soigneusement, et répété, sur l'original, en majuscules, les mots « dernier avertissement », « anormal », « fou », « malpoli », « asocial », « turbulent », etc. Et ceci fait, méticuleusement, il a punaisé cette note de renvoi devant mes yeux sur le bois de mon bureau. Pour que je me rappelle bien que j'étais disqualifié, déshonoré, condamné. Pour que la mauvaise conscience me vienne à toute heure, que j'y pense même la nuit en me relevant pour aller pisser, que le remords de mes crimes me ronge, et que j'apprenne enfin à devenir vieux et nul et malade et laid et étriqué et résigné — c'est-à-dire normal — comme lui. Sale con. Ou comme elle. Sale putain... Mmmouais.

D'un point de vue strictement pédagogique, raisonnable, à vrai dire, leur attitude était parfaitement justifiée. Ils se devaient de marquer le coup, et fortement, quand même. Quand il était encore temps (en fait il était déjà trop tard) de me faire changer. A leur guise. C'est-à-dire dans le sens de l'aplatissement, du « bon sens », celui de l'alignement... Ils avaient raison, si l'on veut. Question de conception de l'existence : pour l'intégration, ou non ? Bon, flash-back : ces fameux trois jours m'étaient tombés dessus suite à une connerie réellement irrémédiable commise sur un coup de sang en anglais. Un suicide...

Je ne pouvais pas, et depuis fort longtemps, encaisser le prof d'anglais. Il était prétentieux et maniéré, dodu si satisfait, avec ses friselis dans les cheveux, ces petites toux périodiques, et surtout, surtout, cette intonation en trou de balle, cet « accént'œuf œuxfœud » crispant. Mais jusque-là, je m'étais contenté de le détester calmement. Au même titre que mes autres profs, sans exception — si : Corbiack, un peu plus zinzin que les autres, bof. Jusque-là, je l'exécrais sans démonstration. Donc, il n'y avait pas de raison particulière pour que ça change. Hmmm... Cette absence de raison précisément était une raison déjà bien suffisante. Presque péremptoire même, à la réflexion...

Ce jour-là, on est entrés (salle 52, par l'escalier de bois plat du bâtiment des hypo-khâgnes face au méridien), en rang et en silence. Gare aux colles. Ça volait sec. On devait expliquer — c'est-à-dire embrouiller —, comme d'habitude, *Alice in Wonderland*. Le prof nous emmerdait à mort, avec cette salade pure pédale british, qu'il sabotait et qu'il arrivait, à force de nous ressasser que c'était « désopilant », à nous faire vomir : « Vous allez rire. Rire ! C'est — passez-moi l'expression — crevant ! » — Ah bon ?... A côté de moi, pendant ses cours, au Sénéchal, somnolait un demi-connard, assez paisible et inoffensif : Luckiny. Une espèce de sous-sous-Sénarasse grassouillet, un peu naïf et attentif. Assez bête avec assiduité. J'arrivais quand même à le dissiper un tout petit peu, à l'usure. Bon, voilà le décor. Le prof, semblable à lui-même : veste faussement élégante de vieux beau gagne-petit de dernière zone — brunâtre, à carreaux carrément : la laideur d'époque —, sans goût, ce qui était normal pour un butor.

« Messieurs, a déclaré ce loukoum cranté, nous manquons terriblement de craie. We need chalk, je suppose. » Enfoiré de linguiste de merde. Il s'est tourné vers la classe, sur son estrade, en nous montrant, à l'appui, le riquiqui con bout de craie rongé de rien du tout qui lui restait, minus morceau de chalk. Il y a eu un déclic, dans mon cerveau. Pas une réflexion. Un remue-ménage. Un tourbillon d'étincelles statiques : « Craie. Craie ? Craie ! Craie-Craie-Craie-Craie-Craie-Craie-Crrrrr ! » Ça grésillait partout. Et mon cœur cognait. Une main, dans ma poche gauche, était fermée sur un stylo. Un cahier ouvert devant moi. Ma main droite était crispée, dans mon autre poche, sur un fagot bien dru de longues barres lisses à souhait et toutes neuves de belle craie blanche... Justement. D'où ce déclic infernal. J'aurais pu les filer illico au prof qui en demandait... « Well, no chalk ? » s'informait ce fat. Personne ne moufte. Il envoie donc un élève en chercher, à la cave. Et là-dessus, incident clos, nous tourne le dos pour commencer à gribouiller au tableau, en énonçant au fur et à mesure, comme il le faisait systématiquement : « Déyteu (date). Taïteul' (title). Seub'jèct (subject). Grammar (une colonne). Veûrbzz (une colonne). Vocabulary (une colonne) », etc. Toute la classe grattait avec lui, silencieuse et bovine, grattait, grattait à se pourrir la vie sur ces délires de foignard du pouvoir universitaire. Toute la classe ramait, penchée sur son cahier Gibert à petits carreaux uniformes, aveugle à tout le reste. Sauf moi. Moi seul, distrait, tête relevée. Un peu hébété, comme surpris par ce qui se complotait derrière mes arcades. Ça a duré quelques dixièmes de seconde maximum, tout craché.

J'ai extirpé ma main droite de ma poche. J'ai lancé cette main en arrière pour prendre élan. J'ai projeté deux, trois, quatre bâtons entiers de craie vers le prof en visant à la gueule. Comme le jour de la Comédie-Française au Théâtre de Paris. Comme au temps des batailles de cailloux africaines... Je tirais à la tête, avant que la craie n'atteigne son but, ma main droite avait chopé le stylo dans la gauche et courait déjà, innocente, sur le papelard devant moi, coup de vent, ma tête rangée dans les rangs et ma nuque pliée comme toutes les autres nuques. Vif-argent.

La craie avait sifflé juste au-dessus de la nuque grasse du prof — Fffft ! — et claqué comme un coup de pistolet à amorces devant son nez sur le tableau. Pulvérisée en retour dans sa figure et ses cheveux. Il est resté figé, choqué assez vivement sur le coup, le dos tourné à la classe, gros. Et puis — vlouf ! —, il s'est retourné d'une pièce. Des éclats de poussière blanche plein son faciès de goret. Quel clown. Sénéchal outré cramoisi dans sa dignité de notable titulaire. Jamais un truc pareil ne lui était arrivé. En vingt-cinq ans de carrière. Ça dépassait tout, cette attaque inqualifiable. La classe ne comprenait pas ce qui arrivait, ce qu'il voulait, l'enflé ? Ce qui lui prenait de dévisager tout le monde avec l'air si effaré et cette farine ridicule de peintre en bâtiment sur les joues et la poitrine ?

Il a expliqué — technique brevetée H.-IV — qu'un élève venait d'accomplir « un acte inconcevable » (pfff), qu'un « insensé » venait de « lui jeter des bâtons de craie au visage. Et que cette insolence sans nom devait être absolument punie. Réprimée ». Personne, personne au monde, ne savait qui avait été capable... Qui était coupable ? Personne. Au point que moi-même, tellement l'affaire avait été rondement pliée, je me posais la question. Si c'était bien moi ?... Je rêvais ? Ou quoi ?... Tout ça affectait des airs de mauvais songe, effectivement, cauchemar épais calamiteux de longue nuit d'hiver livide. Cette plaisanterie douteuse, avec les menaces graves qui s'ensuivaient, pesantes, plomb et cendres, qui allaient tomber, je le sentais, cet acte irraisonné que je venais d'exécuter machinalement, tout ça n'était pas adapté au réel. Je n'y étais pour rien... « Attendez — je ne l'ai pas fait exprès »... Je ne répondais plus vraiment des dégâts. C'était une contrefaçon. Fausse pièce, faux lycée, marionnettes : qui m'avait fait bouger ? Tout sombrait.

Ça allait s'arranger. Toutes ces têtes qui tournaient dans tous les sens... Ces regards fureteurs d'apprentis-collabos qui fouinaient. Comme sur une mer houleuse... L'ICM gigotait. Zingaro n'existait même pas. Truchon se branlait. Tout remuait en silence. Et là-bas, dans le brouillard du fond, au loin, cette forme raide, tassée dans sa petite graisse, statue en stuc de gros espion bifteck, le cochon-gratté, pink pig, sorti du livre des métamorphoses pédérastes avec sa grosse tête de porc-laquais... Il existait ? Pour de vrai ? Non : c'était une mise en scène ? Ça semblait arrangé, ce mutisme prolongé. Tant de tension insoutenable, d'abord. Et puis, cette voix égale, grave, morte du professeur qui revenait, comme une écume trouble, comme une vague de fiel — chant de glaires connu —, sur le silence de la classe étalée : « Le coupable allait se gnagna immédiatement. Faute de quoi six élèves seraient renvoyés du gnagna dans l'après-midi à titre d'exemple. Six gnagnas. Exemple injuste, certes, mais gnagna. Pour la bonne cause. Six élèves innocents. Si le gnagna s'entêtait. Irresponsable, égoïste, odieux. I-né-vi-table. A moins que... »

C'était dur, cet appel direct à ma charité mal placée. Ah ! Bon dieu d'éducation morale, de sens civique mal inspiré dont je n'arrivais pas à me dépatouiller. C'était profond en moi, sûrement, puisque je ne réussissais pas à m'en foutre complètement. De ces gnagnas. Puisque je me sentais torturé. Concerné par cette menace grotesque de péno collective qui pesait si lourd sur le destin des élèves visés : ces six victimes expiatoires au hasard. Ô, malheur d'enfance. Comme je haïssais, là, plus que jamais, tant de tourments lâches et convenables inculqués qui m'empêtraient, me faisant me dédoubler, me juger à tort coupable ; quand, de toute la classe d'andouilles émasculées, assassinées de sottise, réunie ici, j'étais peut-être le seul élément survivant, puisque attaqué de toutes parts, menacé de contention, je me défendais, instinctivement. Seul. Contre les ombres qui descendaient, contre moi-même, contre la camisole de force de loi qui menaçait... Tempête sous un crâne d'œuf.

« C'est moi », j'ai dit, à Luckiny. Trou du cul. Qu'est-ce qui m'a pris ? Il m'a dit : « Faut te dénoncer. » Ah, dégueulasserie. Le con. Ça a fait pencher la balance morale, cet avis extérieur. Que j'avais sollicité justement parce que je n'en venais pas à bout tout seul, du foutoir de ma conscience embouteillée : « Faut te dénoncer ! » A partir de là, j'étais foutu. Il ne fallait pas. Il fallait — comme ce dadais supérieurement doué de Zingaro, absent de ma mémoire ce jour-ci, se prendre, là et partout, toujours, seul en considération. Et tenir pour élucubrations fumeuses et accessoires les menaces potentielles brandies au-dessus des six gnagnas-victimes. Jamais, de toute façon, une mesure aussi folle — six élèves renvoyés au pif à titre de représailles — n'aurait été applicable. A la rigueur des colles générales à tour de bras — Qu'est-ce que c'est : des colles ? —, mais pas la terreur blanche promise. Baratin. Jamais. Et quand bien même... Quelle importance ? Il fallait fermer ma gueule. Et ne songer qu'à moi. C'est la seule fois de ma carrière lycéenne où j'ai fait montre de solidarité pure. Je le regrette absolument : je le jure. Solennellement. Je ne le referais pas. Si c'était à refaire, je le jure. Je me fous des autres, je le jure.

« C'est moi. »

Debout, d'un coup, blanc telle la craie du crime, au fond de la classe morte, la bouche comme un parchemin craqué, épongée et sèche, la gorge empoussiérée et cassée dix fois, j'ai répété : « C'est moi (à haute voix) qui vous ai lancé la craie dans la figure (à voix basse). » La classe se taisait, me fixait, sans comprendre. Au fou ! Le professeur m'a dit : « Venez au bureau », avec beaucoup de calme. Aucun éclat. Le drame se tenait là, tout en petites touches intimes, entre nous deux.

Au bureau, dos à la classe, hors jeu, je me suis effondré. J'ai commencé à voir la réalité terrible des faits accomplis ; pour la toute première fois, j'éprouvais du repentir : « Je regrette sincèrement, monsieur. Je ne sais pas ce qui m'a pris. Ce qui m'est passé par la tête... », je disais, « je ne l'ai pas fait exprès ». J'étais sincère. Je n'avais rien d'autre à dire pour ma défense. Que ça, quatre fois : « Je ne l'ai pas fait exprès... Je ne l'ai pas fait exprès... » J'étais tellement désolé... (Pourquoi, mais pourquoi j'ai fait ça ?) Et j'avais des larmes dans la voix en parlant, pendant qu'il commençait à composer un petit mot pour le censeur. Je me brisais doucement, comme le jour de Gaby, d'un coup écrasé par une charge épouvantable de peine accumulée (Pourquoi je fais ça ?), immensément désespéré. Je commençais à songer à la mort. Là. Comme à la seule issue possible. Unique remède, à ce qui s'agitait en moi, qui me possédait. J'avais une envie terrible de me mettre à pleurer, de tomber à genoux, de sangloter. De faire quelque chose de regrettable, de honteux qui m'exclue bien du monde. S'il m'avait compris, ici tout de suite, cet homme, je lui devais peut-être un peu de bien. Sénéchal, figure d'enculé : il a eu une seule fois dans sa vie l'occasion d'être pédagogue digne de ce nom, humain, généreux à bon escient ; il l'a ratée. S'il m'avait parlé, s'il m'avait écouté, s'il m'avait pardonné, je laissais tomber la déconne et je larguais Zingaro. Promis. Il n'a rien compris. Au lieu de ça, il m'a renvoyé. De la classe.

J'ai enfilé les couloirs. Seul. Exclu. Ce n'est pas du mélo, c'est une description. Un élève inférieur, emmerdé, m'escortait. Longue route aveugle, front baissé, entre les plinthes de carrelage blanc à liséré moutarde, dédale sonore plaintif au pas à détailler, sans les voir, les éclats de céramique du sol rabotés : ocre-jaune, blanc, gris foncé, beige, jaune, gris clair, blanc cassé... J'étais perdu, c'est un fait. Poussant au hasard le long de tous ces larges couloirs, à enfiler dans le jour opaque depuis la salle d'anglais à l'étage, par la voie des airs, jusqu'au carbonique *Henri IV Enfant* par Bosio calé sous l'enseigne « M. le Proviseur ». Seul. Autre bâtiment, autre lumière, autre cour, toujours semblable. Seul dans le labyrinthe sans espoir. Et le censeur au bout.

« Encore toi » : voilà ce qu'il a simplement dit, presque en rigolant. Puis, se forçant au sérieux, zigomar apoplectique ventripotent : « Encore toi... » Schnoque. Il a pris des papiers, frr-frr, comme le protal pompiste de Lomé, en me laissant planté debout. Et j'ai attendu. Il m'a expliqué deux, trois détails pratiques, que je n'ai pas écoutés. Je pensais à la fraise du petit roi, à ses culottes bouffantes. Et j'ai attendu encore, j'étais épouvanté.

Cette histoire me bouleversait. J'apercevais les vitraux de Saint-Étienne par les fenêtres à contre-jour et j'aurais voulu m'en aller. Disparaître... Je suis resté choqué toute la journée. Je ne savais pas où j'allais, où j'en étais. Je ne me souviens que du blanc, à la ronde, sur l'esplanade de gym, des grilles en surplomb du Petit Lycée, et du froid. Huit au-dessous de zéro, exactement. Je considérais figé la perspective, sans idée.

Dos au mur du bloc physique-chimie-sciences nat près de la petite porte de fer forgé, avec les vestiaires si souvent dévastés en entresol sur main gauche, méridien posé au centre, confronté au casque à pointe de la tour d'angle trapue couvrant Moïse et ses tables de loi profanées, je voyais la fatale coupole du Panthéon se confondre en perspective, de face, sous son clocheton de verre crucifié, avec la masse monstrueuse du lycée — mort et prière, fatalité, sans solution, sans débouché —, près de la tour Clovis funèbre sur la droite, aux coins dissymétriques, tombant comme un coup de massue, reproduction minuscule, toit conique en moins, de la tour universelle de Notre Dame des pénitences.

Puis, tournant la tête par là-bas, je rencontrais, coutumier, par-dessus la fenêtre murée à guirlandes mortuaires des reclus, contre le pan d'ardoise, dardé au ciel une troisième fois, derrière ceux du donjon et du casque prussien, le paratonnerre comme une aiguille de foudre...

Et à un moment, un élève m'a décongelé, demandant si « j'étais pas toqué, non ? » — C'est juste ça que je devais attendre : théâtre de la douleur, simagrées... —, « et si je cherchais à mourir de froid des fois ou quoi ? A rester comme ça, à me peler en tee-shirt ? ! » Cinéma : on n'allait pas me chanter *Les Roses blanches* aussi, non ? J'étais au-dessous de tout. Peiné mais encore contrefait. Quel imposteur. Le reste est brumeux, tout s'étouffe, c'est effacé. Sauf cette poussée brutale de la mort dans ma vie que je ressens là.

C'était mourir, sans aucun doute, que je voulais

dorénavant. C'est là que ça a commencé. Ce qui voudrait dire qu'il restait un sentiment, une âme, un souffle vivant au fond de moi ? Puisque je souffrais ?... Qui sait — et qu'est-ce qu'on s'en fout. Simplement, pour abréger, à la pensée de ce qui m'attendait, d'irréel, que je sentais venir, je me trouvais pétrifié. A l'idée de ce que je pressentais d'irréparable, avec une angoisse sans âge et sans nom sur la neige : comme si c'était bien ma vie qui s'y jouait.

La mort m'a frôlé, en fin d'après-midi, lorsqu'un factotum extraordinaire — l'appel avait déjà été fait — a poussé la porte de la salle 16, et que Charlotte a pris sa mine la plus grise, la plus fripée, traits exagérés à la grecque — vieux cabotin de mes bottes —, pour lire « publiquement » ma condamnation. Quand l'appariteur était entré, « faucheuse » parée de gris blouse « employé », un ange s'était envolé. Dans un brouillard de cheveux blonds, légers, qui moussaient autour de sa tête bienveillante. Un séraphin au premier rang. Il avait deviné. Et sans rien dire, rien demander, ce qui était passible de peines et pénos en ce temps-là, avait quitté sa place sans autorisation, s'était déplacé calmement, courant d'air fantôme, très pitoyable, jusqu'à moi. Sacré Saint-Esprit, délicat, en visite aimable. Il avait flotté vers le bout de la classe, au dernier rang, bien au fond, dans le tout dernier recoin, l'ombre. Pour venir me trouver. Rien que pour moi, enfoncé dans mon caban de ténèbres, sous ma mèche de cheveux brune, derrière mon écran de verres fumés. Il avait battu de ses bras longs l'espace, dans son pull-over ailé gris si ample, pour s'approcher tranquillement de moi et s'asseoir, l'ange lui, près de moi, le mauvais gars. Charlotte finissait, dans un silence de tombe, la lecture de l'acte d'accusation, rédigé dans les termes gnagnas consacrés : « ... frappé d'une sanction d'exclusion de trois jours pour avoir... geste inqualifiable... » J'ai glissé.

Ma tête ne tenait plus. Mes épaules tombaient. Je voyais luire le verglas dehors. Et au-dedans, mon trou, je le sentais, s'ouvrait, se creusait : l'angoisse. C'est le nom commun. Ça donne mal, et peur, et froid. On n'en voit pas la fin ni la raison. Ça n'en a pas. C'est sans forme. On ne peut ni comprendre ni expliquer ça. Pas plus que les gosses ne comprennent pourquoi, les matins de Noël, devant ces dizaines de jouets rutilants amassés, d'un coup ils n'aiment plus rien, n'ont plus envie de rien...

Ensuite, honte totale, comme le jour des chiottes et de la baffe : ces rideaux opaques, lourds, visqueux devant les yeux. Je pleurais c'est tout. Mou. Je m'enfonçais dans le noir. La mélasse poisseuse, les sables mouvants noirs m'atteignaient déjà la bouche. Mais il y avait là quelqu'un de justesse, venu me sauver. C'était le moins désigné de tous. Messie de lyceum. Il m'aurait presque tué s'il l'avait pu un jour, naguère, à coups de gifles dans la tête, et il venait m'aider maintenant... Je pleurais. Dans les bras de Nicolas Gaby, je fondais, comme une lavette, je mourais.

« Nairobi. L'épidémie de rougeole qui s'est déclarée en Turquie orientale a fait jusqu'à présent deux cent dix-sept morts, pour la plupart des enfants. L'épidémie s'est étendue à la ville de Cat, au sud-ouest du chef-lieu de la province d'Urzurum. »

En fait, je n'arrêtais pas de mourir. Depuis ma damnée dégringolade par le salaud de con de la putain de ma mère, je n'ai jamais arrêté de pourrir sur pattes. Mort-vif. Les yeux écarquillés. La cervelle qui se lézarde, les tifs hérissés, les chairs qui moisissent et la vie qui rassit. Depuis mon entrée à H.-IV, pareil, je n'avais pas cessé d'être assommé, banni, renvoyé, exclu. Claques, gnons, coups, colles, zéros, pénos, dernier en compo. Quand je ne me mettais pas à l'écart moi-même. Zingaro ne résolvait rien, quant à lui. Au contraire. Quand tout s'était déclenché — bond dans le temps —, quand la catastrophe ultime était tombée, c'était déjà devenu quasi inévitable. Gagné à tous coups. Nos rapports, avec Zingaro l'affreux timbré malingre, ne reposaient plus que sur une méchante méfiance systématique de rapiats acharnés au profit vil. Entêtés à l'immonde oseille. Le reste, néant. Fond affectif, nul. Ses histoires de couilles et de « couillades » mille fois répétées vantardes avec ses foutues cousines et ses sœurs « ni vu ni connu » m'emmerdaient. Je le lui faisais savoir : « Tu me casses les bonbons. Et d'ailleurs, tu mens. Tu te fais enculer par tes cousins, oui. Pédé juif. Moi d'accord, j'ai une petite amie. Et c'est vrai. Mais je t'en parlerai jamais. » Je mentais. Mais de fait, je vivais une idylle par les yeux, télépathique, tous les matins désormais, avec une nouvelle venue rousse dans le bus 84, une jolie fille de mon âge qui m'affolait les sens. Tsst : top-secret.

Ce que je lui racontais volontiers à Zingaro, en revanche, c'est comment j'avais touché des maximums de filles, plus vieilles que moi : des étudiantes. Dans les Pyrénées, je m'en étais tapé (faux ; pures extrapolations) ; et ce n'était pas tout : j'avais furé avec des jeunes filles « hyp » à tour de bras, en Angleterre, aux vacances (à moitié vrai). Dans les jardins publics, je lui racontais : Brighton, Londres, Manchester,... dans la rue, sur le gazon, le soir, ou bien au bowling où je frimais auprès des culs-terreuses anglaises de Crawley à boutons, comme un dieu, avec mes chemises en madras, mes lunettes noires et mon bronzage retour d'Afrique, à l'aise je m'en tapais : yes. Il me disait : « Ta gueule ! Tu mens ! Pire que moi, ta gueule ! » Il avait totalement raison. J'ignorais même à cette époque, et pour longtemps encore, qu'on pouvait se pignoler. Quelle arriération. Cela dit, j'avais déjà quelques notions de flirt, fadasses et ignorantes. Pour le reste, j'embellissais. « Tu mens, tu mens, ta gueule », il disait. Et sorti de là, il réattaquait sa vieille scie : « Ses cousines... *Rubber Soul*... les connasses de ses sœurs couillées. » Et son inusable : « Ta gueule ! Ta gueule ! »

« Change de disque ! », je lui criais, à la fin, des fois, tellement il me les brisait, avec ce bordel de refrain de merde. Voilà comment ça évoluait tout doucement, notre amitié.

Jusqu'au jour où nos activités quotidiennes de minus-habens magouillards ont bien mal tourné. Comme prévisible. Séquence : vol. Aux étages du bâtiment de la surveillance générale, ça se tenait, ce jour-là — si fatal —, nos besognes de salariés du fric-frocs. On était à la tâche. Tout un couloir de poches de blazers et pardessus, impers, blouses à retourner méthodiquement. Nos méthodes étaient rodées, impeccables. Précises, efficaces. On ne s'amusait absolument plus du tout. On ne pensait vraiment qu'à ratisser, qu'au picaillon à griffer chaque jour un peu plus dans les fouilles des élèves. Là, il y avait de quoi. Franchement. On ne pouvait pas en venir à bout. Après vingt, vingt-cinq loques dépouillées chacun, on voyait l'heure avancer, qu'on devait aller en cours d'histoire, et qu'un retard sans motif pouvait nous coûter des colles au kilo. Surtout avec le prof d'histoire culbuteur de dentales, l'imbécile qui disait : « Audchourdchui » (aujourd'hui) en cognant ses deux mains, maniaque, l'une dans l'autre en parlant, pour faire claquer chaque mot qu'il « djéformait chichtchématchiquement ». Il allait sûrement nous foutre des heures, si on radinait en retard. Je dis : « Hé, allez ! On se casse. Ça vaut plus rien, ce coin. » Zingaro : « Ta gueule, ta gueule ! » et il continue.

Bon. On continue ensemble. Mais ça ne me disait plus trop, ces risques, gratuits insensés — en plein couloir. J'expose mes objections. Zingaro trouve un moyen. J'adopte la proposition : embarquer un pardessus qui avait deux portefeuilles dedans, certainement bourrés de sous-sous, pour aller l'analyser sans risque en détail à l'étage des pancus. On allait voir ce qu'il avait dans le bide, ce con de pardeusse. Il ne me plaisait pas, comme style. Pied-de-poule faux chic : pffoueh. Nous voici au 6ᵉ.

Silence total entre céramiques et combles... Où se planquer ? Tout au bout du couloir mansardé.

Petit vestibule à droite, lavabo mural, une porte de porte compliquée : on débarque aux chiottes, on verrouille la lourde, on y est. Une de ces situations, scabreuse, hein. Tant pis. Zingaro, fébrile pour changer, ricanant de la joie anticipée de ruiner un malheureux, met le manteau à mal, sens dessus dessous. Il froisse les portefeuilles, regarde méticuleusement entre les soufflets, entre les papiers, que rien ne lui échappe surtout... Rien. Comment, rien ?! Quoi ! Ce n'était pas possible, après tout. Il avait dû se tromper. Il refait toute l'inspection. Rien de rien. Des brindilles. Des cinq-dix balles anciens. Honte et misère. Ah, on n'était pas joices. Flûte. Ça nous laissait sur notre faim, cet échec. Piteux. Quelle déconvenue.

On s'est dit qu'on pouvait toujours se détendre un peu, en attendant mieux, avec une bonne plaisanterie inédite : ce système breveté que j'avais mis au point le matin même et qui emballait Zingaro... Ça consistait à mettre le feu à un balai, du genre pinceau d'entretien, en paille, rotin — ces matières jaunes assez raides d'autrefois — tout simplement. Mais attention, pas n'importe comment. Délicatement, par en dessous : juste les poils qui dépassent en bas. Ça ne s'enflammait pas comme un paquet de papier, que non, ce fourbi ; ça ne flambait pas. Voilà, la trouvaille. Il suffisait de foutre le feu où il faut. Et après, terminé, ça ne pouvait que se consumer sagement, en charbon tranquille, en cendres solides, à toute petite allure et jusqu'au bout. Tout fondu en fumée.

Justement, il y en avait un, de balai de ce style, sous la lucarne, dans les gogues où on s'était repliés pour faire son affaire au manteau traître : d'où la tentation. Hop. Zingaro et moi, on se le chope : briquet, on l'incendie. En se poilant à la pensée du trognon qu'allait tirer le prochain larbin de service à l'utiliser. Tout partirait en poussière entre ses mains, dès qu'il le toucherait. Fendard. Seulement voilà, le balai de chiottes en question ne brûle pas du tout comme prévu : il se met à fumer, à mort. Nuages terribles, houlà, dans la région. Volutes nauséabondes. Une véritable invasion, aïe-aïe-aïe. Et vlan, le pépin ! Soudain, un coup à la porte, un cri : « Ho ! Qu'est-ce qu'il se passe, là-dedans ? Y'a quelqu'un ?... »

Zingaro s'affole : « Ta gueule, ta gueule. » Il chuchote, d'abord. Et puis vite-vite, après, bien obligé, il répond à l'impro. Pour temporiser. Le type dehors, inquiet, n'arrêtait pas de toquer suspicieux. (« Ouvrez, là ! Ouvrez ! ») Il voulait voir. Zingaro parlementait — question de temps — à travers la porte, « que c'était rien, monsieur, juste un petit truc qui s'était enflammé... » Deux problocs à la fois : le feu fumeux, le manteau. Que faire ? Enfin, affolé, Zingaro se déchaîne : il chope le pardessus à pleines poignes et écrase le fuego en dessous. Je l'aide. Tous les deux comme des cons, à coups de tatane, pour éteindre les étincelles puantes, arrêter cette fumée qui n'en finissait plus d'abonder. Mais voilà le manteau qui crame. Ho-là-là, merde. Ça tournait mal. Ça sentait salement le roussi, ce coup-là. Pour de vrai. Avec le gars, dehors, ébranlant la porte comme un sourd (« Ouvrez »), s'exaspérant, qui allait ameuter tout le lycée à force de beugler : « Ouvrez ! Ouvrez ? Nom de dieu, là-dedans ! Ouvrez ! qu'il gueulait. Qu'est-ce que vous maquillez là-dedans ? Ouvrez !!! » Derrière, moi je montre à ce moment-là le manteau à Zingaro. En ouvrant la bouche comme ça, pour lui faire comprendre que c'était la grosse question, cette pelure. Hein, alors ?! Qu'on n'était pas clairs, si on le remettait en place dans cet état. Que la relation serait établie pronto. Qu'est-ce qu'on en faisait, vite, merde !? Et le brasero qui continuait, la fumaga...

Zingaro fouettait à mort lui aussi, pestant : qu'est-ce qu'on s'était fait baiser, mais baiser, ce coup-là ! Ça faisait chier, tous ces contretemps. Rien ne marchait plus. Tout de travers. Pas de pognon. Pas d'entente. Pas de temps. Pas de pot ! Pas d'issue. Et l'autre pékin du palier : « Ouvrez ! Nom de dieu ! Ouvrez ! » Du coup, Zingaro s'énerve : « Ah ! Vérole. Putasserie de bordel. » Il se fout à ronchonner tout haut. Il ne se cachait plus, fini : « Ta gueule et ta gueule et ta gueule ! », il beuglait. Et vlouf ! Primo, à l'instinct il a commencé par tirer la chasse d'eau. Pour éteindre le balai et noyer le manteau cramé. Tout inondé. Secundo, ni une ni deux, on a chopé cette vieille peau de bique de pied-de-poule ensorcelé, qui nous encombrait tant, au milieu du tintamarre de l'autre insensé tatanant la lourde à qui mieux mieux, et houuf : par la lucarne ouverte. On ne savait pas où ça allait, mais ça serait toujours mieux dans l'immédiat que là où on se trouvait. Mieux qu'avec nous.

On est sortis... Air négligent : « De quoi-de quoi ? », faisait Zingaro nonchalant. Le mec, les yeux hors de la tête, exigeait une explication : ce qu'on branlait là-dedans, nom de nom ?! Et cet incendie !? Il vociférait sur chaque mot, en demandant : « Pourquoi on lui avait pas répondu ? » Zingaro relax : « Doucement, là... c'est rien, monsieur. » Il n'y avait rien de bien compliqué, à le croire : on était venus fumer « en cachette ». Quelle honte... Ça, c'était une chouette trouvaille de circonstance à Zingaro. D'instinct, il avait sorti cette ânerie : « Qu'on était venus en griller une ou deux et qu'on avait mis le feu sans le vouloir, au balai. La faute à pas-de-chance, quoi. Zut. » Comme le balai n'était pas si amoché que ça, le mec s'est satisfait grosso modo de l'explication. Il a quand même dit que : « Ouais... c'était pas bien clair, cette entourloupette... » Mais Zingaro qui savait être un éloquent et labile acteur de première, dans les cas-limites, s'est d'un coup mis à supplier le lascar comme un fou, « que pardon, pitié. (Oui, il disait *pitié*) Oh ! miséricorde, monsieur ! (il osait) Oh, grâce ! De grâce, ayez pitié de nous. Si vous nous dénoncez, si vous dites qu'on a fumé des cigarettes en cachette, on sera punis. Renvoyés même, parce qu'on est pas des très bons élèves... ».

Là-dessus, pour appuyer son effet de sincérité, son morceau cri-du-cœur (il ne méprisait aucun effet), Zingaro s'est jeté aux pieds du bonhomme. Carrément à genoux. Quel macaque. Et, lorsque l'autre a fait mine de le relever, extrêmement gêné, il s'est couché, de tout son long, sur le ventre, prosterné devant l'homme éberlué, la face contre terre. Au nom d'Allah... Je me serais marré, si j'avais eu le moral : « Oh, par le ciel ! Monsieur. Épargnez-nous. On a rien fait de bien grave. Pour l'amour de dieu. » L'envoi devait être valable, pathétique : l'autre a marché dans ces insanités. Il a promis-juré, horriblement dérangé par les simagrées de Zingaro, il a solennellement pris l'engagement de ne pas lâcher un mot à quiconque sur cette affaire, si on ne déconnait plus : « Promis ? — Promis, monsieur ! » Une honte. On s'est tirés en mouillant salement. Mais quand même, on s'en était pas mal sortis, de ce merdier, non ?! C'était l'avis général. Ouf !

Ouais, on se faisait de grosses illusions, ce jour-là. Si on avait pu deviner... Quoique... Dès le départ, quand on a eu laissé le manœuvre qui nous avait fait la leçon, à l'étage... moi, je sentais le gros désastre. Je pressentais de l'orage, à l'horizon de nos soucis. Ciel de plomb, mauvais augures.

On est arrivés bien remarqués en cours d'histoire-géo, dans l'autre bâtiment à l'escalier de bois plat. Et le prof nous a fait un numéro du diable. Avec ses mains à la gomme, son cinéma de taper dans la paume de sa main gauche, son accent chichiteux :

« Et chéchi. Et tchelà. Ch'est inadjmitchible », une totale. Il ne tolérait pas. Et surtout, que Zingaro se fende la gueule devant son nez, de sa comédie à la con avec son défaut dans la langue, que Zingaro se paye sa fiole en riant de ses infirmités et du spectacle qu'il donnait. Et en public, encore ! C'était sans doute ses pauvres nerfs, à Zingaro, qui claquaient. L'émotion accumulée, la pression horrible, et puis d'avoir couru comme des chiens. Zingaro explosait de rire comme ça : « Hi-hi ! Hé-hé ! Hu ! » Quelle impudence !

Le prof nous a envoyés chercher des billets de retard, pour la peine. Crack ! Verrous. Les billets, c'était des traces. Indélébiles : « Des sillons de preuves dans le sol de notre procès », selon une expression, ahurissante, de Zingaro, quelque temps plus tard, récapitulant l'événement dans un moment d'intense fatigue cérébrale. Les billets, c'était le début de la fin. On avait pris du retard. On n'était plus au point. Déjà dépassés par les événements.

Là, on pouvait savoir à peu près, d'avance, que cette invraisemblable accumulation de conneries, de témoins, d'empreintes, de bavures derrière nous, ça nous finirait avant terme. Que ça nous condamnait d'emblée. Qu'on méritait la corde. Qu'on n'avait pas été bons. Qu'on ne pourrait plus à partir de maintenant, comme les autres fois, déraper en catastrophe, se rattraper de justesse sur les capots de roues et s'en tirer une nouvelle fois in extremis aussi facilement indemnes. Qu'on y laisserait des plumes, ce coup-ci, forcément. Puisqu'on avait perdu du terrain, la main, du temps... On était bien brûlés, tiens. Pyromanes à la noix de coco.

« Un cyclone s'est abattu mercredi sur les côtes du Pakistan oriental, entre Chittagong et Cox's Bazar, avec son cortège habituel de catastrophes : inondations, naufrages, dégâts de toutes sortes. »

C'EST allé fissa. Vitesse, foudres, feu, flammes. Passons d'abord sur l'humiliante arrestation. Confrontations, pièces à conviction, Question, Grands Inquisiteurs et bûcher-Henri-IV. Qu'on se magne. Ils avaient déniché le manteau carbonisé dans une cour intérieure par-derrière sous la lucarne brûlée : on s'est retrouvés tous les deux dans une vaste classe vide. La 61. Horizon : méridien, sept ou huit arbrisseaux grillagés et accablement mastoc. Avec deux surveillants pour seulement nous deux. Que d'honneurs. C'était étrange, cette garde à vue. On ne comprenait pas très bien — une fois de plus. On avait quelque difficulté à passer le cap, à dresser le bilan. La chose était soudaine. Et nous avait pétrifiés, après tout, en dépit de notre vivacité extrême, de tous les signes avant-coureurs, et de la longueur effarante de l'instruction à huis clos. Cuits et recuits, ça... rétamés. On allait prévenir nos parents : c'est ce qui nous avait été signifié, dans le bureau du surgé dromadaire, en conclusion. Ça se présentait on ne peut plus mal. Vainqueur, le Massif central gibbeux, sans discussion, par double KO. On gagnait peut-être aux points mais c'était quand même la débâcle au final : deux à zéro.

On se retrouvait tous deux seuls chacun dans un coin de vie ravagée, bout de course. Bien déglingués. Là, plus de simagrées, on sentait qu'on avait viré la cuti, pris le virage. Et qu'on était lourdés pour le compte. C'était donné. Une question d'heures — une ? douze ? —, purement. Et on vidait les lieux, terminé. Sacré feu d'artifice. On avait le droit d'échanger des impressions. Belle consolation : « Prix de camaraderie à... » Les pions compatissaient. Ils comprenaient ce poids d'appréhension, la solitude excessive dans ces instants de ravage. Ils voyaient bien que ça ne tirait pas à conséquence, nos petites palabres...

Ouais — ils ne voyaient pas très clair en fait, ces gogos : pour ne pas se gaffer plus. Ils nous connaissaient mal, ça se voyait. On ne les avait pas assez prévenus contre nous autres — nous jugeant un peu trop vite mis hors d'état de nuire, rectifiés —, ou bien ils s'en foutaient complètement : de deux choses l'une. Dans le tas finalement, il s'en trouvait peut-être, une poignée, qui n'étaient pas si irrécupérablement bêtes et mauvais — salauds tout de même, par définition, mais gardant une lueur d'esprit critique, de vivacité, dans le bouillon de tapioca de cette masse tremblotante, inamovible de vieux cons.

On nous a laissés causer. Et Zingaro a dit : « On est couillés. » Bon, j'étais d'accord. Il a ajouté, plus tout à fait convaincu, on aurait dit : « On est vraiment niqués ? A ton avis ? » Et j'ai répondu qu'il m'emmerdait : « Tu vois pas où on est ? » Il ne ricanait plus, tiens, là. Plus de « Ta gueule, ta gueule ». « Évidemment, connard, qu'on est niqués. T'as avoué, ou t'as pas avoué ? ! »

C'était ce détail qui m'énervait : il avait tout lâché, tout à l'heure, pas si fier, comme une dégonfle : « Pourquoi t'as écrasé ta banane, on pouvait nier, pourquoi t'as avoué ? » Je discutais pour le principe et par honte personnelle ; en fait, c'était réglé d'avance, dès qu'on était sortis des chiottards du pensionnat, le jour même du pardessus cramé, pfff : avec les billets de retard, la fumée, tout... Ça s'était vite vérifié...

A la porte de la classe de Charlotte, première heure d'après-midi, Zingaro qui, lui, n'avait pas été renvoyé de la demi-pension six mois avant par caprice de la surveillance générale, m'avertit : « Pssst, ta gueule, ta gueule. Je crois qu'on est repérés... » La vieille saccagne du surgé-zébu s'était ramené en plein repas, avec un acolyte à lui que Zingaro, tête baissée dans ses fayots, n'avait pas osé dévisager, et ils avaient passé ensemble, rangée par rangée, toutes les tables du réfectoire en revue « comme s'il cherchait quelqu'un... » Pire : ils s'étaient arrêtés au niveau de Zingaro. « Aïe-aïe-aïe, ta gueule ! », voilà qu'il claquait de nouveau, à y repenser. Flamenco de mandibules habituel. Ses dents qui se déchaînaient. Le bossu et l'autre s'étaient tirés. Et un peu plus tard, en fouinant du côté des concierges-carambars, Zingaro avait eu le fin mot de l'histoire : le manteau pyromanisé avait bien été déniché — Aïe-aïe ! —, et d'une ; la famille du dépouillé au manteau avait porté plainte auprès du surgé — Ouye-ouye... —, et de deux ; ça tournait mal, et de trois : « Qu'est-ce qu'on fait — qu'est-ce qu'on fait, ta gueule ? ! » Il risquait presque de nous faire repérer, à se coller à moi ainsi, tout agité, contre le fronton. Dans cet état extrême.

J'ai fait comme si j'étais calme, comme si je ne tremblais pas, des dents, moi aussi. J'ai arrêté un « plan préventif ». Dans cette panique, c'était moi le chef : ceci, cela, merde, fixe, crac, ouste !... Grotesque. Ça ne servait strictement à rien, la malédiction était sur nous. Tant pis.

Par recoupements, d'heure en heure, l'exécrable Bobosse qui avait toujours eu l'œil sur nous, comme nous sur lui, salope, s'est fait sa petite idée. Il devait s'en frotter les mains d'avance, derrière la besace de graisse et d'os qui lui tenait lieu de dos, cette fois, de nous renifler à sa portée. Un salaud pareil : qui aimait gifler les gosses, pour se détendre, avec ses doigts crochus. Il faut être malade. Zingaro qui, soit dit en passant, avait une tête à claques type, en savait quelque chose...

Il rencontre un jour le surgé, dans la cour, j'étais là à côté, même topo que sur le boulevard ou que ce jour où il m'avait fait ouvrir mon sac : « Qu'est-ce que vous fichez là ? » Déjà vachement déplacé, comme ton. Ma réponse, mmouais, passe encore... Zingaro, qui par accident était parfaitement en règle, commence à marmonner une explication à la mie de pain on ne peut plus douteuse. L'autre, tiquant, brutal, toujours ses spécialités : « Ouvrez vos cartables ! Qu'est-ce qu'il y a là-dedans ? » Toujours rigoureusement déplacé : des pratiques, un peu spéciales, pour un simple fonctionnaire du service public n'est-ce pas... Zingaro grommelant mais servile va pour ouvrir, le bossu saisi de folie se déchaîne : il lui tire un fameux coup de poing. Vlan. Froidos. Incroyable : « Petit pourri, ta gueule, je lui ferai payer ! » râlait plus tard Zingaro, hurlant à « l'illégalité », « injustifiable ! », etc. C'était sans doute sa face qui invitait aux coups : vlamm, là, en plein dans la bouche, sous le nez. Quel gnon. Un bonheur d'écrabouillement. La faute à sa sale binette de comploteur. Un des tout premiers jours, lors du retentissant scandale des carottes et des pommes de terre musicales, Corbiack furibard l'avait ainsi roué de claques sans choisir : Zingaro se faisait réduire en hachis par pure fatalité — on s'en souvient — si Vuarney le blond-roux minet ne l'avait civilement sauvé en invitant l'ahuri de Corbiack à la décence. Alors ?

En tout cas, pour revenir à la bosse et au manteau fusillé, nous avions mis au point sous ma dictée, prévoyant le coup fourré, un alibi individualisé d'une solidité éprouvée. A tenir coûte que coûte dans l'éventualité d'un interrogatoire séparé. A quoi bon...

Il apparaît, la gargouille humaine, sous les gueules de lions de la cour Ampère en milieu de matinée, un des jours qui suivent, s'approche, manteau noir lustré et gibbosité exécrée, de l'entrée de notre salle 16, s'approche encore... désigne Zingaro : « Suis-moi, petit. » Couillé : ça y était. Évidemment, il restait une toute petite chance pour que cela n'ait aucun rapport avec le manteau tisonné — on peut toujours rêver...

Il y avait justement dans l'air cette affaire de « souterrains interdits » parcourus récemment en long, en large, en travers et en fraude par Zingaro et l'un de ses complices de « mœurs » (celui aux hanches comme Enrico Macias) — sans moi, miracle. L'expédition avait donné lieu à une bagarre dans le noir avec un pion du lycée : le surveillant avait été à moitié estourbi contre une porte-piège refermée sur son nez (cassé) et Zingaro, après l'avoir frappé, s'était esbigné. Mmouais...

En tout cas, là, le surveillant général s'était déplacé en personne, ça signifiait que ça chauffait. Et d'un autre côté, il n'en voulait pour l'heure qu'à Zingaro, ce qui voulait dire qu'on s'était peut-être trompés en imaginant le pire : « Mais, monsieur, j'ai cours. J'allais entrer... », commence Zingaro ; l'autre contrefait voûté ne l'écoute même pas, esquisse un geste de beigne par habitude : ce petit imbécile en veut une ! ? Zingaro fait mine de se protéger. « Suis-moi, je t'ai dit ! » En partant, il me regarde de biais dans le dos du surgé : décomposé. Qu'il aille se faire foutre, rien à battre. Du moment que je restais à l'écart de ce traquenard... Et qu'il ne s'avise pas de me donner.

Ils avaient fait cinquante mètres, ils atteignaient déjà le porche des Moïse dégueulassés de frais, Bobosse tire Zingaro par le bras, ils s'arrêtent. Ah... il lui dit deux mots. Zingaro semble un peu discuter, avant de céder devant une nouvelle menace giflée, revenant vers moi penaud, chercher quelque chose d'oublié : « Il faut que tu viennes aussi. » Il l'a dit. J'en suis aussi. Cette fois, c'est réglé. On nous a dans le collimateur, c'est la java qui va commencer.

Sur les quelques mètres qui nous séparent encore de Bobosse, je sermonne bien Zingaro, bouche en coin : « Tu nies, hein ! tu nies tout ! » Il est d'accord, il dit « Ta gueule » deux fois — ça veut dire OK. On suit l'immonde pomme de terre humaine dans son clapier à dossiers, au pied de l'escalier déboulonné, un froid de glace nous prend, ça pue la P4 et le fade, je vois Zingaro trembler, violet.

Et l'interrogatoire commence... C'est du cliché, pas possible, ciné d'avant-guerre... Assis, ensemble. Embrouillé. Hors sujet. Policier. Debout. Assis. Séparés, on y arrive. Dossier de chaise retourné, lampe de bureau braquée. Re-ensemble, re-séparés. Assis, debout. Sueurs gelées. Finalement ça a l'air — au fil des demi-heures — de tenir et de marcher : rien ne vient fêler notre programme planifié, déranger notre vitrine préparée. Assis ! Debout ! Sortez ! Avouez ! Notre ton égal : l'attitude, la cohérence, de bonnes gens un peu estomaqués par l'abus. Entrez ! Et la patience du respect obligé, juste assez. Assis, debout, ensemble, sortez, à tour de rôle, assis... Ça dure mais rien à faire. Tout est impeccable. Un moment, même, ayant triomphé d'un douzième piège où je n'ai pas une seconde failli tomber, je sens le triomphe nous effleurer, un coin de sourire m'échappe... je crois au sortilège de la malhonnêteté.

Pour un peu, je finirais par m'y croire. Par me sentir réellement innocent. Tellement je l'ai dit, répété, radoté : « Mais enfin, monsieur, il doit y avoir... Permettez-moi de... », etc. Ouais, ce salopard est tombé sur vraiment trop vicieux pour lui, trop fripouille pour sa petite cervelle de fumier. Ce n'est pas encore demain la veille qu'il nous fera monter au gibet des moines enterrés, le gibbeux satané. Il va se casser les dents, eh-eh. *Pas de témoins, pas de papiers...* A la longue, j'en suis à peaufiner, presque à ironiser, teintant nos dénégations cent fois confrontées du doigt de cynisme que je juge, intuitivement, être censé pouvoir me permettre, en toute bonne foi surprise, à ce stade d'injustice et d'absurdité supposées.

Et j'ai d'ailleurs droit à mon petit moment de jubilation vaniteuse lorsque Quasimodo d'âne, d'un coup très franc, direct, comme s'il renonçait, s'inclinant enfin, m'avoue avec une intonation de vague résignation : « Tu parles vraiment très bien... Toujours parfait... Je te félicite une nouvelle fois de ton "speech". C'est convaincant... » Le même compliment que le jour de Mollard insulté sur son escalier. Décidément...

Si c'est réglé, pourquoi est-ce que cette peau de hareng sourit, du bout des babines ? Saleté ? Il sourit largement même... de toutes ses dents grises de vieux garçon carié. Et — ça devait bien arriver

— il place benoîtement sa dernière botte en regardant Zingaro se liquéfier : va à la porte, l'ouvre, appelle, fait un geste de présentation, ferme. Le factotum ! Badadang... Ouuh-là-là. L'appariteur du cabinet incendié. Là, on y est : « Il n'y a que ce monsieur qui me tracasse... finasse le surgé, et qui ne va pas avec le plan général de ton speech... »

Le manœuvre montre immédiatement Zingaro : « C'est lui, c'est lui ! Oui-oui-oui » Vlan, dedans. Moins un. Et puis, il hoche la tête : « L'autre ?... Tsst... Ce n'est pas lui. » Ô Seigneur — est-ce possible ?... Bobosse grimace. Tiens ? Le larbin reprend : « Il me semble... qu'il avait... des lunettes. Des lunettes... de soleil. Fumées... » A qui le dit-il. Depuis trois jours, je ne porte plus ces fâcheuses lunettes distinctives, pour brouiller les pistes, et j'ai évidemment bien omis de les mettre pour venir : précaution réflexe, grimage de sécurité. L'enseignement de don Luis Perenna *(L'Évasion d'...)*. Et justifié : la preuve.

Mais ça n'était pas assez. En face de Zingaro qui se mangeait les doigts, perdant toute dignité, se déconcentrant à vue d'œil, le surgé flaire le coup : « Tu ne portes pas des lunettes, dis-moi, toi, d'habitude ! ? — Pfffff... — Oui ou non ? Oui ? ! — Parfois... — Tu les as sur toi ? — Non... — Va les chercher ! Elles sont chez toi ? — Euh... »

Allez, suffit. Pour ce que ça changeait, je pouvais aussi bien aller gentiment les pêcher dans mon cartable où elles se planquaient, au fond de la classe 16 bouclée pour le déjeuner. Et voilà : « Ah ! c'est lui — le factotum est formel, tendant renégatement l'index sur moi —, les lunettes de soleil, c'est lui ! C'est eux deux. Ils fumaient et... — Merci, merci » ; Bobosse le congédie — minable : doigts croisés. Le cireur de parquet-balance parti, silence. Le Guépéou cruel nous considère. Et il attaque, venimeux : « Alors ? ! » en fracassant son poing sur la table.

C'est reparti. Non, même pas — c'est arrivé, c'est cuit. Zingaro a perdu tous ses moyens, il ne nie plus avec autant de hauteur : la confrontation avec le témoin l'a lessivé. Et dire qu'en plus, là-haut, le jour du feu, cette donneuse avait juré tous ses dieux... Bobosse pressure encore un peu mon affidé. Je nie toujours, il avoue. C'est dit. Il dit tout. Je suis rompu. Je ne vois plus l'utilité de me battre, à présent. Et après ? Zingaro n'est pas seul en cause : c'est lui qui a craqué mais ce sont mes lunettes fumées qui le condamnent. Aussi merdeux l'un que l'autre. Je ne dis pas « oui » mais c'est tout comme, je le fais de la tête, un quart d'heure plus tard, buté : Hon, Noui... Mon petit honneur, mes façons de sucré...

Le surgé à présent en a plus que marre, mais il doit nous finir dans les règles : « Le petit papier ». Quand, comment, pourquoi, avec qui, ça s'est passé « et vous me signez ça... Voilà. » De A à Z, perdu pour perdu, je charge Zingaro à fond et Zingaro m'enfonce idem. Ah, chapeau... Quelle amitié. Jusqu'à la gueule : « J'étais là par hasard... ce n'est pas moi qui..., c'est lui tout seul que..., j'ai essayé de l'empêcher de..., c'est sa faute si... » Chacun le paquet entier sur le dos de l'autre. Misérables. Double zéro. On plie l'échelle de grandeurs et on oublie ses principes de « dignité ». Deux amateurs, véritables minus, au tapis, un surveillant général à peine satisfait, tordu seul dressé au milieu du ring. Débarrassé d'une belle épine dans le pied, voilà tout. Quelle pitié.

Bobosse SS a lu attentivement les copies-éponges (gna-gna-gna « coupables », daté, signé, plus à y revenir, c'est du certifié), nous a regardés des pieds à la tête, belle petite paire de traîtres merdeux, comme pour bien se rappeler nos deux sales binettes de crevés mauvais cons ligués, les chapelets maléficieux d'emmerdements sans nombre que nous lui avions apportés, il s'est mouché sous ses binocles de taré, en expulsant ses derniers scrupules avec des grumeaux de sinusite qu'il a détaillés, et il nous a fait raccompagner : dossier réglé. Couillés.

« Aden : La police a fait usage, mercredi, de gaz lacrymogène pour disperser environ mille cinq cents lycéennes dans le quartier arabe du Crater. Les lycéennes avaient commencé par brûler le mobilier scolaire, puis elles retournèrent la voiture de la direction (une directrice anglaise) et brisèrent à coups de pierres les fenêtres de l'établissement. Mardi soir, des terroristes avaient tenté d'assassiner l'adjoint du chef de police en tirant sur lui des coups de feu, à proximité de son domicile. »

On se retrouvait là, dans cette salle vide, cernés. Faits aux pattes. Il fallait aviser. Silence morfondu : on méditait... C'était prévu pourtant, minute, malgré tant de folie imprévoyante, organisé en amont, de très longue date, cette échéance infernale. Le coup qu'on serait « couillés », après avoir couillé les autres à bloc. On avait planifié une de ces entreprises particulières, il ne faut pas croire : un plan fabuleux pour le jour où on serait finalement ceinturés. Clac.

On s'en était toujours tirés d'un poil à l'esquive, à la feinte de corps catastrophique. Notre souplesse d'hurluberlus nous avait sauvés en flip-flap jusqu'ici. Déjantes et pirouettes, pelures de banane et peau de gibier, messieurs Loyal et Bout'd'cifelle : c'était miracle qu'on ne s'y soit pas plus tôt cassé les reins, à ce régime, sans filet... Bon, fini de rire. Il fallait réussir à rebondir deux fois plus vite et plus haut ce coup-ci. Devenir Noureev et Nijinski ensemble à présent. Se plier des membres, désosser en dix-huit sans rechigner, rutabagas bouillis, au-delà de la souplesse, ou bien on était brisés. Plac. Se tortiller comme des malades, pour arriver à glisser entre leurs pattes, à tous ces gorilles préhistoriques...

Galerie des dégueus des glaces : ancêtres gourmés, classiques, portraits, du fond de la cellule encadrée je les revoyais... Tous. Un par un, les responsables. Mon jury pouces en bas. Précepteurs ricassiers conjurés. Tous les mêmes. Emprisonné dans cette salle des pas perdus, à attendre la sentence... je m'entraînais à les distancer en pensée, à les maudire, encore et encore en secret. Conseils de classe, blâmes, salle des professeurs, avertos : je leur en voulais à tous, à mort. Comme à mes « vieux ». J'oubliais qu'ils avaient été les faire-valoir de ma fantaisie avant tout, mes victimes en même temps que mes bourreaux. Bon, ils étaient payés. Et moi pas. J'en bavais mais j'espérais qu'ils y avaient bloqué des coliques extras, dans la combine, eux aussi, nos Grands Hommes du lycée, les hémorroïdes à rosette enfilés.

Leur liste, si insipide et horripilante, me repassait sous le nez : ils sentaient le suint, ils me dégoûtaient. Je fermais les yeux et je souriais comme Mollard. Saletés. Il aurait fallu faire quelque chose. Vite, beuark. N'importe quoi. Que j'y pense fort pour les envoûter à distance : en poupées épinglées ! Que je les abomine pour l'éternité : malédiction télépathique, griffes croisées — Kss ! Kss ! —, tout de suite. Que, de par ma volonté, ils se trouvent tous pétrifiés en statues de sel dans l'heure. Que je les vomisse un par un, déjections, en pur rendu. La série complète de leurs mauvaises binettes, dégorgée. Renvoyés, avec moi... Je m'échauffais, grinçais des dents, grognais de colère freinée, j'aurais voulu en faire souffrir quelques-uns de mes propres mains, les torturer patiemment. Je me les repassais, contorsionnés, à l'abri des méninges, pour les tourmenter en secret. Super-production séviçocolor grand écran dans mon imagination surchauffée...

Je me taisais, étouffé de rancune, en ces moments de terribles résolutions et de perspectives désaxées, j'exterminais magiquement tout ce petit peuple haineux et abhorré à la folie, en rengaine sanglante et méthodique, à l'ombre rouge de mes paupières voilées. Tous crevaient, pour mon bon plaisir malade de rage, tous comme mouches à merde bleues zonzonnantes et asphyxiées, ailes engluées sur papier-tue-miel rectifiées au cran d'arrêt... Et je recommençais à les rétamer un par un, dessin, gym, histoire, anglais... M'exténuant encore et encore au mal enfiévré, à la razzia vengeresse. En un sabbat cacophonique de forfaits dépuratifs crochus imaginés, raffinements improvisés de crauté crânienne...

Et je me retrouvais le front piqué de sueur, mâchoires coincées à se casser, les yeux fixes devant mon Bic presque brisé à force de tension nerveuse refrénée, derrière un bureau de salle vide au lycée. Revenant à un peu de calme, gommant le vacarme des miasmes viscéraux, les visions d'épidermes dépiautés, je refermais ma boîte à mirages, essuyais mon petit front souillé. J'éteignais la lanterne mentale magique en somme, sur une perspective de terre brûlée.

Et je répondais à Zingaro interloqué — qui me tirait par la manche sans réponse depuis un moment en me demandant : « Hé, ta gueule, qu'est-ce que t'as ? Tu parles tout seul ? !... Hé ! tu crois qu'on est vraiment couillés ? » —, je lui rappelais : « Oui-oui.

Mais fais gaffe qu'il y a encore le Plan. A ne pas oublier, s'il te plaît. »

Il nous restait ça, c'est vrai. La Grande Aventure, d'extrême urgence, maxi-projet terminal planifié en cas — comme aujourd'hui —, de force majeure, de toute dernière extrémité... Prévu pour le jour — inévitable, on le savait intimement depuis le tout début — où on serait arrêtés. C'était tout de suite. On avait toujours avec succès recouru à la course. C'était pareil maintenant. Mais là où on devait aller pour le coup, personne — on avait bien tout discuté d'avance —, personne d'autre ne suivrait. Plus personne ne pourrait nous retrouver, nous emmerder. « On y va ? on s'est consultés — On y va ! Allez. »

« Un hameau entier a été englouti dans la nuit de jeudi à vendredi sous une avalanche de boue et de pierres, au pied du volcan Yates, dans le sud du Chili. Tous les habitants ont péri. »

ON y allait, c'est vite dit... Aussitôt qu'on pourrait. Parce que même là — eh oui —, il fallait demander l'autor. De sortir. La permission, comme pour les cabinets. Ou bien, il fallait la prendre. En fait, c'est un compromis entre les deux qu'on a choisi. Ils ne voyaient vraiment pas clair les deux surveillants censés nous garder strictement à vue l'après-midi entière. Nuls.

Évidemment, ça faisait une heure ou un peu plus qu'on était là, sages, à causer — patati-patata — et même à leur parler. A te leur demander de ces petits renseignements maniérés : s'ils connaissaient exactement le détail de notre triste sort ? à tous les deux ? Comment ça se gagna qu'on n'avait jamais eu affaire à eux ? Quand et comment nos parents sauraient ? Et comment on pourrait s'en sortir, une fois qu'on serait fichés, fichus, renvoyés pour avoir foutu le feu ? Un beau casier à refourguer même très loin... « pyromanie » (sans compter que sur la question, on était restés jusqu'au bout très ambigus et confus, avec Zingaro, faux jusqu'à la dernière limite ; qu'on avait bien caché le motif : « vol », pour n'avouer que le feu — puisque pour ça, on ne pouvait pas nier). Pas super-malins, donc, les pions. Ils auraient pu se douter, vu la circonstance. Faire un peu dèche. On avait dû le leur dire, en plus : « Méfiez-vous ! D'eux deux. Filez-les ! C'est des finauds finis ! » Mais ils étaient abrutis, ça n'est pas possible autrement. Quelles patates.

« Monsieur... on a demandé, avec ce qu'il fallait d'humilité écrasée dans la voix : on peut aller se dégourdir un peu dans la cour de récré ? » Oh, on ne pouvait pas les inquiéter, bah. On semblait si limaces. Aplatis par la mouise. « Allez-y. On vous fait confiance hein ? Attention. Pas de sottises, juré ? — Juré ! Promis. » Ça oui : promis, mes couilles, ouais !

On quitte le pas de porte de la salle, doucement. Doucement, d'abord, pour sortir du champ de vision... Mollo... Puis... — zzzoumm ! — survitesse. Fous la pêche Zingaro ! Véloces, on taille, dans la cour. Le porche Moïse sur les jantes et la cour Ampère ventre à terre dans la foulée, le long des lions cyniques, grrrr, vers le fond. Cogne, file, fonce. On s'est retrouvés, blancs, très excités, le front sec — ça devenait cataclysmique — juste sous la salle de Corbiack, dans le hall où l'on avait fait exploser cette longue table au bon vieux temps avec les petits bureaux superposés, là où l'on avait tant de fois arrangé le portrait du vigile Empire en pierre, qui crânait trop, à l'entrée du lycée. Fermée : bordel... Forcé, entre les heures de sortie. Changement de programme : trace-trace, on bombe vers le coin opposé. Porte 13 (aïe), plongeon, goulot en chicanes, marches, droite-gauche-droite, demi-tour encombré sur dix mètres et perron : la petite entrée du Petit Lycée. On a raté le coche. Emportés comme on l'est on file tout droit vers le bout du tunnel ; trop loin, cent mètres. Bloqués : zut, on rebrousse chemin, vite, par le couloir glissant le long du mur côté Panthéon, c'est du surplace. Urge-urge.

Un brouhaha s'était déclenché, pendant qu'on trottait, un tapage avait commencé à monter, assez loin, pendant qu'on tournait en rond déboussolés dans ce boyau sombre, entre les murs serrés. On y est quand même : le guichet de la cour des mômes, on toque. Des « explications » soi-disant, elle voulait, la concierge... Des quoi ? ! C'était malvenu, merde. Les cris arrivaient ; elle nous a poussés à la violence. Ça allait comme ça, connasse. Tiens ! L'autre imbécile de Zingaro lui colle un taquet derrière l'oreille, en guise d'explication. Priorité ! Et je l'ai moi-même bousculée dans son coin au passage, en faisant branler les carreaux de sa porte avec sa tête : blingg. On l'a obligée ainsi, contraints et forcés, à nous céder d'urgence le passage : « Attention à toi ! Ta gueule-ta gueule, foie de morue ! » Elle n'avait qu'à pas faire la maligne. Si elle insistait, ça allait tomber la grêle, les coups de pied : Zingaro pestait. On a déclenché l'ouverture, les cris résonnaient tout près. Traçant des éclairs de menaces dans le ciel, sur nos talons, secouant le silence de cette heure morne, assoupie. Un sifflet a commencé à s'y mettre, plus loin.

On débouchait juste, fous, la peur aux trousses, nuque tétanisée, dehors sur le trottoir... 1, rue Clotilde. Galope. Adieu reine des Francs. Traversée de la place en biais, pris en sandwich entre le pan aveugle écrasant du Panthéon et l'hôtel des Grands Hommes, vite : vers la rue Clotaire. Non. Coup de patins : rue d'Ulm, ça presse. Au feu. C'est là que la connaissance fripouille et technique du quartier de Zingaro — angles morts, porches, patios, venelles, impasses — nous a servis. Panique ou pas.

Je ne sais plus où on était. Sus ! Sus ! Fossés Saint-Jacques, Estrapade, dérapant sec sur la rue Lhomond. Je ne savais plus où on courait, m'imaginant le bossu cruel lancé sur notre piste, tête baissée, babines retroussées. Mais on courait. Rue Tournefort en trombe, sans halte place Lucien-Herr. On courait, on fonçait, c'est tout. L'haleine des abbés fantômes génovéfains glacés horrible dans le cou, l'épouvante derrière... On a couru aussi longtemps qu'on entendait des appels. Entre deux respirations sèches, deux galops, sur notre piste brisée : « Arrêtez-les ! Ils sont par là. Ils ont filé. Coincez-les. Ils se sont enfilés là. Arrêtez-les ! »

On a couru, traqués par les coups de sifflet et les klaxons. A bout de forces, nous figurant les pires extravagances : des bataillons entiers à nous pister : « Arrêtez-les. » Avec des volte-face en toupie, des crochets, des sprints. L'école en brique du 2, rue Pierre Brossolette — ah : tous de mèche, au secours —, une pause haletante rue Érasme, à l'ombre du fronton mastard de Normale-Sup, l'Institut Curie après une galopade dans le boyau Rataud, une fausse piste rue Amyot, une station-éclair appuyés sur le banc de la rue Thouin. On détalait. A fond de train. Sans fin, sans pauser, sans se retourner, ou si, mais sans en voir le bout. Cernés par les écoles, les illustres savants, les pavés, les spectres, les ombres portées, les jésuites, les carolingiens, les Huns, Vikings, Arabes, Anglais en hordes, Racine et Pascal évadés de leurs sépulcres à Saint-Étienne, Hugo, Littré, Mirabeau tendant son doigt vengeur du haut du dôme du Panthéon : « Morts ou vifs ! », Philippe Auguste sonnant le tocsin de Sainte-Geneviève la vénérable, tous dressés contre nous, les Ligueurs convoqués dans la poussière, à nous arracher les yeux de la tête dans la déroute des rues. Encore plus loin, plus loin, rameutés pour l'hallali...

Zingaro tenait mieux le coup que moi. Je n'en pouvais plus, aller-retour, virages, pointes : je crachais ma gorge et ma poitrine en petits morceaux de nausée rentrée, brûlante, au fil du parcours.

Ursulines et Louis Thuillier, l'option Port-Royal, la plongée dans le couloir Abbé de l'Épée-Auguste Comte, la rafale des saints : Jacques, le plus vieux, Michel... Et j'essayais, en même temps, tout en galopant comme un zèbre, l'erreur, de parler, à Zingaro la girafe : entre deux enjambées...

Peu à peu, on a semé les revenants, les chiens, les chimères, qu'on avait derrière. Le tumulte s'est éloigné, et le vacarme des pieds plats sur le macadam : patt-patt-patt-patt. On avait laissé tellement de tournants et de sens interdits entre le lycée et maintenant, H.-IV et le Luco, niveau Val-de-Grâce, qu'on pouvait freiner. On a respiré, c'était la statue mise au piquet du gros Balzac caféïnomane.

Par sécurité, on a continué à tracer encore, et puis encore un petit peu... Comme si, pour semer définitivement les fantômes de l'Ordre convoqués sur nos traces à la curée, il nous avait fallu franchir la barrière magnétique des murs hantés anciens du monastère capétien, citadelle enterrée qui couvrait originellement toute la Montagne, débordant sur ses contreforts... au-delà d'Ulm, de l'Estrapade... l'enceinte mille fois maudite qui occupait tout le quartier naguère, et l'emplacement futur du Panthéon, avec ses bâtiments funèbres, son cimetière intérieur, ses chapelles aux dalles scellées : l'abbaye... Tout rasé : profanation. Jusqu'à la Sorbonne, jusqu'au bout du Luxembourg. Robes de bure, chaînes de damnés, pénitences et siècles. L'abbaye... Du cloître survivant au bout du monde, où nous étions. La putain de la ragougnasse de sainte-Geneviève, fondatrice du lieu, et ses célébrations infectes, derrière ; et devant, les griffes des jansénistes mortificateurs cadavéreux (jeûne, plaies grattées et silices atroces, de mieux en mieux) : Port-Royal... Comme s'il nous avait fallu tout remonter...

On trottait encore mais on n'avait plus tant la tête en feu, le pouls dégringolait, on n'allait plus à toute vitesse. Zingaro traînait la patte comme moi, maintenant que le chaud de l'alerte était passé. Il était vanné, lui aussi, plus leste du tout.

On a décidé de faire halte, sous le porche d'un immeuble, près de l'École alsacienne de mon père. On s'est cachés pour respirer, et reprendre des couleurs, rendus. Justement : c'est la couleur du vomi qui est venue. D'abord Zingaro : rrrrrhouaah, il a fait. Sa gorge, sa bile et ses bronches d'un bloc. Une deuxième fusée : rrrrrhouaaaah-heurk. Rouge tomate. Le réfectoire au complet éclaboussé par terre. Et puis mon tour. D'autres teintes, nuancées de bouffe familiale. Le total de mon ventre retourné qui me quittait. La peur, les sucs, les larmes, pharynx, vésicule, œsophage, angoisse noire, vie, regret : tout à l'égout. Comme ça : rrrhaaan et rrhhhaaaaannh. On dégobillait à copieuses rasades, fournées roses, vertes, mauves, c'était le trop-plein. Ça y est, j'étais au tapis, accroupi ; Zingaro, lui, s'est carrément couché.

Le plus dur restait à faire. Après. On s'est relevés à la fin, on s'était dispensé de commentaires. Du calme. On n'avait parlé qu'en rendu brut, spasmes, rots gastriques acides. Debout, on était sales. Dans la furie, on s'était bien éclaboussés de glaires perdues l'un l'autre. On s'était souillés : la gueule et puis les godasses et les genoux pleins de filets de bave séchée. Et on avait encore des renvois d'infection intestinale, par à-coups, des boules de manger retardataires... En marche ! On s'est re-ébranlés. Il fallait disparaître, on pouvait s'attendre à être chopés, à chaque coin de rue : menottes. « Hop ! Vous voici faits ! » Les flics devaient être prévenus, maintenant. On arrive au métro — on en avait choisi un assez loin du point d'origine, pour être sûrs de ne pas être dérangés : Vavin. Aucun car de flics à nous attendre : « You're under arrest... » non. Personne. Aucun contrôleur. Poinçonneur : tickets d'abonnement — tchika, tchika —, couloirs encore, descente, et quais morts. C'était le moment. Putain d'effort. Le dernier.

Une demi-heure au moins, on est restés là. Devant les voies. Comme des cons, au ras bord des quais, à attendre le bon métro. On ratait toujours d'un quart de poil l'instant précis. L'instant... de basculer dans le vide.

C'était ça le plan : un ultime sprint, voilà, le bout du quai. La Mort. Glagla. On devait périr, quand tout serait perdu, ensemble. Pour faire un dernier éclat. Et surtout, laisser énormément de peine à nos survivants. Faire de la fin de notre vie vouée à la désolation une action négative nette et précise, efficace et foudroyante comme un graffiti, en harmonie avec notre existence : baroud d'honneur en marmelade malfaisant et destructeur. L'extrême vandalisme... C'est la solution qu'on avait trouvée : la dissolution, pure et simple, tous les deux. Comme on avait été ensemble, deux, pour vivre l'aventure si terne d'Henri-IV.

Rrrhomm. Raahhmm. Les convois passaient — brooohm — dans un grand frisson. Et on se retenait, à chaque coup, au dernier instant, l'un l'autre. A un moment, ça y est, j'ai basculé ! Ah... Et l'épouvante m'a fait : asseoir violemment sur mon cul, relever en trombe avant que la rame ne déboule pour me déchiqueter les guibolles et le bas de bide. Rhaaouhh. Quelle suée. Pour finir — quels cabots —, on s'est tendu la main et on a dit : « Allez merde, on y va, à la prochaine ! Ensemble, hein ? Hein ? » A la suivante, j'ai senti la main de Zingaro qui se crispait électrifiée, comme la mienne, à mesure que le grondement s'amplifiait : « A la une ! Aladeusse ! A-la-A-A-AHHHH... » — et sa main m'a lâché. Au moment où je retirais la mienne... La séparation était indiscutable. Cassure nette. Très symbolique. Personne ne voulait mourir, ni seul ni à deux.

C'était plus fort que tout. Un instinct infernal. On ne voulait plus vivre, pourtant — c'était trop de souci —, mais les projets définitifs Stravoguine, concoctés à froid avant la grande confusion de cette après-midi d'effroi, partaient en sucette, frottés au quai. Les vastes concepts métaphysiques nous fondaient en sueur dans les doigts, nous lâchaient plus facilement que les tickets de voyageurs. Toutes ces foutaises romantiques d'aller simple se décomposaient une fois confrontées à la réalité cassante, rigide, épouvantable, de la rame de métro. On a vu qu'on n'en finirait jamais. Que ce n'était pas la peine d'insister. On était trop lâches. On a pris le métro — par-dessus, au lieu de le prendre sur le corps comme prévu —, pour fuir vers les quartiers de ceinture. Barbès, Brochant, Clichy, Belleville... Riquet ? Saint-Ouen, Villette, Pantin... Je ne sais plus...

Et au bout de la course crépusculaire, ressortis, au hasard des ruelles, Louis-Blanc, Aubervilliers, Lorraine, Goutte d'or... résolument, on a trouvé le point de chute. Un mauvais coin. Très crapauteux, renfoncé, mais au moins peu peuplé. La fin du bout du monde. Un pont de fer à l'horizon, des lumières de lampadaires brouillées par le jour qui hésitait, la musique rouillée des métros suspendus qui passaient à proximité... Le suicide avait agi comme un réactif. A force d'avoir décidé de mourir, on voyait bien qu'on voulait vivre quand même. A tout prix. Coûte que coûte. Jusqu'en enfer... On était jeunes ou quoi ?

On avait décidé — ça, c'était improvisé en cours de route — de devenir « clochards ». Une idée du diable du romanische remonté à bloc d'un coup. On ne serait pas les premiers... Zingaro organisait déjà notre repli, exalté : « Faudrait se planquer dans des caves : fsst, ni vu ni connu... Il y en avait des surfaces comme je pouvais pas imaginer, ta gueule, à Paris. Où ça serait possible de pieuter à l'abri, peinards, hé-hé, ta gueule, et de bouffer, en sortant le moins possible. Sans que personne vienne jamais nous emmerder. On ne pourrait jamais nous dénicher. Ta gueule-ta gueule, putain ! Qui irait nous trouver par là ! ? Je n'avais qu'à réfléchir deux secondes pour saisir bien la planque que c'était. Il y en avait trop, beaucoup trop, de caves sous Paris, pour qu'on puisse les éplucher toutes. Donc les cognes, couillés ! Bref : on serait inaccessibles. Retirés du monde. Un repaire clandestin parfait. Pas de témoins pas de papiers allez vous laver les pieds ! » D'accord.

On a trouvé le gîte idéal, sur ce, très rapidement. Une cellule effrayante : enterrée dans la moisissure poussiéreuse, écrasée de béton, pratiquement irrespirable. Mais avec ça, aussi inutile qu'infréquentée effectivement : si l'on en jugeait par le matelas de gravats, crasse, moutons noirs gros comme la main sur la pierraille, et par les baldaquins de toiles d'araignée préhistoriques monstrueuses pendouillant aux parois du réduit...

On a laissé passer une heure. Une heure et demie. A tirer des plans. A respirer la saloperie, à engouffrer l'acidité malpropre du sol de terre spongieuse, à engloutir la pourriture en suspension. A faire les comptes de nos forces. Et de nos finances aussi. Il n'y avait que moi à être pourvu de liquide — Tiens, comme par hasard ? Zingaro, il était sec comme un passe-lacet : il avait « paumé » son portefeuille rue Saint-Jacques, et tous ses fafiots avec, paraît-il, dans la fuite éperdue... Ah ? Et pourquoi je ne l'avais pas semé, moi, le mien, de portefeuille ? Ça, déjà, ça commençait par m'agacer, ce mauvais partage des parts. Escroc juif, yougo. Et puis, tout de même, ça durait un peu, maintenant, l'inactivité. Et le froid, qui s'installait. Avec la nuit, à présent. Ça me peinait, un peu. Brr. Et l'inconfort notable.

Je ne me voyais pas tant que ça à la réflexion, des mois d'affilée assis là à glander. Et comment on survivrait ? D'abord ? J'avais deux mille balles. Où on va, avec deux sacs ? Il faudrait voler ? Encore ? Ah, voilà, ça recommence. Oh, merde. La fatigue en prévision... Mais en plus, dans ce cas, on ne serait pas planqués du tout ? On se mouillerait même au maximum ? Et quand on se referait pincer, ça serait diablement plus grave encore si possible, à ce régime ! ?... Alors que là, à y songer froidement, ça n'était pas tout à fait irrécupérable ? Finalement ? C'était moins foutu. En y réfléchissant posément, ce n'était pas les assises. Pas encore policier. Vague pré-délinquance de tous les jours. Pour qui on se prenait ? On s'était figuré des atrocités pour rien...

Si ça se trouve, le chameau-surgé ne s'était même pas déplacé. Pour si peu. Et les flics n'étaient pas encore alertés... On aurait pu être baisés sur un coup bien pire que celui du manteau. Quand on pensait au pataquès qu'ils avaient monté autour de ça. Quelle rigolade. Bande de connards. S'ils avaient su le dixième du reste. Pfff. On pouvait dire, tout bien pesé, qu'on ne s'en tirait pas mal... Et — pourquoi pas ? — que ça nous donnait notre chance, cette sacrée mouise sur un coup foireux si minable de rien du tout. Que ça nous prévenait à temps, tout juste-juste, de la menace réelle. Suspendue... Et qu'on pourrait repartir du bon pied, une fois l'orage passé.

Je commençais à rêver, au fond, d'un autre toit que celui en béton, d'où tant de fils de fer rouillés dépassaient, qui nous servait de ciel. Et Zingaro, calmé, idem. On imaginait un autre couvert, et que même les engueulades les plus redoutables qu'on se prendrait si on osait se repointer à la baraque, c'était encore mieux que cette putain de merde envisageable de vie de clodos à six pieds sous terre. Ça serait un mauvais moment, bof-bof. Et puis forcément, avec le temps, tôt ou tard on s'en tirerait, on en verrait le bout, de la galerie. Non ?... On remonterait à la surface.

Je me mettais ici justement, moi, d'avance, à entrevoir enfin un filet de lueur au fond du tunnel. Ce terrier de détresse qu'avait ouvert autrefois devant ce snack-bar maudit du boul'Mich' un certain Zingaro pur sulfure — démon spécialement dépêché par Satan pour me servir au pire —, sous mes mauvais pas marqués.

Zingaro, lui, c'était un peu différent, plus... technique : il craignait pour les coups. Bon dieu, la rossée phénoménale qui l'attendait. Il me prévenait, c'était garanti : il serait violemment sanctionné. Sonné de baffes. De tous les côtés. Les oreilles arrachées. La tête assommée. Les épaules en bouillie. Bastonné. Du hachis Parmentier, mon Zingaro, par son papa. Les yeux déglingués. Son père lui défoncerait la gueule, à coups de talon, lui craquerait les dents. Il me le représentait : un molosse, rigoureux, brutal, meurtrier. « Alors là, tu penses ! » Il ne voulait même pas y penser — oh-là-là —, à ce qu'il se ramasserait, dans ses côtes et sa nuque, au ceinturon. De la fureur qu'y prendrait l'autre ogre de son paternel, oyoyoye. Juste à le voir réapparaître, aïe-aïe-ouille : « Ta gueule-ta gueule ! »

Moi, tout ce qu'il prévoyait, le Zingaro, je n'en avais tout bonnement rien à cirer. Je le voyais bien : son sort m'était indifférent. Je me disais même secrètement que c'était bien fait pour sa sale gueule. Ce pestiféré. Je l'emmerdais — mais d'une manière. Comme les autres, après tout. Enfin non ; mais comment dire ? — sa vie, à Zingaro, ne m'intéressait que dans la très stricte mesure où elle se confondait à la mienne... qui ne mc concernait pas. Même partiellement. Ce qui se passerait chez lui, à présent que nos vies divergeaient — qu'il agonise, qu'on le torture, qu'il soit suspendu à un croc de boucherie —, je m'en foutais. Totalement. Il pouvait mourir, je m'en grattais. Il ne s'en rendait pas compte. Et ce n'était pas plus mal. Il était bien avec moi, visiblement, Zingaro, sale caraque.

Là, dans le métro — qu'on a fini par reprendre, comme c'était fatal —, il tremblait de tous ses os, ses membrures de coucou mitraillé, il claquait de toutes ses méchantes dents jaunes et malpropres, sous ses cheveux à épis écrasés de piqueur yougo crasseux détestable. Et malgré ça — j'en étais troublé, tiens —, il tremblait de toute sa personne « familière », « amie », que j'aimais bien dans le fond... Il s'affolait d'avance — ça continuait —, des corrections en série qu'il allait devoir se morfler : « A coups de manche à balai sur la tronche » il le savait, il anticipait lucidement : « En pleine gueule », il serait bientôt traité. Le matin, à froid, en guise de breakfast, par son père. On lui aplatirait les coutures du veston sur l'échine. Malheur. Et dans la journée, coups, claques par dizaines et dégelées de cravache, à tous propos, par sa mère : ah, il serait bichonné. Pour lui apprendre. Supplicié. Il en tremblait... « Ta gueule ! Ta gueule ! » il me disait, quand j'essayais de lui refaire un moral. Il avait son frisson. Et puis il m'accrochait le bras, à travers la manche, éperdu, à pleines griffes sales, pour sentir une présence, me tenir auprès de lui. Il se tenait une trouille. Ça me rassurait presque, d'une certaine façon, par contraste, cette fouette phénoménale qu'il se trimbalait. Pauvre bougre. Mon poteau de torture, mon ami de souci. Ça me faisait grand bien qu'il souffre. Plus il s'en mangerait, mois je prendrais. Et je voyais venir les choses, maintenant qu'on avait quitté la cave horrible et le passé innommable, déjà presque oublié, avec résignation et peur encore, mais aussi, sans trop y penser, avec soulagement.

Ça a été le moment de changer de route. De nous éloigner l'un de l'autre. Il m'a demandé « un petit quelque chose » : juste un chouïa de monnaie pour le cas où il changerait d'avis avant d'arriver chez lui prendre sa dérouillée. Je lui ai refilé — de mauvais gré — mille balles, à ce con de rapace. J'aurais pu tout lui filer ? Sous le coup de l'émotion ? Je n'étais pas des masses ému, je suppose. Je ne pensais, en définitive, qu'au pognon qu'il me ramassait, jusqu'au dernier instant, le Zingaro. Il me refaisait encore. Punaise d'enculé de voleur, asticot. Il ne perdait pas le nord. « Allez ta gueule, ta gu... — Allez, Zingaro. »

C'est tout. Pas de salamalecs. On n'était que des copains de crapule. On ne s'aimait pas. Personne ne s'aime. Et nos chemins de peur, après s'être dévoyés ensemble — parallèles un temps confondues —, se sont séparés comme de rien. Pfff... tout simplement. Déroutés aussi facilement qu'ils s'étaient rencontrés. Pssst. Sans déchirement. Sans aucun intérêt. A un croisement de voies, de lignes de métro. Je ne sais même plus où c'était, je ne sais plus où il partait, je ne me souviens de rien, arrivé là... Arcueil ? Quelque chose comme ça. La ligne de Sceaux, je crois. Je m'en fous.

Drring...

Pas d'attente. Tout de suite, sans me donner le temps d'avoir la trouille plus longtemps, des bras m'ont ouvert, attrapé, des bras m'ont pris au corps, au cou, entouré, serré, étouffé : « Mon chéri ! Qu'est-ce que tu faisais ? Oh ! Où étais-tu ? Entre. Viens, n'aie pas peur. Tu avais peur de rentrer ?... — Oui.

Oui », je disais, en réponse, suffoqué, gêné, et puis comme angoissé, torturé par une sorte d'émotion précipitée, mouillée, sale là, comme le jour des chiottes giflé, au fond de ma gorge. L'accueil, ce pardon en acte, tellement bizarre... marécageux. C'était oppressant. Comme un choc tendre dégueulasse en retour, un peu écœurant, qui me troublait la vue. Sables mouvants. Ça devait venir, inévitablement, ça : les picotis, la « tengraisse ». Berk. Je n'ai pas pu m'empêcher. D'être reçu, toléré comme ça, sans explication, ça m'avait saisi, brisé. Toute ma carapace de vilenie pugnace fendillée. Toutes les croûtes de rancœur fulminante, de silences raides et butés, haines atroces, insolences, toutes les pensées bien affûtées de coups de poignard empoisonné, que je m'étais préparées pour les tuer... ont cédé. J'ai flanché comme une fifille... Crevé, fissuré de partout, je prenais l'eau. J'ai sombré : c'était bon et répugnant, de couler. J'ai pleuré.

Tout s'est achevé de cette façon saugrenue : gluante. En douceur. Coton et mamours dégoulinants. Les hamsters avaient disparu — auto-extermination — de la maison ; j'avais une fois pour toutes évacué le lycée Henri-IV. Peu après, au fait, Nicolas Gaby, si beau, débarquait à Montrouge — où il n'avait jamais mis les pieds —, venu exprès en sortant du lycée, avec le petit Piéron chef de classe, me réconforter dans ma débâcle. Juste pour le geste : quelle gentillesse ! et moi si insultant naguère, si égocentrique et replié toujours... J'avais juste honte de notre baraque. La beauté d'Henri IV, jeune dieu à fraise protestante, était là : c'était lui, Gaby. Prince Vert Galant. La gifle sublimée. Et ma Saint-Barthélemy était déjà finie : les massacres, l'insurrection, la Ligue, le feu du ciel... terminé. Nicolas Gaby m'a salué, il est reparti. L'adieu au panache blond.

J'ai émigré. Quelques semaines plus tard, après recentrage, pause, recherches... Vers le lycée Michelet. Un dépotoir à ordures de mon espèce. La preuve : en moins de deux, là-bas, je devais retrouver un fumier de la classe de mon frère, qui avait été jeté comme un malotru d'H.-IV longtemps avant moi, pour un gros canular suicide (un ami de ce mec, introduit comme pseudo-« nouveau », se lève au milieu d'un cours, traite le professeur de « con », dit : « Moi, un cours merdeux comme ça, je me casse » et s'en va ; après quinze jours d'enquête, K.G.B.-Bobosse avait tout reconstitué et a pu frapper !). C'était Robaglia. Grand Drugstorien élégant et friqué, surhomme-Méditerranée, avec des sapes toujours admirablement stylées. Et les boots comme moi : « d'équitation ».

J'avais fui le quartier Latin-de haute sécurité, passé la Seine des soupirs, pour gagner l'air libre : les bosquets édéniques du vaste domaine royal qui environne Michelet. Tout rentrait dans l'ordre. La famille aussi, finalement, changeait. Elle allait bouger, avec ses ternes pénates : remonter de Montrouge-Lion Noir vers Meudon-la-Forêt. Je me vautrais dans l'espace, la fraîcheur, l'amnistie et la paix. J'avais pris des jours de repos de circonstance supposés réparateurs entre-temps. Le choc opératoire... Je me changeais les idées.

MICHELET

C'ÉTAIT le Salon de la radio. Où je n'avais strictement rien à fiche. Si ce n'est — en attendant mon retour en classe —, accompagner une certaine adolescente blonde de quatorze ans et des poussières, fille d'amis de mes parents : Odile, retour de Madagascar. Nattes, menue, rieuse, jolie figure périssable, robe vive, chaperon rouge : un peu concon. Et allumeuse. Par défi, sottise, ou ce qu'on veut (j'ai peut-être été son premier baiser, le lendemain ou le soir même elle s'offrait le second, aussi provocant et malhabile, avec un copain) — peu importe. Ça devait être la fin du printemps... 1965.

Le Salon n'avait absolument aucun intérêt. Comme prévu. Sinon sa proximité relative de Meudon, où nous habitions Odile et moi, elle depuis toujours, moi depuis très peu, ainsi qu'une forte charge statique dans l'air du Pavillon de la porte de Versailles... De nature à ajouter à la tension nerveuse frustrante qu'entretenait déjà alors en moi cette si jeune flirteuse réservée (« ... pas là, non. Ah, nonnon. Pas ça non plus. Ni ça. Non, pas le soutien-gorge », etc.).

Papillonnage dans les rayons, badauderie bovine sur les tapis à éternuer des halls d'exposition, tresses slaves d'Odile, labyrinthe d'appareillages électroniques mystérieux, fesses d'Odile en tissu rebondi vermillon, pluie de prospectus et de gadgets absurdes... Un Surf nous parlait, Odile qui connaissait Madagascar était contente : petite grue. Qu'est-ce qu'on pouvait s'emmerder. Puis, c'est arrivé...

Un rassemblement se formait, flottant, dans un coin quelconque du Salon, autour d'un podium à idoles phonographiques (Decca) où trônait justement la mienne, d'idole : Ronnie Bird. Le dandy-minet rock du XVIe, le Rolling Stones français, celui que les journaux de province traitaient de « Docteur Caligari asexué » ou « d'asticot épileptique », timbre franglais des ondes Salut les Copains 17 heures, le créateur raffiné de *Fais attention*. Foule autour du stand donc, où Ronnie, cheveux casqués à la Yardbirds et tenue Drugstore, dédicaçait. Quel affolement.

Bras levés, mêlée compacte, assemblée électrique de minijupes (à ponts) et mini-pulls (shetland), jeunesse troublée sous les haut-parleurs dispensant la manne inédite (« J'ai besoin d'amour, sincn je suis perdu... »), échauffements, embouteillage d'aisselles et de genoux tièdes, petites frictions starmaniaques dans les éclairs de chevelure athlétique du rocker-esthète, protestations, haleines et effluves acidulés d'Eau Sauvage et Monsieur Balmain emmêlés : c'était une véritable esquisse d'hystérie... Dans laquelle, assez loin du cœur du sujet, je me retrouvai bientôt — avec ou sans Odile, je ne sais plus : chacun pour soi —, plongé. Agitant les mains en l'air pour me faire voir comme n'importe quel plouc de fan de base, confondant d'instinct mes appels à ceux, du bas, de la meute frémissante, cédant à l'excitation un peu bestiale de l'empoignade sabbatique, je suivais le mouvement.

Or, dans ce corps à corps indistinct survint, presque d'emblée, la « chose » suivante : ma main (ou mon bras ?... mon coude, d'abord ?... qui sait ?)

est entrée en contact avec une masse mobile de matière inconnue, mes doigts ont donné dans un obstacle amorti hors d'atteinte de mes perceptions du temps : de la chair. Humaine. De la chair de corps, de femme. Moelleuse. Et comme parfumée à toucher. Ferme. A la fois ronde et soyeuse. Irradiant une manière d'onctuosité choquante et identifiable en un centième de seconde, éparpillée en déflagration vibratile, comme « mal » (angoisse, interdiction, « on ne doit pas »), « sale » (une hanche ? une fesse ? une cuisse ?), et « de fille » (acte de foi). Dans l'instant même — éclat d'instant —, immédiatement après identification hypernerveuse, cette partie de moi électrisée par sa rencontre avec le corps étranger hostilement amical se détachait vivement, survoltée, de la chose lascive d'un autre monde, et mes yeux-radars échappés de moi allaient chercher, au-dessus de la petite bataille de têtes et d'épaules engagée, le haut individuel imprévisible qui correspondrait au bas effleuré. Pour former la personne appropriée indivisible... Vu.

Une bonne bouille. Tête banale de rouquine à taches de rousseur et cheveux mi-longs soyeux coiffée à la raie. Corsage blanc à emmanchures lâches un peu béantes sur les bonnettes et la bretelle, dégageant les seins en perspective fuyante, veste de tailleur clair sur les bras nus, dodus, remuement d'inconnues. A peine si la figure (appariée au bout de dessous touché) avait réagi au court-circuit tactile. Dans les deux secondes qui suivirent, sans hésiter (Si — en hésitant : le plaisir était là), sous la marée apparente des membres et des bustes secoués les uns sur les autres, séparé de la fille, désormais visée, par un ou deux écrans animés, je relançai ma main maligne — devenue elle-même ovni par sympathie sexuelle forcée — vers les fesses, à l'estime mais nettement, de la fille. Que j'atteignis aussitôt fait. Sans encombre. Tout en regardant ostensiblement — pointes des pieds, nez relevé — Ronnie mon prince arrogant, que je ne voyais pas, j'enregistrai un sursaut cette fois, mais léger, de la tête tachetée en émersion, lorsque ma main (droite) se posa, par-dessus la jupe (blanche, plissée, modèle tennis), sur la chute des reins, tiède et confortablement bombée. Aussi une réaction en bas, palpable, onde de nerfs à fleur de peau.

Retrait de ma main, tout en invoquant Ronnie (« Ronnie ! Ronnie Bird !... » : exclamations mourantes à voix éteinte, étranglées) dans le brouillard du fan-club pressé, et re-main au panier. Plus bas, sur la cuisse, de côté. La fille frémit de nouveau. Mais... Qui sait : comme elle était là-dedans tellement prise par l'étau populaire agité, comme elle avait probablement la tête ailleurs (à Ronnie Bird si grand, si beau, ou au rock, si excitant), comme elle devait se trouver suffisamment bousculée déjà, froissée, touchée, de toute façon et de toutes parts, comme elle n'était peut-être pas, en sa juvénile pudeur, aussi outragée qu'elle eût dû l'être, comme ma prise sur elle, à l'intérieur de la jambe, dans le tendre, était à présent — selon — soit légère tel le duvet, soit appuyée, pressante telle l'intimation formelle, comme elle ressentait assurément, suivant mon exemple, le courant de fébrilité malsaine ambiant, comme elle ne s'en allait pas, d'une manière ou d'une autre, ne se dégageant pas d'un coup... je recommençais.

A chaque fois j'y allais avec une insistance et une résolution plus marquées. Peu à peu en effet, dans la cohue troublante, ma folie passionnante se fixait, s'ordonnait. Pur élan, poussée préhistorique, mais affirmés. Ma raison s'en serait-elle mêlée que je n'aurais rien fait. Que je n'aurais pas eu le culot, la force, ne serait-ce que d'imaginer le centième des bizarreries sensuelles qui se traficotaient là-dessous : ma paume suractive se reposant bientôt, largement ouverte, bien appliquée, contre le cul de la fille, un peu de côté, en coupe, pour soupeser la masse charnue, apprécier le galbe, à la lisière de la jupe, et remontant, et restant là. Tranquillement...

Lorsque la main de la fille, toujours tournée vers l'éblouissant Ronnie, ou détournée de lui pour un bref accès étourdi de surprise, vint enfin, énervée, repousser la mienne avec agacement, je m'obstinai, tout bonnement. Finissant même par rejeter, non sans quelque irritation, cette main rabat-joie de l'endroit. Avant de marquer une nouvelle pause — main reprise —, puis de remettre ça aussi sec — main aux fesses.

La chasse à l'épiderme s'organisait. La fille aux boucles rousses était là pour moi comme nue, sous le regard absent de la vedette d'élite qu'elle quêtait : ni jarretelles ni bas. Un slip, feutré, qui donna vite du corsé — si l'on peut dire — à l'affaire, déjà si empêtrée, lorsque ma main principale, à présent aidée de la gauche venue (dépêchée ?) en renfort relever l'ourlet de la jupette à plis pour faciliter l'entreprise (cette perquisition tactile, toujours délicate malgré l'impudence du projet ; fouille de corps imposée certes mais sans brutalité ordurière jamais), lorsque ma main droite donc, avancée très loin dans l'irréparable, en vint à toucher, sous le tissu repassé de la jupe, celui, chaud, cotonneux et intime, du petit linge : la fille se réveillant alors enfin.

Une pause ici pour faire tomber la tension et envisager tout cela en perspective, sans passion — tu parles.

La scène dure, à ce stade, depuis cinq bonnes minutes, interminables : Ronnie Bird le roitelet, tout là-bas dans la vapeur mythologique, signe et approche, la meute d'aficionados se déplaçant, par une manœuvre générale superposée à ma (notre ?) manipulation à deux singulière ; tout le monde ahane ou sue, voire souffre, sans pour autant rompre le charme indiscret de l'emboitage moite ; la jeune fille pelotée souffle, au rythme de mes palpations insistantes, elle fait de petits mouvements de tête ou de bras, inconséquents et assortis de petits bruits de gorge — « Hin-Hin... » —, périodiquement, en regardant à la ronde, visiblement dans l'idée de remonter à la racine du tripotage, de débusquer le mauvais plaisant, mais comme avec peine et distraction — « Hin-Hin... » —, sans réellement arrêter à aucun moment ses yeux foncés sur moi (moi si repérablement livide et l'air faux pourtant, à coup sûr), cherchant velléitairement du regard le salaud qui la tripote mais sans plus... Voilà l'étrange. Comme si cette fille était perdue. Débordée, soûlée par la foule, négligente à un point incroyable ou vicelarde ou complètement idiote, paralysée par le frotti-frotta...

Elle ne bouge pas d'un pouce. Je la sens précisément réticente, à une crispation spasmodique de ses muscles fessiers, hérissée au-dessous avec la chair de poule, mais prisonnière aussi presque volontaire : puisque enfin elle ne part pas, ne s'écarte pas décidément, de moi et de cette foule des admirateurs de Ronnie Bird... C'est long, maintenant. J'ai chaud, tellement chaud et peur... Je me sens étiré, coincé, dans mon pantalon d'adolescent court et simple, taraudé par une sourde érection inédite de gaillard, que je crains de retoucher dans les faux plis, de peur de me faire repérer, ou de perdre le contact ou de... Quelle fournaise. Et le spectacle, sous le manteau, continue, piétinant, flou, obstinément.

Il continuera encore cinq bonnes petites minutes, sur le même ton. Dix au total, donc, de miracle libidinal et de douceur abjecte. Le temps de mener à bien mon expérience limite, c'est-à-dire, poussant en toute logique toujours plus loin mon avantage arraché au secret féminin, cette sorte de pur viol consenti, de passer des attouchements légers presque involontaires au stade du vrai toucher. Après le contour des reins, des hanches, du bas du dos enflé, sur la jupe, après les cuisses remontées du plat de la main sous les plis du kilt, de plus en plus tiède, après la culotte atteinte, par le dehors, la culotte par-dessous : le dedans.

Ma main gauche, déterminée, crochetant l'élastique sur l'épiderme de la jambe et le tirant vers l'extérieur, ma main droite, aussi décisive, plonge — je n'arrive plus à y voir, à comprendre comment —, ma main de pickpocket sexuel sous la foule s'enfourne dans le désordre douillet du sous-vêtement féminin, pour chercher et trouver... la nudité convoitée. Celle des rondeurs pommées de derrière d'abord — la sensation de la tranche de la main dans l'entrefesse est si forte que je manque de m'évanouir... —, puis insatiablement, de sursauts de la fille forcée en sursauts non suivis d'effets, de retraits en retours, celle de l'intérieur des cuisses, si excessivement lisse et mièvre, en régressant — mon vertige s'accentue, ma lèvre supérieure est mouillée, mes yeux opaques ne voient plus que le col anglais de Ronnie Bird...

La fille ici, de nouveau scandalisée à retardement, décidée apparemment à réagir, s'empare de plus en plus brutalement de mes mains. Qui, lui échappant et repoussant toute objection, reviennent s'enfouir au fond du slip désirable : la fille, rose, proteste vraiment bruyamment à présent, fait « Ah ! » et « Oh ! », mais reste incorrigiblement plantée sur place, comme à attendre la suite...

Ronnie Bird, surnageant comme une épave

emblématique, une bouée de repérage esthétique dans ma tourmente nerveuse, semblait cependant reculer et progresser par saccades, au rythme des vagues de ma folie génitale furieuse. Et mes mains s'interrompaient, pour s'essuyer, moites de deux sueurs, à peine, se relayant, industrieusement érogènes, repartaient sans cesse, de plus en plus fugaces et incontrôlables dans leurs coups de force, de plus en plus impertinemment stratégiques, la tension fiévreuse et la résistance montant d'instant en instant. Je balbutiais toujours « Ronnie... Rrrr'nie... » comme un hypocrite exténué, les lèvres sèches à casser, d'émotion rentrée, de véhémence masquée, tandis que, mes mains volant parmi les voiles, escroquant encore et encore les mêmes caresses sournoises indignes, l'art d'aimer me venait. Jusqu'au grand secret...

Ma main droite tremblante atteignant au bout et pénétrant à tâtons, délices infâmes perdues dans la faille d'un ultime froissement du tissu tiré, la chaleur propice terrible et moelleuse du sanctuaire : la fente. Frange de moiteur pileuse aveugle et trouée, raie de mouille et de mousse, chemin de Damas indiscret.

Ma main chaude illégale rassurée ne céda finalement là, coincée par les cuisses brûlantes resserrées sur leur fourche lippue tripatouillée, que très difficilement encore, bien que sans regret, au refus excessivement tardif mais pour le coup indiscutable, de la fille ulcérée. La saleté cessa, l'extase se dissipait, d'une secousse et d'un écart de la jeune fille pliée sur ses trésors pubiens dénichés, battant un peu des bras pour se libérer.

Déjà, poussés par la houle vulgaire, contrariés par le flux des fans rhythm'n'blues, nous allions taper contre l'estrade qui nous écrasait côte à côte, collés, moi priapique et halluciné, respirant son odeur dans mes mains, elle désordonnée ; déjà le podium, nous éparpillant, nous repoussait — mains, fille chiffonnée, seins soulevés sous le corsage bâillant, boutonnières de braguette malmenées... —, nous rejoignait une dernière fois, à peine, plaqués et nous rejetait défaits enfin...

Que restait-il de toute façon, après ? Après le fond de l'intérieur de l'antre de l'entrecuisse ? Après l'humus et la nausée ?

Déjà Ronnie Bird, penché sous le pavillon publicitaire, noyé au milieu des projecteurs brûlants, tel le colosse languide des plafonds d'une Sixtine en réclame, touchait ma main coupable rougie au feu sacré du crime, attrapait une carte auto-portrait rouge et marron glacée, secouait sa chevelure médiévale, griffonnait sa photo puis me la tendait, comme un orgasme, dans la bousculade rebutante, signée ; déjà, alors que les larges baffles noirs lançaient l'hymne *Où va-t-elle*, la fille à la moule rouge chamboulée disparaissait comme un songe dissipé...

« ...Hi-hi-hi ! » : Odile m'a réveillé — d'où sortait-elle ?! — en me demandant à voir mon cliché : « C'est qui ? C'est qui ? » Ta gueule, petite connasse. Il ne restait plus qu'à se rentrer. Demain — ce n'était pas le tout les congés : lycée. Mon tout nouveau, tout beau donc : Michelet. Air, cuis-cuis, ramures, liberté. Ça aurait pu être pire.

« Tandis que les combats continuaient dans les faubourgs, Saïgon a été de nouveau bombardé aux premières heures de la matinée. Neuf roquettes se sont abattues sur la ville. Huit civils ont été tués, trente-huit blessés et neuf maisons incendiées. »

QUESTION environnement, en attendant, parc en forêt ou non, ça ne s'améliorait pas des masses... Une galerie de têtes de cons en remplaçait une autre. Professeurs, élèves, pareil. Des tordus, des bossus, boutonneux affreux mitraillés de partout. Des lubriques répugnants cachés dans leurs futes cracra : un prof de maths de seconde qui se cirait en classe, la pogne dans sa poche, rouge. La pléiade des tarés de ma génération — c'est-à-dire de toujours et n'importe où : ça n'existe pas, les « générations ».

Écharpes frileuses et rougeâtres, cabans lourdauds, duffles élimés, une casquette bretonne (l'Amiral), un handicapé à rotules déboîtées, un type à barbe bleue (ses cuisses de porc boursouflé nous faisaient pitié : quel gros popotin), un véritable véroleux sinistré de la séborrhée, communément surnommé « Crunch » (sur la face duquel Rababar prétendait avoir dénombré cent cinquante-sept pustules purulentes, rouges, vertes et jaunes, de puberté malade ou cicatrices de furoncles, raison pour laquelle il avait surnommé le malheureux : « la Rafale »), un poilu de plus (à pilosité dramatiquement asiate fichée en mouche d'une dizaine d'exemplaires de poils noirs, drus et farfelus, juste sous sa lèvre, au-dessus du menton), un cul-terreux d'Agen finement surnommé « Pruneau » ou « Con' » (« Tiens, voilà Con', con' »), etc. : le panorama reluisant habituel des préaux. Cortège universel lycéen, morne, hirsute et mou : de cucus, fayots, corniauds. Des royalistes, des communistes, des gauchistes, des racistes, des cathos : toute la bande, du copieur au brimeur, du cafteur au voleur, du lèche-bottes au poète. Quelle resucée ! Un troupeau entier prêt pour le déluge nucléaire : bœufs, faces de crabe, gueules de raie, cochons grattés, vieilles carnes, moutons, cafards, limaces, têtes de rat, crânes de piaf, tronches de veau, morues, bourricots... Et puis pourtant, par hasard, çà et là, un sympa. Charrier, Gibeaux, Ghislain-Duprey, Cazenave Charles, Berreby, Debord, Pierre Stocker. Plus deux braves copains noirs. L'un plutôt marron, cancre tout fou, antillais apparemment, pwéoccupé uniquement de spow' : Gottin. L'autre, son inséparable, plus cérébral, ébène, africain. Fils d'un morceau de présidence de la République tricéphale du Dahomey, frimeur et ayant relativement de quoi : Apithy. Élancé comme un Watusi, assez beau, brillant. Lecteur de Malcom X et foutant la honte à la classe entière à peu près dans toutes les matières — mais spécialement en latin et français. Avec eux, c'était copain, camaraderie, normale. Pfff.

Une petite figure singulière à mentionner, dans cette tribu de pygmées pré-soixante-huitards : le vilain minet d'à côté. C'était ce type perpétuellement habillé en pur talbin, super-fringué mais laid, que j'avais repéré depuis mon arrivée, dans je ne sais plus quelle seconde ou terminale C, parce qu'il affichait exactement mon gabarit. Épaules, taille, tout. Il était à l'heure Drug'. Pile, mois après mois. L'horloge-mode. Une torture, de le voir. Ses shetlands. Exactement ceux qu'il (me) fallait. La taille idéale, les côtes, le col parfait, toujours : ras du cou, petit-V, grand-V, fleurs, et ainsi de suite. Tendances après tendances. Quel goût. Une sûreté de choix... Et les flocons vert d'eau dessus, juste mouchetés, mousseux, à souhait. Et des martingales sur gabardines ad hoc, des blue-jeans en collection, les bottines, les vestes petit format, tout au poil. Rageant.

Un jour, avec préméditation minutieuse, je l'ai dépouillé, laissé sur le carreau pieds nus. En lui piquant sa paire de mocassins neufs ferrés (à pièce) en cuir vieux bois, si craquant, épais, monstrueusement beaux, que j'avais notés de fraîche date : exactement ma pointure. Cinquante sacs au bas mot. Mon dieu... Une pure folie à l'époque. Tel luxe... Comment y résister ? J'avais bien cadré ses horaires en fonction des miens : je suis sorti cinq minutes, pas plus, du cours de chimie — « pour aller aux vécés, s'il vous plaît ! » —, j'ai filé aux vestiaires de gym, tiré les pompes du pigeon-minet à la gueule tordue pendant qu'il était en train de trotter comme un con dans le parc avec sa classe, j'ai planqué tout ça dans un casier anonyme (à récupérer une fois l'alerte passée) et je suis retourné gentiment en cours... Passez muscade.

Quelque temps après, au Drugstore Saint-Germain (le faux), à l'étage des ploucs, où j'attendais en frimant Patricia Belmondo (que je ne me suis finalement faite qu'à un cinquième, dans une boîte de l'avenue de l'Opéra), ces sacrées chaussures-là aux pieds, je tombe sur mon déchaussé. Hou-là... Il m'a fixé bizarrement dans les yeux, comme s'il se demandait d'où il me connaissait ? — Sueur —, et il est passé. Ffff. Il baissait ne fût-ce qu'une seconde les yeux, j'étais refait : « Hé ?! Mais ?!... »

D'ailleurs, justice ; mon tour est venu, en temps utile : je me suis fait arnaquer moi aussi, bien comme il faut. Coup sur coup, mes deux fringues préférées, comme un cave. Ce blouson synthétique Cacharel d'avant-garde, beige et sobrissime : plam. Au tennis bucolique de la rue Jean-Baptiste Potin, d'Issy, dont je n'arrêtais pas, avec Pottier, d'écumer les vestiaires. Retour de balle. Et puis mon blouson de cuir bleu roi super-loube décadent, qui faisait mon prestige visionnaire à Michelet. Pour le mini-cuir à moumoute, le coupable était Rabastasse : on le saura. On le lui avait « volé » — mmmouais... Perte irréparable. La vengeance de Rabastens, à force...

A Michelet, il y avait aussi les épisodiques. Ces ombres qu'on croisait à la faveur des récrés, dans l'une des dizaines de cours du lycée. En clopant, entre mectons, toujours pour chiquer aux affranchis, la jouer « au courant »... Au loin, solitaire et indécis, blond, flottant dans le flou des mois, je suivais de l'œil une silhouette énigmatique : Hugo, garçon lisse et clair. Je regardais ses chaussures, ses pulls, ses cheveux à la Brian Jones blancs et droits, je le rencontrais de loin en loin sur le quai du train de Vanves SNCF, magnétique et immatériel, ou rue Gabriel Péri. Ce n'était pas du tout la même « classe » que le minet volé : moins de pèze. Mais il était strict et beau, il avait une distinction. C'était une manière d'adoration perpétuelle. Très sensible, presque sexuelle mais abstraite. Jamais un mot ni une poignée de main d'échangés, en trois ans. Longtemps après, il devait connaître Nicolas Gaby, l'autre ange rédempteur, mi-gnon mi-secours, d'H-IV ; c'est un symbole : entre lui et Ronnie. Et plus longtemps après, encore, il me parlerait dans un autre monde : Montparnasse, Barbès... Trop tard. Comme un elfe fané. Lacroix.

Évidemment, il se rencontrait aussi au milieu du désordre et du tout-venant, parfois, un cas. Le numéro très à part dans la tribu, par exemple, en seconde, c'était Repusseau. Aïe. Un machin osseux angoissant qui s'habillait tout de noir et affichait froidement le genre « communication avec l'au-delà ». Rafraîchissant. Toujours rigoureusement muet, partie liée avec les puissances de l'ombre, marmottant des menaces, squelettique, il semblait rongé du dedans, les yeux charbonneux et brûlants de mépris, la lippe consumée d'amertume. Regardant chacun avec des poignards. Sauf un petit lèche-cul notoire qui avait l'heur de lui revenir, jouissant de ses faveurs insignes et ô combien douteuses de sorcier sous cape. Repusseau, systématiquement à l'écart.

Je le surveillais attentivement, mine de rien. En deux fois plus étiré sur la longueur, il me rappelait... Zingaro. Les mêmes émissions d'ondes fatidiques et macabres. Sa spécialité, à cet antipathique au nom repoussant : voici.

En gymnastique, quand tout le monde se retrouvait jambes à poil, lui encore plus farineux que les autres, couleur plâtre, il s'enfonçait un peu dans les sous-bois du parc où avaient lieu les cours d'éducation physique (quelle corvée), près de la piscine découverte du temps des barbiches (1875) alors désaffectée, il faisait une cueillette avec son giton dans les futaies. (Est-ce qu'ils en profitaient pour se pédasser ensemble ? On le prétendait — encore l'ombre de Zingaro et de ces miasmes qui l'enveloppaient...) Toujours est-il que ce pédoque putatif zingaresque revenait peu après lesté de gerbes d'orties. Qu'il tenait en couronne, à pleines mains, sans dommage, contre lui. Les bras nus. Blafards mais nets de piqûres.

Il se tripotait tout ça tranquillos, s'en chatouillant

l'épiderme. Dans le sens des épines, à rebrousse-poil, comme on voulait. Il les manipulait à plaisir, ses orties répugnantes pour faire chier le monde. Grimaces gênées à la ronde. Les autres se détournaient un peu, en le regardant en coin. Gaffe : danger. Anormal à l'horizon... Lui ne les voyait pas, il était dans son grand numéro, ailleurs. Il caressait ses orties aux épines duveteuses, avec des gestes de film médiéval muet. Ensuite, il se passait le bouquet, si ronceux, verdâtre et venimeux, par tout le corps — distraitement on aurait dit —, comme un plumet ou un boa. Avec une sorte d'indolence pourrie. Il s'en frottait la figure, yeux ouverts, les lèvres, mâchant à pleine bouche dans les feuilles urticantes, il s'en badigeonnait le cou, les aisselles, souriant à peine. Il froissait les tiges de plaisir, les chiffonnant pour les faire juter contre son ventre dénudé avec délectation — les autres, du coup, s'éloignant carrément maintenant, en cercle, désorientés par l'obscénité. C'était un cas. Sorti de là, rien dans le citron, un con 100 %.

Question profs, mélange demi-brut idem : du merdique et du médiocre. J'avais un copain de brave lettré un peu dans le cirage, sur le tard, une fois tout gâché, la dernière année. Perdu, bonasse. Le premier qui ait su m'intéresser à quelque chose, le brave mec. Indirectement : je lisais en cachette pendant ses cours et lorsqu'il me surprenait, il ne me collait pas. Voilà, c'est tout. Ce qu'on pouvait rêver de mieux. Une chevelure foisonnante et argentée à la Kessel, sur un corps mince et noué, la plupart du temps vesté de tweed. Comme une image idéalisée de mon père sortie de sana, en Haute-Savoie et chevron gris clair. C'était son incarnation différée positive. Chic type. Ça ne pissait quand même pas loin.

Avec ça j'ai eu, surtout, un ennemi à mort. Gozy. Figure accomplie de salopard acharné après moi. En guerre ouverte. Une manière d'ordure appointée à me perdre — professeur principal pour tout arranger —, une autre version de père : néfaste. Que j'avais connue, me semblait-il, dans une vie antérieure, sous la forme d'un négrier gérant de supermarché où je « faisais » larbin réassortisseur de rayons pendant les vacances...

Un crevard du même style : teint plombé, babine molle, yeux visqueux à glaucome, qui venait me coincer entre deux boîtes de tomates pelées au jus, à la cave ou sous les néons du magasin, pour m'emmerder avec ma « barbe de deux jours » (« C'est pour vous donner un genre, que vous ne vous rasez pas ? » etc.), ou avec le malheureux clope que je grillais, sans enquiquiner personne, une fois toutes les deux heures (« Vous affichez vraiment un genre, gnagnagna, qui ne convient pas, blabla ») : tout ça neuf heures par jour, payé des clopinettes, à supporter les risettes putrides de cet usurier d'épicemard tatillon... Au bout de quinze jours, j'avais démissionné pour ne plus le voir en peinture, tronche de salaud. Et là, mon prof-bête noire, pareil : Gozy, berk.

« Vous vous fichez de moi ? » il me demandait, ex abrupto, en pleine classe. Me surprenant à ricaner — voire sourire — de rien. Il me haïssait, j'avais senti ça dès le premier cours. Mais férocement. Vraiment une fixation. Partagée. Je le trouvais vomitif. Écœurant de laideur. Et morveux : il coulait. Des bronches, des végétations, du nez. Comme un camembert. Crachotant. Et puant — surtout le tabac fétide accroché à ses saloperies de crocs jaunes —, à des mètres. La peau ardoise, les yeux crapaud, catarrheux phtisique. Répugnant. Se mouchant comme s'il vomissait, dans des sortes de serpillières qu'il faisait sécher sous son bureau, mâchonnant ses glaviots de tuberculeux, avant de les rendre idem dans ses torchons en les consultant longuement tels des oracles verts. Il avait indiscutablement — encore la famille — des airs de mon père donc. Un jour, ils se sont rencontrés : c'était le bouquet. Il a déclaré : « Votre enfant est intellectuellement borné. Il ne peut pas faire d'études... »

« Vous vous foutez de moi ? » m'interpellait Gozy... Je sursautais. Toute la classe pliée. De la gueule que je tirais. J'essayais pourtant un peu de me tenir à carreau. Plus recommencer. Oublier les forfaits... Mais, rien à faire, on me repérait : finaud faraud, mariole. Il se mouchait, mâchait ses crachats. Que répondre, ainsi pris à partie ? Je ne pouvais pas lui dire ce que je pensais : « Ouais, tête de con ! » Je baissais le front et ça me donnait, paraît-il, l'air encore plus « insolent ». Alors il répétait sa salade : « V'vous foutez de moi ? Regardez-moi dans les yeux ! » Ses yeux ?! Quelle horreur... Comme mon père avec ses histoires de « sourcils ». Ça tournait en rond, et mal.

Ça a culminé en affaire de « communication » sordide. Avec Rabastens, tout au fond de la classe, on avait dû tricher en compo de latin. On ne savait rien. Depuis des années, moi, je ne survivais qu'à la trado (Hatier) et à la resquille. En première, je commençais à asphyxier. Tout à l'esbroufe, ça devenait absurde. Ce jour-là, donc, pas un mot à poser sur le papier. On serait derniers, c'est sûr. C'était le redoublement assuré. Déjà que notre cote n'était pas brillante... Je fous un coup de coude et dix coups de tatane dans les chevilles de mon voisin aux cheveux oxygénés — sa lubie, l'imbécile, pour m'imiter —, et je lui ordonne de tout rafler à côté. Chez Darnoux...

Un sérieux gentil, appliqué, Darnoux. Bon abruti.

Dissipé en permanence par notre proximité. Dans ce cas-là, on pouvait vraiment sentir le drame des mauvaises influences sur les naturels fragiles. On était tellement sympas, déconneurs, « taquins », « rigolos », à longueur de journées merdiques, qu'on exerçait un attrait. Il y avait eu une évolution nette de ce côté. Ce n'était plus tant le style masqué, armée des ténèbres, moyen âge nocturne, à la Zingaro. C'était de la vanne. Tout le monde en riait. Les profs aussi. Ils ne pouvaient pas résister à nos mines. Gags incorrigibles, inattendus. Un jour, l'un d'eux, une professeur d'anglais, m'a avoué : « Ça n'est pas possible de vous punir. C'est trop dur. » En gros, ça tranchait, par une certaine humeur débridée sur le reste un peu morne du lot. D'ailleurs, aucune gueule, là-dedans, qui me revenait. Tous des cons. A deux près. Trois ? Et puis non : sans exception.

J'ai eu une espèce de relation étonnante, là encore, dans le tas. Malgré moi. Un type affligeant qui m'avait pris en sympathie passionnée. C'était Rassiz, chien fidèle. Tous les types du coin l'enquiquinaient, le traitaient de « con, arriéré, faible mental, bête ». Il était costaud comme un gorille. Le nez busqué. Et foutu, presque, comme Piéral. Minusculus, ramassé à l'extrême, puissant. Moi boum-boum-sniff ! Buste très allongé, jambes torses, puberté simiesque. Un jour, il vient me trouver, en récré dans la petite cour de la salle 60, près des marches de l'administration. Il tourne un peu, sans rien dire. Le nez en bas. Et puis, il se met sur mon épaule et il pleure. Bon. Il me prenait à cœur. Ça me gênait, cette démonstration inepte. Ses épanchements, navrants, humides. Surtout qu'il pleurait fort, de tristesse, le Rassiz. En pleine cour. Quelle grille...

« Frinchemint... », il me consultait, de sa voix

nasillarde, chuintante, « Est-che que che chuis fraimint un con ? » Là, c'était une question, entre deux sanglots. Bille en tête, impossible de tergiverser. « Toi, tu m'as chamais emmerdé. Et même, tu rris afec moi. Toi cheul. » J'étais donc « bon », en somme ?... « Alors, che feux que tu me diches : frinchemint, est-che que che chuis fraimint idiot ? » Il tenait sa main les doigts fermés, comme ça, devant ses yeux enfoncés, noirs, façon méditerranéen, suant la moussaka, sous son front bas, pour s'aider à tout dire avec le sentiment, tout cracher. Son désarroi : « Frinchemint ? Est-che que che chuis anormal ? » Il me bloquait, tout de même. Qu'est-ce qu'il était dégueulasse. Et il sentait ma gêne. Aïe. Il insistait, exigeant. Je n'avais qu'à répondre clairement. Il me serrait contre lui. Quel mongol.

« Oui, t'es anormal, j'ai répondu... Mais qu'est-ce que tu t'en fous ? Moi aussi. (Quel hypocrite !) Et ça me ferait plutôt chier, le contraire, non ? Je veux dire : de ressembler à ces merdes » et je lui désignais quelques pelés, deux tondus, les élèves : la classe éparpillée dans la cour. Ces tocards qui fumaient entre deux « heures » pour se donner des airs d'hommes. L'un d'eux surtout, totalement azimuté, qui récemment avait dévalé la rue Victor Hugo les freins de son vélo pétés pour aller s'écrabouiller en bas contre une carriole de vendeur de billets de tombola paralytique à fond de train, une bombe : un qui insultait facilement Rassiz...

Il est parti à rire, Rassiz, ça l'avait réjoui, il pigeait, la perspective. Ça y est : guéri. Il avait tout compris. En me trouvant à sa ressemblance, ça arrangeait tout, il reprenait goût à la vie. Et puis, il avait encore des doutes, épars, quand même — quel chieur : « Frinchemint, est-che que tu feux être min ami ? » Il me gênait de nouveau. Comment répondre à une bêtise pareille ?! C'était mentir, de lui répondre « oui », à ce farfelu ignoble... « Oui.

T'es mon ami », je lui ai dit. Quelle bonté... Qu'est-ce que ça me coûtait ? Il était heureux. J'ai vu tout de suite que j'avais eu raison de lui répondre comme ça. Ça se lisait en gros caractères sur sa bouille réjouie de beignet de mérou humain, encore mouillée de larmes.

Il s'est curé une morve grosse comme un ongle au fond de la narine, il l'a considérée calmement un long moment, il l'a gobée. Quel singe. Et il a enchaîné : « Pon, alors, chèque fois que ch'aurai un proplème, che fiendrai te foir. Et tu me parleras comme un ami. » C'était sa confiance, qu'il engageait. Et illico, il m'a mis à l'épreuve : « Frinchemint, quand ils me traitent d'imbécile, les autres, est-che que tu crois que che peux me défentre ? Me pattre avec eux ? Ch'ils me provoquent trop ? » Là, aucun problème, je ne m'en faisais pas pour lui. Il pouvait bien leur décoller la tête avec ses gros biscottos de catcheur, les démolir tous, les uns après les autres, ça n'irait pas me perturber : « Ouais ! Tape-les. Aussi fort que tu pourras. Autant que tu en as envie. S'ils le cherchent... »

Il y a eu une victime le soir même. Le crétin clopeur du vélo aux freins baisés dans la carriole, qui ne se méfiait plus. Depuis le temps que tous ces gringalets de la classe, les pires avortons, insultaient Rassiz à loisir, à tour de bras, sans qu'il ose réagir, ils ne s'attendaient plus à ça. Le type l'a donc injurié à temps perdu, pour le plaisir, comme de coutume, d'une façon... « Merguez, il lui disait ! Toi bicot, mon z'ami. Crouillat chtime. Pain *rassis*. Toi bête comme le trou du cul de mon chien. Va me chercher du harissa, chimpanzé. » D'habitude, Rassiz baissait la tête et reniflait, malheureux comme tout. Ce soir-là, misère, regonflé par notre discussion, mes « conseils », il a bondi. Tellement il était fort, malgré sa balourdise, il lui a démoli un œil — vlan —, à l'insulteur ! Rien que d'un coup de poing.

L'autre crâneur est tombé par terre à moitié dans les vapes, avec un de ces cocards. Rouge, griffé, boursouflé : une pitié. Au moins à partir de cette fois-là, on ne l'a plus jamais insulté, pauvre andouille de Rassiz. Mais il y a eu plainte et sanction.

Comme le jour de cette fameuse compo de latin donc, avec Gozy la hyène. J'avais torturé les côtes de Rabastasse, en lui disant nettement de voler le tout à Darnoux. Je savais bien que cette chiffe molle était prête à nous aider pour des bricoles — prépes ou devoirs maison —, mais que pour une compo, tintin : il ne serait jamais d'accord. Rapiat à lunettes.

A la fin, comme je le lui ordonnais avec insistance, après avoir hésité vaguement, Rabastens s'est décidé à passer ses yeux par-dessus les créneaux de bouquins que Darnoux avait dressés autour de lui. Et l'autre faisant des manières, Rabasse a commencé à le menacer de ma part : « Oh, attention ! Hein ». Il a aplati les bouquins de force, carrément, « et rouspète un peu, tiens !... Bon, tu montres, maintenant. Montre ! Laisse ça. Dégueulasse... T'inquiète pas, y'a aucun risque. » Tu parles... Au moment où Darnoux a fini par plier, écrasé entre son devoir de bon élève et les obligations de l'amitié — sans oublier la crainte de la ratatouille —, il restait tellement peu de temps qu'on n'a pu que copier, comme on dit, « intégralement ». C'est-à-dire sans prendre le temps de brouiller les pistes, de nuancer, d'interpréter. C'était moche de faire ça....

« V'vous foutez de moi ? Rabastens, Darnoux et consorts !? » Voilà comment Gozy a attaqué le corrigé de la compale : la vieille charogne bronchitique, le schnoque fossile si cruel : « V'vous foutez de moi ?! » Et il s'est mis à lire les copies — ou la copie. En soulignant tous les endroits manifestement communs. Pour nous humilier jusqu'à l'os entre deux dégoulinades de mouchoir-serpillière. Rires gluants de la classe. Darnoux râlait, évidemment.

On a été bons gars. On a expliqué au prof — un peu obligés en fait : Darnoux, cette guimauve lèche-cul nous aurait donnés de toute façon —, on a avoué : « C'est pas lui. » Et on a redoublé.

Bravo. Il ne m'a pas raté, fumier : ce Gozy-bordel, ce mollardeux cynique, m'a culbuté exprès, enfoncé la tête sciemment par pure délectation malfaisante, animosité personnelle meurtrière, nui par haine physique forcenée.

A bon entendeur. Cette pourriture ne l'emporterait pas en paradis. Œil pour œil, bave pour bave. Haine réciproque, toutes. Fantastiquement partagée, ruminée et mijotée tout au long de l'année suivante, redoublée donc, puis au-delà, la mienne n'était pas près de s'éteindre. Sans répit ni rémission : haine. Fourbie, amoureusement couvée, bichonnée, ressassée à fond comme une bonne malédiction cabalistique, ourdie, préméditée adorablement, anticipée, ainsi :

« Fort bien, patience. Vengeance... Maintenant il faut qu'il se méfie, Gozy. Comme tous ses congénères. Qu'il fasse bien gaffe à sa gueule, n'oublie jamais notre petit passif, qu'il ne se rassure pas sur son vieil âge... Je le menace solennellement, pour tous les autres. Grandes infamies, si je me décide à le retrouver. Punaise. Ou si je le retrouve par hasard, plutôt. Il n'y a pas prescription : crimes de guerre scolaire. Le règlement de compte avec un sournois professionnel de cette farine relève de l'hygiène publique. Nous sommes en ?... 1965, 68, 76, 80, un jour ce sera 1991... Gozy est désormais chenu, pauvre salaud en ruine, parti de la caisse et débile de partout — comme il l'était déjà du reste, prématurément, en ces temps reculés —, s'il n'est pas déjà clamecé ; et 1) ce n'est pas une raison d'acquittement, 2) pourquoi se priver ? Donc, averto : si je tombe sur lui, un de ces quatre, qu'il sache exactement que je m'emploierai à troubler ses jours déclinants de la plus redoutable façon. Je le filerai jusque chez lui, je surveillerai minutieusement ses allées et venues d'aimable rentier valétudinaire de la cruauté collégienne courante, pour établir son emploi du temps, ses petites habitudes de pépé pépère, et ceci fait je le coincerai. Crac. N'importe où, n'importe quand. A ma guise. Pas de témoins, pas de papiers...

S'il en crève, vermine de Gozy merdeux, tant pis. Pot de pus. Tant mieux. D'ici là, il faut qu'il sente précisément, jour après jour, sans possibilité d'esquive, la punition qui le menace — au nom de tous ses semblables. Cette injustice immanente en retour pendue au-dessus de sa brave tête d'enculé rangé des blâmes, sévices capricieux, conseils de classe et de discipline, forfaits rétribués. Que sa vieillesse de fripouille diplômée — repentie ou pas — ne soit pas quiète. Nullement. Qu'elle se morfonde en affres tardives, qu'elle soit décomposée, empoisonnée par l'horrible perspective. Semaine après semaine. Sieste gâchée après sieste gâchée. Sans répit. A mort.

Que cet homoncule coupable, en taquinant le goujon, sache bien qu'il existe au moins une personne au monde — un de ses anciens élèves-cobayes de Menguélé titulaire — pour désirer son châtiment exemplaire... Une personne qui le corrigera légitimement si elle le trouve sur la route — où que ce soit — et qui anticipera peut-être un jour prochain sur les hasards d'une rencontre hypothétique en venant discrètement toquer à sa porte... Chère pustule.

A désinfecter. Verrue-Gozy : cautère. Comme les autres, bubons. Comme Mollard le ricaneur cinglé d'H.-IV, comme cette petite graisse pâteuse de Sénéchal la crème anglaise, ou comme l'Espingouin-Rossinante cette vieille carne, ou l'infirme parkinsonien d'hist-et-géo, ou le satané Bossu-crochu surgé du Méridien, ou Potron-minus, ou Charlotte-la tasse biscuit trempé... toute la cohorte maudite du Panthéon, et tous les autres encore. Les oubliés, planqués, les Chambellant, Cohen-Bakry, Thébaud ou Lapoisse, les Spillman fouille-merde et les Boulard chiatiques, interchangeables et non mentionnés. Liste noire, tous. A mort.

Toute leur bande enseignante hystérique et misérable, engeance de ratés détraqués, pédérastes en poste à vie tarabustés d'aigreurs indiciaires, tous criminels au petit pied impardonnables, comme mon cracheur d'huîtres bacillaires de Vanves, leur quintessence venimeuse : tous au même régime... Sanctions capitales. Qu'ils tremblent, carcasses ; et qu'il se méfie, lui tout spécialement, Gozy, tout-puissant petit kapo de bataillon lycéen taillable et collable à merci (« Redouble », « Ne fera jamais d'études supérieures », « Élève irrécupérable », etc.), qu'il fasse bien dèche à sa gueule de racaille. Comme tous les autres... Patience, vengeance. Gare à eux, gare à lui, gare à moi. »

« Au Mexique, une fuite de gaz, survenue aux réservoirs de l'important centre pétrolier de Poza-Rica, dans l'État de Veracruz, a provoqué lundi une violente explosion entraînant la mort de treize personnes. Deux autres sont dans un état désespéré et six souffrent de brûlures graves. »

UN matin — une bouffée, overdose —, ça a pété, dur, comme ça menaçait depuis des ans et des ans, je les ai cognés : tous les deux, ma mère et mon père. Ils m'avaient mis hors de moi, de rage, d'humiliation, de misère noire, à force de malfaisance acharnée depuis si longtemps. Ce matin-là, surtout.

« Bonjour », avait dit ma mère. Et je n'avais pas réagi. Je n'avais aucune raison de lui répondre, de souhaiter une « bonne journée » à ma mère. Ça peut arriver, le matin, à l'aube d'un jour de dépression lycéenne normale. Ça se passait dans la salle de bain...

Cette femme me fixe. Je suis en train de brosser mes dents de traviole, à poil, ma vilaine figure échevelée, teigneuse, pleine de plis métaphysiques et de sanie dégoûtante, encadrée par la glace de l'armoire à pharmacie. Ça sent l'éther et la bouche au lever. Je n'aime pas ma figure, bouffie de sommeil et de frustrations. Je n'aime pas la vie, je n'aime rien, je n'aime pas ma mère. Soupirs de mémère. Et jérémiades de ma part.

« Oh ! merde. Ça va pas commencer. Laisse-moi le temps de me réveiller, tranquillement, au moins... Fous-moi la paix », j'ai dû dire, très insolent et vindicatif à son goût. Elle — me sentant nerveux, méchant, hargneux, peu disposé à encaisser la controverse, crispé —, elle est allée cafter. A mon papa. La saleté typique. Bien sa façon, ça : exagérer les choses, à l'abus, envenimer. Vipère.

J'étais toujours dans la salle d'eau, mon père arrive. Tête d'emplâtre et mine de rien, il me dévisage : « Bonjour ! Fils ! » Ah, son ton d'emmerdeur numéro un. Champion. Il y avait longtemps. Sa spécialité, ça a toujours été ça, ce faux entrain-là, cette ruse : faire semblant d'être gentil avec autrui de manière à le gêner, à l'exaspérer, presque obligatoirement, en exigeant implicitement, dans le salut poisseux très appuyé, une réponse au salut. Comme d'habitude quand il me parlait sur ce ton, si amène et factice, mielleux, race de fourbe, je me devais de ne surtout pas faire, du tout, ce qu'il escomptait : le salut affectueux « spontané » qu'il « attendait », l'hypocrite, si visiblement, en retour. Cet homme s'est foutu à gémir, à geindre que : « Tu saiiiiiihhs ! Qu'est-ce que tu veux que je te dise ? Tu ne fais aucun effort !

— Hooo, la merde. Foutez-moi la paix ! La paix. Laissez-moi ! Tranquille. Je demande rien. Bon dieu !

— Tu pourrais au moins aller faire des excuses à ta mère ! Tu lui as parlé sur un ton inadmissible !...

— Ma mère ? Mais, ma mère je l'emmerde. Je l'em-mer-de ! voilà ! » je rugis, vraiment exaspéré ce coup-là. A bloc. Ça commençait à être lourd, ces politesses rituelles dans la salle d'eau, putain. J'avais la tête qui bourdonnait, de retenir toutes ces éruptions de haine, de mon enfance foutue. Qui explosait. Je n'en pouvais plus de faire des bassesses à ces mauvais cons qui n'arrivaient pas à accepter ce que je voulais bien leur concéder encore — peu ou rien du tout —, ces malades qui entendaient d'autant plus, violeurs, déréglés, être aimés comme ils « exigeaient » d'être aimés, qu'ils sentaient menacé, précisément, le fragile équilibre de cette espèce d'affection forcée, obsessionnelle et programmée, ce rempart friable de sécurité sentimentale mignarde et gluante, familiale, qu'ils avaient édifié autour d'eux à leur usage exclusif depuis des années en espérant que ça durerait toujours. Gosses = briques, ciment = égoïsme.

Je fous le camp, sur ce, colérique effréné, trépignant, dans ma chambre, en bazardant la porte de la salle de bain à en faire péter les gonds contre le chambranle : baabaangh. Exclamations de mon père. Hurlements de ma mère dans le couloir, hystérique au sortir du lit, en chemise de nuit, au moment où j'entrais dans ma piaule pour fuir leur haleine.

« Mais ! Vous ne l'entendez pas. Écoutez ! Henriiiiii... Vous n'entendez pas, comme il nous parle ? » Elle voussoyait, ma chère, cette chèvre. Et mon père, pareil. Ça se voussoyait, ça. Singerie. « Vous ne l'entendez pas à la fin. Mais réagissez, Henri ! Enfin ! Vous l'entendez ? C'est insensé. » Lui, le fada à la tache blanche maudite de prophète, déjà énervé, délégué aux basses besognes en plus des engueulades, il se met dans le coup, il prend le diapason, il s'excite, nom de nom. Ah.

Je le vois débouler. Il se rue dans ma chambre, l'enculé, avec ses yeux bien ahuris des très grands moments paludiques, tuberculeux à fond, pourris de cernes bien bleus, crevards : il est défiguré, anxieux, essoufflé, fiévreux. Tout ça à la fois. Il fait son entrée, en pyjama con style corsaire (les idées vestimentaires de Chouchou) retroussé sur les mollets, la quique à moitié dehors par sa braguette à lacet, indigne, dépeigné, menaçant, et vocifère : « C'est vrai. Tu as entendu ta mère ? Ça devient insupportable, ça. A la fin. Tu m'entends ? Tu vas immédiatement lui faire des excuses. Tu comprends ?... Hein !

— Meeeerde », j'ai dit. A ma mère, qui pouvait bien crever la gueule ouverte, à mon père, qui pouvait aller se faire foutre, à tout l'univers. Mais j'en avais marre, moi ! Les larmes aux yeux de marre. Et de colère : « Qu'on me foute tranquille ! Bordel de merde. C'est tout. Ou je tue quelqu'un.

— Mais Henri ! elle hurle, surgie à son tour dans l'encadrement de la porte, l'échevelée fripée con, la vieille carale en chignon, la folle de Chaillot : Non mais, vous entendez ? Vous l'entendez ? ! » Il se précipite. N'écoute que son instinct, son devoir, sa connerie. Et blam, il m'en secoue une.

Là, il y a eu lassitude, décharge en profondeur. Mon dieu. Une résistance a sauté. La patience... C'est devenu d'un coup insupportable, tellement invivable. Ça suffisait. Au lieu de faire le dos rond, de tolérer comme d'habitude la correction, le caprice imbécile de ces deux névrosés... je me suis avancé, je l'ai pris au bras, doucement, comme ça, le corsaire. Et tac ! En pleine figure. Je lui ai retourné un bon coup de poing, compact, pour sa peine. C'était complètement mou au bout de mon bras. A peine la barbe qui picotait. Il est parti tout bizarre, le papa, estomaqué, contre mémère. Ils restaient là tous deux, surpris, les fossiles, de cette audace insensée, secoués sérieusement par le geste. Ce n'était pas du jeu, cette révolte coup pour coup. Ah... Ça sortait du protocole. Inouï.

Elle, incrédule, une fois remise, elle réagit comme une furie. La première. Elle pense reprendre la situation en main, elle fonce. Terrible. Elle veut m'agripper la figure pour me gifler, comme les autres fois, me cingler de claques à sa fantaisie. Vieille saloperie de tapée dingo. Attends voir, mémère : je saute sur le lit. Je ne suis plus qu'une bête. Boule de haine. N'approche pas, poison. Tant pis... Et d'une. Et de deux. Même tarif pour sa binette de putain : une beigne de cinq cents grammes dans sa sale tronche, deux fois, je lui ai mis. Algérienne pourrie.

Elle a eu le culot de résister. Un peu. Alors, cette fois, c'était fini. Je ne me connaissais plus. Assailli de toutes parts, traqué par ces deux déments insomniaques, délirants débris acharnés à me briser — je m'étais un peu retenu, avant, quand même —, je me suis déchaîné : je les ai vraiment, pour leurs pieds, moulus de gnons, battus, corrigés, cognés. Les dents, les seins. Vlan, paf ! Dans les couilles. A coups de talon, marrons, beignes. Qu'ils crèvent. Nom de dieu, qu'ils crèvent !

Ça a été vite réglé. En quelques secondes de combat douteux, confus et inégal — puisque pour la première fois équitable —, ils ont été en morceaux. Hors Service. Physiquement et psychologiquement brisés. Ils sont sortis. Elle d'abord, pleurant. Et puis lui, anéanti, destitué. Ils ont quitté la chambre, cédé le pas. Pendant que moi, nu sur le lit, éclatant de rire et secoué de pleurs nerveux, soulevé d'exaspération, de folie meurtrière, plein d'une sorte d'affreux bonheur ou de malheur souverain, exultant mort-vivant, marqué au sceau infâme, je hurlais après eux, je leur disais que ça serait pareil maintenant, pour toujours : chaque fois qu'ils oseraient faire mine de porter la main sur moi, détritus. « Que je leur écraserais la tête », que je les tuerais de mes mains.

« Foutez-moi le camp ! Foutez le camp ! Et foutez-moi tranquille ! Qu'on me foute la paix ! C'est tout ce que je demande : la Paiiiiiiiiix ! »

A compter de ce jour-là, je n'ai plus pris une tarte, jamais. Quelle pitié... Mais cette bouffée de colère, au fond, entre mes pauvres vieux et moi, ce n'était plus déjà qu'un reliquat. De vieille exécration périmée. Comme un fruit vieilli sur l'arbre, finissant par tomber trop tard. Trop mûr, trop sec, plaf. Les choses, dans l'ensemble, autrement — manifestement —, s'arrangeaient. Meudon nous calmait. Du désespoir... au cafard courant. Jean-Marien rigolait sous les draps à côté. Tout se tassait. Les temps lycéens changeaient.

« Les auteurs du saccage de la maternelle "Le Bois" à Équeurdreville, près de Cherbourg, ont été identifiés. Il s'agit de cinq enfants de sept à dix ans en mal de distractions. Rappelons que la rentrée a dû être retardée. Le montant des dégâts n'a pas encore été évalué. »

UNE galerie dégueulasse en a remplacé une autre — Bonnecarrère, Michelet... — un enfer imaginaire le précédent, mais déjà, paraît-il, des temps meilleurs s'annonçaient. Le temps du drame — Henri-IV au nom de passé lointain — pour tant de morpions sournois de ma génération « perdue », qui vaut à peu près toutes les générations suivantes ou antérieures, ce temps perdu des cours magistraux éternels, colles à perpète et lignes par milliers, ce temps préhistorique allait prendre fin... proclamait la rumeur. Et date. Avec 1968.

1968, « j'y étais ». Dès le premier jour. Quand même ! Il ne s'agissait pas de rater « le rendez-vous avec l'histoire »... C'était réfléchi, débattu, une « véritable prise de conscience » : j'avais ma mission, manifester par « solidarité »... Quel con. Je m'y croyais, rien qu'un peu. J'ai été piqué, immédiatement. Boulevard Saint-Germain, sous un porche cossu de vieil immeuble, à deux pas de l'Odéon. Je n'imaginais pas une seconde, jusque-là, qu'on pouvait me nuire légalement. Bah. « Du moment que j'avais mes papiers ? Que j'étais en règle ?... » La preuve : un petit quart d'heure plus tôt encore, en pleine charge débandée, j'étais accroupi aux pieds d'un C.R.S., à ausculter une douille brûlante de grenade lacrymogène, sous l'enseigne du métro côté École de Médecine. Et comme je lui parlais, dans le vacarme (« Et ça se présente comment ? Comme un barillet ou ?... »), lui, miséricordieux : « Va-t'en, fff... Allez. Allez ! » Complètement demeuré...

J'ai commencé à saisir la logique du jeu, compris très vite dans le chaud de l'action : hop-hop. Et à coups de « bidule » d'abord. Quand j'ai dû courir sur le boulevard — hop-hop —, avec la troupe aux trousses, les treillis verts, casques noirs, qui m'avaient bloqué, derrière, gardes mobiles, agents de police, à me cingler les cuisses avec leurs bâtons : « Plus vite. Plus vite. Allez. » Ce n'était plus le moment de polémiquer, ils étaient très énervés. J'ai trottiné, comme il fallait, et je suis arrivé, au pas de course, hop-hop, en levant très haut les genoux — hop ! hop ! —, devant les C.R.S. On m'a transmis. Comme une marchandise. Je n'ai pas eu le temps de voir venir le vent des choses. C'était près des cars. Des projectiles pétaient tous azimuts, j'avais les yeux qui coulaient, dans la fumée, jaune, le sang à la tête, les idées en vrac, je perdais pied. J'étais bousculé sans arrêt. Tellement dérangé dans mes habitudes de pensée. Les voix se mélangeaient alentour. Je n'y comprenais que pouic.

Zzzzziimh. J'ai ramassé une beigne cuirassée, et un coup de matraque en amuse-gueule, sans prévenir. Et puis, en l'air, très haut, un bâton s'est levé, blanc — mais à contre-jour, il était noir —, au-dessus de mon crâne... Seigneur ! Et tout a éclaté. Le monde a roulé par terre, explosé. C'est tombé comme la Vérité même, cette masse de bois, sur mon sommet. Quelle leçon de choses. Je n'y ai vu que du feu, littéralement.

Je ne me souviens de rien. « Zzzziimh », c'est tout. J'étais par terre, après, avec des coups de crosse qui me bousillaient les côtes. A plat ventre. Mes lunettes mortes dans la bagarre. Je n'avais plus d'yeux. « T'es con. Si t'arrêtes pas... il va finir par... », s'inquiétait un manteau noir, en l'air, à un moment crucial. J'avais fini par retomber dans les vapes, tranquillement, et par me réveiller encore, la bouche écrasée, les dents sur le goudron. Mais je continuais à faire l'évanoui par réflexe, le mort — le temps de récupérer... « Ça crève pas. Ces vermines. Salaud... », proclamait justement quelqu'un d'autre, en ciré. Et pour prouver que j'étais bien vivant ou je ne sais pas, m'achever, il a baissé son fusil devant ma figure... le canon froid enfoncé dans l'œil, en hurlant : « Tu vas voir, moi, comment je vais te le crever ! »

J'ai été debout aussitôt. Pour la peine, on m'a remis par terre — houmpfff —, histoire de m'apprendre à feindre. Grimacier. Ensuite, j'ai été jeté à coups de pied dans une estafette. Clacc, bouclé. Quelle technique.

Tout ce temps-là, à aucun moment je n'ai eu le loisir — ni même l'idée : comment ça se fait ? — d'essayer de me barrer. Vaincu, K.O. d'entrée, par forfait. Comme le jour de la dégelée à mon frangin par l'Arabe de Gabriel Péri : rien vu, rien entendu... Une immense incompréhension, voilà ce que c'est, toute cette après-midi du 6 mai-là, pour moi, batailleuse et bastonnée, fumeuse et sifflée et cette nuit ensuite, de désastre complet, engloutie sous les coups, dans ma mémoire. Aveugle, sourd, idiot. J'étais obsédé à tel point par la bêtise du reste du monde que je n'avais jamais réfléchi, jusque-là, à la mienne : sourde, butée, férocement entêtée. L'ordre des choses me tétanisait.

J'ai dit même — pour situer mon ineptie considérable —, à un quinquagénaire ahuri, tassé contre moi, à un moment donné dans le car (le malheureux était descendu acheter du papier hygiénique et vlan : pris), je lui ai expliqué : « Vous en faites pas. C'est pas pareil, nous. Du moment que vos papiers sont en règle... » Ils ne pouvaient pas nous garder pour rien : c'était mon intime certitude. On me l'avait appris depuis toujours, en éducation civique, à la maison, dans tous les gestes de ma vie normale. L'ordre, l'illégalité, l'autorité, la loi, le respect — point à la ligne. « Ils vont pas nous passer à tabac ? » s'inquiétait l'autre, et rien que l'expression me faisait marrer : ah ! ah ! Quelle imagination ! « Passage à tabac ? » Mazette : où il allait chercher tout ça ? L'homme au PQ ? Quel tartignolle de première !

Je riais. Malgré ce qui venait d'arriver... Mon K.O. technique. A mettre sur le compte de l'affolement, allez, cette « bavure » des bourres. Survoltés, tout ça, bon... Sitôt sorti des pataquès du quartier, c'était réglé. Et je demandais d'ailleurs au flic qui se tenait près de nous, dans ce car, très civil, raisonneur poli — l'antithèse même des autres (à part qu'il avait un bidule interminable à la main et des flingots partout) —, je lui demandais de bien vouloir confirmer pour monsieur ce que je disais. Il opine effectivement vaguement du bonnet (du képi). « Vous voyez ! ? » Il était tout à fait d'accord, ce gardien de l'ordre public, sur l'idée de base qui était à peu près qu'un honnête homme, ça se distingue forcément d'un voyou. Non... que PQ ne se bile pas : à priori, aucune inquiétude à se faire.

Pierres, foutoirs et cafouillages : il a fallu changer de car — ce qui nous a donné l'occasion de recevoir, honnêtes ou pas, des bonnes corrections brutales. Ironie du sort : l'homme au papier-cul en prenait pour dix. Une tabagie de gnons. Jusqu'au moment où a surgi du bourbier un nouveau gîte roulant, bardé de grillages. Encore fallait-il y arriver...

A côté de moi, chemin faisant, un Américain frappé à perte de vue clamait, entre deux uppercuts dans la tête, que « les droits de l'homme étaient bafoués ! — Ah ouais ? disait un flic bonasse, bafoués ? »... Et il a aplati au Yankee un boulet en pleine poire, qui lui a fait éclater le nez. Et puis un autre pain, dans le front, qui lui a fait descendre l'arcade dans l'œil. Pour commenter, après : « Moi aussi, l'Amerloque, je suis pour les droits de l'homme "baffés". Chacun dans son pays. » Là-dessus les collègues se bidonnaient. Et l'esprit frappeur est venu spécialement m'allonger un bon vieux coup de crosse derrière la tête, à moi aussi, pour me faire plaisir, voyant que je considérais tout cela avec une sorte de curiosité de crétin mêlée de réprobation sensible dans le regard : tsst-tsst. Pour jouer. Allez, cherche, Médor, cherche... Pour la deuxième fois, j'ai compté les étincelles qui rebondissaient sur le macadam.

De nouveau, on errait dans la fumée de la ville engloutie, les chocs, les hurlements, les bruits de verre sans répit, les explosions, les flammes, les coups de sifflets, attaques, arrêts. Et on se retrouvait dans un autre car encore. A ne même plus savoir, sous les coups, où on était. Quartier Latin, Pantin, Étoile ?... Où ? Autres banquettes, autres cirés, autres képis. On avait une trouille, là-dedans. Plus des flics. Des étudiants.

Le car avait été bloqué. En plein raout. Assailli par les manifestants survoltés. On ne voyait plus clair. La nuit descendait. Comme pour tout avaler, foulards et fumigations, pèlerines, katangais, lycéens, Sorbonne, bâtons, gober tout dans ses ténèbres tièdes. Nuit noire. Et éclatements de lumières. Le car branlait. Les insurgés menaçaient de renverser la machine. Imbéciles. Eh-oh ! Casse-pieds. S'il ne fallait pas réellement se moquer du monde. Et ne rien avoir à foutre. Sales cons de lycéens. « Et hih-hanh ! Et hisss ! Et hooo ! » : ils poussaient tout ce qu'ils pouvaient. Côtés, en avant, vlouff, arrière. Ils chargeaient — silence — et « boooounng », nous tamponnaient au madrier : un poteau de sens interdit. Triples merdeux. Tout pour nous, cognes et cognés et PQ : ils tapaient dans la tôle, qui résonnait comme un gong à chaque impact. Ils secouaient à fond la ferraille, du dehors dedans. On se voyait déjà par terre avec le moteur en flammes... l'essence explosée. Ils brisaient les carreaux, maintenant, derrière les grilles renforcées. A coups de pavés. Molosses. Vlang. Bram-Boungg. Et leurs vagues molotovs de bricolos. Assassins, traîtres, oisifs, ennemis. Ça rebondissait de tous les côtés. On ne voyait plus où on en était, pour qui, comment s'en tirer. Impossible de raisonner avec ce bastringue dans la carrosserie, qui faisait vraiment caisse d'écho. Boî-boîte à angoisse folle, caveau de famille roulant. Baoong. Baoong.

Voilà qu'un groupuscule saisi de frénésie attaquait directement le bat-flanc au levier, à présent. Ça y était bien, là : en pesant comme il fallait, à vingt, trente s'il le fallait, ils allaient y arriver pour de bon, à force de « ho-hisse » et de « hi-han », de « Grimaud ! Salaud ! le peuple aura ta peau », à avoir la nôtre, à nous flanquer la tête en bas sur la chaussée... Mais laissez-nous tranquilles. S'il vous plaît. Foutez-nous la paix. Amis-amis. Vous allez nous tuer...

Et puis, ouf. Renversement de régime : les poulets ont chassé tous ces agités, réinvesti le panier. D'où, pour l'exemple, force punitions corporelles à l'endroit des prisonniers — ceux qu'ils avaient sous la main de la justice : nous, faute de catapulteurs de cailloux rusés carapatés. Et nouveau déménagement, encore, réglé à coups de manches de caras et de matraques : circulez ! Grêlons jusqu'à la énième estafette de la visite guidée. Là, miracle... un répit. Des minutes... des heures(?) d'attente, non battus, dans le no man's land égaré de cette fourgonnette, pourtant la plus exposée : portières qui bâillaient, fenêtres dégagées — ni grillée ni blindée...

Dans la cacophonie dégoûtante de cris, de chocs mous, de détonations absurdes et de coups de feu (indiscutable), le raffut de cavalcades sans but, de cohues et d'estocades brutales, dans cette confusion terrible de Paris Latin embrouillé, aux sons et lumières écrasés, au fond du tube policier, on parlait. On discutait, philosophiquement, « de la violence » avec les hirondelles de printemps, dans la cage. On attendait que ça se passe, que ça débroussaille, qu'une compagnie quelconque fasse un peu déblayer les carrefours... Qu'on puisse progresser. Et après une heure, du matin, et quelques détours, on est arrivés à bon port.

Ah... Ça faisait du bien. De se déplier, dégourdir les pieds. C'était un poste. Grandes grilles, large avenue, je ne sais où. Beaujon ?... Rue Saint-Honoré ?... Courcelles ?... Décor : une allée de bâtiments en briquette grise et une coupole bizarroïde en impasse. Nuit, traînée de façades frigorifiques et deux volées de marches. C'est là. Une double file indienne, à l'entrée, de dix ou quinze, vingt bonshommes bardés, face à face, nous attendait. C'étaient les portiers du palace où nos matricules avaient déjà leurs chambres retenues. « C'est au nom de ?... » Brrrrr. On était obligés de passer entre eux, guerriers de cuir, pour toucher le pas de la porte. Rien que ça. C'était le non-sens qui...

... C'était la descente aux cent gnons qui commençait. Au secours. Trop tard... Les claques, ça fait un bruit horrible — une, cinq, à force —, il y en avait peut-être un millier à claquer en même temps, ici. En permanence. Quel fracas... J'ai mordu la poussière, sans discuter — miam —, d'un croc-en-jambe, dès le départ. J'ai capoté vigoureusement comme on m'y invitait. La face aplatie contre terre, je me protégeais en boule, avec mes coudes, d'instinct, je rampais. Centimètre par centimètre, au hasard des secousses, des dérouillées. On m'a fait mettre la gomme, accélérer le mouvement, allez ! Dix, vingt coups de pied, de crosse, cinquante coups de poing drus dans les reins, la nuque et la tête, j'ai dû prendre, là, prosterné comme un coolie, pour arriver à la lourde. La première. Des portes de la loi.

Là, c'était un temps de calme : on reprenait son souffle, on évaluait... J'ai vomi un coup par terre. Ce qui m'a dégagé. C'était le foie : on n'est pas habitué. L'émotion, plus encore que la correction. Encore une giclée. On est venu me bousculer contre une armoire d'administration française écaillée, pour ma gouverne, en me priant de me surveiller : quelles manières. Voilà, une claque ! Mais distraitement, on aurait dit, sans conviction. Comme ma tête, par ailleurs, me faisait mal, et que je m'en étais plaint tout haut, un étranger blond, type quelconque aux poches truffées, m'a filé, « en attendant », des médicaments. Généreux et silencieux.

Ça m'a sauvé, cette pharmacopée tombée du ciel : ces tubes et guirlandes de comprimés. Pas de les prendre — quoique... —, mais de les avoir à la main. Je me suis campé d'autorité, contre l'assaut général de forces brutes, un personnage de déglingué. A l'extrême bord du trou, voûté, crapauteux, chétif. Une sorte de geinard « oye-oye-oye ». Creusé de la poitrine, haletant, bavant sur son devant, pitoyable. La langue dehors, les dents de travers, les cheveux dans l'œil. Entre mon père dans ses grandes crises, ma mère avec ses poignets à gifles, Zingaro en vitesse de croisière, et moi à peine forcé.

Le filet de sang de rien du tout que j'avais à la tempe, depuis la ratonnade de Saint-Germain-des-Prés, m'a aidé à fignoler le décor : je l'ai étalé sur ma figure pour faire blessé. Avec la terre raclée sous mes pompes, c'était parfait : grand peintre hollandais. Pour finir, plié sur mes jambes tremblotantes, l'air hagard, je brandissais lépreusement mes ribambelles de médicaments « urgence-diabète-infarctus-sécurité-fragile-priorité ! », tout en baissant le front et en reniflant tel le catarrheux fossile pour avoir l'air ruiné. Une invite plutôt spectaculaire à me ménager. Doucement, doucement : ma petite santé délicate, ah-là, à manier avec des pincettes. Convoi spécial.

Du hall d'entrée, ça donnait sur la cour. Ouhh... On était là pour y passer, à savourer d'avance. Pas question d'y échapper. Assis, appuyés, agenouillés... chacun sa part, à son heure. La porte s'ouvrait, régulièrement, abracadabra. Et deux ou trois mecs s'engloutissaient là-dedans en coup de vent, téléguidés à coups de tatane dans le dos. Aussitôt la porte close, les hurlements montaient. J'ai vu, de mes yeux vu, soudain, à quoi ça ressemblait...

Au moment où on me poussait dans la fosse. Yaah ! Ça fourmillait, ici. De vermine flicarde. Cloportes noirs, coléoptères, rhinocéros, monstres à gueules, cuirasses et rats. N'importe quels hommes. Certains couchés, traînés... Une agora... Immense, désolante, sans espoir ni nombre. J'ai manqué la marche. Chuté. Ébloui et électrisé. Tombé, relevé. Tiré par l'oreille — Eeeeye ! De partout, il en sortait. Partout, ils étaient... Cernant l'immense préau. J'ai tout de même commencé à marcher, redressé mais composé, en faisant mon malade, mon tellement pauvre affligé. Vlllan. Pas de ça avec nous. J'en ai pris un droit derrière l'oreille. Et aussitôt après, dans le mouvement, un autre — je ne sais plus où —, un autre, un autre... A l'aide. Et puis des pieds, deux, trois, dix en rafale, en vrac, alors que je commençais à sprinter vers l'autre issue, le sas de sortie. L'évasion. Je suis retombé d'une masse : hhhlan. Croche-pied : beigne aux couilles — ça commençait à être une autre paire de manches —, coup de casque sur la joue : étincelles — sans douleur.

Un brodequin calamistré, juste sous le nez — pile sur l'os —, m'a causé un nouveau renvoi de vomi vert : j'étais tout près de la porte, j'avais envie de m'allonger, tout lâcher, de ne plus me débattre contre l'adversité. Je me suis relevé. Que ça me plaise ou non : par les cheveux. Pour ramasser encore une Ranger réglementaire d'un kilo cinq dans l'oreille. Oh non, monsieur. Écroulé, de nouveau. Fini. Non... on a eu pitié de moi, là-haut, de mes médicaments si piteux, que je n'avais à aucun moment lâchés dans le feu des roulés-boulés, de l'action : on m'a soulevé par le dos de mes fringues, tracté comme un sac à patates (charbon auvergnat ?) jusqu'à la porte, et salué, enfin, d'une dernière bourrade de sortie de mêlée. Qui m'a fait passer le pas en cabriole de zozo. Pour retomber sur mon dos, vlan, de l'autre côté. Sauvé.

Sauvé ?... Je ne sais plus combien de temps je suis resté à dormir sur place, à poings fermés, avec les autres « manifestants », tassés là sur leur cul comme des brutes épaisses, lycéens scabreux revenant à eux. Monticules de vague humanité, illégalistes supposés, jeunes fous romantiques pliés de coups. C'était de dégueuler, à tout prendre, qui commençait à me fatiguer vraiment. Le reste, ça pouvait aller. Comme de faire talonneur en plein hiver : plus ça dégénère, plus on en prend, moins on se frappe. C'est l'ivresse des profondeurs des jetons.

Tout se tenait. Sauf une oreille rouge et — ouille — la tête. Là, problèmes...

Après cette tempête de horions, tombée de châtaignes et talons, d'à côté, tout de même, ça a été d'un grand calme. Une plage enchanteresse en plein typhon, crique de béton paradisiaque sur la carte des turbulences... cette petite pièce fermée. Une sorte de débarras.

« Allez, tenez-vous droit ! » : c'était le contrôle d'identité. En rangs. Entassés dans un cagibi attenant, devant trois bureaux. On nous demandait des comptes. Papiers ! Des types en civil : « Et pourquoi on contestait ? Qui on voulait renverser ? Et comment on avait été ramassés à manifester ? Où ? Quand ? Est-ce qu'on était armés ? Par qui on avait été mobilisés ? Et qu'est-ce qu'on faisait avec les autres katangais place Maubert ? carrefour de l'Odéon ? rue Saint-Jacques ? place Danton ?... » Des petits rires fusaient. Des manifestants qui se croyaient déjà libérés ou les poulagas qui s'amusaient. Ho-ho-ho. Zigotos.

Ces messieurs s'informaient de nos petites santés, encore, espérant « qu'on n'avait pas été maltraités, au moins ? ! » Ça, c'était le plus surprenant. Du tonnerre, comme petit souci, délicat. La malhonnêteté formide des gars. On entendait la corrida de l'autre côté du mur — des raffuts de porcs égorgés —, pire que si on y était encore, des types débarquaient en criant qu'ils avaient « mal », pitié : « à l'aide ! », avec des ecchymoses voyantes, des cartilages écrabouillés, des bras démis, chicots de canines décrochées à vif sur la gencive, des crises de nerfs, nez en coulis de tomates écrasées, ils dégobillaient n'importe où — en l'air, comme des ivrognes, des seaux pleins, voilà — et ici, ces pourris de salingues malappris s'enquéraient des conditions dans lesquelles s'étaient déroulées les arrestations ? ! Puis les formalités ? Non mais dites donc ! Et des conditions surtout « de détention » ? Des abus, toujours possibles... « Mauvais traitements » ? Salopards.

Si on avait, là-dessus, le malheur de leur signaler, quand même, une brutalité particulière, un sévice hors du commun, ah-ah, c'étaient des airs scandalisés : « Non ? ! », des mines intéressées : « Vous plaisantez, j'espère ? !... Assommé, dites-vous ! », des ironies masquées : « Comment ça, un bâton dans le slip de la fille ? Qu'est-ce vous appelez le "bâton" (rires !) D'abord, on ne comprend pas ce que vous racontez... Ah, la matraque ! Dans sa culotte ? !... Mais c'est un cas de plainte, ça. Il faut porter plainte... » : ils se moquaient de nous ouvertement : « Vous avez parfaitement le droit : c'est... à côté. » Ils nous montraient la porte.

A côté, c'était la grande salle de tout à l'heure — A votre service merci bien —, le parc de chasse à courre à bourres. Rien que d'y penser... Brr. Résultat : on rangeait bien vite ses papiers, et ses réclamations avec. Et on affirmait clairement qu'on n'avait « strictement rien à signaler, de choquant ou quoi : non-non », tout baignait. A la fin, voici qui était raisonnable... « Passez, disaient ces gradés compréhensifs. Tout est en règle. » Effectivement, c'était réglé.

A mon tour de faire, j'ai expliqué, moi, lâchement, abondamment, que j'étais fils de diplomate. Tiens donc ? J'avais honte : joli coco... Quand ils me servaient, mes parents, j'étais donc encore prêt, sans me faire prier, à aller les chercher, traumatisé de la veille ou pas. Félicitations. Bref : « Téléphonez rue Monsieur, je leur disais, appelez le ministère des Affaires étrangères... » Sans hausser la voix. Gourmé quasiment. Par mimétisme compassé de circonstance. Pour une fois que mon pauvre père pouvait me servir à quelque chose... Enfin. Le préposé en face a à peine relevé et m'a dit qu'il allait « aviser et que je ne m'inquiète pas ». C'est ça, j'avais déjà entendu ce refrain : « Disposez. » Salamalecs serviles en m'effaçant : je voyais parfaitement qu'il s'en tamponnait, quand il m'a dit qu'il en avait « fini avec moi »... Fini, oui : mon stratagème de pistonné avait lamentablement foiré.

C'était l'étape suivante. Un nouveau degré à descendre dans l'infamie. Le plus sévère. On sortait de la salle des contrôles d'identité pour tomber dans la nuit. A l'air (pas) libre du dehors, dans une autre cour intérieure de cet enfer de pacotille cimentée. Un patio de douleur, jardin des supplices soldés — d'après les exclamations offusquées, les échos, perceptibles d'avance, toujours. Une courette carrée épouvantable. J'y étais. Jeté. Collé à un mur. On ne voyait rien. Que des reflets.

Rien que les ceinturons, les péqueux, les canons de flingues, les boucles, les étuis, les baudriers, les menottes, les visières, les bidules blancs, les boucliers... qui brillaient dans les ténèbres : un bal masqué. La sarabande des gorilles et des pygmées judiciaires qui recommençait. Miséricorde... De nouveau le coup de l'arrivée : en rangs face à face, soldats de pierre à l'affût des lanceurs de pavés. Double file, double angoisse noire. Et pas moyen d'y couper. On était obligés de passer. La porte derrière était close. Pas le droit de reculer. Ni de rester où on était. On devait entrer dedans, sans pinailler. Dans le trou profond, entre ces deux cordons serrés de déments casqués. Pour atteindre — peut-être — l'autre bout de la cour, la lumière...

A ce stade, déjà cassés, à cran, bousillés de partout, après la petite halte requinquante des papiers en plus, on se disait : « Oh... non ! » C'était intolérable, cette idée, désormais. La perspective d'avoir à être battus et rebattus comme des chiens. Encore. Ratatinés pour le plaisir. L'échine, les mollets, cabossés, rompus, comme des cons, sans explication. Ça allait contre le sens commun, voyons. Non et non. Mais en même temps, on voyait que ça n'était pas si long... Comme distance. Que ce serait peut-être vite fait ? Une expédition de rien du tout ?... Et qu'après, à force, on se reposerait de tout ça, si ça se trouvait... Ça donnait un but, au moins, ça inspirait un rien de courage. Zzou !...

Je suis entré dans la galerie — la dernière ? — des gueules de glace. Sans bouée. Affectant toujours mon genre ridicule, pseudo-malade sur ordonnances... Et je n'ai pas eu à appréhender longtemps les horreurs, parce que j'ai été tout de suite dans le bain : dépassé. Inondé de claques, aspergé de chtards, écrabouillé, emporté comme un tourbillon dans le tunnel. J'ai enregistré au vol — mais avec une violence — un parpaing de doigts haineux dans l'estomac qui m'a embouti, flanqué par terre, je me suis relevé, en criant, pour encaisser deux coups de rotule dans le coccyx qui m'ont coupé le souffle, je me suis retenu pour ne pas hurler de terreur lorsqu'une double pince de fer humaine m'a empoigné la tête à pleines oreilles comme pour la décoller de mon tronc, m'a soulevé, j'ai eu juste le temps de retomber de tout mon poids sur la colonne après un véritable saut périlleux forcé, puis de me retourner en — vrang, deuxième édition — me mangeant une matraque dans la mâchoire qui m'a fait siffler le tympan, j'ai été soulevé du sol par une véritable gerbe de coups de bottes véhéments, torrentielle : dans les hanches, ouff, les cuisses, gnacc, à deux doigts des bijoux dans le bas-ventre, à l'aine, dans la poitrine, houmpff, la pommette, les côtes, les fesses, plan et plan, maman. Et... C'est tout.

J'étais de l'autre côté. Passé. Zou. Content de m'en être tiré comme ça. Je ne souffrais absolument pas. Quels cons : ils m'avaient raté. Je respirais peut-être un peu fort... Je n'en revenais pas, de m'habituer aux douleurs. Ça faisait juste courir le sang dans les artères, ça fouettait la circulation. J'étais verni. Même pas mal.

Surtout que derrière moi, bonsoir... Le suivant, pour compenser, il en suait. Ils le retenaient... Te le faisaient reculer, avancer, descendre, pomper, tomber, monter... Et vas-y que je lui en vire un recta dans les mâchoires. Et zoum dans les yeux. Et plam dans les oreilles... Il m'a suivi de loin en vociférant, au moment où je tournais dans un couloir : il était ensanglanté — la figure — et défiguré — la peur du sang. Fort perturbé : il se baladait son bazar en main, à l'air.

Un cogne l'avait déshabillé, de la braguette, sur une envie, et les autres lui avaient attrapé tout le mic-mac. En menaçant de couper à ras... Le malheureux restait choqué maintenant. Sans même tenir compte des gnons, ni des injures mortelles, d'avoir « vu » la lame d'un couteau faire mine de lui scier le nœud... Il était lunaire pour un moment. Ça se voyait. Il beuglait. Avec les yeux retournés. On pouvait le cogner comme on voulait, il s'en balançait. Et il n'a pas arrêté son cirque dans le cachot, au bout du couloir, où on nous a lancés pour finir le parcours — pas du tout : « Huuuuu-Huuuuu. »

Moi, ça m'avait facilité la fin, l'enfilade de ce simili couloir des condamnés, mine de rien, ces gueulantes spéciales du vibré aux couilles attaquées. Ça avait créé une diversion profitable : et j'étais passé gentiment inaperçu à travers le couloir de la mort dans ce bordel, au lieu de prendre par les gardes-chiourmes au passage. Autant de gagné : alors tant mieux s'il était fou.

Il n'était pas le seul, cette nuit. Dans la cellule, on se retrouvait des masses, déphasés. Tous éclopés sérieusement — sauf moi en fait —, cour des Miracles de traîne-barrières, gueux de barricades renversées, faciès déséquilibrés, chutes d'entreprises humaines panées, gémissant à qui mieux mieux, tout ça réduit à des « maman-maman » ou à des « ho-lo-lo », Babylone en solde et après-guerre handicapés.

Un bras fracturé net, traînant là, « ouvert », qu'on laissait à mijoter dans son jus de moelle ; des têtes qui lançaient, bourdonnaient : tout un tas de choses saignantes : tympans, nez, lèvres crevées. Les dents cassées surtout, ooouh — très désagréables à voir. Des râles profonds en général, à même le sol, troublants, négligés, exprès.

Et si un type un peu gonflé, ou azimuté, avait le malheur de récriminer, pour qu'on vienne soigner telle ou telle urgence manifeste : vertèbres, yeux, hernie, arcades sourcilières, hémophilie, doigts retournés, asthmatique suffocant, omoplate ou hanche dévissées... si un malavisé imbécile avait le culot de faire appel à « l'humanité » des policiers...
— De quoi de quoi ? C'était fini pour lui. Aïe ! Gare.
— Ah, il trouvait à redire, lui. Ah, Monsieur voulait du « quatre étoiles ». Ah, on allait lui en offrir, des soins... On venait le rechercher, patience, un instant... lui spécialement : pour bien l'entendre déposer.

On le tirait de la geôle, on allait lui donner des raisons d'appeler pour de vrai maintenant, de voir des étoiles et des chandelles, de chanter *l'Internationale*. Ah-ah-ah ! : « Mais vas-y. Gueule plus fort. Personne peut t'entendre » : Badaboum. Et on lui défonçait le corps, patatrac, en mille morceaux, endroits, à coups de tout — semelles, coups de poing américains, masses, talkies-walkies, crosses, n'importe... Devant nos yeux. « Mais appelle donc tous tes "camarades". Demande Police-Secours, ah-ah-ah ! » Devant les barreaux, il était tatané, pour faire double emploi. Pour l'exemple. Nous faire chier de trouille à l'intérieur, à voir l'autre pleurer, gémir « pitié », ou n'importe quoi de bien vil de ce goût-là, beugler, ahaner sans espoir de salut... Bienheureux encore que ça soit l'autre à notre place. Tant pis pour lui, la preuve : maintenant, personne ne mouftait plus, personne ne criait au « massacre » pendant qu'ils étaient là pourtant à abuser, à lui faire patiemment éclater la bouche, les oreilles, le front, les ratiches, le nez et les joues (— Et les joues), et les yeux (— Et les yeux), les poulets (— Alouette ; aaaaaaah !...), à le coller en sang contre le mur, du plat de la main, le fameux dénonciateur d'iniquités, la preuve : tout le monde l'abandonnait. On détournait les yeux. Qu'il se démerde. Chacun pour soi.

On n'avait pas le droit de s'asseoir. Pas le droit de fumer. Pas le droit de pleurer bruyamment. Pas de droit de pisser. Pas le droit d'avoir la diarrhée — tant pis pour celui qui l'avait... tant pis pour les odorats des colocataires. Pas le droit de crier. Pas le droit de manger. Pas le droit de parler. Autrement — la moindre entorse, le moindre prétexte : ration supplémentaire de châtiments corporels.

Et même sans ça, d'ailleurs, tout au long de la nuit, au fur et à mesure que la tension montait, que les fourgons débarquaient, que les événements au-dehors évoluaient, par crises de furie, brutales poussées de cruauté démentielles, ils venaient, les bourres ivres, dans le couloir, à un, à dix, faire des descentes. Lancer des expéditions punitives. Ils surgissaient dans la pénombre, régulièrement, soûls maintenant, pour fondre sur leurs proies, ressortir au hasard des prisonniers décomposés des cellules alignées dans cet interminable couloir. Pour les retorturer. En raffinant toujours plus subtilement, avec les heures. Pour mettre à mal une nouvelle fois un rebelle de vingt ans insuffisamment corrigé et susceptible de recommencer peut-être ses conneries de « contestation lycéenne » avant la fin mai... Pour abrutir de marrons une dizaine d'otages réveillés, leur taper la tête contre le ciment — bounng, bouunng, booong, booouuunnng —, à fins d'édification de tous les « camarades » révolutionnaires, et leur sauter sur le ventre à pieds joints, avant de les ranger, jusqu'à la prochaine fois.

Toute la nuit... A nous glacer le sang dans les veines de honte et de pétoche affreuse, à nous qui voyions ça coûte que coûte, entendions les jetons, les courses, les chocs, les jurons, les vociférations, les os et la peau. A nous enfoncer la leçon de civisme dans le crâne pour toute notre vie. S'il y avait une vie ailleurs, après cette parodie de mort minable. Toute la nuit... Les horions, les pets foireux, les trempes, les assommés...

Là où on a eu vraiment peur de ne plus en ressortir vivants, à force, c'est quand ils ont déboulé en masse, un escadron entier, pour nous annoncer solennellement, avec des imprécations farouches, qu'il y avait eu un « homme à eux » de tué dans les affrontements : « Tué par vos petits copains ! » Et que par mesure de représailles, ils allaient en prendre immédiatement dix d'entre nous, « putains de fils à papa », dans chaque cellule, et les tuer. Froidement. Ils étaient déterminés à ce massacre et ils « foutraient nos cadavres de fils à papa dans le canal ».

C'était le maximum, là. Fusillés ? Non mais ! Ça va bien, ouais ! ? ? On fouettait. Hou... Ça tournait vraiment mal, tout ça. On a commencé à se battre sournoisement, comme des bêtes, pour se tasser le plus possible dans le fond, inaccessibles, s'enfoncer dans la muraille comme des blattes, trouver une fissure quelconque où se planquer, ne pas être pris... quand ils viendraient chercher les morts. Infect. Fétide. La panique, plus les besoins empêchés, les suées de trouille, la saleté dans le cerveau — cette ignominie suscitée de chacun : après moi le déluge. Dégueulasse. Une belle débandade, d'idéaux pour quelques-uns, de dignité pour tout le monde.

Ils sont venus. A cinq ou six, quatre heures trente du matin, et ils ont déverrouillé, foncé dans le tas. Juste notre cellule. Non... Cohue de lâches, plaintes indécentes, capilotades de coups sans origine précise, cache-cache immonde. Au milieu des « Non ! Non ! » qui retentissaient dans la masse brouillonne et désaxée, je me suis dit : « C'est pas vrai ? », et j'ai supplié moi aussi, comme un vrai bébé, avec des couinements et des gestes larvaires, en comprenant... Trop tard. C'était fait : « Arrêtez. » C'était moi. Précisément moi, sur des centaines d'idiots, qu'on ramassait. Qu'est-ce que ça voulait dire ? C'était trop fou, trop injuste. On ne pouvait pas faire ça. Je me débattais en geignant. En fermant les yeux. En lançant des coups de pied de tous côtés. Pourquoi moi, enfin ?! Et les CRS-SS ne me frappaient pas.

Plus une baffe. Ils me soulevaient juste comme ça, me laissant battre des pieds comme une grenouille, pauvre type : ils m'emportaient. Je songeais, confusément : « Ils sont gênés, ils ont pitié, ils ont honte de me tuer », et je redoublais d'implorations, entrecoupées de reliquats de raisonnements ou de menaces ultimes : « Nan-nan-nan. » Ils m'ont traîné comme un légume jusqu'à la porte, une sortie discrète, dans la nuit de cette fin du monde enfumée, se sont arrêtés à l'air libre devant la rue, ils ont lâché mes bras : j'étais fusillé d'avance, foudroyé, d'hébétude. Ils m'ont laissé là, piqué. Toujours sans me cogner, ni me tirer dans le dos comme je m'y attendais — « délit de fuite » ! —, ils m'ont libéré. Un grincement rouillé. Sans explications. Blanggg...

Le portail était refermé, je ne comprenais rien, j'avançais péniblement sur les pavés, au long d'une grande avenue, tout s'écroulait. Pas de déflagration, rien. J'ai piqué un sprint d'un coup, en zigzag pour esquiver les balles : rien... Pas un bruit. Je ne pigeais pas, je ne sais plus où c'était.

J'ai rencontré, errant comme moi, un autre dérangé, qu'ils venaient de relâcher. Pareil. On était deux. Seuls dans le quartier, environné de silence, seuls à respirer la rosée de Paris parfumé au lacrymo poivré. On a parlé. Il disait : « T'as des appuis ? », c'était un type à bouclettes assez raffiné et j'ai pensé au « ministère ».

Le gars a téléphoné à sa mère, d'un bistrot ouvert, « Le Panthéon » (décidément...), trouvé à force de marcher droit devant à l'aveuglette, dans la poisse des rues désertes. Tous les clients ne parlaient que des « barricades » devant leurs noirs mouillés. On ne parlait pas : « Ils t'ont séché ? — Et toi ? » Moues, haussement d'épaules : matés. Trop tapés, traumatisés. Pfff.

Sa mère est venue nous chercher, longtemps après. Personne ne m'avait expliqué où j'étais. On roulait. Quelle heure ? Comment dites-vous ? D'où on sortait ? Qui êtes-vous — je vous prie ? Où va-t-on ? Une rampe, les entrepôts familiers dans la brume, un échangeur brouillé et d'un seul coup on était à Meudon : elle m'avait reconduit. Ah oui... C'est ça : chez moi. « Merci beaucoup, madame. »

J'aurais pu au moins les inviter à monter ou leur demander leurs coordonnées. Ils m'ont laissé bien vite ; j'ai redit : « Merci, madame. » Je n'étais pas abîmé, du tout, finalement. Je préférais ça. Ouf, ce n'était pas grave. Tout s'arrange. Je me suis posé par terre, pour réfléchir à ce que j'allais raconter comme balivernes là-haut. Je dodelinais, sur le perron. Je me disais tout le temps : « La porte, au quatrième étage, peut attendre encore un peu, maintenant », je somnolais...

La porte, de ma maison — point du jour superbe sur Paris en colère — s'est ouverte en grand. On m'a embrassé, fébrilement. Beuh. Ma mère sentait le tabac, tant pis. Mon père avait maigri toute la nuit. Ils ont été réconfortés. Je leur ai menti comme il faut.

Quand j'ai été lavé, je me suis vu : incroyable. La gueule, impec. Pratiquement. Et le corps, à peine atteint. A part les bleus. A poil, en pied, là dans la glace du vestibule, c'était impressionnant : indigo du bas en haut d'œdèmes, du fait des coups. Mais rien de touché.

Le seul détail qui clochait — ce n'était pas visible mais ça me tapait, à l'intérieur, et devant surtout, contre l'œil gauche —, c'était la tête. Ah, là, ils me l'avaient secouée très fort, mise à mal. Malgré les cachets, elle ne retrouvait pas le calme souhaitable.

Enfin, tout le monde était là quand même un peu ensemble, avec ces airs paisibles de famille au complet pour le petit déjeuner. Rassuré. C'était comme une nuit d'angoisse d'une demi-douzaine d'années dissipée d'un coup de matraque magique. La fin du lycée. On était tous satisfaits que ce soit terminé.

Pas tout à fait.

SÈVRES

La vraie fin, maintenant. Au lycée de Sèvres, bien après. C'est l'hiver dans l'appartement de Bellevue déserté, la guerre du Vietnam est loin d'être terminée, j'ai des ennuis (Loan la Viet lisse, engrossée il y a quatre mois au lycée Léon M'ba, qui refuse de se le faire sauter), et je dois rejoindre mon frère au ciné Jean Cocteau : vingt heures.

On part sur la Norton, Bernard mon ami quarteron et moi, « cheveux au vent ». La longue descente vers Issy-les-Moulineaux au crépuscule. En pleine route des Gardes, au bout d'un large virage, appel de phares verticaux dans la nuit : je serre les poings sur mes guidons. Tout débrayé, le poids mort de la 99 SS et de nous deux ensemble dessus nous emporte. Je lâche tout, je tombe. La moto tombe, Bernard tombe, le trottoir me tombe sur la tête.

Je me suis réveillé quinze jours plus tard comme l'Homme invisible. Ayant oublié les semaines intercalées. Sous les pansements entassés, j'ai la moitié du visage défigurée, labourée par la ratatouille contre le goudron, et un œil bouché. Une amie pleure, un copain se sent mal. C'est l'éther.

Plus tard, un chirurgien play-boy me tire du noir. Il parle peu, en m'ôtant les bandes, se présente — Nicolaïdis — et me plante une aiguille dans le crâne. Quand c'est enfoncé dedans comme il faut, à la verticale, il visse dessus un drain pour évacuer les derniers caillots et dégager le cerveau : « Ça va ? » Ce docteur est beau — tant qu'à faire : « Ce qu'il faut, maintenant, surtout, c'est se calmer. » Il sourit.

La nuit venue, je souris aussi autant que possible, mais je pleure. Hypnotiques ou pas, au fil des nuits je crie. C'est fini de rigoler. Attentes, heures effrénées, Gardénal 40 mg, café au lait, clopes-clopes, regrets. Mon frère s'occupe absolument de tout. J'ai honte : « Et la Norton, elle est foutue ? — Juste la fourche avant pliée. » Le « lit de plume » a résisté. Sédatifs, jours. Quelle minablerie la nuit, quelle douleur dans l'oreiller. Mon dieu. En être réduit à ça. Quelle tristesse d'être en vie... « Maintenant, il va se calmer. C'est passé. »

Tout commence à s'effacer : la veille, tout à l'heure, demain, pourquoi, l'année. Un gars pleure, montre un crobard minable qu'il a fait et meurt à côté. Les soins en linges froissés des femmes amidonnées aident à gommer les jours. Et des jours, des jours, des nuits, comptés. Des amis passent. Je m'habitue à ne plus rien regarder. Lucette, Catherine, ma prof principale, mon frère, Bernard le niacoué rescapé, Marie-Noël. Rien à tamponner.

Le pompon, c'est mon père : prévenu d'un seul coup de l'affaire de la fille enflée et de l'accident de moto, au fin fond d'une tournée en brousse dahoméenne, il a chopé un typhus du diable. Il n'y avait pas de quoi, tout est toujours bien qui finit bien : Rose, la Viet glabre, dernière nouvelle, a fait une fausse couche inopinée en dévalant un escalier sur le dos et mon œil va se décoller. Il me faut « du calme ».

J'ai commencé à remplir des pages et des pages. A toute vitesse. J'enfile des mots sans queue ni tête, pour faire quelque chose, pour m'échapper de là : de la pure agitation... C'est la deuxième fois que je fais le coup. La première, dix ans avant...

« Vous allez mourir. Cette nuit. Si vous vous grattez encore » avait dit le docteur de Campan. Et il avait répété à voix basse, à la vieille toquée de ma mamie — qu'il devait d'ailleurs faire trépaner quelques années plus tard : « C'est sérieux : il faut à tout prix l'empêcher. De se gratter. Même si ça le démange. Même en dormant... Il ne doit pas toucher ces croûtes. Tout est infecté : si ça remonte encore un tout petit peu, c'est la méningite. » Moyennant quoi, la vieille Irma m'a attaché les mains. Prisonnier. Deux jours durant, ligoté aux montants du lit la nuit, je délire à pleins tuyaux. La fièvre bourgeonnant dans mes narines, atrocement truffées d'herpès en fleur, tel le groin du cochon de lait grillé bourré de persil sur la table des ripailles, me monte à la tête. Je parle dans le vide.

La troisième nuit. Ça va mieux. On m'a détaché mais consigné dans la mansarde du deuxième. Drôle d'idée... Une véritable fournaise, sous la laine de verre et les ardoises incendiées, qui relance et pousse encore les fourneaux fébriles, jusqu'aux transports, à la lisière des convulsions de mon enfance trépignante et colérique.

Mon frère me trouve là-haut, cuit comme une brique, le regard dérangé, installé devant une antique Remington dénichée dans le grenier du grand-papa mécano, occupé à taper à toute blinde, possédé. J'aligne des feuilles. De ponctuation. Des lignes musicales, de touches rondes, entrecoupées par éclats de visions : les classiques « L'homme avançait sous un soleil de plomb... » de l'inepte imaginaire puéril, et autres « L'araignée... », etc.

La deuxième fois, depuis, c'est maintenant à la Pitié. De nouveau pris à la gorge, traqué nuit et jour, sous la poussée de quelconques terreurs remontées de ténèbres d'enfance, au bord de l'abîme, la tête dilatée, les yeux engorgés, j'aligne, pour surenchérir sur les migraines incrustées. Un infirmier me demande évidemment, à force, la permission de lire les pages noires...

« Qu'est-ce que ça veut dire ? » : la première moitié de la première page lui a glissé des mains. C'était le début de ce livre même, au moment des claques dans la cour d'H.-IV, mais télescopé avec des aperçus parasites de putains rousses couillées à Pigalle contre rançon et des visions symboliques de palmiers au lycée de Libreville. L'infirmier avait l'air déçu : « Ça... ne m'intéresse pas. Non. Et puis, ça doit être ce mot : "couiller"... Je suis désolé, je ne comprends pas. »

Moi non plus. D'ailleurs, je ne sais plus ce que j'écrivais avant de monter d'étage, juste après m'être réveillé — j'ai envoyé, paraît-il, des dizaines de lettres-feuilleton à tout le monde : une semaine à griffonner sans arrêt. Ça ne me dit rien : tout m'énerve — j'ai tout-tout-tout oublié. Si seulement je pouvais cesser ça, de m'exciter des heures d'affilée sans plaisir, sans une seule rature, à empiler des gerbes de papier, d'avoir la tête qui grésille, si je pouvais dormir jour et nuit, me calmer, tout arrêter et qu'on n'en parle plus : réglé. Mais non.

Dans une glace des lavabos au bout de la salle, je ressemble à un déporté en bonnet. Je me remplis plus que jamais de comprimés drogués, mais rien ne m'empêche de geindre comme un chien dans l'obscurité. Je ne dormirai plus jamais. Une longue estafilade cloutée dans le cervelet et des lames de rasoir sous les rolandiques tondus. En rêve, ça tourne à la pagaille. Quel funeste sort que de ne pas être mort.

Un autre docteur est passé. Il m'a testé, puis

couché sur une plaque de fer en disant : « Autant vous prévenir : ça fait très mal. Vous pouvez hurler. » Je hurle tenu par quatre infirmiers, la joue écrasée, tandis qu'on m'arrache un tympan tirebouchonné avec un cornet et un crochet chromés, avant de me ramener abasourdi. Je suis calme, il suffit de se calmer. On roule, Gardénal, on m'a couché à midi, la guerre est finie...

C'était presque Noël, je me croyais à la montagne, brossé par le vent des Hautes-Pyrénées, seul dans la neige : un rêve de fusillade au sommet du Teilhet. Je me suis levé dans la pénombre de l'hôpital endormi, la tête brûlée, à moitié soûl de mal, pour visiter les rangées de débris allongés, cigarette au bec, un œil perdu, avec une pointe de feu derrière, fermé, exaspéré, sur le point de tout casser. J'ai tapé du front contre les vitres, ça lançait mais le verre givré me rafraîchissait.

A travers le carreau embué, on voyait les courettes, les jardins de la Salpêtrière ordonnés qui fumaient. Et loin derrière, Paris entassé, abruti. Tout le monde était au lit, bientôt le matin. J'ai appelé encore, par habitude, pour qu'on me redonne quelque chose, de saqué, n'importe quoi tellement je sentais les os grincer. Mais personne ne répondait.

Contre la glace, j'entendais vaguement les sirènes pleurer sur le macadam des gardes renversés, avec des voix mélangées pour me ramasser, le crissement de la fourche bleu métallisé raclée avec ma nuque contre l'arête du trottoir, puis le bruit des pas des bonnes sœurs du coma de Corentin-Celton et les crépitements de vomissures dégorgées, le sang qui glougloutait dans mes oreilles crevées, les roulettes secouant les esquilles dans la moelle sur les carrelages... et les sirènes d'ambulance... et ça recommençait à griller. Un interne dérangé m'a dit : « Il faut dormir, voyons... Bon, c'est le dernier. Et la nuit, vous ne devez pas fumer », avant de me laisser apaisé. Je ne me souvenais plus de rien, tout s'était arrêté.

J'ai ouvert la fenêtre en grand, assis, et mes yeux clignotaient. Ça passait, ça piquait, je rêvais. Appuyé au bois, les pommettes pressées, je me voyais quittant la chambre par la voie des airs, flotter sur la Pitié, mollement, en paix. Je volais. Je suis descendu juste au-dessous pour m'étirer dans l'herbe, contre la haie, à me calmer. A regarder les étoiles cristallisées — crâne collé par le sang aux gravillons par terre. A voir l'aube qui se déshabillait, le voile se lever, la nuit mourante. Le soleil — l'africain, le tam-tam du ciel — se mettait à jouer. J'ai écouté. D'ailleurs. Et je me suis endormi quand il a fait bien jour.

Table

Henri-IV 11
Tokoin 129
Henri-IV 241
Michelet 291
Henri-IV 347
Michelet 415
Sèvres 469

Cet ouvrage a été écrit rue Dancourt (75018) au printemps 1976 ; repris rue de Chateaubriand (Plonéour-Lanvern, 29125) au printemps 1979, édité aux éditions Libres-Hallier, cette année-là sous le titre *Retour d'Enfer (encore)* et la signature VXZ-375 ; rewrité par l'auteur, rallongé, raccourci, retitré, pendant l'été 1987 et imprimé le 26 août de cette même année pour le compte des éditions Quai Voltaire.

Cahiers de l'Herne

(Extraits du catalogue du Livre de Poche)

Julien Gracq 4069
Julien Gracq, le dernier des grands auteurs mythiques de la littérature contemporaine. Par Jünger, Buzzati, Béalu, Juin, Mandiargues, etc. Et un texte de Gracq sur le surréalisme.

Samuel Beckett 4934
Mystères d'un homme et fulgurance d'une œuvre. Des textes de Cioran, Kristéva, Cixous, Bishop, etc.

Louis-Ferdinand Céline 4081
Dans ce Cahier désormais classique, Céline apparaît dans sa somptueuse diversité : le polémiste, l'écrivain, le casseur de langue, l'inventeur de syntaxe, le politique, l'exilé.

Mircea Eliade 4033
Une œuvre monumentale. Un homme d'exception, attaché à l'élucidation passionnée des ressorts secrets de la vie de l'esprit. Par Dumézil, Durand, de Gandillac, Cioran, Masui...

Martin Heidegger 4048
L'œuvre philosophique la plus considérable du XXe siècle. La métaphysique, la pensée de l'Être, la technique, la théologie, l'engagement politique. Des intervenants prestigieux, des commentaires judicieux.

René Char 4092
Engagé dans le surréalisme et chef de maquis durant la seconde guerre mondiale, poète de la dignité dans l'épreuve et chantre de la fraternité des hommes, René Char confère à son écriture, au lyrisme incantatoire, le style d'un acte et les leçons d'un optimisme en alerte. Par Bataille, Heidegger, Reverdy, Eluard, Picon, O. Paz...

Jorge Luis Borges 4101
Enquêtes, fictions, analyses, poésie, chroniques. L'œuvre, dérive dans tous les compartiments de la création. Avec Caillois, Sabato, Ollier, Wahl, Bénichou...

Francis Ponge 4108
La poésie, coïncidence du parti pris des choses et de la nécessité d'expression. Quand le langage suscite un strict analogue du galet, de l'œillet, du morceau de pain, du radiateur parabolique, de la savonnette et du cheval. Avec Gracq, Tardieu, Butor, Etiemble, Bourdieu, Derrida...

Henri Michaux 4107
La conscience aux prises avec les formes et les intensités de la création. Par Blanchot, Starobinsky, Lefort, Bellour, Poulet...

Composition réalisée par C.M.L., Montrouge

IMPRIMÉ EN FRANCE PAR BRODARD ET TAUPIN
Usine de La Flèche (Sarthe).
LIBRAIRIE GÉNÉRALE FRANÇAISE - 6, rue Pierre-Sarrazin - 75006 Paris.

ISBN : 2 - 253 - 05738 - X 30/6992/9